MENTIRAS E CASAMENTOS

Obras do autor publicadas pela Editora Record

Trilogia Podres de ricos

Asiáticos podres de ricos
Namorada podre de rica
Problemas de gente rica

Mentiras e casamentos

MENTIRAS E CASAMENTOS

KEVIN KWAN

Tradução de
Ana Carolina Mesquita

1ª edição

EDITORA RECORD
RIO DE JANEIRO • SÃO PAULO
2025

CIP-BRASIL. CATALOGAÇÃO NA PUBLICAÇÃO
SINDICATO NACIONAL DOS EDITORES DE LIVROS, RJ

K98m Kwan, Kevin
Mentiras e casamentos / Kevin Kwan ; tradução Ana Carolina Mesquita. - 1. ed. - Rio de Janeiro : Record, 2025.

Tradução de: Lies na weddings
ISBN 978-85-01-92358-5

1. Ficção cingapuriana. I. Mesquita, Ana Carolina. II. Título.

25-97880.0 CDD: 895.13
CDU: 82-3(592.3)

Gabriela Faray Ferreira Lopes - Bibliotecária - CRB-7/6643

Título original em inglês:
Lies and Weddings

Texto revisado segundo o Acordo Ortográfico da Língua Portuguesa de 1990.

Impresso no Brasil

ISBN 978-85-01-92358-5

Seja um leitor preferencial Record.
Cadastre-se no site www.record.com.br
e receba informações sobre nossos
lançamentos e nossas promoções.

Atendimento e venda direta ao leitor:
sac@record.com.br

EDITORA AFILIADA

Para

Tata Pele,

que me aconselhou a confiar e ter paciência

Hong Kong, 1995

•

MAR DA CHINA MERIDIONAL

"Se eu ganhasse uma flor toda vez que penso em você, passearia para sempre em meu jardim." Henry entoava a frase em voz alta sem parar, enquanto o barulho do motor do helicóptero rugia ao fundo. Havia acabado de vê-la em um anúncio na joalheria, e não queria esquecê-la naquela noite. Contra o azul profundo do céu noturno, as cristas irregulares da passagem montanhosa lembravam-lhe uma imensa fera adormecida. O Lombo do Dragão, como os moradores locais a chamavam. Ao avistar as luzes cintilantes surgindo conforme o helicóptero sobrevoava o Shek O Peak, Henry se lembrou do que a mãe sempre dizia: o feng shui da Ilha de Hong Kong era especialmente auspicioso, pois a cidade tinha a montanha às costas e o oceano aos pés. Por isso, tantas grandes fortunas eram feitas ali.

E ninguém se sentia mais afortunado naquela noite do que Henry Tong. Voltava de um fim de semana na vizinha Macau, onde, após ganhar 7,4 milhões de dólares na mesa de pôquer de altas apostas do Cassino Lisboa, ordenara ao piloto que o levasse direto até seu bar preferido, no melhor hotel de Hong Kong, ao qual seus amigos mais próximos já haviam sido convocados para encontrá-lo. O que nenhum deles sabia era que, antes de embarcar no helicóptero, Henry havia feito uma parada relâmpago na joalheria do mezanino do cassino e comprado às pressas um anel de diamante canário de doze quilates.* Aquela noite merecia uma grande celebração: ele iria pedir Gabriella Soong em casamento.

O helicóptero pousou no topo do Peninsula Hotel, na orla de Kowloon, e Henry saltou impaciente, antes mesmo que as hélices parassem de girar. Charmoso e confiante, o cabelo penteado para trás e o paletó Armani esvoaçando ao vento, o jovem de 26 anos cruzou a plataforma de pouso como se fosse dono do lugar. Um atendente uniformizado com o tradicional traje verde Brewster do hotel lhe fez uma reverência respeitosa enquanto segurava a porta aberta. Um piso abaixo — no vigésimo oitavo andar do hotel — ficava o destino noturno mais exclusivo da cidade: o Felix.

Naquela época, nenhum outro lugar no mundo era páreo para o Felix no quesito "uau". Após atravessar um corredor escuro, o salão principal se abria de repente, revelando janelas imensas, do chão ao teto, que emolduravam a vista espetacular do *skyline* de Hong Kong sobre o porto Victoria. Mas, ali, a paisagem precisava competir com um design igualmente impressionante:** uma enorme parede reluzente de aço, gravada com ondas em movimento e uma longa mesa comunal de brilhante alabastro branco, que parecia flutuar na extremidade norte do salão de jantar. Do lado oposto, duas torres cônicas com escadas em espiral levavam a duas áreas VIP, de onde se podia observar a agitação abaixo.

O segurança australiano à entrada reconheceu Henry imediatamente e soltou a corda de veludo roxa na base da escada.

— Sr. Tong, seu grupo já o aguarda — disse ele, com um aceno amigável.

— Mas a festa só começa quando eu chego! — rebateu Henry, abotoando o botão superior do blazer enquanto subia os degraus

---

* Para ser mais exato, um anel de diamante fancy yellow de 11,68 quilates, corte Asscher, VVS2, ladeado por duas grandes pedras com lapidação *navette*.

** Projetado por Philippe Starck, o *enfant terrible* da arquitetura, responsável por espaços icônicos como o Royalton Hotel original, em Nova York, o Kong, em Paris, e o Delano, em South Beach — onde, aliás, recomendo fortemente o delicioso brunch dominical, principalmente se for por conta de outra pessoa.

de três em três. Mesmo em uma área VIP lotada de jovens da aristocracia local, seus amigos se destacavam como os mais radiantes, espalhados ao longo do sofá de couro rosa-claro que contornava a sacada, de onde se via a cena caótica abaixo. Todos esperavam ansiosos por sua chegada, e estava claro que já haviam desfrutado de algumas garrafas.

— Henry! Aqui! — gritou Rosina Ko-Tung, agitando os braços nus freneticamente.

— Até que enfim! Estamos te esperando há séculos — disse Brendan Lam, a língua já enrolando.

— *Yau mou gau cho, ah!* Nem acredito que você ainda está de pé! — Edwin Chan deu um tapinha nas costas de Henry.

— Canalha! Em quantos continentais você passou a perna dessa vez, hein? — Roger Gao entrou na conversa, o rosto vermelho de tantas doses de vodca com os amigos.

— Eram *gweilos*. Os continentais estão ficando bons demais no pôquer — respondeu Henry, com um sorriso, jogando-se no sofá ao lado da irmã de Roger, Mary, uma ex-Miss Hong Kong. — Cara, estou exausto — suspirou ele, sentindo finalmente os efeitos da maratona de apostas.

Mary o avaliou com um olhar e arqueou a sobrancelha.

— Há quanto tempo você está bebendo?

— Só durante as últimas trinta ou quarenta horas.

— Estão dizendo por aí que você quase faliu Stanley Ho desta vez.

— Quem me dera! O que eu ganhei é troco de pão para ele — riu Henry, olhando ao redor do lounge. — Cadê Gabby?

— Esperando para fazer sua entrada triunfal, óbvio — respondeu Rosina.

Mal ela terminou de falar, uma garota deslumbrante surgiu no topo da escadaria, com um minivestido metálico cinza de Barney Cheng.

— Chegou a princesa Gabriella! — festejou Brendan. — Todos saúdem a princesa!

Gabriella Soong revirou os olhos e deu um tapa brincalhão no braço de Brendan.

— Champanhe para todo mundo! — declarou Henry, trocando um olhar com o bartender que já o conhecia bem. — E aí, Jason! Queremos o melhor champanhe hoje à noite! O que tem de bom?

— Que tal um Louis Roederer Cristal 1988? — respondeu Jason animado, calculando mentalmente a gorjeta enquanto procurava as garrafas da reserva privada embaixo do balcão. Talvez até pegasse um táxi para casa naquela noite.

— Calma, calma, antes de estourar o champanhe... — gritou Henry para o bartender, subindo no sofá. — Meus amigos, convoquei todos vocês aqui hoje sob falsos pretextos. Na verdade, não vieram testemunhar minha vitória histórica nas mesas de apostas de Macau. Vieram testemunhar Henry Tong se tornar um novo homem esta noite.

— Você finalmente aceitou Jesus como seu senhor e salvador? — Roger caiu na gargalhada.

— Não, eu encontrei a flor mais preciosa do mundo. — De repente, Henry saltou do sofá e caiu de joelhos diante de Gabriella. O salão ficou em silêncio enquanto todos o olhavam.

— Gabby, se eu... se eu ganhasse uma flor cada vez que penso em você, eu poderia caminhar para sempre em meu jardim...

— Pare com isso, Henry, você está bêbado — disse Gabriella, balançando a cabeça.

— Estou bêbado, sim, mas de amor. Estou intoxicado por você. — Tateando o bolso do paletó, ele puxou uma caixinha de veludo azul-escuro e a estendeu para a garota atônita. — Gabriella Soong, percebi esta noite que nem todo o dinheiro do mundo me faria um homem feliz se eu não pudesse desfrutá-lo com você. Amanhã, entrego ao seu pai até o último centavo do que ganhei para mostrar o quanto minhas intenções são sérias. Por favor, me faça o homem mais feliz do mundo dizendo sim.

Edwin, Brendan e Roger congelaram, incrédulos diante da cena. Rosina, boquiaberta pelo choque, olhou para Mary do outro lado do salão.

Henry abriu a caixa, e Gabriella encarou a pedra brilhante. Levou as mãos ao rosto, o corpo trêmulo.

— Oh, Henry... — suspirou, os olhos se enchendo de lágrimas.

— Isso é um sim? — Henry a olhou, suplicante.

— Sim! Sim! — gritou Gabriella, enquanto Henry se levantava e a abraçava com força.

Jason estourou a rolha do champanhe, e todos no lounge começaram a aplaudir e comemorar. Atrás do balcão, ele tinha o ângulo perfeito para testemunhar tudo o que estava acontecendo e, pelo resto da vida, iria se lembrar da cena como se tivesse acontecido em câmera lenta:

George Michael cantando "Fastlove" no último volume.

Henry rodopiando Gabby pelo espaço apertado.

Rosina e Roger sussurrando, tensos, por cima da música.

Mary sentada sozinha, olhando as bolhinhas em sua taça de champanhe.

Edwin e Brendan virando shots de tequila com um famoso lutador de Muay Thai.

Roger indo até a irmã, Mary, e segurando-a pelos ombros.

Mary balançando a cabeça, chorando.

Henry e Gabby dançando enquanto Roger avançava aos gritos:

— Seu porco nojento!

Henry pulando para o sofá e Roger se lançando contra ele, cego de raiva.

Henry recuando e caindo por cima da mureta baixa de vidro.

Rosina sem acreditar no que via, enquanto Henry despencava no ar como um mergulhador olímpico em câmera lenta e aterrissava em uma mesa de jantar, seis metros abaixo.

Edwin agarrando Roger enquanto gritava:

— Que merda é essa? Que merda é essa?

Brendan olhando, horrorizado, para Henry empalado em um candelabro de cristal.

Gabby gritando enquanto o sangue se espalhava ao redor do corpo de Henry sobre a toalha de mesa impecavelmente branca.

JOGADORES PRINCIPAIS

O CONDE
Francis Gresham

TÍTULO OFICIAL: O Muito Honorável Conde de Greshamsbury
FORMA DE TRATAMENTO: Milorde (formal), Lorde Greshamsbury (social)
SIGNO ASTROLÓGICO: Câncer

SUA ESPOSA
Arabella Leung Gresham

TÍTULO OFICIAL: A Muito Honorável Condessa de Greshamsbury
FORMA DE TRATAMENTO: Madame (formal), Lady Greshamsbury (social)
SIGNO ASTROLÓGICO: Escorpião

O FILHO
Rufus Leung Gresham

TÍTULO OFICIAL: O Muito Honorável Visconde de St. Ives
FORMA DE TRATAMENTO: Milorde (formal), Lorde St. Ives (social)

CONHECIDO NA FAMÍLIA COMO: "Rufus"
SIGNO ASTROLÓGICO: Sagitário

A FILHA MAIS VELHA
Augusta Leung Gresham

TÍTULO OFICIAL: Lady Augusta Gresham
FORMA DE TRATAMENTO: Lady Augusta (formal), Lady Augusta (social)
CONHECIDA NA FAMÍLIA COMO: "Augie"
SIGNO ASTROLÓGICO: Áries

A FILHA MAIS NOVA
Beatrice Leung Gresham

TÍTULO OFICIAL: Lady Beatrice Gresham
FORMA DE TRATAMENTO: Lady Beatrice (formal), Lady Beatrice (social)
CONHECIDA NA FAMÍLIA COMO: "Bea"
SIGNO ASTROLÓGICO: Peixes

O VIZINHO
Thomas Tong

TÍTULO OFICIAL: Dr. Thomas Tong
FORMA DE TRATAMENTO: Dr. Tong (formal), Thomas (social)
SIGNO ASTROLÓGICO: Gêmeos

A FILHA DELE
Eden Tong

TÍTULO OFICIAL: Dra. Eden Tong
FORMA DE TRATAMENTO: Dra. Tong (formal), Eden (social)
SIGNO ASTROLÓGICO: Capricórnio

I
Greshamsbury

Todos que vivem dentro de suas possibilidades carecem de imaginação.

— Lionel Stander

Nota na seção

•

"ANÚNCIOS DE CASAMENTO" DO *THE TIMES*:

S.A.S. PRÍNCIPE M. ZU LIECHTENBURG
E LADY A. GRESHAM

Foi anunciado o noivado de Maximillian, filho primogênito de Suas Altezas Sereníssimas, o príncipe e a princesa Julius zu Liechtenburg, com Augusta, filha primogênita do conde e da condessa de Greshamsbury. A cerimônia de casamento está prevista para a primavera.

1

Dra. Eden Tong e Rufus, Visconde de St. Ives

•

GRESHAMSBURY, INGLATERRA • *HOJE*

Eden Tong e Rufus Gresham, que cresceram juntos como vizinhos e, desde pequenos, sempre foram melhores amigos, costumavam deixar bilhetinhos secretos um para o outro no oco de um majestoso carvalho situado na trilha entre suas casas. Atualmente, como costumavam estar em lados opostos do mundo — Eden na Inglaterra e Rufus sempre viajando —, trocavam mensagens todas as manhãs, sem falta. Eden (Escola Infantil de Greshamsbury/Mount House/Downe House/Cambridge) acordava com o alarme do celular tocando as primeiras notas de "High and Dry", do Radiohead. Depois de apertar a soneca algumas vezes, pegava o telefone e conferia a mensagem de Rufus (Mount House/Radley/Exeter/Central Saint Martins) que, invariavelmente, já a aguardava. A daquele dia dizia:

RUFUS GRESHAM: O que acha de minhas unhas?

Eden respondeu, preguiçosa:

EDEN TONG: Não acho.

RG: Preciso de uma manicure?

ET: Porque você rói as unhas até o talo?

RG: Dá pra perceber, né?

ET: Nem tanto. Duvido que alguém dê a mínima, além da sua mãe.

RG: Haha, ela está insistindo para eu fazer as unhas antes do casamento.

ET: Vc que sabe. Vai que vicia.

RG: Hummm. Parece coisa de gente metida. Falando nisso, ontem comi bolinhos fritos de Xangai. Tipo dumplings de sopa, só que maiores e fritos na frigideira até ficarem bem tostados por baixo.

ET: Nhammmm. No mesmo lugar do macarrão caseiro?

RG: Não, num lugar novo em Chinatown. Tô doido pra te levar lá.

ET: Nossa lista não para de crescer.

RG: Quando vc chega no Havaí?

ET: Não vou pro Havaí.

RG: Sei...

ET: É sério. Não vou.

RG: Como assim?!?! Aqueles tiranos do NHS* não te deram folga?

ET: Bom... não é bem isso.

RG: Então não tem desculpa.

ET: Não passei no corte. Não sou da realeza nem trilionária.

RG: Peraí. SÉRIO? E por que eu só estou sabendo agora?

ET: Achei que vc soubesse.

RG: Isso é uma insanidade. Vou ligar pra minha mãe agora msm.

ET: Por favor, não liga. Tá td bem.

RG: Não mesmo!!! Como assim logo VOCÊ não vai estar no casamento da minha irmã?!?

* National Health System, o sistema de saúde pública da Inglaterra. (N. T.)

ET: Eu fui àquela cerimônia na paróquia de Greshamsbury.

RG: Não é a mesma coisa e vc sabe. Vou ligar pra Augie.

ET: Por favor, não liga. A última coisa que ela precisa agora é de mais drama com a sua mãe.

RG: Ela já está acostumada. Com a minha mãe, é drama 24/7. Quantas vezes vc falava com seu pai quando estava na faculdade?

ET: Sei lá, a cada duas semanas.

RG: Minha mãe me liga 5 vezes por dia. Se eu não atendo 2 seguidas, ela surta e acha que eu morri.

ET: Toda mãe se preocupa.

RG: 5 vezes por dia não é normal quando o filho tem 28 anos.

ET: Vc sabe que não precisa atender toda vez que ela liga, né?

RG: Sei. Mas tenho culpa de filho asiático.

ET: Você é só metade asiático, então devia ter só metade da culpa.

RG: ;-) Quem me dera. NÃO ACREDITO QUE VC NÃO VAI!! Eu já estava planejando nosso roteiro: nadar com golfinhos, *flat whites* na Arvo, frango assado na estrada de Waimea, os MELHORES tacos de peixe no Gill's Lanai, trilha até as cachoeiras no Vale de Waipi'o.

ET: Eu vou no verão.

RG: Vc sempre diz isso, mas nunca tem tempo. Com quem eu vou conversar no casamento agora? :-(

ET: Com todas as garotas lindas e chiques estrategicamente posicionadas pela sua mãe.

RG: Ela tá aprontando alguma... tá no meu pé como se o casamento fosse meu.

ET: Talvez seja. Vai ver vc chega lá e: "Surpresa! Aqui está sua noiva, fique paradinho aqui nessa marca e enfia essa aliança no dedo dela".

RG: Não duvido nada. Vc sabe que minha mãe é obcecada com quem vou me casar desde o dia em que nasci. Ela me deixa MALUCO com essa história. Vc tem mta sorte.

ET: Porque minha mãe morreu?

RG: Putz. Foi mal! Não quis dizer isso.

ET: Td bem. Tive aquele sonho de novo.

RG: Aquele em que sua mãe aparece em lugares aleatórios?

ET: Dessa vez, foi na seção de sorvetes do Waitrose.

RG: Ah, nem foi tão esquisito.

ET: Ela estava DENTRO de uma daquelas geladeiras, vestida de Glinda, a Bruxa Boa.

RG: Ela está sempre com alguma roupa brilhosa nos seus sonhos, né?

ET: Pois é. Ela estava tentando me dizer alguma coisa, mas quando ia falar, não saía som, só uma fumaça.

RG: O que vc acha que ela estava tentando dizer?

ET: Bem que eu queria saber...

RG: Conheço uma taróloga maravilhosa, Viv, que pode ajudar a decifrar seus sonhos. Ela fica em Hawi. Puta merda, você TEM que vir.

ET: Eu vou no verão, prometo.

RG: Vou cobrar.

ET: Preciso ir.

RG: Até mais.

Momentos depois da conversa, Rufus mandou uma outra mensagem para a irmã, Augusta.

RG: Por que sou o último a saber que Eden não vai pro Havaí? Custo a acreditar que você não a quer por perto no seu grande dia. Quer que eu fale com mamãe? Assumo o tranco por você.

2

Lady Augusta Gresham

•

SOUTH KONA, ILHA DO HAVAÍ • *MOMENTOS DEPOIS*

Augusta viu a mensagem do irmão chegar, mas decidiu ignorá-la. Tinha preocupações muito mais importantes no momento e, agora, ela e Gopal Das caminhavam pelos belíssimos jardins do Bellaloha Resort, onde cada folha de grama parecia ter sido perfeitamente posicionada, como se por intenção divina — embora, na verdade, fosse tudo obra da mãe de Augusta, Lady Arabella, e de sua caríssima equipe de paisagistas belgas. Augusta (Willcocks/Cheltenham/UWC Atlantic/Bard) seguiu em direção ao promontório à beira do penhasco, onde um elaborado pavilhão balinês havia sido erguido, e fez um gesto displicente para seu conselheiro espiritual.

— É aqui que devemos fazer os votos.

— É lindo — elogiou Gopal Das, sorrindo serenamente para sua bela acólita sino-britânica.

— Você acha?

— Com certeza. Basta olhar para essas vigas, o carinho investido no ato de esculpi-las.

Eles se aproximaram do altar posicionado na beira do penhasco e contemplaram a vista dramática da costa de Kona, bem no momento em que o sol mergulhava no oceano. Gopal Das (Brimmer and May/Groton/Williams/UC Berkeley/Four Winds Shaman

School), um homem caucasiano alto e esguio, de meia-idade, cabelo loiro-avermelhado na altura dos ombros e uma barba no mesmo tom, abriu os braços cheios de sardas, à maneira de um deus.

— Vamos acolher este pôr do sol abençoado. Nunca vi uma pintura que capturasse a beleza do oceano em um instante como este.

Augusta inclinou a cabeça.

— Isso me soa familiar. É Pema Chödrön?

— Hã... não.

— Ah, já sei, é uma citação de Ram Das.

— Pode ser — disse Gopal Das, sem muita certeza.* — Diga, Augie, como se sente, aqui neste espaço sagrado, onde, em apenas quatro dias, você e Maxxie trocarão seus votos?

O semblante de Augie se fechou.

— Para mim, não tem nada de sagrado.

— Não?

— Mamãe projetou cada centímetro deste resort. É a nova joia do império hoteleiro que está ansiosa para exibir ao mundo, e ela está transformando minha união espiritual com Maxxie numa coroação de si mesma. Este resort inteiro me faz sentir... sem chão.

— Bem, então vamos te reconectar ao chão.

O guru guiou sua acólita pelos degraus do pavilhão até a grama orvalhada, e os dois se sentaram de frente um para o outro, em posição de lótus.

Gopal Das enfiou a camiseta branca justa — que destacava seus peitorais definidos — dentro do short cargo verde camuflado e disse:

— Feche os olhos. Agora respire fundo... Deixe seu primeiro chacra se conectar com o chão, enraizar-se na terra, conectar-se com Gaia, conectar-se com o espírito. E agora, o que sente?

— Tristeza — confessou Augie.

— Ótimo. A tristeza não pode machucar você. Não vamos julgá-la, apenas imagine que é uma esfera, uma bola branca flutuando à sua frente. Agora me diga: o que vê nessa bola?

*Na verdade, uma fala de Gordon Gekko em *Wall Street.*

— Vejo minha mãe. Que vaca controladora! Está me obrigando a casar aqui, neste templo balinês fake, em vez de em Bali, onde eu sonho casar desde que vi *Comer, Rezar, Amar*. E ainda por cima me obrigando a usar um Valentino.

— Valentino não pode te machucar. Você é uma mulher adulta, sua mãe não pode te obrigar a nada. Ela não tem controle sobre seu corpo.

Augie soltou um soluço sentido.

— Queremos ir mais fundo na questão? O que está por trás desse soluço?

— Abacates — murmurou Augie, começando a chorar baixinho.

— Ótimo. Abacates não podem te machucar. Por que os abacates te fazem sentir assim?

— Mamãe me obrigava a comer meio abacate toda manhã, quando eu era criança. Era a única coisa permitida no meu café da manhã, enquanto Rufus e Bea podiam comer todos os ovos mexidos, linguiças Cumberland e crepes de Nutella que quisessem. Rufus era um "menino em fase de crescimento", minha irmã caçula, Bea, sempre foi "o anjo perfeito", e eu era a *jyu pa*... "costeleta de porco" em cantonês. Mamãe me fazia tirar toda a roupa, beliscava minha barriga com força e media minha gordura corporal com um desses adipômetros gelados. Dizia que nenhum príncipe bonitão iria querer se casar com uma costeleta de porco.

— Mas olhe para você agora. Não é uma costeleta de porco e encontrou seu príncipe bonitão.

Augie abriu um sorriso pela primeira vez, naquele fim de tarde.

— Encontrei mesmo, não foi?

— Um príncipe que te ama pelo seu belo coração e pela sua bela alma, não pelo seu corpo, que, se me permite acrescentar, também é lindo.

— Ele me ama mesmo, não ama?

— Sim, e foi *você* que o manifestou em sua vida.

— Na verdade, foi minha mãe, com a ajuda de Nicolai Chalamet-Chaude, aquele alpinista social de merda...

— Augie, cada palavra que você pronuncia carrega a própria energia. Não precisa soltar um palavrão agora.

— Desculpe. Mas estou com tanta raiva, Gopal Das.

— Sua raiva não pode te machucar.

— Eu sinto meu corpo pegando fogo. Sinto muita raiva.

— Sua raiva não pode te machucar. Apenas visualize essa raiva como uma pequena bola vermelha, girando de seu chacra coronário, passando pelo chacra do coração, descendo pelo plexo solar e saindo pelo chacra básico. Solte todo o ar e simplesmente deixe a bola fluir, de cima para baixo, de cima para baixo...

Augie expirou com força, desinflando como um balão.

— Está fluindo?

— Si-im — expirou Augie, o corpo trêmulo.

— Agora, respire fundo e, usando toda a energia de deusa que existe dentro de você, simplesmente expulse a bola até o centro da Terra, onde ela não poderá mais te machucar.

Augie inspirou e depois expirou. Fechou os olhos com força e imaginou uma bola incandescente de fúria atravessando todas as camadas da Terra até alcançar o núcleo.

— Consegue sentir a bola deixando seu corpo?

— Sim! Sim! Eu a sinto se movendo pelo meu corpo. Sinto o calor.

— Ótimo. Também estou sentindo.

Gopal Das respirou fundo e sentiu um ardor sulfúrico nas narinas. Abriu os olhos e viu que o chão atrás de Augie estava, literalmente, se rachando e soltando fumaça.

— Puta que pariu! Augie, corre! CORRE, CARALHO! — gritou Gopal Das.

3

Dr. Thomas Tong

•

GRESHAMSBURY COTTAGE • *NA MESMA MANHÃ*

O trajeto da corrida matinal de Eden nunca mudava. Ela subia pelo campo atrás do chalé onde morava com o pai, contornava os terrenos do Greshamsbury Hall por 2,5 quilômetros e, então, fazia uma descida rápida pela trilha íngreme que levava à vila. Depois de passar no Nero's para pegar seu latte de sempre, dava a volta completa na praça antes de voltar para casa.

Era bem cedo quando Eden voltou da corrida, e a névoa ainda cobria as sebes de lilases do jardim. Ao entrar pela porta da cozinha, ficou surpresa ao encontrar o pai sentado à mesa, espalhando geleia na torrada com uma colher. O Dr. Thomas Tong (Diocesan Boys'/Radley/Cambridge/MD Anderson UTHealth) costumava dormir até tarde aos sábados, já que passava as sextas-feiras em Londres, realizando cirurgias, e só retornava bem tarde da noite.

— Está tudo bem? — Eden beijou a cabeça do pai ao passar atrás dele.

— Hemsworth me acordou. Quer que eu faça uma visita domiciliar.

— Ah, eu também ia dar uma passadinha por lá. Recebi uma mensagem urgente de Bea.

— Ela também está doente?

— Emergência fashion.

— Quer uma torrada? — Thomas entregou a Eden a que havia acabado de preparar, e os dois ficaram ali, no habitual silêncio confortável. Thomas tomava goles lentos de seu Lapsang maltado na caneca azul esmaltada; favorita enquanto folheava o jornal matinal,* e Eden mergulhava a torrada com geleia no latte enquanto conferia as notícias** no celular. Quando ambos sentiram que a dose de cafeína era suficiente, Thomas pegou a maleta médica de couro preto e os dois saíram pela porta da cozinha, pegando o atalho pelo labirinto de buxos até os terrenos do "Casarão", como costumavam chamar o lugar.

A caminhada até Greshamsbury Hall era curta — cinco minutos se andassem rápido — e tão familiar para Thomas e Eden que eles poderiam fazê-la de olhos fechados. O Casarão fora originalmente construído como um pavilhão de caça de uma propriedade muito maior, Boxall Park, já que ficava na extremidade das vastas terras da herdade, próximo à antiga Floresta de Dartmoor. O décimo sexto conde foi obrigado a adotar medidas de austeridade, depois de uma série desastrosa de chamadas de margem durante a quebra da bolsa de 1929, e, por isso, precisou alugar Boxall Park e transferir a residência principal da família para Greshamsbury Hall. Essa mudança forçada acabou sendo uma bênção para sua esposa, a condessa, que suspirou aliviada por não mais administrar uma mansão de duzentos quartos. Em vez disso, passou a se contentar com modestos 43 cômodos em uma propriedade de 108 acres.

Outra vantagem de Greshamsbury Hall era sua localização privilegiada. Majestosamente situada no topo de uma colina, nas partes altas do rio Feign, a casa oferecia deslumbrantes vistas panorâmicas da paisagem de Devonshire. Para chegar até lá, os visitantes recebiam instruções bastante específicas: "Ao chegar à vila de Greshamsbury, vire na estreita estradinha rural entre os postes de madeira, bem em frente ao banco HSBC, e siga por 2,5 quilômetros". A estradinha serpenteava suavemente por um campo de lavanda e um cercado idílico digno de cartão-postal, onde dois

* The Guardian.
** Dailymail.co.uk.

cavalos brancos de pelagem longa pastavam. Depois, subia uma alameda íngreme ladeada por carvalhos imponentes e, após uma velha ponte de madeira sobre o rio borbulhante, a graciosa casa em estilo Tudor surgia dramaticamente à vista. Com a luz do sol iluminando a elegante fachada em madeira preto e branca, e o rio cristalino cascateando colina abaixo, o efeito era hipnotizante. Elsie de Wolfe, que visitou a propriedade em 1938, teria declarado que se tratava da "casa mais romântica de toda a Inglaterra".

Esse cenário idílico era o refúgio dos Tong desde a morte da mãe de Eden, quando a menina tinha apenas cinco anos. Thomas havia recebido um contrato de comodato para o belo chalé* jacobino classificado como Grau II, vizinho de Greshamsbury Hall, cedido por Francis Gresham — o atual conde e seu melhor amigo desde os tempos de Radley.** Depois que Thomas concluiu sua especialização em Houston, Francis o convenceu a abrir sua clínica na cidadezinha, em vez de voltar para Hong Kong, onde havia recebido uma oferta para se tornar sócio de uma renomada clínica particular.

— Ter um oncologista do seu nível por aqui vai dar mais prestígio à região. Além disso, com quem mais eu assistiria a *The Wall*, do Pink Floyd, duas vezes por ano? — argumentou Francis.

Thomas, na verdade, ficou aliviado por recomeçar a vida longe de Hong Kong e Houston e, verdade seja dita, sentia-se mais à vontade na Inglaterra, já que passou boa parte de seus anos de formação ali, depois de ter sido enviado para o internato aos 13 anos. Mas o que realmente o motivou a se estabelecer em Greshamsbury foram os três amigos à espera de Eden. Ela e Rufus tinham a mesma idade, enquanto Augie era dois anos mais velha e Bea tinha acabado de nascer.

---

* Embora o termo "chalé" possa ser bastante enganador em se tratando desta casa de quatro quartos espaçosos e telhado de palha que vinha se decompondo de forma tão perfeita, Thomas sempre encontrava influencers do tipo DIY tirando selfies perto do portão do jardim.

** Radley se refere ao Radley College, um internato de grande prestígio para garotos de 13 a 18 anos, em Oxfordshire, Inglaterra. Trata-se de uma escola conhecida por sua excelência e tradição, e muitos membros da aristocracia e da classe alta britânicas passaram por ela. (N. T.)

— Ela vai crescer com os meus filhos, e nossas babás vão cuidar dela enquanto você estiver na clínica. Rufus será como um irmão para ela, e Augusta e Bea, como irmãs — declarou Francis.

A previsão do conde superou suas próprias expectativas. Nos anos seguintes, Eden e os filhos dos Gresham se tornaram tão inseparáveis que, depois de terminar seu programa de formação médica em Londres, ela decidiu voltar para casa, em Greshamsbury. Embora agora estivesse fazendo residência num hospital em Plymouth, não se importava de viajar diariamente para viver com o adorado pai e estar perto dos queridos amigos.

Quando Thomas e Eden passaram pelas tílias impecavelmente podadas que ladeavam a trilha de cascalho até Greshamsbury Hall, a porta lateral se abriu discretamente, e um robusto mordomo de cabelo cor de areia surgiu, vestindo o uniforme sob medida de camisa e jeans de denim japonês tingidos de preto-sépia que Lady Arabella desenhara para a equipe de funcionários.

— Bom dia, Hemsworth — cumprimentaram Thomas e Eden em uníssono.

— Bom dia, doutores — respondeu o mordomo com simpatia.

Hemsworth (Ringwood/Heathmont/Screenwise/International Butler Academy) fez um gesto na direção da escada dos fundos, mas não se deu o trabalho de acompanhá-los, já acostumado com as frequentes visitas matinais do médico. Os dois subiram depressa e, no patamar do segundo andar, onde pendiam três delicadas esculturas de malha trançada de Ruth Asawa, Eden seguiu pela *Long Gallery* em direção aos aposentos de Bea, enquanto Thomas caminhou pelo corredor que levava à suíte de Arabella. Gracie, a camareira da condessa, esperava diante da porta e, ao ver Thomas, lançou-lhe um olhar de alívio, antes de se virar para bater à porta.

— O Dr. Tong chegou, senhora — anunciou Gracie, abrindo a porta sem esperar resposta.

Thomas entrou no *morning room* da condessa e a encontrou acomodada de forma teatral em sua *chaise longue* de Carlo Bugatti, envolta em um robe de seda cor de damasco e apoiada em uma dúzia de almofadas de veludo em diversos tons de carmim, com uma almofadinha de caxemira sobre os olhos e um medidor de pressão arterial convenientemente preso ao braço esquerdo. Mesmo indisposta, nenhum fio do característico corte de cabelo na altura do queixo estava fora do lugar. Seis décadas de vida e a condessa ainda exibia as feições notavelmente fotogênicas que, em outros tempos, fizeram dela uma modelo requisitada.

— Lady Greshamsbury — cumprimentou Thomas formalmente, seguindo o protocolo que sabia que ela esperava, apesar de ser o melhor amigo de seu marido e vizinho e médico da família havia décadas.

A condessa removeu a almofadinha dos olhos quase em câmera lenta, mas manteve as pálpebras fechadas.

— *Hiyah*, por que demorou tanto? — censurou Arabella (Maryknoll Convent School/City University of Hong Kong/King's College), no tom que usava apenas com Thomas Tong e outros asiáticos que considerava inferiores.* — Não consigo abrir os olhos. O quarto não para de girar. Gracie acabou de medir minha pressão há dois minutos. Cento e noventa por cento e quarenta.

— Improvável. Se fosse esse o caso, a senhora já estaria morta — disse Thomas,** consultando o aparelho. — E sabe que precisa manter o braço na altura do coração para medir a pressão corretamente.

— Será que tive um ataque isquêmico transitório? Tenho certeza absoluta que sim. Você não faz ideia do que aconteceu no meio da noite!

— Me conte — pediu Thomas com calma, pegando o próprio medidor de pressão e ajustando o manguito no braço dela.

— Onde está meu celular? — Arabella tateou debilmente entre as almofadas com a mão direita.

---

* Embora Arabella tivesse sido criada falando o inglês da rainha, na então colônia britânica de Hong Kong, e ostentasse o mais refinado dos sotaques, sempre que interagia com outros asiáticos — principalmente familiares e funcionários — sua pronúncia assumia a entonação e a estrutura frasal típicas da elite de Hong Kong. Especialistas em linguística chamam esse fenômeno de alternância de código. Outros chamam de síndrome esnobe *tai tai*.

** O sotaque britânico do Dr. Tong nunca mudava; era sempre impecável. Ele falava um pouco como Benedict Cumberbatch em *Sherlock*.

— Sua dicção está impecável como sempre, a senhora não está enrolando as palavras. Sentiu dormência ou perda de visão?

— Estou toda dormente. E meus dedos das mãos e dos pés estão pegando fogo.

— Isso não é dormência — disse Thomas pacientemente.

Arabella agitou a mão no ar, exasperada.

— Gracie, onde diabos está meu celular?

— Na sua outra mão, senhora.

Arabella ergueu o telefone na direção de Thomas.

— Olhe! Olhe!

— Veja bem, a senhora precisa ficar completamente imóvel enquanto faço a medição. Sem falar. A propósito, bela foto sua na capa da *¡Hola!*

— *Hiyah*, não é isso. Gracie, mostre o vídeo!

Gracie desbloqueou a tela e segurou o telefone para que Thomas visse o vídeo que Arabella havia recebido de madrugada.

— Espetacular — disse Thomas, admirando a filmagem em alta resolução que mostrava lava jorrando do penhasco como um gêiser.

Arabella se levantou de um pulo, deixando a almofadinha de cashmere cair no chão.

— Espetacular? Assistir a isso quase me matou! Essa lava que você está vendo é de uma fissura vulcânica que se abriu hoje cedo, bem no meio do jardim onde Augusta deveria se casar!

— Parece que será uma cerimônia espetacular...

— Você não está entendendo! Um vulcão basicamente entrou em erupção bem no local do casamento! O pavilhão balinês, a réplica do bar do Loulou's, o salão de baile com piso quadriculado igual ao do Château d'Anet... todas as coisas destruídas! *Tudo* arruinado!

— Sinto muito. Mas a boa notícia é que a senhora está a salvo da lava incandescente, e sua pressão arterial está apenas ligeiramente elevada, o que, considerando a situação, já era esperado.

— Acho que essa situação vai ser meu fim. *Ooi! Ooi!* Está vendo? Tudo ainda está girando. Não consigo nem me sentar — lamentou Arabella, afundando de novo nas almofadas.

— Que remédios a senhora tomou ontem à noite?

— Apenas Ambien, melatonina, Cipralex e Zoloft. E tomei dois comprimidos de aspirina infantil quando comecei a sentir os sintomas do derrame.*

* Para deixar claro, os sinais de um derrame real incluem os seguintes sintomas repentinos: queda de um dos lados do rosto, fraqueza no braço e dificuldade na fala. A menos que tenha um médico gentil morando ao lado cuja ajuda seu mordomo possa requisitar de imediato, entre em contato com os serviços de emergência imediatamente caso apresente esses sintomas.

4

Lady Beatrice Gresham

•

GRESHAMSBURY HALL • *NA MESMA MANHÃ*

Eden se esparramou na cama Jorge Zalszupin do quarto de Bea, tentando encontrar uma posição confortável no colchão mirrado. O problema dos móveis modernistas brasileiros, na opinião de Eden, era que ficavam incríveis nas fotos, mas acabavam com as costas na vida real. O quarto de Bea costumava ser um refúgio aconchegante, decorado com peças herdadas da Oka e montes de almofadas, até que a *Elle Decor* apareceu, um ano antes, para fazer uma matéria. Depois disso, Bea e a mãe transformaram o espaço em uma vitrine dolorosamente chique, repleta de peças de design dignas de um museu de tortura, todas revestidas com o mais sem graça dos linhos belgas.

Bea (Greshamsbury Nursery School/Mount House/Cheltenham/Aiglon/Georgetown) saiu do closet e rodopiou num vestido bufante Giambattista Valli. Com 1,75 metro de altura e cabelo ruivo vibrante caindo até a cintura, ela ficava bem em quase tudo o que vestia.*

— Seja sincera. Parece branco demais, não parece?

— É bem branco — admitiu Eden.

* Bom, *quase* tudo. Houve aquela vez em que ela usou calças *culottes* com babados: suas pernas pareciam ter sido atacadas por um bando de toalhinhas de renda assassinas.

— Giamba prometeu que seria o tom mais deslumbrante de verde--celadon, então que merda é essa? E ao ar livre, contra o azul do Pacífico, vai parecer ainda mais branco, não vai? O que eu faço agora? Não posso usar isso, não posso mais usar o Valentino rosa porque... você tem que jurar segredo... é o que Augie vai usar, e também não posso usar o Gaultier preto, senão mamãe surta. Meu Deus do céu, devia ter pedido para Viktor & Rolf me fazer algo sob medida. Eu sabia que precisava de mais opções para o look do casamento.

— Augie vai usar Valentino? — comentou Eden, achando aquilo bem fora do estilo da irmã mais velha de Bea, que sempre evitou marcas de grife e há anos falava em se casar com um vestido que fosse "uma réplica do da Carolyn Bessette Kennedy, só que de cânhamo orgânico".

— Você não sabe nem a metade. Augie e mamãe estão em guerra há meses. Primeiro por causa do anel de noivado, que mamãe odiou.

— O quê? Eu *amo* o anel de pedra da lua de Augie! Não foi a amiga, Bliss Lau, que desenhou especialmente para ela? — perguntou Eden.

— Foi, mas mamãe achou que Maxxie estava sendo mão de vaca e disse que Augie precisava de um diamante de verdade, do Harry Collins.* Aí Augie quis pedir para uma amiga, do Havaí, fazer um vestido de noiva inspirado nas tradições locais, mas mamãe ameaçou cortar relações com ela se fizesse isso. Disse: "Você está se casando com a nobre casa de Liechtenburg, então vai ser comparada a todas as noivas da realeza. Não pode usar um *muumuu* tropical! Querendo ou não, você *tem* que usar Valentino, como Rosario, Marie-Chantal, Máxima, Sibilla e Madeleine,** senão seremos completamente desonradas".

Eden suspirou, compassiva.

— Coitada de Augie! Imagine não poder usar o que bem entender no próprio casamento. Tudo o que ela sempre quis foi um casamento dos sonhos na praia, descalça na areia.

---

* Harry Collins MVO, com sua joalheria G. Collins & Sons em Royal Tunbridge Wells, um negócio familiar, foi nomeado joalheiro pessoal da rainha Elizabeth II em 2005.

** A princesa Rosario da Bulgária, a princesa herdeira Marie-Chantal da Grécia, a rainha Máxima dos Países Baixos, a princesa Sibilla de Luxemburgo e a princesa Madeleine da Suécia, todas se casaram de Valentino.

Houve uma batida breve na porta, e Hemsworth entrou com uma bandeja de café da manhã coberta e pousou-a na cama, ao lado de Eden. Ele retirou a tampa prateada e revelou um prato repleto de croissants de chocolate.

— Margaret soube que você estava aqui e quis mandar isso para você.

Eden arfou de alegria.

— Ah, eu estava morrendo de vontade de comer os *pain au chocolat* de Margaret. Por favor, agradeça a ela por mim.

— Margaret gosta mais de você do que de mim — disse Bea, observando os doces com inveja.

— Isso porque eu sou a única aqui que come carboidratos — argumentou Eden, mordendo um dos croissants de chocolate ainda quentinho. — Você devia experimentar um.

— Impossível. Já estou na dieta só de água para me preparar para semana que vem. Agora, o que mais posso usar além do Giamba?

— Que tal aquele vestido cor de pêssego que você desistiu de usar na cerimônia religiosa de Augie na igreja?

— O Dolce? Mas nem Alta Moda ele é.

— Você fica tão linda com ele. Quem se importa se é Alta Moda ou *alte kaker*?*

— Ah, se fosse assim tão simples... Você não tem ideia de quem vai estar presente. Toda cabeça coroada, descoroada e deposta da Europa. Vai ser um evento *next level*, a elite da lista internacional dos famosos mais bem-vestidos. Você sabe, todas as revistas de moda vão cobrir o casamento. Eu mesma tenho quatro sessões de fotos agendadas, e nem sou a noiva! Todos os olhos vão estar sobre nós, e vou ser destroçada se aparecer de Dolce *prêt-à-porter* no grande dia. Mamãe acha que estou a um passo de fechar um contrato gigante com uma das *Big Three*.**

Eden assentiu, solidária. No fundo, sentia um grande alívio por não precisar ir ao casamento — assim como ficava perfeitamente

* Expressão em ídiche que significa "velho rabugento". (N. T.)

** Na cabeça de Beatrice, as *Big Three* eram Chanel, Dior e Valentino.

feliz em se manter afastada de todo o frenesi social no qual as irmãs Gresham estavam sempre envolvidas. Era um mundo que ela só espiava esporadicamente, quando ajudava as irmãs a se arrumar para festas e ouvia as histórias depois, mas preferia continuar como espectadora à distância.

Ouviu-se uma batida na porta, e a cabeça de Anya, uma das camareiras mais jovens, apareceu no vão da porta.

— A condessa requisita a presença da senhorita imediatamente.

Bea gemeu.

— Passei a manhã toda fugindo dela. Em uma escala de um a dez, o quanto ela parece brava?

Anya pensou por um momento.

— Oito e meio?

— Merda. — Bea se virou para Eden, com um olhar suplicante. — Vem comigo?

— Você sabe que minha presença não vai servir de escudo, né?

— Verdade, mas pelo menos vai ajudar a distraí-la um pouco. Aqui, coloque isso. — Bea prendeu um colar de diamantes e rubis no pescoço de Eden.

Com o cabelo curto no estilo *gamine*, cortado rente à nuca, as joias chamavam ainda mais atenção, e Bea pensou, pela milionésima vez, na sorte de Eden por ter aqueles lábios naturalmente carnudos e maçãs do rosto perfeitas. Se ela ao menos usasse um pouquinho mais de maquiagem para realçar seus atributos e parasse de se vestir como uma médica do NHS mal paga no primeiro ano de residência (mesmo sendo uma...).

— Prontinho! O colar fica melhor em você que em mim! Sério, você devia usar mais rubis no dia a dia.

Eden começou a argumentar.

— Bea, tem certeza de que eu devia...

— Shh, está perfeito. Era da minha bisavó. A de São Francisco, que reabasteceu todos os cofres da família com o dinheiro das ferrovias. Agora mamãe vai brigar comigo por deixar você usá-lo e esquecer o verdadeiro motivo pelo qual quer brigar comigo.

Eden foi arrastada a contragosto e, ao entrarem no quarto da condessa, as duas se depararam com uma cena um tanto bizarra: Thomas estava sentado numa cadeira, observando tudo com o distanciamento de um terapeuta junguiano, enquanto Lorde Francis (Harrodian/Radley/Exeter) permanecia impotente num canto. Arabella, por sua vez, jogava roupas dentro das malas *Globe-Trotter*, enquanto três camareiras corriam de um lado para o outro, apavoradas. Para Bea, a mãe estava operando em um sólido 9,5 na escala de insanidade materna.

— O que está acontecendo? — perguntou Bea, cautelosa.

Arabella olhou para a filha.

— BEATRICE!* Jackie, a cerimonialista, disse que podemos simplesmente reservar todos os outros resorts da ilha para nossos convidados, em especial agora que tantos covardes cancelaram! E há vários outros lugares na ilha onde podemos recriar o casamento! Vou precisar de sua ajuda! Faça as malas agora e venha comigo! Meu querido irmão, que Deus o abençoe, vai enviar um dos seus aviões a Farnborough para nos buscar! Decolagem amanhã, às nove da manhã! Preciso de todos a postos! Precisamos dividir para conquistar! Onde está Rufus? Você teve notícias de seu irmão? Ele não responde a minhas mensagens e...

Bea a interrompeu, cheia de audácia.

— MAMÃE! Tive uma ideia brilhante! Agora que vamos hospedar os convidados em resorts diferentes e que um monte de covardes cancelou, não teríamos espaço para Eden?

Eden balançou a cabeça, tentando fazer contato visual com Bea. Péssima ideia, sobretudo considerando que a condessa obviamente estava em um estado hipomaníaco.

Arabella congelou por um instante, levantando os olhos das malas sem dizer nada. Então, de repente, seu olhar se fixou em Eden.

— Por que você está usando o colar Boucheron de rubis birmaneses da vovó?

— Eu só quis usar o pescoço de Eden como meu manequim. Ela não tem o pescoço longo mais lindo do mundo, bem Audrey

* Arabella pronuncia o nome da filha com sotaque italiano — *Beatritche* — não porque seja italiana, mas porque é arrogante.

Hepburn? Está vendo como ela pode ser útil? Como você mesma disse, precisamos de todos a postos. E, papai, lembra como ficamos com dó da mamãe por ela não ter conseguido encaixar os Tong na lista de convidados, por mais que tentasse? Agora podemos ter Eden *E* tio Thomas no casamento!

Eden e Thomas trocaram olhares arregalados, como ratos presos no meio de uma debandada de elefantes.

— Ótima ideia, Bea, mas tenho certeza de que os Tong são ocupados demais para conseguir viajar tão em cima da hora — disse Francis, hesitante. Ele sabia muito bem que a última coisa que o amigo queria era estar em qualquer lugar perto daquele evento amaldiçoado.

— Pois é, esta semana está uma loucura. Muitos pacientes — acrescentou Thomas.

Bea não se deu por vencida.

— Dr. Tong, o senhor vai ter um monte de pacientes para atender no casamento! Pense nas centenas de convidados e nas atividades perigosíssimas que eles vão fazer: observação de baleias, trilhas em vulcões, rodízios intermináveis nos bufês. E se algum desses decrépitos ex-membros da realeza cair duro, depois de tanto comer Spam Loco Moco?* Vai ser ótimo ter um médico por perto. Dois, na verdade. Sempre esqueço que Eden também é médica. E, mamãe, não percebe como Eden vai ser *especialmente* útil... com a *OS*?

De repente, os olhos de Arabella brilharam, e ela pareceu se recompor um pouco.

— Sim, ela será muito útil com a *OS*, não é mesmo? Eden, você vai nos ajudar, não vai? Neste momento de necessidade?

Eden não fazia a menor ideia do que a condessa estava falando, mas sabia que a única resposta apropriada naquele momento era

---

* Prato típico do Havaí que consiste em arroz branco coberto com fatias de Spam (um enlatado de carne) frito, molho de carne e um ovo estrelado. Dizem que foi criado nos anos 1940, quando clientes de lanchonetes havaianas pediam algo barato para comer. O Spam se tornou um alimento muito popular no Pacífico desde a Segunda Guerra Mundial, quando foi servido aos soldados americanos e depois incorporado à culinária local, de Cingapura a Saipan. Meu *Spam Loco Moco* favorito é do Tex Drive-In, em Honokaa, e não deixe de experimentar as malasadas feitas na hora — um donut português frito que, assim como o Spam, de alguma forma também foi parar no Havaí.

assentir. Desde criança, sabia que a condessa não considerava os Tong iguais aos Gresham — para ela, Thomas Tong, como médico da família, mal estava um degrau acima do mordomo, e Eden não passava de uma amiguinha de brincadeiras para os filhos, quando lhes convinha. Egocêntrica como era, a condessa nem imaginava o quanto Eden tinha se tornado querida pelos irmãos.

Bea, é claro, não fazia as mesmas distinções que a mãe e comemorou, radiante:

— Eba! Está decidido então! Os Tong vão para o Havaí!

Ela agarrou Eden pela mão e a puxou para fora do quarto antes que a mãe mudasse de ideia.

— Meu Deus, Bea. O que você fez?

— Não acredito que meu plano deu certo! Você não tem ideia de como eu venho tramando *há meses* te colocar nessa lista!

— Bea, não posso simplesmente me ausentar do trabalho por uma semana inteira de última hora, e não entendo nada de organização de casamentos — resmungou Eden, ainda digerindo aquele desdobramento inesperado. Por mais que desejasse conhecer o Havaí, não gostava nada da ideia de ir como uma espécie de funcionária de luxo da família Gresham.

— Você pode atender seus pacientes por Zoom, e relaxe, minha mãe já tem um exército de cerimonialistas trabalhando dia e noite. A gente não vai precisar fazer quase nada, além de dar ordens e tostar ao sol.

— E afinal, que diabos é essa OS de que você tanto fala?

— Teremos tempo de sobra para eu te contar tudo sobre a OS depois. Vai já fazer as malas!

— Pois é, tem esse detalhe também: não tenho nada para vestir! — suspirou Eden, exasperada.

— Claro que tem. Pode usar minhas roupas. Vou te emprestar o Dolce cor de pêssego. Ai, meu Deus, estou tão empolgada que preciso fazer xixi! DECOLAGEM ÀS NOVE DA MANHÃ!!!

Matéria da última edição da *Tattle*...

A VINGANÇA DE LADY ARABELLA

Esse barulho que você ouve no céu? São os jatos particulares chegando ao aeroporto de Kona esta semana para o casamento de Lady Augusta Gresham e do príncipe Maximillian zu Liechtenburg. Apesar da inoportuna erupção vulcânica no local da cerimônia, o show — afinal, estamos falando da união dinástica mais deslumbrante da temporada — tem de continuar; uma regra que os Gresham sempre seguiram. Não à toa, essa família está entre as mais comentadas destas páginas.

Primeiro, tivemos o retrato icônico da condessa Arabella Gresham, vestindo um Alexander McQueen gótico e montada em uma zebra, na sala de estar de Greshamsbury Hall. Depois, Lady Augusta e Lady Beatrice estamparam a capa em *cheongsams* vintage de Xangai para marcar seus 21 e 16 anos, respectivamente. E quem poderia esquecer a foto que virou papel de parede da tela de bloqueio de toda garota do SW3* — o Visconde Rufus, peito

---

* SW3 é um dos CEPs exclusivos de Londres, no caso basicamente Chelsea, Brompton e parte de Knightsbridge. (N. T.)

nu, passando a camisa a ferro, antes do Desfile de Moda Beneficente da Radley?

"Meus filhos tiveram a sorte de nascer na época certa, quando ser metade asiático é visto como uma vantagem, e não uma maldição", declara a condessa, com a franqueza que lhe rendeu tantos admiradores. Mas há uma história dos primeiros anos de Arabella em Londres que ela adora contar. A jovem mãe brincava com a filha bebê, nos jardins de sua casa em Thurloe Square (aquela enorme, da esquina), quando foi abordada por duas senhoras — uma mãe de meia-idade e a filha de trinta e poucos anos.

"A mais velha me perguntou: 'Com licença, você fala inglês?'. Eu já estava acostumada com essa pergunta, então só assenti. A mais jovem disse: 'Nós a vemos aqui todos os dias. Você cuida tão bem da bebê. Está na cara que ela te adora'. 'Obrigada', respondi. E então a mais velha se inclinou e sussurrou: 'Seja lá quanto estejam te pagando, nós pagamos o dobro'. Eu fiquei bem confusa, até que caiu a ficha: aquelas mulheres achavam que eu era babá! Porque sou chinesa e minha filha, metade britânica, não se parece comigo!", lembra Lady Arabella, rindo.

É fácil para Lady Arabella ignorar o racismo casual que enfrentou naquela época, porque hoje ninguém jamais a confundiria com uma funcionária. A condessa, sempre trajando alta-costura dos pés à cabeça, é considerada uma das mulheres mais bem-vestidas do mundo e a mente visionária por trás de alguns dos hotéis mais sofisticados do planeta. Tudo começou três décadas atrás, quando Arabella atraiu a atenção do mundo da moda — e, mais importante ainda, o olhar de Francis, o 18º conde de Greshamsbury — ao desfilar para Azzedine Alaïa, em Paris.

Seguiu-se um romance arrebatador e um casamento de tirar o fôlego, mas Arabella logo descobriu que a vida em Greshamsbury Hall não era exatamente um conto de fadas. A nobreza local, ao que parecia, não estava muito disposta a dar boas-vindas à garota de Hong Kong que conquistara o charmoso visconde, herdeiro de terras vastas e fortunas ainda maiores, cuja linhagem remontava a Eduardo, o Confessor.

"Ah, eles foram absolutamente *cruéis* no início. Tudo o que eu fazia era criticado — das botas de salto *stiletto* que usei na festa da vila até a forma desajeitada como fiz reverência para a princesa Alexandra na ocasião de sua visita. Hoje, todos fingem que nada disso aconteceu, mas *eles sabem* quem são", diz a condessa, com um sorriso enigmático. Enquanto Lorde Francis "nunca deu a mínima para o que pensavam", Arabella decidiu mudar de estratégia.

"Veja bem, eu nunca tive a ilusão de que seria fácil. Sabia que minha família jamais seria aceita como *verdadeiramente* inglesa. No início, tentei seguir os passos de minha sogra, que era obcecada por tradição, mas tudo o que eu tentava só me fazia destoar ainda mais. Então percebi: nunca vou deixar de chamar atenção, então para que lutar contra isso? Foi aí que decidi criar um estilo próprio e fazer as coisas do meu jeito."

A primeira providência? Uma reforma urgente em Greshamsbury Hall, a primeira em mais de um século. Saiu o Aga antigo e os tecidos adamascados *Tassinari et Chatel* embolorados; entrou um estilo *fusion* ousado e futurista, mesclando Oriente e Ocidente, que os designers hoje chamam de *Arabella Chic*. "Fui a primeira a aplicar quarenta e oito camadas de laca cor de tabaco no piso de uma mansão. Fui a primeira a misturar móveis brutalistas com vime."

Arabella atribui à própria mãe a confiança para desafiar séculos de tradição. "Minha mãe cresceu em Xangai, a Paris do Oriente, então, para ela, *fusion* asiático não era uma moda passageira, era um estilo de vida." O pai de Arabella, advogado, vinha de uma das famílias jurídicas mais respeitadas de Hong Kong. "As pessoas sempre se surpreendem ao saber que não cresci em uma plantação de arroz. Meu avô e meu pai estudaram em Oxford, e tínhamos uma casa em Kowloon Tong com cinco empregados."

Depois que todas as revistas de decoração rasgaram elogios à transformação de Greshamsbury Hall, todos passaram a disputar convites para conhecer o lugar. A essa altura, os Gresham já não precisavam dos vizinhos — estavam em outro patamar, circulando entre a realeza de Hollywood, magnatas do design e plutocratas globais. "Promovemos fins de semana verdadeiramente diversos e inclusivos. Convidamos sultões malaios, barões do petróleo nigerianos, oligarcas indianos. Todos são bem-vindos!", declara Arabella, com orgulho.

A condessa jamais imaginou que sua abordagem moderna ao estilo Marco Polo daria origem ao próprio império no mundo do design e da hospitalidade, mas tudo mudou quando um príncipe catari, notório por seu alto grau de exigência, passou um fim de semana na propriedade e ficou tão impressionado com a hospitalidade que ordenou que ela projetasse um hotel em Londres "para pessoas que só conseguem se hospedar em palácios quando viajam", prometendo reservar o local inteiro todos os anos para a temporada de Londres. Arabella não perdeu tempo e concebeu o Bella's, o precioso oásis londrino que redefiniu o conceito de hotel boutique. Depois vieram as filiais do Bella em Hong Kong, Antuérpia e nas Maldivas, todas com a alquimia perfeita entre glamour discreto, serviço impecável e privacidade absoluta — o que as tornou destinos obrigatórios para os *cognoscenti*.

Agora, Arabella está prestes a revelar sua maior criação: um *eco-resort* superluxuoso na Grande Ilha do Havaí que, segundo os primeiros rumores, promete deixar os proprietários do Aman bem preocupados. (Três das *villas* possuem cachoeiras particulares.) Dá até para pensar que tudo isso fazia parte do plano de mestre de Arabella desde o início. "Nunca foi minha intenção. Eu só precisava de uma casa que não fosse tão gelada a ponto de meus bebês morrerem de pneumonia."

Falando neles, os filhos de Arabella cresceram e obviamente herdaram o charme despretensioso e o estilo impecável dos pais. Lady Augusta, cuja beleza etérea e poses de ioga Ashtanga, desafiando a gravidade nas praias de Bali, acumulam milhões de visualizações, vai unir a própria marca de bem-estar à de seu noivo, o príncipe Max. Max, um empreendedor social e *coach* de microdosagem, cresceu entre a *villa* do pai, o príncipe Julius de Liechtenburg, em Ibiza, e o rancho californiano da mãe norueguesa (a princesa Hanne Marit pertence ao clã von Melke av Sjokolade, uma família com tanto petróleo bruto do Mar do Norte norueguês correndo nas veias que acender um fósforo nas proximidades pode ser arriscado). A irmã caçula, Lady Beatrice, fez sua estreia espetacular nas passarelas no desfile de Iris van Herpen, em Paris, no ano passado. Com o cabelo ruivo ticiano e maçãs do rosto à la Tilda Swinton, a *It Girl* do momento está pronta para conquistar o príncipe que bem entender.

E, claro, temos o herdeiro pródigo: Rufus, Visconde de St. Ives — ou *Visconde* de *St. Abs**, como foi apelidado depois que sua famosa foto passando roupa sem camisa viralizou. Ex-surfista profissional e agora fotógrafo de viagens, Rufus atualmente vive no Havaí e coleciona corações partidos nos dois lados do Atlântico. Agora que a irmã mais velha conquistou um casamento tão esplêndido, a pressão está toda sobre ele para providenciar outro enlace real digno dos contos de fadas. Os irmãos Gresham parecem incorporar sem esforço tudo o que se espera da nova aristocracia: são estilosos, conscientes, globais. Não seria surpresa se os filhos de Arabella acabassem concebendo a próxima geração da realeza europeia — uma vingança perfeita para a condessa que um dia foi confundida com babá.

---

* Trocadilho com "abs", abreviação de "abdômen" em inglês. (N. T.)

II
Havaí

O Havaí é um paraíso, e nunca vou me cansar de dizer. Mas preciso acrescentar uma ressalva: o Havaí é um paraíso para os podres de rico.

— Jack London

Londres, 1995

•

HOSPITAL ROYAL MARSDEN

O Dr. Thomas Tong estava apreciando uma xícara de chá na sala de descanso, quando seu colega de apartamento enfiou a cabeça pela porta aberta.

— Dominic! O que você está fazendo aqui?

— Recebi uma ligação urgente em casa para você, de Hong Kong. Não sabia o que fazer, então vim te procurar.

— De Hong Kong?

Dominic o encarou, desconfortável.

— Era a polícia. É sobre seu irmão...

Naquele momento, ele soube. Simplesmente soube. Dominic não precisou dizer mais nada para que ele entendesse que seu irmão, Henry, estava morto. Era como se tivesse passado a vida inteira se preparando para aquela ligação.

Thomas, então no segundo ano da residência no Hospital Royal Marsden, pediu licença emergencial e pegou o primeiro voo disponível da Cathay para Hong Kong. Assim que aterrissou, foi direto ao necrotério da polícia para identificar o corpo, poupando os pais idosos daquele sofrimento. Reuniu toda a coragem ao entrar no prédio, achando que seria fácil. Quantos corpos já havia dissecado? Quantos pacientes já havia perdido? Mas, então, viu Rosina sentada ali. De todos os amigos que estavam com Henry no Felix, na noite anterior, quando tudo aconteceu, apenas Rosina Ko-Tung tinha aparecido.

— Foi um acidente. Um acidente absurdo. Se Henry não tivesse subido no sofá rosa, ele não teria caído de tão alto...

— Ainda não entendo por que aconteceu. Vocês não eram todos grandes amigos?

— Estávamos todos bêbados. Roger ficou muito perturbado quando seu irmão fez o pedido de casamento. Veja bem, Mary é irmã dele. E Mary está grávida de seu irmão.

— Não estou entendendo. Por que Roger ficou tão irritado por Henry querer se casar com a irmã dele?

— Não, Henry pediu Gabriella Soong em casamento. Ficamos todos chocados.

Thomas suspirou, finalmente compreendendo.

— Ele não sentiu nada, juro. Ele não sentiu nada — disse Rosina, abraçando-o, o corpo inteiro tremendo em meio aos soluços.

Sempre foi aquele o problema, *pensou Thomas.* Henry nunca sentiu nada.

1

Puako Beach

•

GRANDE ILHA DO HAVAÍ • ***MAIS TARDE NAQUELA SEMANA***

Eden despertou ao som de desconhecidos trinados. O coro do lado de fora parecia mais animado do que qualquer coisa que ela já tivesse ouvido, e os pássaros tinham cantado a noite toda. Por ter chegado muito tarde, na véspera, a uma casa no fim de uma estrada escura como breu, ela não fazia ideia do que a aguardava do lado de fora. Levantou-se preguiçosamente da cama, escancarou as portas venezianas de estilo colonial e quase perdeu o fôlego, incrédula.

Diante dela, um gramado verde-esmeralda descia suavemente até as palmeiras balançando ao vento e o oceano de um azul ofuscante. Descalça, ela atravessou a grama até a estreita faixa de areia cinza-prateada, onde as ondas lambiam suavemente as piscinas naturais formadas pelas rochas vulcânicas. Era a primeira vez que via o Pacífico, e correu alegremente sobre as pedras, procurando o lugar perfeito para molhar os pés naquelas águas cristalinas.

— Cuidado onde pisa! — gritou uma voz atrás dela.

Eden olhou para baixo e viu que a grande pedra cinza onde estava prestes a pisar de repente se mexeu. Era uma tartaruga marinha tomando sol.

— Meu Deus! — exclamou Eden, recuando.

Virou-se e viu uma mulher de uns vinte e tantos anos sentada em um tronco desbotado pelo sol.

— Esta praia é um local de descanso para tartarugas marinhas ameaçadas de extinção. A gente tem que manter pelo menos uns sete metros e meio de distância — explicou a mulher, tomando um gole de café.

— Desculpe, eu não fazia ideia. É minha primeira vez aqui.

— Não precisa se desculpar comigo, mas talvez com a tartaruga sim.

— Ah, claro.

Eden se abaixou e olhou diretamente nos olhos semicerrados da tartaruga.

— Desculpe, quase pisei em você. Vou tomar mais cuidado daqui em diante.

Virando-se, abriu um sorriso simpático para a mulher.

— Oi, meu nome é Eden.

— Kiana. — (Escola Punahou/UC Berkeley/Central St. Martins). — De que time você é?

— Time?

— Time Allison ou time Kirsten?

— Desculpe, não faço ideia. Ou talvez faça... Sou do time da Arabella.

— Ela é a chef confeiteira?

— Hã, não. E você, o que faz?

— Esculturas de gelo. Foi mal, achei que todo mundo hospedado aqui fosse do time alimentos e bebidas.

Eden finalmente entendeu. Com o súbito fechamento forçado do novo eco-resort de Arabella, houve uma correria para acomodar tanto a equipe de organização do casamento quanto os convidados que estavam chegando. Bea e o pai tinham sido levados para algum lugar mais adiante na estrada, enquanto Eden foi parar naquela casa, na Puako Beach Drive. Não conseguiu conter uma risada. *Claro* que Arabella a instalaria com o pessoal do bufê. Mas ela nem se importava — a espaçosa casa de praia havaiana, toda de madeira, era fabulosa sob qualquer critério, e seu quarto estava confortavelmente decorado com móveis de rattan vintage e abajures deliciosamente kitsch de dançarinas de hula-hula.

— Então você é escultora de gelo? — perguntou Eden.

— Normalmente trabalho com pedra, mas esse é um bico. Meu amigo Francisco me descolou esse trampo. E, por falar no diabo, olha ele ali... — Kiana apontou para o mar.

Eden conseguia discernir uma figura contra o sol, mergulhando de snorkel em um recife raso, um pouco mais adiante.

— Francisco! — gritou Kiana. — Viu alguma coisa boa?

O homem emergiu, olhou na direção das duas e tirou a máscara de mergulho. Para surpresa de Eden, era Rufus.

— Eden!! — gritou Rufus animado enquanto emergia das ondas, abrindo os braços para recebê-la; a água escorria do cabelo comprido e caía em filetes pelo peito nu. — Você está prestes a ficar muito molhada — avisou, antes de puxá-la para um abraço apertado. — Senti saudades!

— Agora estou encharcada! — Eden deu uma risadinha. — O que você está fazendo aqui?

— Passei a manhã inteira esperando você acordar, sua dorminhoca!

— Você teve sorte de eu ter levantado tão cedo. São tipo... o quê? Umas oito da noite na Inglaterra.

— Ah, tudo desculpa! — provocou Rufus.

Kiana observava a troca animada entre os dois com curiosidade.

— Então *você* é a Eden de quem Francisco tanto fala! Eu devia ter imaginado pelo sotaque. Vocês dois falam exatamente igual!

— Falamos? — perguntou Eden.

— Sim, Francisco tem um sotaque meio Harry Styles, enquanto você é mais Kate Middleton.*

— Que medo! — riu Eden.

— Para os havaianos, todo britânico parece saído de *Downton Abbey* — brincou Rufus, antes de explicar: — Kiana e eu nos conhecemos no colégio, em Londres, mas ela é daqui.

---

* A princesa de Gales já deixou claro que prefere ser chamada de Catherine, então, pelo amor de Deus, parem de chamá-la de Kate Middleton.

— Sério?

— Sim. Minha família mora em Waimea. Esse trampo foi meu jeito 0800 de visitá-los.

— Kiana é uma artista muito melhor do que eu jamais serei.

Kiana sorriu.

— Não acredite em nada do que Francisco diz. Logo o trabalho dele vai estar nos museus e eu ainda estarei serrando gelo em casamentos chiques.

— Besteira! — exclamou Rufus.

— Falando em gelo, tenho que correr para uma reunião com os decoradores metidos do casamento. Estão surtando porque minhas esculturas "atrapalham o campo de visão" — disse Kiana, revirando os olhos.

— Manda eles à merda. Eden, café lá em casa? — chamou Rufus.

— Preciso vestir algo decente antes — disse Eden, percebendo que ainda estava com as roupas de dormir: um short velho de algodão e uma camiseta justa.

— Por quê? Você vai ao Wolseley? Veja só como estou vestido. — Rufus apontou para seus calções de surfe surrados e os pés descalços enquanto cortavam caminho por uma trilha arborizada que levava da praia até uma estrada que, para Eden, parecia saída de um sonho. Coqueiros altos, hibiscos perfumados e mangueiras ladeavam a via sinuosa, onde bangalôs simples e casas de madeira se misturavam a mansões imponentes. No caminho, Rufus estendeu a mão até um galho baixo e arrancou duas mangas maduras.

— Para o café da manhã. — Ele sorriu.

— Isso aqui é um paraíso! Como vim parar aqui mesmo?

— Graças a mim, é claro. Eu dei um jeito de te colocar naquele bangalô!

— Quer dizer então que perdi a chance de ficar em um resort cinco estrelas por sua culpa? — provocou Eden.

— A *Puako Beach Road* é um dos últimos lugares da ilha onde ainda existem esses bangalôs originais dos anos sessenta, bem na beira da praia — explicou Rufus. — Aqui é um bairro de verdade, não um resort metido a besta. Você adora descobrir os lugares mais autênticos quando viaja, então achei que ia gostar mais daqui.

— Eu amei! Mas, ei, Tom Ripley, por que Kiana te chama de "Francisco"?

— É meu pseudônimo, meu nome artístico: Francisco Ives.

— Esperto.

— Estou tentando não usar "Visconde de St. Ives" em Londres. Meu nome chega em todos os lugares antes de mim.

Eden assentiu, sabendo bem como Rufus se sentia dividido em relação ao título de nobreza que lhe foi atribuído no nascimento.

— Chegamos! — anunciou ele ao se aproximarem de uma casa branca simples, em forma de A, com um deque de madeira desbotada pelo sol.

— Até que enfim, o infame refúgio de surfista! — brincou Eden.

— Construí tudo com madeira de demolição — disse Rufus, com orgulho.

Ao chegarem à porta, viram um saco de roupas pendurado na maçaneta, com algumas outras sacolas e um bilhete anexado. Rufus pegou o bilhete, deu uma olhada e o entregou a Eden.

— Essa aqui é boa.

Eden leu o bilhete, rabiscado apressadamente no papel timbrado da CONDESSA DE GRESHAMSBURY:

A condessa pede que o senhor use este terno de linho bege da Margaret Howell esta noite. Ela solicita, por favor, que a camisa seja colocada para dentro da calça e que o traje seja combinado com o cinto Duret e os loafers George Cleverley fornecidos. POR FAVOR, NÃO SUBSTITUIR POR SEUS PRÓPRIOS SAPATOS. E, por favor, use o enxaguante bucal oferecido. E faça a barba. E limpe debaixo das unhas e apare os pelos do nariz. AS PESSOAS VÃO NOTAR!

— Parece até que eu não fui devidamente domesticado — zombou Rufus.

— Sua mãe só é perfeccionista.

— É mais um caso extremo de TOC, isso sim. Tenho pena do pobre coitado que teve que escrever isso — resmungou Rufus, amassando o bilhete.

Ele destrancou a porta e fez um gesto exagerado com o braço, convidando Eden. Ali dentro, ela encontrou um espaço amplo e arejado, dividido de forma criativa por biombos de bambu. Um sofá de couro gasto* dominava a parte da frente, enquanto uma cama sobre uma plataforma no canto dos fundos ficava de frente para uma parede de portas de vidro deslizantes. No canto oposto, ao lado de uma pequena cozinha linear, havia uma mesa bistrô de metal rodeada por duas cadeiras Eames clássicas. A única decoração era uma fileira de pranchas de surfe encostadas na parede principal.

— Transformei o banheiro em meu laboratório fotográfico — disse Rufus, abrindo uma porta estreita para que Eden espiasse o pequeno espaço onde um ampliador fotográfico se equilibrava sobre uma tábua de madeira apoiada no box.

— Então onde você toma banho?

Rufus apontou para fora. No canto do deque dos fundos havia um chuveiro ao ar livre, cercado por arbustos tropicais e uma parede de pedras vulcânicas empilhadas. Ele indicou um reservatório de aço galvanizado no telhado.

— Aquele tanque coleta água da chuva para o chuveiro.

— Que demais! Nunca tomei banho ao ar livre — confessou Eden.

— Então precisa experimentar enquanto estiver aqui. É maravilhoso, você vai adorar. Às vezes apago todas as luzes e fico no chuveiro à noite, só para olhar as estrelas.

— Parece incrível — comentou Eden.

De volta ao interior da casa, Eden notou a bancada de trabalho de Rufus no canto oposto à cama. Presa à parede, do chão até o

* Na verdade, eram dois sofás Togo de dois lugares, de Michel Ducaroy, dispostos lado a lado, mas Eden não saberia reconhecer um sofá de couro vintage de vinte mil dólares e ficaria horrorizada com o preço.

teto, havia uma colagem de folhas de palmeira secas, recortes de revistas e fotografias dele. Entre imagens do oceano, piscinas naturais e lagartixas verde-brilhantes, havia fotos de Bea e de Augie, além de uma antiga fotografia em preto e branco de Eden, em que ela ria diretamente para a câmera, uma longa mecha de cabelo cobria parte do rosto. Eden se lembrou exatamente do momento em que a foto foi tirada, durante uma caminhada nos penhascos de Tintagel, muitos verões antes.

— Por que você colocou essa foto aí? — perguntou Eden.

— É minha foto favorita de você.

— Não é meu melhor momento.

Ele ia protestar, mas preferiu mudar de assunto.

— Então... acho que você não ficou impressionada, né?

— Como assim? Você sabe que eu sempre adoro ver seu trabalho.

— Estou falando da casa.

— Ah, eu *adorei*! É a sua cara, e entendo por que você ama passar tanto tempo aqui.

Rufus sorriu, aliviado.

— Minha mãe veio aqui uma vez e chamou o lugar de ninho de rato. Ficou menos de dez minutos.

— Não a imagino gostando de nada disso. Não há nada aqui para ela laquear.

— Haha, exatamente! Mas dou crédito a essa casinha por ter inspirado o novo resort.

— Ela nunca teria vindo ao Havaí se você não passasse tanto tempo aqui.

— Não é só isso, acho que ela reconheceu o que a cabana tem de especial, mesmo não sendo seu estilo. Não é coincidência que ela tenha colocado doze chalés de surfe nas colinas acima do resort. Claro, os dela são feitos com aquela madeira chamuscada da moda e equipados com almofadas de caxemira, banheiras de imersão e telas de cinema retráteis no teto. Ela conhece bem seu público e sabe exatamente como atraí-lo até aqui.

Eden olhou ao redor da modesta cabana de Rufus, pensando em como aquele lugar refletia perfeitamente o espírito livre do amigo.

A forma como ele transformou uma porta de vidro antiga e dois tocos de árvore em uma linda bancada de trabalho; as conchas e pedrinhas do mar organizadas em uma mandala intricada no parapeito da janela. Era o que ela amava em Rufus: sua criatividade crua, autêntica, e o quanto ele era um filho da natureza, muito mais feliz em seu refúgio de surfe do que em uma imponente mansão. Pela primeira vez desde que chegara à ilha, sentiu uma pontada de culpa pelo que acontecera na noite anterior. Como pôde se deixar envolver no esquema maníaco da condessa?

2

O quarto da condessa

•

GRESHAMSBURY HALL • *24 HORAS ANTES*

Na noite anterior ao voo para o Havaí, Eden foi convocada de volta ao Casarão, onde encontrou a condessa recostada contra uma dúzia de almofadas de veludo de seda Luigi Bevilacqua,* enquanto Bea estava esparramada aos pés da cama, acariciando Noel e Liam.

Arabella ergueu o olhar para Eden assim que ela entrou.

— Feche a porta. Está na hora de contar sobre a OS. Você precisa jurar segredo, entendeu?

Eden assentiu, obediente.

— Pois bem, você e eu sabemos que Rufus está desperdiçando a vida no Havaí. Já passou da hora de ele se estabelecer e fazer algo da vida...

— Sério? Mas ele é uma das pessoas mais dedicadas que conheço — insistiu Eden.

— Fazendo o quê, posso saber? Limpando pranchas de surfe?

— Ele é um artista.

* Fundada em 1875, em Veneza, a Tessitura Luigi Bevilacqua foi também a fornecedora oficial de tecidos preciosos para o Vaticano, até que o Papa Paulo VI decidiu cortar gastos com artigos de luxo. (Isso explica as almofadas da Target que vi na sala de espera em minha última audiência com o pontífice.)

— Um artista fracassado, isso sim! Já se passaram cinco anos desde que ele se formou na faculdade de artes e ainda não conseguiu nem mesmo participar de uma exposição coletiva decente. E se recusa a aceitar minha ajuda! Um telefonema para minha amiga Jessica, e ele teria uma exposição solo na galeria dela, em São Francisco. Mas esse menino é teimoso feito uma mula. Enfim, isso não vem ao caso. Rufus não precisa ser um artista famoso. Ele vai ser o conde de Greshamsbury. Já se divertiu bastante, brincando com as câmeras por aí e vagando pelo mundo com aqueles chinelos fedorentos. Está mais que na hora de voltar para a Inglaterra e assumir seu verdadeiro dever: ele precisa se casar e me dar muitos netos.

— Você quer dizer netos *e netas*, né mamãe? — interrompeu Bea.

— Netos PRIMEIRO! — corrigiu Arabella, com firmeza. — Eden, você viu a procissão de desajustadas que Rufus trouxe para cá ao longo dos anos: aquela que não depilava as axilas. Aquela com um lagarto de estimação. Aquela que mentiu a idade. A australiana. E a pior de todas, a cantora folk.

— Savannah é uma pop star! E bilionária agora, mamãe — cortou Bea.

— E daí? Ela era vegana!

— Ela vendeu a linha de bálsamos labiais veganos por oitocentos milhões de dólares! — insistiu Bea.

— É precisamente o ponto: ela era uma vegana interesseira. Enfim, passei os últimos dois anos selecionando centenas de candidatas do mundo todo, cruzando referências com Debrett's, Burke's, o *Almanach de Gotha* e o *Social Register*, além de consultar meu painel secreto de especialistas.* Depois de uma busca exaustiva, encontrei a candidata perfeita para ser o par de Rufus.

— Com todo o respeito, Lady Arabella, não sei se tentar arranjar um par para Rufus é a melhor ideia — disse Eden.

---

* O painel secreto de especialistas de Arabella incluía a *première vendeuse* da Christian Dior, o presidente do *Bal des Débutantes*, o diretor de admissões do *Institut Villa Pierrefeu*, o *maître d'hôtel* do Le Voltaire, o vice-presidente executivo de *private banking* da Rothschild & Co. e, é claro, Sima, de Mumbai.

— Bobagem! Casamento arranjado ainda é o costume em metade do mundo. Pense nos bilhões de indianos que se aproveitam desse sistema todos os anos. E, em grandes famílias como a nossa, as uniões sempre foram encaradas com grande intenção e estratégia. Você sabe muito bem que Rufus não pode simplesmente se casar com qualquer uma, ele *precisa* de alguém que atenda a todos os critérios necessários. E eu encontrei a jovem que preenche todos os requisitos. Na verdade, Bea merece parte do crédito.

Eden olhou curiosa para Bea, que anunciou animada:

– "OS" significa "Operação Solène", de Solène de Courcy. Lembra dela? Minha colega de apartamento em Paris? Fizemos aquele ensaio juntas para a *L'Officiel*.

— Ah, sim, lembro agora. Ela é linda! Não é artista também? — Eden se lembrou de Bea surtando sem saber o que vestir para a vernissage de Solène, na Timothy Taylor.

Arabella assentiu.

— Ela é uma das artistas emergentes mais promissoras do momento. Já fechou contrato com galerias importantes em Londres, Paris e L.A., e todo mundo está revendendo suas obras. Ou seja, ela pode satisfazer todas as pretensões artísticas de Rufus.

— Não sei se funciona bem assim... — hesitou Eden.

— *Hiyah*, você não está entendendo! Ela é filha de Gaspard e Olimpia de Courcy. Nasceu no hospital certo, cresceu no *arrondissement* certo, frequentou as escolas certas, fala os idiomas certos e entende instintivamente o que significa nascer na nobreza.

— E não só ela nasceu na nobreza, como nasceu nos hotéis também! — acrescentou Bea. — Os De Courcy são donos de uma rede fabulosa de hotéis espalhados pela França e pelo Caribe francês. Por isso esse casamento é um verdadeiro achado: ela já sabe o que é ser constantemente assediada por amigos atrás de um upgrade de quarto!

Arabella assentiu.

— Sim, já consigo imaginá-la como a futura *chatelaine* de nosso império de estilo de vida. Além de ter o visual certo, seu estilo é impecável. Quando você a conhecer, verá na hora que ela é praticamente uma jovem Betty Catroux.*

Eden não fazia ideia de quem era essa, mas assentiu com educação mesmo assim.

— Enfim. Bea conseguiu um fio de cabelo para que eu pudesse mandar fazer alguns testes. — Arabella percebeu o olhar de espanto de Eden. — Por que essa expressão chocada? Precisávamos nos assegurar de que ela não tivesse aqueles genes horríveis de tantos europeus da nobreza, você sabe, aqueles que sangram sem parar por um cortezinho de papel ou que cometem duplo suicídio em cabanas de caça com os amantes. Seja como for, ela tem genes decentes. Não tão bons quanto os dos Gresham, claro, mas bons o suficiente para garantir que meus netinhos não tenham grandes deformidades. Mais importante ainda, sua linhagem é magnífica: ela é uma *princesse du sang royal*, descendente direta de Maria Antonieta** por parte de pai e de Lucrécia Bórgia por parte de mãe.

— Hã... não foi Lucrécia Bórgia que envenenou alguns dos maridos? — perguntou Eden.

— Não dê trela a esses boatos maldosos!*** Ela foi uma nobre renascentista de grande classe, e teremos muita sorte em receber sua descendente na família. Então, estou organizando para que

---

* Musa icônica de Yves Saint Laurent, famosa por usar seus casacos estilo safári e ternos *Le Smoking* melhor do que ninguém.

** Arabella ou está enganada ou foi mal informada. A última descendente de Maria Antonieta foi sua filha, a princesa Maria Teresa Carlota, que morreu em Viena, em 1851, sem deixar filhos. Os De Courcy são *princes du sang* — príncipes de sangue real — graças a uma bisavó Bourbon, mas costumam usar esse título honorífico apenas em circunstâncias especiais, como na hora de reservar mesas em restaurantes estrelados.

*** Alguns dos boatos maldosos sobre Lucrécia Bórgia: que ela usava um anel com um compartimento secreto para guardar veneno; que participou do "Banquete das Castanhas", uma orgia infame; que manteve um relacionamento incestuoso com o pai, o Papa Alexandre VI; que também manteve um relacionamento incestuoso com o irmão Cesare que, por sua vez, planejava assassinar o primeiro marido dela, Giovanni; que teve um caso com o mordomo de seu pai, Pedro Calderón, cujo corpo depois apareceu às margens do rio Tibre. Se tem alguém que precisava de um bom assessor de imagem, era Lucrécia.

você e Bea passem os próximos dias fazendo passeios especiais pela ilha com Rufus e Solène.

— Você vai ser minha coconspiradora! — Bea soltou uma risada.

Arabella interrompeu, impaciente:

— Agora, Eden, aqui vai a parte brilhante do plano: *Rufus vai pensar que está sendo arranjado com outra pessoa.*

— Ah, é? Quem?

— A princesa da Tailândia. Ela é linda, da nobreza e completamente inacessível. Mas vou fazer um grande alarde na hora de apresentar os dois, e Rufus vai acreditar que estou tentando casá-lo com ela. Naturalmente, ele vai se empenhar ao máximo para resistir aos encantos da jovem. Mas, enquanto isso, Solène estará convenientemente ali ao lado, e sua função será falar bem dela para Rufus, de forma sutil, é claro. Assim que você conhecer Solène, verá como faz todo o sentido que ela seja minha futura nora. Você quer o melhor para minha família, não quer?

— Claro que quero — respondeu Eden, perguntando-se se Arabella realmente se importava com o que era melhor para o filho. Ela havia conhecido quase todas as namoradas de Rufus ao longo dos anos, e o problema nunca foi exatamente as mulheres. O problema era que ele não se apaixonava de verdade por nenhuma delas. Por mais disponível que pudesse parecer nas revistas de luxo, na vida real era o oposto de um Casanova. Meio desajeitado com mulheres que não conhecia bem, Rufus simplesmente não tinha atitude. Nunca era o perseguidor, sempre o perseguido. Depois que entrou no radar social, legiões de garotas tinham ficado obcecadas com a ideia de se tornar a nova condessa de Greshamsbury, e, sendo do tipo tranquilo, Rufus acabava se deixando levar por relacionamentos muito mais intensos do que ele pretendia.

Será que aconteceria o mesmo com Solène de Courcy? Eden estava disposta a manter a mente aberta e dar uma chance à tal candidata. Afinal, o que estava em jogo ali era a felicidade futura de Rufus, e ela, mais do que ninguém, queria que ele encontrasse sua verdadeira alma gêmea. Se a mãe dele estava tão convencida de que aquela era *a garota certa*, ao menos Eden teria a chance de avaliá-la pessoalmente. No fim das contas, todos estariam convivendo bastante, e Rufus confiaria muito mais na opinião dela do que na da própria mãe ou irmã. Mas, ainda assim, Eden fez uma última pergunta a Lady Arabella:

— Como a senhora pode ter tanta certeza de que Rufus vai se apaixonar por Solène?

Arabella a fuzilou com o olhar, como se ela tivesse acabado de dizer algo ridículo.

— É seleção natural. Pessoas bonitas sempre se apaixonam por pessoas bonitas. Veja eu e meu marido. Assim que pus os olhos nele, senti que estava ovulando.

— Além disso, temos uma arma secreta a caminho... — sussurrou Bea em tom conspiratório.

— Uma arma secreta?

— Você vai ver — respondeu Bea, com um brilho travesso no olhar.

•

Eden estava se perguntando qual poderia ser essa "arma secreta" de Arabella e Bea quando foi arrancada de seus devaneios por um leve toque no ombro. Rufus lhe oferecia uma caneca de cerâmica.

— Você ainda gosta do café com um pouco de creme?

— Sim.

— Posso adicionar mais uma coisinha? É algo que aprendi aqui.

— Claro.

Eles foram para o deque de madeira e se sentaram em um par de cadeiras *butterfly* de lona. Eden inalou o vapor que subia da caneca e sentiu um aroma doce.

— Você colocou baunilha?

— Na verdade, é mel *lehua* da Grande Ilha, misturado com favas de baunilha.

— Humm. Adorei. — Eden sorriu, tomou um gole longo e tranquilo, fechou os olhos e se deixou afundar na cadeira. O calor do sol em seu rosto era tão agradável que ela mal conseguia acreditar que, na Grã-Bretanha, era pleno inverno. — Agora sim me sinto de férias.

— Acho que este é nosso último momento de paz antes de os convidados começarem a lotar a ilha. Preparada para o fim de semana de casamento mais insano de todos? — perguntou Rufus.

— Sou só uma espectadora. E você? Está preparado?

— Sou um espectador tanto quanto você.

Não é, não, pensou Eden, tomando mais um gole do café enquanto ouvia o som das ondas quebrando nas rochas vulcânicas e o guincho eufórico das aves.

— Nunca ouvi pássaros como esses antes — comentou ela.

Rufus riu.

— Porque não são pássaros. Esse é o som do sapo *coqui*. Estão por toda a ilha. É o chamado de acasalamento deles.

Eden o olhou de lado, curiosa.

— Imagine só.

O conde + a condessa de Greshamsbury
convidam para um Banquete ao Pôr do Sol
para celebrar a união de

LADY AUGUSTA GRESHAM
e
PRÍNCIPE MAXIMILLIAN ZU LIECHTENBURG

HORÁRIO: 18h
LOCAL: Bellaloha Resort
TRAJE: Festa

*Os ônibus fretados sairão dos hotéis designados às 17h30 em ponto

** Recomendamos o uso de roupas leves devido às altas temperaturas.

3

Bellaloha Resort

•

SOUTH KONA, HAVAÍ • ***BANQUETE AO PÔR DO SOL***

Bea estava terminando de prender o colar de contas de labradorita* no pescoço da irmã, Augusta, quando ouviu uma série de batidas rápidas na porta.

— Pode entrar! — disse.

Uma mulher loira, vestindo um elegante macacão preto Nili Lotan e ankle boots Roger Vivier, abriu ligeiramente a porta da suíte e enfiou a cabeça coberta com um headset no vão.

— Como estamos aí dentro?

— Quase prontas. O que acha, Jackie? — perguntou Augusta, virando-se para a produtora de eventos Jackie Zivenchy (Hillcrest Elementary/Kakiat Junior High/Ramapo High/Hobart and William Smith/Brooklyn Law). Trajava um vestido de seda estampado com ombros de fora e delicadas mangas bufantes que caíam lindamente ao seu redor, como asas de borboleta. Apesar de ser cinco anos mais velha que Bea, graças ao corpo mais delicado, as

---

* Dizem que as luzes do norte estão presas nas cores iridescentes e mutáveis da labradorita. O mineral supostamente protege contra a negatividade, razão pela qual Augie escolheu usá-lo quando soube que passaria uma quantidade absurda de tempo com a mãe.

sardas nas bochechas e o longo cabelo castanho, modelado em cachos soltos e volumosos, Augie parecia mais nova que a irmã.

— Você está deslumbrante — elogiou Jackie.

— Foi o melhor que consegui negociar. Não é exatamente alta-costura, mas o modelo é uma homenagem à rainha Emma do Havaí — explicou Augusta.

— Bom, para mim não parece nenhum sacrifício. O look é único, totalmente a *sua* cara. E eu adorei esse colar!

— Obrigada. Pode, por favor, dizer isso na frente de mamãe? Ela tem uma implicância moral com pedras semipreciosas.

— Faço questão de dizer isso a quem quiser ouvir — respondeu Jackie, mantendo a diplomacia no eterno cabo de guerra entre noiva e mãe. — Agora, vamos te levar lá para baixo. Não vamos conseguir segurar a multidão por muito mais tempo.

Enquanto as três percorriam o corredor do hotel, Jackie se virou para Bea.

— Você também está maravilhosa. Amei as flores do seu vestido. É Oscar de la Renta?

— Sim! Eu não tinha nada para vestir hoje à noite, e eles vieram em meu socorro. O vestido chegou de Nova York há uma hora — disse Bea sobre a peça sem alças, que tinha um laço dramático no corpete roxo e anêmonas pintadas na saia. Ao contrário da irmã, ela não via problema algum em parecer saída direto de uma passarela.

— Já estou com a noiva e a irmã. Previsão de chegada em dois minutos — avisou Jackie pelo headset.

Augie segurou de leve o braço de Jackie.

— Só mais uma coisa. Maxxie pediu para Gopal Das fazer uma bênção de boas-vindas. Ele é um amigo muito querido. Será que conseguimos encaixar alguns minutos para ele, talvez antes do brinde do meu pai?

— Claro. Não se preocupe com nada.

— Minha única preocupação é...

— ... não se preocupar com nada. Lady Augusta, meu trabalho é garantir que qualquer problema caia sobre *mim*. Seu único trabalho é se divertir ao máximo com todos os seus amigos esta noite. Ok, meninas, rostos prontos para as câmeras? Porque a *Tattle* e a *Vogue* vão começar a clicar assim que a gente pisar lá fora.

Ela abriu as portas duplas de vidro, e, como esperado, dois fotógrafos imediatamente direcionaram as lentes para Augusta, recuando como caranguejos afoitos para capturar o melhor ângulo. Augusta os ignorou, o olhar varrendo o ambiente em busca da reação da mãe.

Lady Arabella, resplandecente em um vestido vintage Givenchy de alta-costura com um enorme laço de cetim branco amarrado no quadril e deslumbrantes brincos de safira rosa Wallace Chan, analisou as filhas de cima a baixo, antes de comentar:

— Bea, o Oscar ficou *perfeito* em você.

— Vocês duas estão tão lindas que me faltam palavras — disse Francis, beijando as filhas.

Poucos momentos depois, Rufus surgiu apressado, trazendo consigo o príncipe Maximillian (Bygdøy/Le Rosey/Crossroads/Bard), e ambos deram abraços rápidos em Augusta e Bea.

— Certo, finalmente estamos todos aqui! Posso deixar os convidados entrarem? — perguntou Jackie.

— Um minutinho — pediu Arabella, indo até Rufus. Ela ajeitou os ombros do filho, mesmo que não houvesse nada ali para arrumar. — Tire esse cabelo do rosto. Ouça, temos uma convidada especial hoje à noite: a princesa da Tailândia. Quando ela chegar, quero que a acompanhe até o jantar.

Rufus revirou os olhos, mas assentiu.

— Pronto, agora podemos — disse Arabella a Jackie.

— Entendido. E Augusta não está deslumbrante? Amei que o vestido dela tenha sido pintado à mão por um designer local — comentou Jackie, empolgada.

— Parece que ela o apanhou na prateleira de liquidação da Mango — retrucou Arabella, curta e grossa, no exato momento em que os primeiros convidados surgiam no topo das escadas e Augusta desabava em lágrimas.

•

Após enfrentar uma viagem de ônibus sacolejando violentamente por um caminho vertiginoso, Thomas e Eden finalmente chegaram aos exuberantes jardins tropicais do novo resort de Arabella, onde recepcionistas vestindo ternos rosa-choque de corte impecável entregavam taças flûtes altas com coquetéis borbulhantes.

— Aceitam um M&A? Este coquetel foi criado especialmente para homenagear a fusão das ancestralidades do príncipe Max e da Lady Augusta. Leva aquavit norueguês, vinho de ameixa chinês, xarope de flor de sabugueiro de Devonshire e água com gás de uma nascente secreta no Topanga Canyon — recitou cuidadosamente um jovem que parecia ter sido despachado diretamente de uma agência de modelos de L.A.

— Sim, por favor! — disse Eden, animada, pegando uma taça para o pai e outra para si.

— Pelo visto, você entrou totalmente no clima de férias — comentou Thomas.

— Sabe que eu nem tinha percebido o quanto precisava de uma pausa até agora?

— Ainda bem que percebeu. Você anda se esfalfando até o osso!

— Não é trabalho quando a gente ama o que faz.

— Verdade, mas acho um absurdo as horas que o hospital te impõe. Devia ser crime. No meu tempo não era assim.

— O NHS era bem diferente no seu tempo, pai.

— Caramba, era mesmo. Mas vamos esquecer isso e aproveitar esses coquetéis maravilhosos. Nada de falar de trabalho enquanto estivermos no paraíso, ok? Ordens médicas!

Com os drinques na mão, Thomas e Eden seguiram por uma trilha de pedras até se depararem com uma visão surreal. Estavam na entrada de um jardim situado no alto de um penhasco, com uma vista panorâmica do oceano ao pôr do sol. Mas, naquela noite, algo ainda mais espetacular que o famoso entardecer havaiano chamava a atenção: um rio incandescente de lava, que cortava o gramado e descia dramaticamente pelo penhasco até se dissolver no mar azul-

-claro. E, diante deles, uma série de plataformas engenhosamente suspensas formava um caminho hexagonal elevado sobre a lava. Enquanto subiam a passarela, Eden observava, fascinada, o canal carmesim de lava a 1.200°C movendo-se devagar pelo gramado chamuscado, descendo pelo penhasco e soltando enormes nuvens de fumaça ao tocar a água.

— Parece um sonho, não acha?

Thomas assentiu devagar.

— Tenho que admitir, Arabella sabe mesmo fazer uma festa de boas-vindas inesquecível.

Logo chegaram à fila de recepção, onde Francis, Arabella e Rufus, ao lado do príncipe Max, cumprimentavam os convidados — todos impecáveis em um glamour quase intimidador. Eden não conseguiu conter um orgulho genuíno ao ver Rufus e Lorde Francis tão elegantes em seus impecáveis ternos de linho. Já o príncipe Max, por outro lado, tinha optado por um visual bem mais descontraído: camisa havaiana, calças de linho e sandálias de couro trançado.

— *Hei!* São os doutores Tong e Tong! Que bom que puderam vir! — exclamou Max, com seu sotaque peculiar, uma mistura de nórdico com californiano, enquanto o cabelo loiro platinado caía sobre os olhos. Ele fez uma reverência formal, apertou a mão de Thomas e deu um beijo no rosto de Eden. — A presença de vocês expande meu coração.

— Estou muito feliz por termos conseguido vir, Maxxie — disse Eden, radiante.

— Eden, *hiyah*! Faça o favor de chamar o príncipe Maximillian de "Sua Sereníssima Alteza"! — repreendeu Arabella.

Maxxie revirou os olhos.

— Lady Arabella, Eden me chama de Maxxie há séculos.

— É mesmo? — Arabella parecia surpresa. — Achei que vocês mal se conheciam.

— Como pode dizer uma coisa dessas, condessa? Conheço Eden desde minha primeira visita a Greshamsbury Hall, há três anos, e as meninas e eu até acampamos juntos nas Hébridas Exteriores, no ano passado. Quando alguém já te viu esvaziar o intestino num buraco que você mesmo cavou na areia com as próprias mãos, acho que não precisa mais te chamar de "Sua Sereníssima Alteza".

— A propósito, cadê Augie e Bea? — perguntou Eden, mudando de assunto com habilidade.

— Ah, já já elas voltam. Augie teve um probleminha com o rímel e Bea foi ajudar a resolver.

— Essa passarela é incrível. Não consigo acreditar que estamos tão perto da lava sem nos queimar! — comentou Eden.

— Você acredita que tudo isso foi construído há apenas duas horas? Meu mano Rufus merece todo o crédito por essa ideia de gênio — disse Max, esfregando os ombros de Rufus com carinho.

Rufus sorriu, tímido.

— Pensei: por que não transformar o azar em sorte? Não é todo dia que um casamento acontece bem no meio de uma erupção vulcânica. Então, que todo mundo aproveite a experiência!

— Ideia espetacular — elogiou Thomas.

— Sim, mas fico imaginando qual será o valor espetacular da conta — murmurou Francis, em voz baixa, para Thomas.

Nesse momento, chegou uma enxurrada de convidados, um mais loiro que o outro. Max agarrou a mão de Eden, empolgado.

— Lá vem minha família. Eden, você precisa conhecer meu pai. Ele também é fã de *Ozark* e com certeza vai querer falar sobre isso com você.

Obediente, Eden foi conhecer o príncipe Julius e já estava no meio de um debate sobre a possibilidade de Wendy Byrde ter o transtorno de personalidade borderline quando Arabella surgiu e monopolizou a atenção do nobre. Eden atravessou a multidão, sem reconhecer quase ninguém, exceto uma mulher que vagamente lhe parecia uma supermodelo famosa. Diante do nível das joias e do verdadeiro desfile de alta-costura ao seu redor, Eden ficou feliz por ter seguido o conselho de Bea e apostado no "glamour": um vestido de tafetá creme com rosas verdes de Emilia Wickstead e um par de brincos de pérola emprestados de Bea.

Augusta e Bea finalmente voltaram para a fila de recepção, mas, antes que Eden pudesse cumprimentá-las, Max anunciou, todo animado:

— Pronto, agora estamos todos aqui. Pessoal, temos uma surpresa muito especial. Meu guru, Gopal Das, o homem a quem devo a vida por ter me apresentado às maravilhas da psilocibina, aceitou nos honrar com uma bênção de boas-vindas!

— O quê? Quem é esse? — Arabella se virou e recuou ao ver um homem de barba ruiva trançada.

Quem era aquele sujeito ridículo, parecendo um pirata místico, de turbante azul-safira e jaqueta *Nehru* combinando, por cima de calças de seda estampadas que mais pareciam pijamas?

Gopal Das pegou o microfone e começou a falar com uma voz profunda e retumbante:

— Lindas almas, eu vos saúdo com um *aloha*! Sei que hoje à noite temos muitos convidados ilustres e grandes dignitários entre nós: condes e condessas, príncipes e princesas, Miss Kate Moss, reis e rainhas. Mas aqui, nesta ilha, somos todos meros mortais que devem se curvar diante da única e verdadeira rainha: Pele, a grande deusa. Dizem que Pele reside no topo do Kilauea e exerce seu poder sobre tudo nestas ilhas. Todos nós estamos pisando sobre a vagina do nosso planeta, enquanto ele dá à luz uma nova terra diante de nossos olhos, na forma dessa linda lava incandescente que flui abaixo de nós. Esta ilha cresce a cada dia, literalmente, como uma adolescente na puberdade que vê seus seios incharem...

Arabella esticou o pescoço, tentando fazer contato visual com Jackie, a organizadora do casamento, mas não a viu em lugar algum. Quem era aquele lunático tagarela? Pegou o celular e começou a digitar freneticamente:

AG: QUEM É ESSE DOIDO? FAÇA ELE PARAR AGORA MESMO.
JZ: Desculpe, não posso.
AG: CORTE O MICROFONE DELE!!!!
JZ: Ele não ligou o microfone.

Gopal Das continuou:

— Tudo aqui é fresco e fecundo. A flora e a fauna, as goiabas e as macadâmias, os lagartos e os mangustos.* Agora, convido todos a se juntarem a mim em um momento de meditação. Fechem os olhos e respirem fundo, devagar. Inspiiiiiirem... e soltem o ar, deixando o oxigênio fluir até a ponta dos pés. Sentem esse aroma? O que vocês sentem é o ar mais puro da Terra, o ar mais puro desta terra virgem. Vamos agradecer a Pele e ao povo do Havaí por nos permitir estar aqui hoje, neste lugar especial. Agora, um aviso a todos. O mar daqui deve ser respeitado. Ele é feroz, instável e pode mudar em questão de segundos. Antes de entrarem no oceano, abram os olhos e olhem ao redor. Se não virem ninguém nadando, surfando ou brincando na água, *há um motivo para isso*. Já vi nadadores olímpicos sendo sugados para o alto-mar, depois arremessados contra as rochas por ondas gigantes até seus corpos se estilhaçarem como lâmpadas. Não há salva-vidas na maioria das praias: Pamela Anderson não vai sair correndo de biquíni vermelho para te resgatar se você for pego por uma correnteza.

Arabella decidiu que já ouvira o bastante. Marchou até Gopal Das e estava prestes a arrancar o microfone de suas mãos quando, de repente, ele a envolveu em um abraço poderoso, deixando-a sem palavras.

— Agora, vamos todos agradecer à mamãe Ursa aqui que, segundo me disseram, moveu montanhas para tornar possível esta noite mágica.

A multidão começou a aplaudir, e Arabella, ainda presa nos braços de Gopal Das, não sabia o que fazer, exceto sorrir, constrangida. O guru a olhou nos olhos e disse baixinho:

— Você é uma linda mulher. Por que não deixa sua beleza interior brilhar? Não há nada a temer. Confie, tenha paciência, e tudo ficará bem.

Arabella o fuzilou com o olhar quando ele finalmente a soltou.

* Quem diria que os mangustos tomariam conta das ilhas havaianas?

— Agora, enquanto celebramos o amor de Maxxie e Augusta, deixo vocês com dois pensamentos simples: amem esta Terra. Amem uns aos outros. *Namastê.*

— *Namastê* — repetiram os convidados em coro.

Augusta se virou para a mãe com lágrimas nos olhos.

— Não foi lindo?

Arabella a encarou, impassível, ainda tão furiosa que não conseguia dizer nem uma palavra.

Quando os convidados começaram a se dispersar, Francis se virou para Arabella, conhecendo bem demais o temperamento da esposa.

— Você está bem?

— Onde você estava quando eu mais precisei?

— Bem atrás de você — respondeu ele, com a maior calma.

— Quero que esse homem horroroso seja preso agora mesmo!

— Preso por quê?

— Por me abraçar!

— Bem... agora ele está abraçando a princesa Hanne Marit de Liechtenburg. Você acha que ela também vai querer que ele seja preso?

Arabella estava prestes a retrucar quando notou algo à distância.

— Espere um minuto. Aquela ali é Olimpia de Courcy! Quando foi que ela chegou? Fiquei de olho nos De Courcy a noite inteira!

— Eles chegaram no meio da bênção — disse Jackie, chegando ofegante ao lado de Arabella.

— E a princesa da Tailândia?

— O jato de Sua Alteza Real foi desviado para Maui. Oprah a convidou para um luau.

— Oprah roubou minha princesa? Se Olimpia está aqui, cadê Solène? — murmurou Arabella, ansiosa. — Bea! Bea!

Bea, que estava no meio de uma conversa animada com um rapaz sarado, correu até a mãe.

— O que foi? Está tudo bem?

— O que aconteceu com Solène de Courcy? Ela não veio?

— Relaxe, mãe, ela está bem ali!

Arabella se virou para onde Bea apontava e finalmente avistou Solène, na areia, usando um esvoaçante vestido de chiffon dourado e conversando com Rufus, enquanto o vento soprava o cabelo loiro cor de mel, fazendo-a parecer uma Bardot moderna. O coração de Arabella disparou.

— Eles não ficam lindos juntos?

— Ficam sim. Fiz Rufus levar champanhe para ela — comentou Bea.

— Muito bem. Tem faísca entre os dois?

— Como no Dia de Guy Fawkes.

— Graças a Deus! — suspirou Arabella, satisfeita.

De repente, um estrondo ecoou pelas falésias, e o barco mais chamativo do mundo surgiu na baía. Todos prenderam a respiração ao ver a imponente embarcação *WallyPower 118* se aproximar do píer na praia, o afiado casco metálico e janelas escuras lembrando uma nave espacial invasora. A cabine se abriu, e um jovem absurdamente musculoso e queimado de sol surgiu descalço, segurando um par de mocassins de camurça azul da Corthay. Seu rosto de bebê contrastava com uma mandíbula esculpida, tornando sua aparência ainda mais impressionante. Os fotógrafos dispararam seus flashes enquanto ele calçava os sapatos e desfilava pelo píer num paletó azul-marinho de abotoamento duplo, jeans brancos justos e óculos de sol azulados.

— Quem é esse? — perguntou Eden.

— Freddy Farman-Farmihian — respondeu Bea, dando um empurrãozinho em Eden. — Nossa arma secreta!

4

Costa de Kohala

•

GRANDE ILHA, HAVAÍ • *EXCURSÃO DE OBSERVAÇÃO DE BALEIAS*

Bea voava pela Queen Ka'ahumanu Highway em um BMW 4 Series conversível enquanto Eden tentava ler a mensagem no celular da amiga.

— É de sua mãe — informou Eden.

Bea gemeu.

— É a vigésima mensagem dela só nessa manhã. Pode ler.

— "A *Vogue* britânica combinou mais uma sessão de fotos antes da cerimônia. Isso significa que você vai precisar trocar de estilista para o ensaio na praia, e já insisti com Edward para que mandem trazer mais opções. Já reservamos o Chanel para a *Vogue* Hong Kong, o Oscar para a *Vogue* americana e o Schiaparelli para a *Harper's Bazaar*. Você NÃO PODE", ela colocou em letras maiúsculas, "usar o Giamba nas fotos, porque ele te engorda. Por favor, pare também de comer e limite ao máximo a ingestão de líquidos até depois do casamento". Bea, isso é um absurdo!

— Qual parte? — zombou Bea, enquanto Eden continuava lendo em voz alta.

— "Você também está pegando sol demais, e as pessoas vão acabar achando que é uma camponesa. Por favor, não se exponha ao sol hoje..."

— E como é que eu vou fazer isso? Vamos passar o dia num barco! — protestou Bea.

— Posso parar de ler? A mensagem não acaba mais, e estou ficando meio enjoada de ler no celular.

Eden fechou os olhos, tentando relaxar e aproveitar a sensação do sol no rosto e da brisa fresca no cabelo, mas não estava funcionando. Sentia uma ressaca miserável por causa da noite anterior. Depois dos coquetéis ao pôr do sol na plataforma de observação da lava, a festa seguiu para um deslumbrante pátio interno, com quatro espelhos d'água, onde foi servido um banquete de oito pratos, e Eden acabou sendo vítima das requintadas harmonizações de vinhos.

— Não acredito que você ficou doidona ontem! Eu nem sabia que você bebia tanto — comentou Bea.

— Foi me pegando aos poucos... Não tenho um fígado de aço como o seu.

— Bom, eu também bebi além da conta, mas não consegui resistir. Cada vinho combinava tão bem com o menu do Heston,* não achou? E mamãe estava se descabelando de preocupação se os rótulos estariam à altura de nossos convidados da realeza, principalmente os De Courcy!

— Espero que minha ressaca tenha valido a pena, se impressionou os De Courcy. Mas por que Rufus não sentou ao lado de Solène?

— Ah, querida, não logo na primeira noite. Temos que fazer ele correr atrás! Mexemos os pauzinhos para colocar Rufus bem na frente dela. Você reparou que posicionamos Solène logo embaixo daquelas lanternas enormes, para a luz refletir perfeitamente no cabelo dela?

— Ela parecia um anjo. Nem eu consegui parar de olhar para ela a noite inteira!

— Pois é, espero que Rufus também não tenha conseguido. Hoje, finalmente, ele vai passar um tempinho com ela, mas vamos dificultar as coisas para o lado dele enfiando Freddy no meio.

---

* Heston Blumenthal, chef estrelado da Grã-Bretanha. (N. T.)

— Ainda não entendi direito qual é o plano com esse tal de Freddy.

— Freddy Farman-Farmihian está perdidamente apaixonado por Solène desde que passou um semestre em Paris. Completamente obcecado. Na época, ele era tão tímido que mal conseguia encará-la. Também estava bem mais cheinho, mas, como você pôde ver, ele passou por uma transformação radical. Pagou uma nota por aquele rostinho novo.

— Sério? Bem que eu percebi que tinha algo estranho na cara dele... Mas achei que fosse só culpa das sobrancelhas à la Joey Essex.

— Não, tudo ali é novo: nariz, maçãs do rosto, maxilar. Pelo que dizem, é o que todo cara faz em L.A., além de clareamento anal e injeções de Mounjaro. Tudo isso é meio perfeito demais para meu gosto, mas confesso que ele ganhou uma baita confiança com toda aquela massa muscular.

— Então por que o convidaram, se ele está atrás de Solène?

— Me diga uma coisa: o que torna uma mulher absolutamente irresistível para um homem?

— Não faço a menor ideia...

— Concorrência.

— Então você acha que arrumar um rival para Rufus vai fazer ele correr atrás?

— Eden, você conhece meu irmão. Ele é um cara maravilhoso, só que não é lá uma alma muito complexa.

Eden estava prestes a protestar, mas Bea continuou a explicar:

— Rufus é como um cachorro bem treinado. Um majestoso borzoi de pelo sedoso. Se você colocar uma raposa na sua frente, ele pode até farejar por curiosidade e brincar um pouco com ela. Agora, se tiver outro cachorro na parada, digamos, um beagle ansioso como Freddy, os dois vão correr atrás da raposa até o fim.

— Mas e se esse plano der errado e o beagle ansioso ganhar a parada?

— Solène não gosta de beagles. Ela quer um borzoi. Confie em mim, morei com ela em Paris por um ano. Sei exatamente o tipo de cachorro que ela prefere.

Elas chegaram à entrada do Mauna Lani, onde haviam combinado de encontrar Solène.

— Essa garota está sempre atrasada — resmungou Bea. — Você pode ir buscá-la?

Eden saltou do carro e entrou no saguão elegante, um enorme átrio ao ar livre dominado por um espelho d'água escuro e uma canoa de madeira vintage. Viu Solène andando por um corredor, a própria definição do estilo *St. Tropez chic*, vestindo um longo sarongue branco e um top listrado azul-marinho e branco que expunha seu abdômen impecavelmente queimado de sol e definido. Usava um chapéu de palha enorme e carregava uma bolsa combinando, que parecia obscenamente cara, mesmo à distância.

Eden acenou para ela.

— Solène! Oi, eu sou Eden. Bea está esperando no carro.

Solène (Marymount Neuilly/École Jeannine Manuel/Sorbonne/AUP) olhou para ela, surpresa.

— O quê?

— Vim te buscar. A pedido de Lady Beatrice Gresham — disse Eden, percebendo que as duas ainda não haviam sido apresentadas.

— Ah, *Béatrisssssse* — murmurou Solène com uma voz grave e rouca, exagerando o nome de Bea à francesa enquanto, sem cerimônia, empurrava sua bolsa de palha gigantesca para as mãos de Eden. Eden sorriu para ela, confusa, mas pegou a bolsa pesada, recheada com vários pares de sapatos, três garrafas grandes de San Pellegrino e o que parecia ser metade de um guarda-roupa.

— Que tal o hotel? — perguntou Eden, enquanto se dirigiam à saída.

Solène franziu a testa e lhe lançou um olhar curioso.

— É ok. Preciso de mais toalhas.

Elas chegaram ao carro, e Solène saltou imediatamente para o banco do passageiro. Eden lhe entregou a bolsa.

— Deixe aí, no banco de trás — ordenou Solène.

— Solène! — Bea cumprimentou a amiga com um beijinho rápido na bochecha. — Espere, você precisa sair um instante pra Eden entrar.

— Ah, ela vai com a gente? — Solène franziu a testa outra vez.

— Claro. Vamos precisar da ajuda dela — respondeu Bea.

Solène saiu do banco, permitindo que Eden se acomodasse no banco traseiro do conversível. Enquanto saíam do resort e percorriam uma estrada que contornava o campo de golfe, Solène se virou para Bea com um sorriso travesso.

— Então, me conte... quem era aquele cara com quem você passou a noite toda conversando?

— Que cara?

— Não se faça de sonsa. Aquele, *comment dit-on*... gostoso.

— Ah, o Josh. Ele é o diretor de esportes aquáticos do resort. E não é só um gostoso qualquer, viu? Ele é bolsista Rhodes* e já jogou em um time de futebol profissional. Eu o recrutei para meu ensaio de moda praia para a *Vogue* britânica. Ele vai me levar em uma daquelas antigas canoas havaianas.

— E depois vai remar direto para seu quarto!

— Ah, pare com isso, Solène! Mas e aí, você se divertiu ontem?

— Eu teria me divertido mais se tivesse sentado ao lado de seu irmão. Sei muito bem o que você está fazendo, Beatrice... está tentando me enlouquecer!

— Que absurdo! Tivemos que organizar os lugares conforme a ordem de precedência. Rufus é *apenas* um visconde, então não pode se sentar na mesma mesa que uma *princesse* — disse Bea, mentindo descaradamente.

— Então por que me colocaram sentada ao lado de Nicolai Chalamet-Chaude? Ele é só um barão** — retrucou Solène. — Tive que aturar aquela ostentação interminável enquanto seu irmão me olhava a noite toda.

Bea caiu na gargalhada, lançando um olhar para Eden pelo retrovisor.

---

* O programa de bolsas Rhodes para pós-graduação é um dos mais destacados do mundo e seleciona alunos para estudarem na Universidade de Oxford. (N. T.)

** Na nobreza britânica, a hierarquia é: monarca > príncipe/princesa > duque/duquesa > marquês/marquesa > conde/condessa > visconde/viscondessa > barão/baronesa. E aí, onde você se encaixa e como isso faz você se sentir?

— Eden, você se lembra do que me disse quando conheceu Nicolai no *Glorious Twelfth*?

— Disse que, toda vez que ouvia o nome dele, só conseguia pensar em pêssegos — respondeu Eden, impassível.

De repente, uma expressão de choque tomou conta do semblante de Solène.

— Espere aí... vocês duas são *amigas*?

— Claro! Vocês não se conheceram ontem à noite? Solène, essa é Eden. Lembra que te falei dela?

Solène levou a mão à boca, encarando Eden.

— Puta merda! Achei que você trabalhava no hotel. Achei que fosse a camareira!

Bea olhou para Eden, sem saber se ria ou se ficava horrorizada. Considerando a camisa simples de piquê branca e os shorts cáqui, até que dava para entender a confusão.

Solène continuou se desculpando:

— Mil perdões! Você deve estar me achando uma vaca maluca, fazendo você carregar minha bolsa!

Eden riu, minimizando o incidente.

— Relaxe, sério. Foi um prazer ajudar.

Logo chegaram à marina, onde viram Rufus encostado em seu Jeep, na ponta do pequeno estacionamento. Bea parou o carro bem ao lado do irmão.

— Onde está Freddy? Achei que você ia dar carona para ele.

— Mudança de planos. Quando Freddy descobriu que íamos observar baleias num barco de pesca, insistiu que usássemos o Walrus, ou seja lá qual o nome daquilo.

— Mas e o guia?

— Ele foi buscá-lo na marina de Honokohau; deve chegar a qualquer momento.

Mal Rufus disse isso, o barulho agora familiar preencheu o ambiente, e o barco extravagante de Freddy surgiu no cais. Assim que todos subiram a bordo, um par de portas automáticas de vidro escuro se abriu, revelando uma elegante cabine interna de estilo zen, onde Freddy (CEE/Crossroads/NYU/Pepperdine), vestido com um suéter de caxemira bege-claro sobre uma camisa de linho branca e calças de linho pregueadas, estava recostado como um paxá em luxuosas almofadas brancas também de caxemira. Ao seu lado, sentava-se uma morena de cabelo cacheado, usando um sofisticado vestido longo, vintage, de estampa floral. Diante deles, sobre o piso de ipê, repousava uma concha gigante transbordando de frutas tropicais, champanhe, ostras e caviar.

— Bem-vindos a bordo do *Babyshark*! — disse Freddy, abrindo um sorriso enorme, cheio de dentes. Ele se levantou de um pulo e tentou, desajeitadamente, ao mesmo tempo abraçar Solène e beijá-la nas duas bochechas. Depois, apontou para o assento vazio ao seu lado, mas Solène hesitou um instante e preferiu se sentar perto de Rufus.

Freddy manteve o sorriso, disfarçando a decepção.

— Fiquem à vontade, pessoal. *Mi barco es su barco*. Esta é Laurel, escritora e cetologista mundialmente famosa. Cetologista, acabei de aprender, é um biólogo especialista em baleias.

Bea suspirou, encantada.

— Freddy, este barco é inacreditável. É muito maior de perto!

— Foi o que ela disse. Hehe. — Freddy piscou. — O *Babyshark* tem todo o conforto de um superiate de luxo, mas, na verdade, é um barco esportivo de alto desempenho. Esperem só até ver do que ele é capaz. — Então ele gritou em direção à cabine, onde o capitão esperava a postos. — Ei, Capitão Lee,* bora caçar Moby Dick?

Laurel (Balboa/Thacher/Cornell/MIT) fez uma cara feia.

— Não vamos caçar baleias, Sr. Farman-Farmihian. Nem hoje, nem nunca. Vamos apenas observar essas criaturas magníficas que viajaram três mil milhas do Alasca para passar o inverno em nossas águas tropicais.

— Claro, claro. Ninguém vai machucar Shamu enquanto ela estiver curtindo as férias. Capitão Lee, bora botar esse show na

* Sim, é *aquele* Capitão Lee que estava dando um tempo dos marinheiros incompetentes, chefs surtados e chefes de equipe do Caribe, que nunca serão tão bons quanto Kate Chastain.

estrada. *Ándale, ándale!* Pessoal, arrumem um lugar e se segurem bem. Essa fera decola como a *Millennium Falcon* — avisou Freddy.

O barco manobrou devagar para fora do cais, deslizando suavemente sobre a água, até que, sem aviso, disparou em uma velocidade tão impressionante que a força G arremessou o prato de caviar direto para o colo de Solène.

Solène, num reflexo, tentou limpar as minúsculas ovas pretas com a mão, mas só conseguiu espalhá-las ainda mais pela saia de linho.

— *Merde*! — xingou.

— Capitão Lee, desacelere! Tivemos um incidente com o caviar! — gritou Freddy, desesperado para que nada incomodasse Solène. Correu até ela e começou a esfregar a saia freneticamente com um guardanapo, ao mesmo tempo em que aproveitava para admirar aquelas lindas pernas queimadas de sol.

— Você só está piorando as coisas — disse Solène.

— Ah, desculpe! Cadê aquele maldito marinheiro? Bruno! Vá buscar umas toalhas no banheiro lá embaixo!

— Eu pego — ofereceu Rufus, levantando-se na mesma hora em que um marinheiro uniformizado aparecia correndo.

— Não, por favor, fique. Eu mesma vou — disse Solène, afastando-se de Freddy e descendo depressa.

— Ainda bem que reduzimos a velocidade. Estamos chegando à área de alimentação de inverno das baleias e não queremos causar muito alvoroço ao seu redor — comentou Laurel.

— Não, claro que não. Não queremos que o *Babyshark* as assuste — disse Freddy, sério.

— Acho que não vamos assustar baleia alguma hoje. Um filhote provavelmente conseguiria virar esse barco com um simples golpe de cauda — brincou Rufus.

Bea apertou sua almofada contra o peito, encarando Laurel com os olhos arregalados.

— Isso é mesmo possível?

— Já houve casos de baleias que viraram barcos, mas, sabe, elas são criaturas incrivelmente inteligentes. Usam um sistema de biossonar para localizar presas e reconhecer outros objetos ao redor. Acidentes com barcos são extremamente raros — explicou Laurel.

— Que bom, porque, se formos virar, eu trouxe a bolsa errada — disse Bea, abraçando sua Maison Halaby Hydra como se fosse um bebê.

Eden começou a se sentir extremamente enjoada com o balanço do barco nas ondas agitadas. Já cogitava correr para o banheiro quando Solène voltou ao deque principal, mais uma vez impecável.

— Você está bem? Como ficou o vestido? — perguntou Freddy, solícito.

— Tudo certo — respondeu Solène, com um sorriso. — Adorei seu Richter.

— Na verdade, é um *WallyPower 118* — corrigiu Freddy.

— Não, quis dizer o quadro no banheiro. Não é um Gerhard Richter?

— Hã, é bem provável. Meu consultor de arte o colocou lá.

— Ah, quer dizer que você está colecionando agora?

— Sim! Adoro colecionar e adoro ir a todas as festas. *Frieze, Felix, TEFAF, FIAC, Art Basel Basel*, mas é claro que minha favorita é a *Art Basel Miami*.

Bea lançou um olhar para Solène.

— Você não acabou de fazer uma grande exposição em Miami?

— Com certeza! Comprei uma das pinturas dela — declarou Freddy, orgulhoso.

Solène pareceu surpresa.

— Sério? Qual?

— *Just Shut Up and Blow Me.**

— Ei, cuidado com o linguajar, Freddy! — repreendeu Bea.

— Não, não, esse é o nome do quadro — explicou Freddy.

Solène assentiu.

— Sim, faz parte de minha última série. É minha análise sobre masculinidade tóxica, baseada em frases reais que meus ex-namorados me diziam.

---

* Em tradução livre, "Cala logo essa boca e me chupa". (N. T.)

— Quase comprei *It's Your Fault I Came Too Fast** — acrescentou Freddy.

— Acho que algum museu do Texas adquiriu *It's Your Fault I Came Too Fast* para a coleção permanente — comentou Solène.

— Parabéns. É uma pintura incrível — disse Freddy, mas Solène ignorou o elogio e se virou para Rufus.

— Rufus, sua irmã me contou que você fez faculdade de arte. Como é seu trabalho?

— Uso técnicas fotográficas do século XIX para documentar as mudanças climáticas deste século. No momento, estou trabalhando em uma série de impressões em platina que exploram padrões de maré e erosão costeira.

— Adoraria ver suas obras. Quais galerias te representam?

— Nenhuma — respondeu Rufus.

— Ah. Está entre galerias no momento?

— Não. Eu... bem... já participei de algumas exposições coletivas, mas nunca fui representado por nenhuma galeria.

Solène parecia não acreditar.

— Você precisa me deixar te apresentar a meus representantes! Emmanuel, talvez. Tenho certeza de que ele adoraria organizar uma exposição para o Visconde de St. Ives.

Eden percebeu o desconforto de Rufus e tentou mudar de assunto. Notou um borrifo distinto surgir da água à distância e exclamou:

— Olhem! Aquilo lá não é uma baleia?

Todos se viraram para olhar na direção que ela apontava.

— Sim! É uma jubarte! Estão vendo o respiradouro? — disse Laurel. — Vamos sair para ver melhor.

Quando todos saíram da cabine, se depararam com uma enorme baleia deslizando sob a superfície da água.

— Que coisa gigantesca! — exclamou Bea.

— Foi o que ela disse — comentou Freddy, rindo de novo da piada batida, enquanto os outros reviravam os olhos.

---

* Em tradução livre, "Foi sua culpa eu ter gozado tão rápido". (N. T.)

— É só um filhote, não é, Laurel? Aposto que tem uns cinco metros — disse Rufus.

— Sim, ainda é um filhote. Se tivermos sorte, talvez vejamos a mãe.

— É tão quieta. Como conseguem ser tão grandes e, ao mesmo tempo, tão silenciosas? — observou Eden.

— Está silenciosa agora. Vocês deviam ouvir suas canções lindas e melancólicas, um dia — respondeu Laurel.

Um instante depois, uma baleia muito maior emergiu da água e saltou seis metros no ar, molhando todo mundo no barco.

— É a mãe! — gritou Laurel, extasiada.

As ondas geradas pelo salto da baleia sacudiram o barco com violência, e Eden sentiu o estômago revirar. Sentou-se num canto, respirando fundo, tentando conter o enjoo.

— Vocês não fazem ideia da sorte que é ver uma baleia saltando assim de perto! E uma mãe com seu filhote! Sabem, para os havaianos nativos, a baleia é a encarnação natural de Kanaloa, o deus de toda a vida marinha — explicou Laurel, empolgada.

De repente, Eden sentiu que não seria capaz de controlar o vômito. Sabendo que não conseguiria descer a tempo, inclinou-se sobre a amurada e botou tudo para fora. Rufus correu até ela e segurou seus ombros para mantê-la firme.

Freddy, que até então não tinha trocado uma palavra com Eden, de repente entrou em ação, como se estivesse competindo com Rufus. Ajoelhou-se ao lado dela e começou a dar tapinhas rápidos em suas costas.

— Acho que isso não está ajudando muito... — interveio Rufus.

— Você está bem? Quer um refrigerante? Um Dramin, talvez? — perguntou Freddy, aflito.

Eden ergueu o olhar por um momento, mas, antes que pudesse responder, outra onda de náusea a dominou e ela vomitou um jato certeiro em Freddy.

— Caralho! — Bea caiu na gargalhada, incapaz de se conter.

Freddy congelou, chocado demais para reagir.

— Desculpe... desculpe mesmo — lamentou Eden, tossindo.

— Tudo bem, tudo bem. Esse suéter já era da coleção passada da Cucinelli — disse Freddy, arrancando a peça e atirando-a ao mar.

— Ótimo. Agora alguma tartaruga vai se engasgar com caxemira de dez fios — resmungou Laurel entre dentes.

Rufus se levantou e gritou para o capitão:

— Capitão Lee, precisamos voltar para a costa imediatamente.

— Sem problemas. A marina mais próxima é a do Four Seasons Hualalai — respondeu o capitão.

— Perfeito. Vamos direto para o resort, assim Eden pode se recuperar — disse Freddy. — Eden, você precisa se recuperar.

Solène assistia à cena com uma irritação crescente. Não conseguia entender por que Rufus e Freddy estavam dando tanta atenção àquela garota vestida como um marinheiro.

— Preciso de champanhe — declarou. — Quem mais quer champanhe?

5

Hale I'a Da Fish House

•

WAIMEA, HAVAÍ • *HORA DO ALMOÇO*

O Dr. Tong chegou a uma modesta construção de madeira, pintada de azul vivo com detalhes brancos, e subiu uma pequena rampa em direção à fila de clientes que aguardavam sob o sol escaldante junto ao balcão externo.

— Tom! Aqui!

Thomas virou-se e viu Francis acenando do outro lado do estacionamento. Sorriu ao ver o conde de Greshamsbury com um visual completamente deslocado para o local — calças de veludo cotelê vermelho-rubi impecavelmente passadas e uma camisa azul-clara de algodão Sea Island da Ede & Ravenscroft com as mangas arregaçadas — sentado a uma mesa sob uma lona de plástico estendida entre postes improvisados. Ele sabia que não havia nada que Francis gostasse mais que descobrir recantos escondidos como aquele.

Francis apontou para as garrafas de cerveja suadas e as caixas plásticas de bento sobre a mesa.

— Eu me adiantei e já pedi o peixe do dia para nós. Aqui eles servem o peixe mais fresco do mundo.

Thomas retirou a tampa de sua caixa de bento, revelando um mahi grelhado de aparência deliciosa, acompanhado de uma porção generosa de poke de pistache com wasabi e salada de caranguejo sobre arroz.

— Nossa, que sorte! Estava morrendo de vontade de comer arroz hoje! — comentou Thomas, animado. — Mas espere aí... isso é uma mistura de arroz branco e integral?

— Sim, aqui chamam de arroz *hapa*.* Engraçado, não? — disse Francis, levando a primeira garfada à boca. — Eu devia tirar uma foto do cardápio para mostrar a meus filhos *hapa*.

— Como você descobriu este lugar? — perguntou Thomas, enquanto saboreava o poke apimentado e apreciava a vista do oceano ao longe.

— Encontrei por acaso há alguns anos, enquanto procurava uma praia tranquila. Agora virou meu esconderijo oficial: é o último lugar no mundo onde Arabella me procuraria.

— Nem consigo imaginá-la aqui —, riu Thomas, enquanto uma galinha curiosa passava sob a mesa e começava a bicar algo perto de seus pés. — Especialmente depois da façanha espetacular que ela armou ontem à noite, na festa de boas-vindas.

Francis fez uma careta e tomou um gole da cerveja.

— Esse é o problema. Tenho até medo de saber quanto ela está gastando para reorganizar esse casamento. Será que você poderia... hã... ver se aquele seu velho amigo poderia me dar uma força?

Thomas franziu a testa, surpreso. Qualquer menção ao "velho amigo" sempre o pegava de surpresa.

— Outro empréstimo? Além daquele que você pegou esse ano?

Francis assentiu com cautela.

— Não sei... de quanto você precisaria?

— Ah, sei lá. Dez ou vinte, talvez. Para ele, isso é um trocado.

— O que aconteceu com os vinte milhões que você pegou há três meses?

---

* "Hapa" é uma transliteração havaiana da palavra inglesa "half", que significa metade. É usada para designar as pessoas que são fruto de casamentos interraciais entre brancos ocidentais e os nativos do Pacífico. (N. T.)

— Metade foi para cobrir chamadas de capital. A outra metade foi para pagar esse maldito casamento. Não tenho ideia de como vamos pagar a próxima conta — respondeu Francis, cansado.

— Francis, você precisa segurar Arabella — insistiu Thomas, mesmo sabendo que era inútil.

— Eu sei, eu sei. Talvez tenha algo que eu possa oferecer a ele em troca...?

— Além do que ele já tem? Não acho que ele vá gostar da ideia de outro pedido tão cedo. Isso passa um sinal ruim. Sem contar que ele já tem uma fatia grande demais de seus ativos. Estruturei o acordo justamente para que você ainda tivesse um mínimo de autonomia.

Francis deu ao amigo um sorriso exausto.

— Sim, e sou muito grato pelos termos que você conseguiu negociar para mim. De verdade.

Thomas retribuiu o sorriso, mas seus olhos não escondiam a preocupação. Ele era a única pessoa no mundo que tinha uma visão completa das finanças do conde — e desejava nunca ter tido esse conhecimento. Ninguém fazia ideia de que, por trás das capas de revista e dos stories glamourosos no Instagram dos deslumbrantes Gresham — desfilando em alta-costura em sua mansão de contos de fadas, ou ostentando peles douradas de sol a bordo de seu antigo iate de velas pretas no Mar Jônico —, havia uma montanha colossal de dívidas.

Décadas de gastos descontrolados dos condes anteriores haviam praticamente esgotado os antigos fundos da família Gresham quando Francis assumiu o título, e as ambições extravagantes de Arabella para expandir seu império hoteleiro só pioraram a situação. Com os hotéis hipotecados até o limite e todas as linhas de crédito praticamente esgotadas, Francis havia confessado tudo a Thomas anos antes, em um momento de desespero, na esperança de que o amigo conhecesse alguém, qualquer pessoa, que pudesse salvá-lo. E Thomas, contra todas as probabilidades, conseguiu convencer Rene Tan — um bilionário filipino riquíssimo e obsessivamente reservado — a emprestar as somas astronômicas necessárias para evitar que os bancos decretassem a falência dos Gresham. Mas aquilo significara hipotecar cada vez mais terrenos da outrora grandiosa propriedade de Greshamsbury, e agora restava pouco a oferecer como garantia, além da própria mansão principal.

Os dois amigos ficaram em silêncio enquanto Francis raspava os últimos grãos de arroz. Thomas olhou para cima por um momento e viu um jato riscando o céu azul sem nuvens. Pensou nas dezenas de personalidades aristocráticas e glamourosas que estavam prestes a desembarcar na ilha para o casamento do ano.

— Não tem ninguém na lista de convidados a quem você possa pedir um empréstimo? Arabella não convidou uma dúzia de bilionários?

— Você sabe que eu nunca me senti à vontade falando sobre dinheiro com ninguém, e nenhum desses convidados é o tipo de pessoa a quem eu teria coragem de pedir algo assim.

— E, naturalmente, você vai gastar milhões de libras para entretê-los a semana toda.

— Naturalmente — respondeu Francis, com um sorriso irônico.

— O irmão de Arabella não seria uma opção? Peter foi bem gentil ao emprestar o avião para a viagem até aqui.

— Peter adora emprestar sua frota. Dizem que, na verdade, faz com que economize dinheiro, já que é mais barato manter os aviões sempre em movimento. Mas Arabella preferiria arrancar a própria língua e engolir antes de pedir um centavo sequer ao irmão.

— E quanto a seus futuros parentes noruegueses? Não são donos de praticamente todo o petróleo do mar do Norte?

— Ei, ótima ideia! Os noruegueses são generosos, não são? Talvez os pais de Max fiquem com pena de mim, agora que seremos parentes.

— Um brinde a isso. — Thomas ergueu a garrafa de cerveja, esperançoso.

Francis bateu sua garrafa contra a do amigo.

— Skål!

Depois que se despediram, Thomas seguia de Uber de volta ao hotel quando notou algo no topo de uma colina com vista para o oceano.

— Aquilo ali é um forte antigo? — perguntou ao motorista.

— É o Pu'ukohola Heiau, o templo construído pelo rei Kamehameha. É um lugar muito sagrado para os havaianos — respondeu o motorista.

— Dá para chegar mais perto?

— Dá para caminhar até ele. Também há um templo menor que agora está submerso na Baía de Pelekane, onde, segundo a lenda, Kamehameha costumava sentar e observar os tubarões.

— Sério? Um templo submerso?

— Sim. Ele ficava na beira da praia, mas, por causa do aumento do nível dos oceanos, desde os anos 1950 não pode mais ser visto. Quer dar uma olhada?

— Claro.

— Sabe, em todos os meus anos dirigindo, você é a primeira pessoa que quis ir até lá.

— Imagino que a maioria dos turistas na Grande Ilha só queira aproveitar a praia.

— Ah, eles nem saem dos resorts. Ou, quando saem, só querem ir ao restaurante Tommy Bahama.

O carro saiu da Kawaihae Road e pegou uma estradinha estreita que levava a um centro de visitantes relativamente novo.

— Fique à vontade, mas não entre na água, a menos que queira virar comida de tubarão — brincou o motorista.

— Vou tentar me controlar. — Thomas entrou no centro de visitantes para se situar antes de subir a colina até o templo. Caminhou ao redor do perímetro, admirando as pedras meticulosamente organizadas que formavam a estrutura. Algo naquele lugar o fazia se lembrar dos antigos círculos de pedra espalhados pelo interior de Devon.

Seguindo por um caminho sinuoso em meio a um campo de grama costeira que cintilava dourada sob o sol, chegou a um ponto com vista para a pequena baía. Embora nada fosse visível na água, e ondas suaves lambessem a pitoresca praia, uma placa de alerta dizia:

AVISO: Embora os tubarões em geral evitem águas rasas sob luz solar intensa, há séculos se observa sua presença frequente nesta baía. Suas nadadeiras dorsais (principalmente as do tubarão-galha-

-preta-de-recifes) costumam ser avistadas deste ponto. Por favor, não entre nem nade nestas águas.

Thomas tentou imaginar como teria sido, no início dos anos 1800, o rei Kamehameha sentado em seu templo, semelhante a um trono à beira d'água, observando a ilha e todas as ilhas além que havia conquistado. Algo brilhou no oceano e, por um instante, Thomas pensou ter visto a nadadeira de um tubarão reluzindo na superfície. Ele sabia que era um mito dizer que tubarões eram violentos por natureza, assim como era mito que nunca desenvolviam câncer. Por causa dessa crença, muitos pacientes oncológicos ao redor do mundo acreditavam que suplementos de cartilagem de tubarão poderiam curá-los, e Thomas precisava constantemente alertá-los de que estavam jogando dinheiro fora.

De repente, sua mente voltou a Rene Tan, o homem que havia enfrentado os próprios demônios e conquistado a indústria global da construção, mas que agora travava a batalha de sua vida — literalmente.

Nos últimos quatro anos, Rene vinha lutando contra um câncer de pâncreas — uma das doenças com menor taxa de sobrevivência —, e o fato de ainda estar vivo já era um milagre. No outono passado, com metástases por todo o corpo de Rene, Thomas fez uma última tentativa desesperada de salvar o velho amigo: organizou sua transferência secreta em um jato médico para Houston.

Tendo feito sua especialização em oncologia no MD Anderson Cancer Center, Thomas conhecia bem os tratamentos pioneiros realizados ali. O hospital era constantemente classificado como o melhor centro de câncer do mundo, o lugar para onde celebridades, membros da realeza, chefes de estado e os pacientes mais desesperados corriam em busca de curas milagrosas. Cinco meses depois, Rene ainda estava em Houston, participando de um ensaio clínico experimental. Esse era o verdadeiro motivo pelo qual Thomas não queria recorrer a ele para pedir outro empréstimo em nome dos Gresham. Mesmo nos melhores tempos, Rene era um homem belicoso e imprevisível, mas agora se tornara alguém francamente perigoso. Assim como não se deve perturbar tubarões na água, Thomas não queria provocar um homem que encarava a própria mortalidade de frente, agarrando-se desesperadamente aos próprios mitos.

6

Four Seasons Resort Hualalai

•

GRANDE ILHA, HAVAÍ • ***POUCO DEPOIS NAQUELA MESMA TARDE***

O sonho era sempre o mesmo. Eden tinha seis, talvez sete anos. A mãe, vestida com uma polo piquê branca da Lacoste e uma saia de tênis rodada, entrava no quarto e perguntava: "Vou ao mercado. Quer dar uma volta comigo?". Eden balançava a cabeça, recusando. Minutos depois de a mãe sair de casa, uma saudade terrível tomava conta da menina, que então decidia correr atrás dela. Saía pela porta da casa de tijolos vermelhos e descia uma longa colina, perseguindo a figura de branco no fim da estrada. Mas, por alguma razão, jamais conseguia alcançá-la. Corria e corria, com o coração batendo tão forte que mal conseguia respirar, mas a silhueta à frente ficava cada vez menor.

Eden despertou de repente, ofegante e encharcada de suor. Estava em um lugar desconhecido, e a cama parecia uma imensa nuvem macia. Aquilo ainda era um sonho? Quando a visão se ajustou, ela percebeu um abajur superestiloso, de design moderno de meados do século, ao lado de uma poltrona igualmente estilosa, acompanhada de uma mesinha de mármore e bronze escovado. Foi então que se deu conta de onde estava — uma suíte decorada com luxo e pompa, no resort Four Seasons, para onde havia sido levada quando passou mal. Lembrava-se vagamente de alguém a carregando até o quarto e fechando as cortinas... teria sido Rufus? Relutante, ela se levantou e foi até o enorme banheiro de mármore para jogar um pouco de água no rosto. Sentindo-se um pouco mais revigorada, entrou na sala de estar da suíte e encontrou seu pai sentado em uma poltrona de couro, folheando uma revista.

— Como está a paciente? — perguntou ele.

— Bem melhor, por incrível que pareça — respondeu Eden, afundando-se no sofá curvado diante da poltrona dele. — Quanto tempo fiquei apagada?

— Três ou quatro horas, eu diria. Cheguei há meia hora. Estava almoçando com Francis.

— Você realmente não precisava ter vindo...

Thomas a ignorou e se inclinou para examinar suas pupilas.

— Alguma dor de cabeça ou náusea?

— Agora não mais. Estou bem, pai, só enjoei no barco. A ressaca e o jet lag também não ajudaram muito.

Thomas pousou a mão na testa da filha para sentir sua temperatura.

— Pode ter sido insolação. A maioria das pessoas só percebe quando já é tarde demais.

— Dr. Tong, caso tenha esquecido, eu também sou médica.

— Médicos são os piores pacientes. Você, então, nem se fala — disse Thomas, caminhando até o balcão, abrindo o frigobar atrás do armário de madeira wengue e pegando uma garrafa de água. Tirou um pacotinho de eletrólitos do bolso, misturou à água em um copo alto e entregou o elixir espumante para Eden. — Tome, beba. Você precisa se reidratar.

— Obrigada — agradeceu Eden, esvaziando o copo. — Pai, a mamãe jogava tênis?

— Tênis? Acho que não... por quê?

— Ando sonhando com ela, e ela está sempre usando um vestido de gala prateado cintilante ou uma roupa branca de tênis.

— Humm. Não me lembro de ela ter nenhuma dessas peças, mas talvez tenha jogado tênis na juventude. Ou badminton, que era bem popular em Hong Kong, no início dos anos 1990 — refletiu Thomas, enquanto deslizava as portas de madeira vazadas e revelava uma grande varanda.

— Então é assim que vive a outra metade... De quem é este quarto? — perguntou Eden, indo até a varanda e admirando a vista da piscina infinita cercada por cabanas brancas e a praia intocada ao fundo.

— Suponho que seja de Bea. Foi ela quem me deixou entrar. Aliás, falando em vestidos brilhantes, espere só até ver o que ela trouxe para os festejos de hoje à noite. Se você estiver se sentindo bem para isso, claro.

— O que vai rolar hoje à noite? Não estou dando conta de acompanhar todos esses eventos.

— Rosina organizou uma festa à fantasia em homenagem aos pais do príncipe Max.

Eden ergueu uma sobrancelha.

— A grandiosa e gloriosa Rosina Leung se dignou a organizar uma festa que não é em homenagem a ela mesma?

Thomas sorriu.

— Não podemos perder esse evento histórico.

— De modo algum. Onde está minha fantasia?

— Pendurada no armário de casacos, perto da entrada.

Eden pegou a volumosa capa para roupas, abriu o zíper e olhou, confusa, para o conteúdo. Havia um vestido de gala azul-gelo cintilante, acompanhado de um casaco de pele sintética turquesa.

— Um casaco de pele? Bea ficou doida...

— Pelo que entendi, você vai precisar de um hoje à noite — disse Thomas. — Vamos sair do nível do mar e subir a uma altitude de mais de quatro mil metros!

O SR. & A SRA. PETER LEUNG
SOLICITAM VOSSA PRESENÇA NO

Baile de Inverno

Em honra de Suas Sereníssimas Altezas

Príncipe Julius &
Princesa Hanne Marit Zu Liechtenburg

HORÁRIO: 18H
LOCAL: CASA DE INVERNO EM MAUNA KEA
TRAJE: CORTE IMPERIAL NORUEGUESA,
TIARAS OPCIONAIS

** Os ônibus fretados sairão dos hotéis designados às 17h em ponto.*

*** Recomendamos o uso de trajes apropriados para temperaturas subárticas.*

7

Vulcão Mauna Kea

•

GRANDE ILHA, HAVAÍ • ***BAILE DE INVERNO***

Toda a alta sociedade e os grandes nomes internacionais sabiam que o baile de Rosina Leung na véspera do casamento era imperdível — um evento social que talvez superasse o próprio casamento. A tia de Augie, a formidável esposa do podre de rico Peter Leung, era famosa por suas festas lendárias. O luxuoso ônibus que levou o Dr. Thomas Tong e a Dra. Eden Tong até o cume do Mauna Kea, o vulcão adormecido que domina a Grande Ilha, incluía três lordes, dois duques, um marajá jogador de polo, uma grã-duquesa hereditária, uma herdeira malaia das minas de estanho, um ex-diretor do Fundo Monetário Internacional, um laureado com o Prêmio Nobel, um casal proprietário da maior parte de Uttar Pradesh e um arquiteto premiado com o Pritzker. Todos ficaram sem palavras ao desembarcar do ônibus e se deparar com aquela gelada paisagem lunar, formada por colinas vermelhas e áridas, muito acima da linha das nuvens.

Mas não foi apenas a majestade sobrenatural de estar no topo do vulcão que os deixou boquiabertos: foi a visão do enorme palácio reluzente esculpido inteiramente em gelo que se erguia diante deles, com impressionantes três naves e cabeças de dragão entalhadas — uma réplica da igreja de madeira de Borgund,* na Noruega.

— Meu Deus, é como se os vikings tivessem aterrissado na lua! — declarou o renomado arquiteto.

— Só Rosina para pensar numa coisa dessas! — comentou a herdeira malaia, cujo pescoço estava adornado por diamantes tão gigantescos que Eden ficou seriamente preocupada que a mulher pudesse travar as costas.

— Arabella deve estar furiosa por ter sido superada! — disse a grã-duquesa, enquanto ela ria e as pérolas pendentes de sua tiara balançavam para a frente e para trás.

Mas se alguém não estava furiosa, essa pessoa era Arabella. A ideia de criar um majestoso paraíso nórdico em homenagem às raízes norueguesas e liechtensteinenses do noivo fora inteiramente sua, e ela estava mais que satisfeita em deixar a cunhada assinar o cheque para bancar aquela extravagância. (Na visão de Arabella, Rosina estava apenas gastando o dinheiro do irmão — dinheiro da família.) Agora, ela recebia os convidados com orgulho sob o majestoso arco de entrada do palácio de gelo, vestindo um Schiaparelli de veludo vermelho-carmim, com uma dramática gola elisabetana de penas de avestruz.

Rosina (Maryknoll/Miss Porter's/Wellesley) estava ao lado de Arabella recebendo os convidados, mas, ao contrário da cunhada, era um retrato da sutileza, envolta em uma capa de vison branco e ostentando um impressionante colar de pérolas de comprimento ópera, formado por pérolas impecáveis de vinte milímetros perfeitamente combinadas. Apenas uma dúzia de mulheres no mundo

* Esta icônica igreja norueguesa também inspirou grande parte da arquitetura de *Frozen*, da Disney. (Sem que nem mesmo seus filhos soubessem, Arabella assistia a musicais da Disney tarde da noite, durante suas crises de insônia. Rufus gostava de acreditar que sua cabana de surfe havia inspirado a mãe a abrir o resort no Havaí, mas, na verdade, a ideia veio de seu amor secreto por *Moana*.)

tinha o privilégio de possuir pérolas desse tamanho e saberia que era impossível ter um colar como aquele.*

A poucos passos das duas estava Augusta, num estado de absoluta consternação, observando a quantidade absurda de pele de visón que a tia usava. Ela vestia um casaco de inverno verde-alpino de Gary Graham, feito de brocados vitorianos vintage reciclados, enquanto Max ostentava um elegante uniforme naval norueguês do século XIX, em um tom sofisticado de azul-marinho. Assim que Thomas e Eden se aproximaram da fila de recepção, Augie, Bea e Rufus se reuniram no mesmo instante ao redor de Eden, preocupados.

— Você está melhor? — perguntou Rufus, abraçando-a de leve enquanto estudava seu rosto.

— Estou bem, só enjoei no barco — respondeu Eden, incomodada com tanta atenção.

Bea, deslumbrante em um vestido vintage de seda amarela com gola mandarim da Lacroix e um robe bordado com dragões azuis, os punhos e gola forrados com pele sintética, abraçou Eden, aliviada, enquanto Augie se derretia em elogios ao vestido azul-gelo da amiga.

— Você ofuscou todo mundo, Eden! Essa cor é perfeita para o cenário de hoje à noite! Bea, não foi o vestido que Karl te fez para o Baile do Patrimônio Veneziano, uns anos atrás?

— Acho que sim — respondeu ela, um pouco irritada por Augie destacar publicamente o fato de Eden estar usando uma roupa emprestada.

Eden, no entanto, estava distraída demais com o traje gótico de tirar o fôlego de Rufus, feito de mohair preto e couro, para se importar com o comentário de Augie.

— Isso é algum tipo de traje viking? — perguntou.

---

* Apenas para referência, meros mortais podem apenas sonhar com um colar de pérolas graduadas entre dezesseis e dezoito milímetros. Para montar um colar de comprimento ópera (noventa centímetros), composto apenas por pérolas de vinte milímetros, seriam necessárias décadas e um valor superior ao de uma mansão à beira-mar, em Malibu.

Rufus abriu um sorriso travesso.

— Não faço ideia. Achei no Etsy.*

— Sua mãe aprovou?

— Nem um pouco. Já levei uma bronca.

Rosina cumprimentou Eden com um meneio formal de cabeça, como se a estivesse vendo pela primeira vez, mas, ao notar Thomas se aproximando atrás dela, seus olhos brilharam em reconhecimento.

— Thomas! *Hou noi mou gin*** Meu Deus, essa é sua Eden? Não a reconheci de imediato! Que linda você está! Ela me lembra um pouco Maggie Cheung, não acha, Thomas?

— É mesmo? — disse Thomas, distraído.

— Parece sim. Igualzinha a Maggie em *Dias Selvagens*. Me lembro da estreia como se fosse ontem. Você não estava conosco? A turma toda estava lá: Gabby, Edwin, Henry... — Rosina parou no meio da frase, como se tivesse percebido que acabara de dizer algo inapropriado.

— Eu não. Ainda estava na Inglaterra, naquela época — respondeu Thomas, seco.

— Ah, sim, claro — disse Rosina, e, de repente, uma estranha expressão cruzou seu rosto enquanto ela encarava Eden com mais atenção.

Eden não sabia o que pensar do comportamento de Rosina, mas, ainda assim, sorriu educadamente enquanto Thomas a incentivava a seguir adiante pela fila de recepção.

— O que foi aquilo? — perguntou Eden ao pai, assim que saíram do alcance de Rosina.

— Ah, Rosina sendo Rosina — respondeu Thomas. — Ela sempre foi... como posso dizer... meio sem noção.

— Sempre esqueço que vocês se conheciam dos tempos de Hong Kong.

— Ela não era exatamente minha amiga... só andava com gente que eu conhecia.

---

* Era uma fantasia de Halloween do Jon Snow.

** "Há quanto tempo!", em cantonês.

Pai e filha subiram os degraus do palácio de gelo e entraram em um salão de banquete com três mesas imensas esculpidas inteiramente em gelo. Os blocos congelados haviam sido preenchidos com flores e iluminados de forma hipnotizante, dando a impressão de que as pétalas flutuavam no ar. Acima das mesas, seis enormes lustres de cristal brilhavam com centenas de velas, enquanto as arcadas abertas na extremidade do palácio emolduravam uma vista deslumbrante. O sol acabara de desaparecer sob as nuvens, tingindo o céu de um violeta profundo que reluzia através das paredes cristalinas do palácio.

— Estamos tão alto que dá para ver a curvatura do horizonte! — exclamou Eden, olhando para o pai e percebendo que, de repente, ele parecia um pouco pálido. — Pai! Está tudo bem? — perguntou, alarmada.

— Estou bem, estou bem. Acho que é só a mudança repentina de altitude — respondeu Thomas.

— Vamos achar seu lugar — disse Eden, apressando-se a levá-lo até sua mesa.

Os assentos eram longos bancos de gelo, felizmente cobertos com mantas de pele sintética, e Thomas se sentou, aliviado. O centro da mesa era uma réplica da escultura *Musa adormecida*, de Brancusi, esculpida em gelo.

— Veja! Essa escultura deve ter sido feita pela amiga de Rufus, Kiana — comentou Eden.

— Maravilhosa — respondeu Thomas. — Ouça, não se preocupe comigo nem por um minuto. Já me sinto muito melhor.

— Tem certeza? — perguntou Eden, preocupada.

— Absoluta. Vá encontrar seu lugar e aproveite o jantar.

— Daqui a pouco volto para ver como você está — disse Eden.

Thomas suspirou aliviado assim que Eden se afastou. Na verdade, não era a altitude que o tinha afetado, mas o encontro com Rosina. Vê-la sempre trazia à tona lembranças dolorosas que ele se esforçava muito para manter enterradas.

Uma idosa senhora britânica sentou-se ao lado dele e lançou um olhar de desdém para o cartão com seu nome.

— Dr. Thomas Tong. Que tipo de médico o senhor é?

— Sou oncologista — respondeu Thomas, preparando-se mentalmente.

— Ah. Meu marido é o ginecologista da rainha — disse a senhora, num tom presunçoso.

•

Enquanto Eden admirava o centro de mesa esculpido no gelo, uma réplica de *Maman*, de Louise Bourgeois, alguém deslizou para a cadeira ao lado dela. Ao se virar, viu Freddy Farman-Farmihian sorrindo.

— Você de novo! Será que é melhor eu ir buscar um escudo facial? — brincou Freddy.

— Dependendo do que vão servir no jantar, pode ser uma boa ideia — respondeu Eden, já prevendo uma noite muito longa na companhia de Freddy. — E desculpe mais uma vez pelo que aconteceu no barco.

— Não pense mais nisso. Espero que você tenha ficado confortável no seu quarto no Four Seasons.

— Não é meu quarto.

— Claro que é! Reservei para você. Achei que ia gostar de ficar na suíte ao lado da de Bea.

— *Você* reservou o quarto para mim? — Eden ficou surpresa. — Não precisava fa...

— Foi um prazer.

— É generosidade demais da sua parte. Já estou hospedada em Puako.

— Não, não, não. Você passou mal por minha culpa. Nem todo mundo aguenta o tranco do *Babyshark*.

— Que nada, seu barco é ótimo. Incrível, na verdade. O problema sou eu. Sou péssima marinheira.

— Bem, o quarto está pago até o fim da semana, quer você fique ou não.

Eden ia continuar protestando, mas então um som de trombetas heráldicas ecoou pelo grande salão. Uma dúzia de trompetistas em trajes de gala entrou, e depois, vindos dos dois cantos, centenas de homens nórdicos em trajes folclóricos tradicionais e patins deslizaram por uma pista de gelo instalada nas margens do espaço, cada um carregando bandejas de prata repletas de taças. O público aplaudiu, entusiasmado.

— Será que contrataram todos os modelos da Escandinávia para o evento? — brincou Freddy.

— É o que parece — respondeu Eden, enquanto um dos garçons, de cabelo desgrenhado, patinava até ela e depositava à sua frente uma taça alta com um líquido escuro e espumante. Ela tomou um gole do caldo quente e encorpado, e percebeu que era a primeira entrada: cappuccino de cogumelos silvestres com espuma de trufa branca.

— O que acha de tudo isso? Ouvi dizer que só a construção deste palácio de gelo custou cinco milhões de dólares.

— Cinco milhões de dólares? Para um prédio feito de *gelo*? — Eden não conseguia acreditar.

— Mandaram trazer os blocos de gelo da Nova Zelândia. Imagine o tanto de gente que trabalhou para erguer tudo isto aqui, no alto da montanha. É basicamente um enorme kit de Legos de gelo. Bem legal, não é?

— Na verdade, é revoltante.

— Sério? — Freddy não sabia se ela estava falando sério ou não.

— Pense no que esse dinheiro poderia fazer para ajudar quem precisa, pessoas desta ilha mesmo. Estamos aqui sentados, vendo cinco milhões de dólares literalmente derreterem diante de nossos olhos, só para entreter as pessoas mais privilegiadas do planeta. Pessoas que, aliás, já vivem nos próprios palácios!

— Ih... imagino que você não seja lá muito fã da realeza.

— Para ser sincera, não gasto muito tempo pensando neles. Aparentemente, a maioria dos britânicos de minha idade não se importa tanto com a família real quanto os americanos.

— Mas você é amiga dos Gresham. Eles não são meio que da nobreza?

— Os Gresham fazem parte da aristocracia fundiária. É diferente da família real, que é composta por figuras simbólicas que, na verdade, têm pouco poder. A família de Lorde Greshamsbury é dona das terras ao redor da propriedade há séculos, e tem sido a guardiã delas por gerações. O conde é dedicado a sua vila e a melhorar a vida de todos da comunidade. Na verdade, de toda a região do condado.

— Isso é maneiro. Eu não fazia ideia. Também não acompanho muito esse lance de realeza. Minha mãe era obcecada pela princesa Diana e pela realeza iraniana, mas, na minha opinião, essas pessoas só tiveram a sorte de nascer nas famílias certas.

Eden ficou surpresa ao ouvir aquilo.

— Você não se considera um sortudo também?

— Com certeza. Sou um baita sortudo! Meu pai saiu do Irã só com a roupa do corpo e um tapete enrolado dentro da mochila. Trocou o tapete em Paris por uma passagem de avião para Los Angeles e um pouco de dinheiro, e lá construiu uma fortuna, graças à própria inteligência e a muito trabalho duro. Agora ele me passou essa mesma ética de trabalho.

— Então você trabalha para seu pai?

— Na verdade, sou concorrente dele.

— Sério?

— Pois é. Meu objetivo é ganhar mais dinheiro do que ele até os 40 anos.

— E como está indo?

— Na verdade, nada mal. Meu pai queria que eu fizesse medicina, mas larguei a faculdade no primeiro semestre e tirei minha licença de corretor imobiliário. No ano passado, vendi mais de trezentos e cinquenta milhões de dólares em propriedades, entre residenciais e comerciais, e expandi para corretagem de jatos particulares e iates. Sei quais são minhas paixões, e não queria passar a vida tratando de gente com conjuntivite.

Eden o observou com interesse. Tinha julgado Freddy como apenas mais um riquinho entediante, mas obviamente ele era mais profundo do que aparentava.

— E você? O que faz da vida? — perguntou Freddy.

— Eu trato de gente com conjuntivite.

— Ha! Você é médica? Parece jovem demais para ser médica!

Antes que Eden pudesse responder, Bea apareceu atrás de Freddy e o cutucou no ombro.

— Freddy, eu não me lembro de você ter sido colocado nesta mesa.

— Hã... acho que os cartões de lugar talvez tenham sido trocados em um passe de mágica.

Bea lançou um olhar carrancudo para Freddy.

— E por que aconteceria uma coisa assim?

— Porque nossa amiga doente aqui precisa de atenção especial.

— A última coisa que Eden precisa é de mais atenção vinda de você.

— Na verdade, está tudo certo, Bea. Freddy e eu estamos nos divertindo muito — interveio Eden.

Bea se inclinou e sussurrou, furiosa, no ouvido de Eden:

— Freddy deveria estar sentado ao lado de Solène hoje à noite! E você deveria estar de olho em Rufus, garantindo que ele passasse a noite inteira vendo Freddy flertar com Solène! Lembra? Os cachorros precisam perseguir...

Eden olhou para a mesa ao lado, onde Rufus e Solène estavam lado a lado, profundamente envolvidos em uma conversa.

— Acho que não precisa se preocupar. A raposa e o cão já passaram da fase da perseguição faz tempo.

•

Na mesa central do banquete, Solène, com um vestido de baile prateado acolchoado da Moncler que, infelizmente, a fazia parecer um pouco o boneco da Michelin, tentava animar seu parceiro de jantar, que estava de péssimo humor.

— Ânimo, Rufus! O suflê está maravilhoso, o Sancerre ainda melhor, e este palácio é pura magia. Me sinto no meio de um conto de fadas de Hans Christian Andersen.

Rufus suspirou.

— Conto de fadas? Isso tudo está errado. Este palácio de gelo deveria ter metade do tamanho e sido construído no resort, não aqui. Sua presença neste lugar é um insulto aos havaianos e a todos os ativistas que lutaram tanto para impedir a construção de um novo telescópio na montanha.

— Mas o palácio não vai derreter em poucos dias? Não é permanente.

— Não importa. Estamos sendo extremamente desrespeitosos. Nem deveríamos estar aqui.

— Mas Jacqueline, a organizadora do evento, me disse que eles fizeram uma grande doação para o *Hawaii Land Trust* — arriscou Solène.

Rufus soltou uma risada sarcástica.

— Típico de minha mãe. Ela acha que qualquer problema pode ser resolvido jogando dinheiro em cima dele.

Solène riu suavemente.

— Visconde de St. Ives, não me diga que o senhor é um *socialiste*.

— Não zombe de um homem quando ele abre seu coração — interrompeu Gopal Das, que havia escutado a conversa do outro lado da mesa. — Você sabe onde está, jovem senhora?

— Como assim? Não estamos no topo do Mauna Kea?

— Os havaianos nativos chamam esta montanha de *Mauna a Wakea*, o lugar onde Wakea, o deus do céu, se uniu a Papa Hanau Moku, a deusa da terra, dando origem a estas ilhas. Este é um dos lugares mais sagrados para os havaianos, e apenas os chefes da mais alta patente eram autorizados a pisar aqui. Não temos o direito de estar aqui, muito menos de dar uma festa. É uma grave ofensa aos deuses. Nós irritamos Pele, e pode anotar: haverá um preço a pagar.

Na extremidade oposta do palácio de gelo, a orquestra começou a tocar as primeiras notas de uma grande valsa. O príncipe Max conduziu a mãe, com toda a pompa, até a pista de dança, enquanto Augusta tomava o braço do pai.

— Bem, se os deuses estão irritados, vamos dançar para eles! — declarou Solène, arrastando um relutante Rufus para a pista de dança.

À medida que mais convidados se levantavam das mesas, Freddy se virou para Eden e perguntou:

— Milady, me concede esta dança?

— Claro — respondeu Eden.

Os dois seguiram direto para a pista, onde Eden descobriu que Freddy era um parceiro de dança muito mais talentoso e empolgado do que poderia imaginar. Com movimentos surpreendentes, ele a rodopiava com grande estilo e, no clímax da valsa, de repente a inclinou perigosamente perto do chão.

Eden caiu na gargalhada.

— Você está tentando me matar? Onde aprendeu esses passos?

— Fui finalista do *Dancing with the Stars*. Brincadeira. Minha mãe me matriculou no estúdio Arthur Murray, em Beverly Hills, quando eu tinha 12 anos. Outras mães persas mandavam os filhos para Mohammad Khordadian a fim de aprender dança persa, mas minha mãe insistiu que eu precisava aprender dança de salão, se um dia quisesse me casar com uma bela princesa.

— E acha que sua mãe estava certa?

— Bem, estou dançando com você, não estou?

Do outro lado da pista, observando Rufus e Solène valsando graciosamente, Arabella se virou para a mãe de Solène com um olhar triunfante.

— O que eu disse? Não formam um casal deslumbrante?

Olimpia de Courcy assentiu quase imperceptivelmente.

Arabella continuou, animada:

— Não consigo parar de imaginar como nossos netos serão. Belíssimos e, é claro, fluentes em francês, inglês e chinês.

— Rufus fala chinês? — perguntou Olimpia.

— Infelizmente, não. Quando eu morava em Londres, achei que precisava criar meus filhos para serem mais britânicos que os próprios britânicos. Não queria que tivessem nem um traço do sotaque de Hong Kong, como eu.

— Mas você não tem sotaque algum. Parece tão inglesa quanto Claire Foy.

— Exatamente.

— Quem é aquela garota asiática ali? — perguntou Olimpia, notando Eden e Freddy, que pareciam estar recriando uma cena de *La La Land*.

Arabella olhou para a pista de dança, agora lotada.

— Que garota?

— Aquela de Chanel azul-gelo. É a princesa tailandesa de quem todos estão falando?

— Não, a princesa tailandesa só chega amanhã. Aquela garota não é ninguém.

— Ela dança muito bem — comentou Olimpia, se perguntando por que Rufus parecia incapaz de tirar os olhos daquela ninguém.

8

Puako Beach Road

•

GRANDE ILHA, HAVAÍ • *APÓS O BAILE DE INVERNO*

De pé sob o chuveiro no deque dos fundos da casa de Rufus, Eden sentia os jatos de água quente escorrerem pelo pescoço e pelos ombros, deixando o calor se espalhar por todo o corpo. O chuveiro era separado do resto do deque por uma parede de rochas vulcânicas empilhadas e uma moita de bambus altos, e o chão de liso cascalho marinho só aumentava a sensação de tranquilidade do lugar. Olhando para o céu estrelado através do vapor, Eden sentia-se completamente em paz.

— Ei, está viva? — chamou Rufus do outro lado da parede.

— Hummm... estou no paraíso.

— Nada como um banho ao ar livre à noite.

— Ainda mais quando você precisa descongelar a bunda! Lá em cima estava um gelo absurdo!

— Te vi rindo sem parar na pista de dança, então não deve ter sido tão ruim assim.

— Freddy estava fazendo uma imitação de Patrick Swayze, só para ver se alguém notava.

— Quando vi que você estava sentada ao lado de Freddy no jantar, fiquei preocupado. Agora fiquei *muito* preocupado.

— Não precisa. Por baixo daquela barbinha por fazer, Freddy até que é tolerável. E como foram as coisas do seu lado?

— Foi tudo bem.

— Pelo que vi, foi mais do que bem. Solène é uma dançarina deslumbrante.

— Ela faz balé desde os três anos.

— Claro que sim. Não tem outro jeito de conseguir um corpo daqueles.

— Nem reparei — respondeu Rufus, enquanto sua mente divagava para o corpo que estava a poucos centímetros dali, atrás da parede de pedras.

— Sei, e cadê o xampu?

— Deve estar bem na sua frente. O azul à direita, escrito "shampoo".

Eden riu, tateando em busca do frasco.

— Está um breu aqui! Você podia estar tomando banho do meu lado e eu nem ia perceber.

Por um instante, Rufus quase disse: *Então tudo bem se eu me juntar a você?*, mas se conteve. Em vez disso, respondeu:

— Foi exatamente esse o propósito do projeto do chuveiro. Aqui, a única coisa que você deve ver são as estrelas.

Rufus estava prestes a sair e deixá-la aproveitar o banho em paz quando Eden de repente perguntou:

— E aí? O que você acha dela?

— De quem?

— Solène!

— Ah, normal. E o que *você* acha dela?

— Parece inteligente, ambiciosa e muito segura de si.

— Tradução: você acha que ela é uma tremenda vaca.

— Eu não disse isso! Gosto de Solène, mas ela tem aquele verniz formal dos franceses que leva tempo para amolecer.

Rufus se recostou no banco, olhando para o céu.

— Você não acha que ela é meio... egocêntrica?

— Ah, me mostre alguém tão bonito quanto ela que não seja.

— Você não é.

Eden soltou uma risada.

— Ao lado de Solène, eu sou um esquilo. E um esquilo ensopado.

— Besteira! Você se garante ao lado de Solène quando quiser.

— Você é muito gentil. Freddy, por outro lado, acha que ela é uma deusa. Não percebeu os olhares famintos dele do outro lado da pista de dança?

— Na verdade, não. Mas sabe os olhos de quem senti? Da minha mãe. Ela grudou os olhos em mim e Solène como se fosse o Olho de Sauron. Isso estragou meu jantar. Juro que dava para sentir cada onda de ansiedade como se estivesse conectada diretamente ao meu estômago.

— Sinto muito. Por que acha que ela está tão ansiosa?

— Está na cara que ela está surtando porque a princesa da Tailândia ainda não deu as caras, e com medo de que Solène tente me fisgar nesse meio-tempo.

Eden sorriu embaixo do chuveiro. Será que Rufus realmente não fazia ideia das verdadeiras intenções da mãe?

— Falando nisso, *cadê* essa famosa princesa?

— Pelo que dizem, em uma *jam session* com Willie Nelson, em Maui.

— Dá para culpá-la? Eu também preferiria estar tocando com o Willie Nelson!

Relutante, Eden desligou o chuveiro e começou a se secar com a toalha.

— Estou com medo da chegada da princesa. Estou gostando de ter Solène por perto, mas não consigo decifrá-la direito...

— Então pare de tentar. Relaxe, se divirta, e provavelmente você vai conhecê-la muito melhor assim.

— Bom, amanhã vou levar todos vocês para um dos melhores picos de surfe do planeta.

Eden saiu para o deque com a toalha enrolada no corpo.

— Se a gente vai surfar amanhã, preciso dormir. Estou acabada!

— São só vinte minutos até seu hotel — disse Rufus, levantando-se do banco e balançando as chaves do Jeep. Ele abriu a porta de vidro deslizante, e Eden entrou na casa.

— Essa cama está me chamando...

— Por que você não passa a noite aqui? Eu iria te buscar daqui a seis horas mesmo. Besteira voltar para o hotel agora.

— Olhe, esse banho quente me transformou numa geleca. O que eu mais quero é me jogar na cama! Tem certeza de que não se importa?

— Eu não teria sugerido se me importasse.

— Mas, peraí... não tenho roupa, só este vestido de baile! — riu Eden.

Rufus abriu um armário próximo e apontou para as pilhas organizadas de conjuntos ali dentro.

— *Voilà*! Minha coleção de pijamas de companhias aéreas. Escolha um: tem Hawaiian Airlines, Cathay Pacific, Etihad, esses divertidos de canguru da Qantas... Ah, esses aqui são da Emirates, eles até hidratam a pele enquanto você dorme.*

— Vendido — disse Eden, pegando um pacote e entrando no banheiro para se trocar. Saiu alguns minutos depois e pulou direto na cama.

Rufus circulou pela casa por um tempo, trancando portas e apagando as luzes, antes de se deitar.

— Boa noite — disse ele, deslizando sob os lençóis ao lado dela.

— Boa noite — murmurou Eden, já meio adormecida.

Rufus sorriu ao se lembrar de todas as vezes que os dois haviam dividido uma cama ao longo dos anos, desde a casa na árvore que construíram juntos nos terrenos de Greshamsbury Hall até as barracas, trailers e pousadas excêntricas espalhadas pela costa da Cornualha. A lua saiu de trás das nuvens, lançando uma luz etérea sobre o rosto de Eden enquanto ela dormia. Rufus a observou por alguns minutos, ouvindo sua respiração tranquila. Então, virou-se para o outro lado e caiu em um sono profundo e satisfeito.

---

* A Matrix desenvolveu o primeiro pijama hidratante do mundo, feito exclusivamente para os passageiros da primeira classe da Emirates. O tecido libera pequenas quantidades de alga marinha na pele para evitar o ressecamento durante o sono.

9

Mirante do Vale Pololu

•

COSTA DE KOHALA, HAVAÍ • *NA MANHÃ SEGUINTE*

— Quando você acha que não pode ficar mais bonito... — Eden balançou a cabeça, maravilhada, enquanto observava, ao lado de Rufus, Solène e Freddy, a vista magnífica do Vale Pololu. Diferente do lado de Kona da ilha, a costa de Kohala era formada por falésias de mais de cento e cinquenta metros de altura, que se estendiam pelo litoral até onde a vista alcançava.

— Não parece que estamos no Havaí — comentou Solène, olhando para as nuvens cúmulo carregadas que emolduravam as falésias. — Nem parece que estamos neste planeta.

Freddy concordou com um aceno de cabeça.

— Isso aqui é a Terra Média! Daqui a pouco um dragão sai voando de trás dessas falésias.

— Esta é minha vista favorita de toda a ilha — disse Rufus. — Estamos olhando para o primeiro dos sete vales que foram esculpidos na costa quando o vulcão Kohala entrou em erupção eras atrás. Olhem, as ondas estão começando a aumentar. E aí, bora descer? — Segurando sua prancha de surfe, Rufus liderou o grupo por uma trilha íngreme que serpentava pela falésia até o fundo do vale. Conforme desciam, pulando pedras e desviando de raízes, a vista ficava cada vez mais impressionante, à medida que a vegetação densa ao longo do caminho dava lugar a uma espetacular praia de areia negra cercada por uma floresta tropical exuberante. O som das ondas batendo contra as imponentes falésias transportou Eden de volta à paisagem acidentada de Tintagel, a vila açoitada pelos ventos, na costa norte da Cornualha, e à vez em que acampou com Rufus e as irmãs, quando tinha 13 anos...

Enquanto Augie e Bea optavam por investir no bronzeado deitadas na praia pedregosa, Eden e Rufus decidiram subir a colina para explorar o castelo medieval dramaticamente posicionado no topo do penhasco. Enquanto vagavam pelas ruínas, Rufus tirava fotos das antigas muralhas com sua Leica e Eden narrava tudo como um guia turístico.

— Richard, o Primeiro Conde da Cornualha, construiu a maior parte da estrutura que ainda está de pé, mas, ao que tudo indica, este lugar serve de residência real desde o início do século VI. O Rei Arthur nasceu aqui, se formos acreditar na lenda.*

— Eu acredito — disse Rufus, passando os dedos sobre uma parede de pedra coberta de musgo. — Uau! Eden, sente isso aqui.

Eden encostou a palma da mão na pedra antiga.

— Consegue sentir? — perguntou Rufus, empolgado.

— Acho que sim. Mas o que exatamente eu deveria sentir?

— A vibração. A energia. Não parece que tem um portal para outra dimensão aqui?

Eden fechou os olhos enquanto o vento assobiava pelas ameias do castelo. De repente, os versos do poema de Tennyson surgiram em sua mente...

Four gray walls, and four gray towers
Overlook a space of flowers,
And the silent isle imbowers
The Lady of Shalott.**

---

* O Castelo de Tintagel, hoje em dia, faz parte das terras do duque da Cornualha, também conhecido como príncipe de Gales, também conhecido como príncipe William, também conhecido como Willy, o Vombate.

** "Quatro paredes cinzentas, e quatro torres cinzentas/ Diante de uma paisagem de flores,/ E a ilha silenciosa abriga/ A Dama de Shalott." (N. T.)

— Parada! Não se mexa nem um centímetro — disse Rufus, ajustando o foco para tirar uma foto de Eden. — Perfeito!

— Meu cabelo está todo no rosto — reclamou Eden, tentando afastar os fios bagunçados pelo vento.

— Pare de se mexer. Agora abra os olhos. — Ele clicou de novo. — Você está linda.

Eden fez uma careta.

— Gostaria que você visse o que eu vejo — disse Rufus. — Você parece a donzela do castelo. Não gostaria de voltar no tempo para ver como era a vida naquela época?

— Claro. Adoraria ser uma druida e aprender a fazer poções mágicas de cura. Tipo o Panoramix.

— Não preferiria ser a rainha Guinevere? E eu poderia ser Lancelot?

— Nem pensar. As coisas não acabaram muito bem para eles.

— Isso porque tiveram um caso secreto. Deviam ter feito tudo do jeito certo e se casado — argumentou Rufus, pondo a câmera de lado e se apoiando em um dos joelhos, com ar cerimonioso. Ele ergueu os olhos para Eden, intenso. — Eden Tong, você quer se casar comigo?

Eden revirou os olhos.

— Eca.

— Não estou falando agora. Daqui a vinte anos.

— Pode apostar que, até lá, você já vai estar casado com alguma garota chamada Pippa ou Poppy, do tipo que estudou em Marlborough.

— Nem pensar. Vou ser fiel a você para sempre. Não existe ninguém no mundo inteiro com quem eu me casaria, além de você. Você vai ser minha condessa.

— Não seja tonto — zombou Eden, retomando a caminhada, displicente. Ela abriu os braços e saiu correndo colina abaixo, sentindo o borrifo de água salgada no rosto, como se estivesse voando.

— UHUUUU! ISSO É MANEIRO PRA CARALHO! — gritou Freddy, de braços abertos, correndo pela praia de areia negra como uma criança. Parou bem na frente de Eden e disse, ofegante: — Não é uma das praias mais incríveis que você já viu? No nível da Costa Amalfitana. Já foi lá?

— Só conheço Florença e Roma. Morro de vontade de visitar a Costa Amalfitana.

— Então permita-me convidá-la para um passeio de iate comigo neste verão. Vou para Amalfi todo agosto.

— Você leva o *Babyshark* para o Mediterrâneo? — perguntou Rufus, surpreso.

— Claro que não. Eu levo o papai-barco, o *Beluga*, e a gente navega pela costa italiana, de Portofino a Sardenha e Capri.

— Capri está superultrapassada. Todo mundo que eu conheço vai para a Grécia agora — comentou Solène, desdenhosa.

— Pois que todo mundo vá para a Grécia encher a cara de ouzo. Eu fico com Capri. Lá você tem a comida, a natureza e as opções de compras mais incríveis do mundo, tudo numa ilha só. Cite outro lugar no mundo onde dá para desfrutar um gelatto artesanal à meia-noite, numa casquinha quente de waffle, enquanto compra um mocassim na Tod's?

— Meu amigo George se mudou para Capri com a namorada e vive insistindo que eu vá visitá-lo — comentou Rufus.

— Cara, se você tem amigos lá, não tem desculpa para não ir. Vai ser convidado para as melhores festas nas *villas* privadas! — comentou Freddy.

Solène se irritou com o fato de Rufus não a defender em relação à Grécia. Ela sabia, por suas incansáveis pesquisas no Google, que ele já tinha feito um passeio de barco pelo mar Egeu com a família. A *Vogue* britânica até publicou uma matéria sobre a viagem, e Rufus aparecia especialmente irresistível em uma das fotos — queimado de sol, brilhando de suor enquanto içava uma vela, vestindo apenas um short de algodão felpudo cor de creme da Orlebar Brown e lançando um olhar intenso para a câmera. Mas o que exatamente ele estava olhando com tanta atenção?

Na praia, Rufus analisava as ondas revoltas e monumentais com expectativa.

— Esta praia é incrível! Bea vai se arrepender de ter perdido isso — disse Eden.

— Acho que não. Ela está fazendo um ensaio fotográfico com Augusta para a *Town & Country*, e você sabe que ela é mais feliz na frente das câmeras — comentou Solène.

— Ouvi dizer que o ensaio é numa praia de nudismo, para onde aquele tal de Ram Das levou as duas — acrescentou Freddy.

— Ah, quer dizer então que Gopal Das as levou para Kehena? — disse Rufus. — Aí outro lugar mágico que eu pensei em levar vocês, mas achei que alguns talvez não quisessem desfilar como vieram ao mundo na frente de todos.

— Pois é, seria estranho. E a água está meio fria demais para deixar tudo à mostra, se é que me entende — comentou Freddy, piscando para Rufus.

— Acho que estar nu numa praia é a coisa mais natural do mundo. Queria que você tivesse me levado lá — disse Solène, lançando um olhar insinuante para Rufus.

— Lembra como a gente costumava nadar pelado naquela enseada escondida perto de Combe Martin? — perguntou Eden a Rufus.

Freddy pareceu um pouco chocado.

— Você e Eden nadavam pelados... juntos?

— Sim, com minhas irmãs — relembrou Rufus, rindo.

— Vocês britânicos são malucos. A última vez que alguém de minha família me viu pelado foi na minha circuncisão — brincou Freddy.

Eden olhou para as dunas gramadas e as altas casuarinas atrás da praia. Mais adiante, um riacho largo fluía para um vale, formando uma paisagem digna de um cartão-postal.

— Acho que vou dar um passeio pelo riacho — disse ela.

— Ótima ideia. Só tome cuidado para não sair da trilha. Existem sítios funerários antigos mais adiante no vale que são muito sagrados para os nativos, então é melhor manter uma distância respeitosa — alertou Rufus.

— Claro — respondeu Eden.

— Vai surfar? — perguntou Freddy a Rufus.

— As ondas estão gigantes hoje, não perco isso por nada.

— Quer saber? Vou deixar minha caminhada para depois. Faz tempo que não te vejo surfar! — disse Eden, animada.

— Melhor ainda, vem comigo! — sugeriu Rufus.

— Por que não? — respondeu Eden.

Rufus tirou a camiseta e apertou o cordão da bermuda enquanto Eden tirava o suéter e o short, revelando um maiô por baixo. Freddy olhou admirado, enquanto Solène ficou pasma com o corpo que Eden vinha escondendo. Quem diria que aquela garota tinha os peitos e a bunda de uma deusa? Aquelas roupas baratas da Bon Marché e o cabelo curto realmente não a ajudavam em nada. Mas o que mais irritou Solène foi perceber que até Rufus lançou um olhar discreto para Eden. Os homens eram todos iguais. Bastava um pouquinho de pele à mostra e viravam uns animais. Aquele cara tinha ignorado todas as suas indiretas a manhã inteira. Talvez a solução fosse simplesmente tirar a roupa toda e entrar no mar, providenciar um espetáculo *de verdade* para ele. Não, não... Tinha uma ideia melhor. Notando uma fenda na rocha onde estava, Solène enfiou o pé no vão e tropeçou de propósito.

— *Putain de merde*! — gemeu de dor.

Todos se viraram e viram Solène caída no chão. Rufus e Freddy correram até ela.

— Está tudo bem? — Rufus viu o sangue escorrendo do grande corte no joelho de Solène.

— Você está sangrando! — exclamou Freddy.

— Acho que quebrei o pé! — choramingou Solène.

Eden se aproximou e se agachou ao lado dela.

— Não se mexa. Não tente se levantar. Deixa eu dar uma olhada — disse Eden.

— Por quê? — perguntou Solène, um pouco desorientada.

— Porque ela é médica — respondeu Rufus.

— Sério? — Solène olhou para Eden, incrédula.

Eden apalpou o tornozelo de Solène devagar, ignorando o sangue.

— Isso dói?

— Ai! Ai! *Oui! Oui!*

— Está quebrado? — perguntou Rufus, inclinando-se para ver.

— Acho que não. Parece só uma entorse feia. Provavelmente você vai precisar de muletas por algumas semanas — avaliou Eden.

— Vou sangrar até a morte!

Eden assentiu.

— Parece que vai precisar de uns pontinhos também.

Solène praguejou mentalmente. Só queria cair de leve e fingir que tinha torcido alguma coisa, mas acabou exagerando. Agora estava sentindo dor de verdade, e o vestido Jacquemus que planejara usar naquela noite definitivamente não combinava com muletas.

Freddy voltou com uma toalha molhada e começou a pressioná-la contra o ferimento aberto no joelho dela.

— Aaah. *Merci*, Freddy. Que alívio — disse Solène, enquanto Freddy continuava a espremer água no machucado.

— Espere um pouco... onde você pegou essa água? — perguntou Rufus.

— Daquele riacho ali — respondeu Freddy.

Rufus lançou um olhar sombrio para Eden.

— Hum... aquele riacho está pululando de leptospirose.

— Ótimo — disse Eden, num tom seco.

— O que é isso? — perguntou Solène.

— Uma bactéria comedora de carne — soltou Rufus, sem pensar.

— Puta que pariu! — praguejou Freddy.

Solène começou a choramingar.

— Eu vou perder a perna?

— Não necessariamente — respondeu Rufus.

— É tudo culpa minha! — exclamou Freddy, erguendo as mãos em desespero.

— Ela vai ficar bem, Freddy — disse Eden, com calma. — Solène, sua exposição à água foi mínima, e nem sabemos se ela está mesmo contaminada. Minha principal preocupação agora é reduzir o inchaço do seu tornozelo. Vamos aplicar gelo no seu pé e também te dar antibióticos para a *Leptospira*, só por precaução.

— Coloque os braços ao redor dos meus ombros. Vamos te levar de volta até o carro — disse Rufus a Solène, que o olhou com expectativa. Aquela era, de longe, a melhor coisa que tinha ouvido o dia inteiro. Rufus ia carregá-la nos braços e subir o penhasco como se estivessem encenando uma passagem de *Poldark*.

— Espere, espere! Tive uma ideia melhor. Vamos chamar um helicóptero. Tenho um serviço de evacuação de emergência que pode pousar bem aqui na praia — disse Freddy, partindo logo para a ação e digitando freneticamente no celular.

10

Resort Mauna Lani

•

WAIMEA, HAVAÍ • *DUAS HORAS MAIS TARDE*

— Mandou bem nos pontos, Dra. Tong — comentou Rufus.

— Pois é, ainda nem acredito que você fez tão rápido! — disse Solène, confortavelmente instalada na cama de sua suíte, no resort Mauna Lani. O tornozelo estava elevado sobre uma pilha de travesseiros e envolto em bolsas de gelo, depois que Eden desinfetou e costurou o ferimento.

— Você teve sorte de só precisar de alguns pontos — disse Eden, entregando um frasco de comprimidos a Solène. — Tome dois a cada quatro horas.

— Tem algum efeito colateral? — perguntou Solène, ajeitando o robe de seda para exibir um pouco mais de coxa do que o necessário.

— É só azitromicina, então é improvável que sinta algo. Talvez um pouco de cólica abdominal, diarreia...

— Ok, já chega! Pare! — interrompeu Solène, constrangida, fazendo Eden parar de falar. Não queria ouvir detalhes médicos enquanto tentava parecer sedutora. — Nem sei como te agradecer. Me diga, você prefere a Kelly ou a Birkin?

— Birkin? — Eden franziu a testa, confusa.

— Ou talvez uma Kelly preta menorzinha?

— Desculpa, não estou entendendo.

— Minha família tem um relacionamento especial com a Hermès. Posso te colocar na lista VIP para uma bolsa Kelly. Você só teria que esperar uns dois ou três anos, no máximo.

— Ah. É muito gentil de sua parte, mas não precisa mesmo se incomodar — disse Eden, sem mencionar que tinha um baú cheio de Kellys, Birkins e Gabrielle Hobos que haviam pertencido à mãe e que ela não conseguia usar. — Agora, descanse um pouco antes do casamento e lembre-se de tomar mais dois comprimidos às quatro da tarde.

— Ah, sim! Não quero que essa coisa devore minha carne.

Freddy fez uma careta só de imaginar.

— Eca! Melhor não. Aliás, Solène, me desculpe mais uma vez! Sei que ainda nem é meio-dia, mas preciso mesmo de um drinque. Posso pagar uma rodada para todo mundo, especialmente para nossa heroína aqui?

— Nossa heroína com certeza merece uma bebida! — concordou Rufus.

— Ah, acho melhor não beber, já que estou tomando esse remédio — disse Solène, sem perceber que Rufus e Freddy não estavam falando dela.

Houve uma pausa constrangedora, até que Eden disse:

— Sim, talvez seja melhor evitar coisas fortes por hoje. Agora, descanse!

Os três começaram a ir em direção à porta.

— Espere! Rufus, será que você poderia ficar um pouco mais? Só para garantir que eu não tenha nenhuma reação ao *antibiotique*? — pediu Solène, com uma voz infantil.

— Ah... claro... sem problemas — respondeu Rufus.

— Vamos estar no bar perto da piscina — disse Freddy a Rufus, enquanto ele e Eden saíam do quarto.

Logo encontraram uma mesa no bar com vista para a enorme piscina do resort, ladeada por uma elegante fileira de guarda-sóis brancos quadrados e espreguiçadeiras, onde os hóspedes relaxavam satisfeitos.

Momentos depois, uma garçonete apareceu para atendê-los.

— Dia lindo, não? O que vão querer?

— Qual é seu coquetel favorito daqui? Algo divertido e tropical? — perguntou Freddy.

— Com certeza, o *ube colada*.

— O que é esse *ube*?

— É um inhame roxo, cultivado aqui mesmo na ilha. Tem um sabor adocicado, meio parecido com baunilha. Pode confiar, vocês vão adorar.

— Então manda duas *ube coladas*, por favor. E vocês têm chips com guacamole?

— Pode deixar que eu providencio para vocês.

Assim que a garçonete saiu, Eden olhou para Freddy com um sorriso.

— Seu humor mudou completamente. Até agora há pouco, parecia meio angustiado.

— Tenho dificuldade em ver alguém sentindo dor. Foi incrível te ver agir tão rápido, mesmo com todo aquele sangue e a tal bactéria comedora de carne. Como você consegue?

— Treinamento, basicamente. Entro direto no modo solução de problemas.

— Quando soube que queria ser médica?

— Provavelmente com uns sete ou oito anos. Foi algo que me veio naturalmente. Eu sempre resgatava passarinhos feridos, filhotes de camundongos abandonados... No começo, achei que queria ser veterinária. Claro que, como meu pai é médico, vê-lo trabalhando todos os dias teve um impacto sobre mim, mas também tenho uma lembrança muito nítida de acompanhar minha mãe nos hospitais e do quanto as pessoas que cuidavam dela eram gentis. Isso me marcou profundamente.

— Como está sua mãe hoje?

— Ela faleceu quando eu tinha cinco anos.

— Você tinha cinco anos? E você lembra de ir ao hospital com ela?

— Por incrível que pareça, sim. Tenho flashes dessas lembranças, dos quartos de hospital.

— Uau. Mal consigo lembrar o que aconteceu na semana passada.

— Às vezes, é mais fácil se lembrar das coisas que aconteceram há muito tempo.

Freddy ficou um momento em silêncio, observando as crianças brincando na piscina. Um adolescente gritava “Marco!” enquanto tateava pelo lado raso de olhos fechados, cercado por algumas crianças menores que respondiam aos gritos “Polo! Polo!”. Ele olhou de novo para Eden, a voz um pouco embargada.

— Minha mãe morreu quando eu tinha 12 anos. Câncer de ovário. Meus pais esconderam a doença de mim e da minha irmã, nunca nos deixaram visitá-la no hospital. Um dia ela simplesmente foi embora... e nunca mais voltou para casa.

— Sinto muito — lamentou Eden, pousando a mão sobre a dele e apertando-a com empatia. Ela se perguntou o que seria pior: não ter a chance de se despedir da mãe ou ter a nítida lembrança de vê-la numa cama de hospital, cercada por máquinas barulhentas e se contorcendo de dor.

A garçonete voltou com dois copos altos, decorados com grandes fatias de abacaxi e cheios de uma bebida cremosa e gelada, realçada por uma calda roxa vibrante. Ao ver os drinques, Freddy pareceu sair de seu torpor.

— *Bé salamati!* — brindou Freddy. Ele tomou um gole e olhou para Eden, surpreso. — Uau, ela tinha razão. Isso aqui é melhor do que crack!

Eden provou e logo abriu um sorriso.

— O *ube* tem uma doçura meio amendoada — avaliou. — Rufus vai adorar.

— Ha! Vamos é ter sorte se virmos Rufus de novo pelo restante do fim de semana!

— Como assim?

— Não se ligou naquela química toda lá no quarto?

— Nem um pouco. Eu estava mais focada em tratar o ferimento de Solène.

— Pois eu acho que ela já está se recuperando muito bem! Aposto mil dólares que está rolando algo para maiores naquele quarto agora mesmo. A paciente doente precisa de um surfista gostosão para aliviar a dor.

Eden riu de leve, mas, por algum motivo, achou incômodo pensar em Rufus dessa forma. Além do mais, levou cinco segundos para perceber que Solène não era a pessoa certa para ele. Ela podia ter todo o pedigree e a elegância do mundo, mas nunca faria Rufus feliz de verdade. Talvez fosse divertido por um tempo, mas logo ele perderia o interesse. O mais curioso é que Eden achava que Freddy e Solène faziam muito mais sentido juntos. Ela olhou para Freddy, pensativa.

— E você? Não me diga que já desistiu de Solène assim tão rápido.

Freddy suspirou.

— Sabe, nos últimos cinco anos eu alimentei uma fantasia sobre Solène de Courcy, desde o dia em que a vi pela primeira vez, sentada numa banqueta no Alcazar, bem na minha frente. Achei que, se eu tivesse a barriga tanquinho perfeita, ela finalmente se interessaria por mim. Passei os últimos três anos sendo torturado por um personal sádico seis vezes por semana e comendo frango cozido com brócolis no vapor... eu *odeio* brócolis no vapor... só para me livrar dos meus peitinhos masculinos. Fiquei completamente obcecado com a ideia de que Solène precisava ver o meu novo eu.

— E você descobriu o que Solène pensa do...? — perguntou Eden.

Freddy sorriu por um segundo, mas logo sua expressão mudou ao encarar Eden nos olhos.

— Sabe, até esta semana, eu nunca teria imaginado que meu novo eu talvez pudesse estar cagando e andando para o que Solène pensa.

— Mesmo?

— Sim. Acho que revê-la me fez enxergar tudo com mais clareza. Não estou a fim de alguém que só gosta de mim por causa da aparência. E, sinceramente? Solène nem me enxerga. Ela olha *através* de mim. Só vê Rufus.

— Não acho que isso seja verdade...

— É sim, e está tudo bem. Eu precisava ter essa epifania antes de finalmente cair na real. A única coisa que me irrita é que minha irmã tinha razão o tempo todo.

— O que ela disse?

— Ela me avisou desde o começo para esquecer Solène. Falou: "Está na cara que essa garota não come, e qualquer garota que não come vai ser uma vaca, porque está com fome. Você precisa conhecer uma boa persa que goste de boa comida tanto quanto você".

— Odeio admitir, mas acho que sua irmã tem razão.

— Em qual parte? Que Solène é uma vaca ou que eu deveria me casar com uma boa persa?

— Nas duas — respondeu Eden, e os dois caíram na gargalhada.

A cinquenta metros dali, na suíte de Solène, Rufus teve a própria epifania. Sentado numa poltrona ao lado da cama, ele tinha uma visão perfeita de Freddy e Eden na mesa perto da piscina. Solène, deitada na cama, falava empolgada, mas Rufus já tinha parado de ouvir havia um bom tempo. Pela janela, ele viu Freddy brindar com Eden. Viu os dois rindo juntos de alguma coisa. Viu Freddy se inclinar sobre a mesa e segurar a mão de Eden. Viu os dois se levantarem e saírem juntos. E, se fosse sincero consigo mesmo, não estava gostando nem um pouco do que via, nem do que imaginava que poderia acontecer em seguida.

11

Suíte Milo

•

FOUR SEASONS RESORT HUALALAI • *NAQUELA MESMA TARDE*

Freddy levou Eden de volta ao hotel e, ao retornar à suíte, ela descobriu que uma revista de moda americana havia tomado conta do espaço para transmitir uma *live* de Bea e Augie se arrumando para o casamento. A porta que conectava as suítes fora destrancada, e um verdadeiro batalhão de estilistas, assistentes de fotografia e técnicos ocupava a sala de estar e a varanda.

Eden espiou para dentro do quarto de Bea, que estava sentada na cadeira de maquiagem enquanto dois cabeleireiros lutavam para prender seu penteado.

— Eden, estou tãooooo exausta! Acabei de voltar de uma sessão de fotos na praia, e agora tenho que fazer essa *live* no Instagram e mais outra sessão antes da cerimônia. Estou morrendo de inveja de você, que foi à praia! Como está Solène? Ela quebrou mesmo o pé?

— Foi só uma torção. Ela está se recuperando muito bem no quarto... com Rufus.

— Caramba, essa mulher é rápida — comentou Bea, animada.

— Pois é, ela é mesmo uma força da natureza.

Ouviram uma batida na porta, e Josh, o diretor de esportes aquáticos, entrou com um coco fresco gelado e um canudo.

— Achei que você iria gostar de algo refrescante, depois daquela última sessão no sol.

— Obrigada, querido. Muito atencioso de sua parte — agradeceu Bea, enquanto bebia a água de coco.

Josh (Immaculate Conception/Mount Vernon High/Whitman/Middlebury) ficou por ali, lançando olhares para Eden, como se preferisse que ela não estivesse no quarto.

Eden lançou um olhar protetor para Bea pelo espelho.

— Precisa de ajuda com alguma coisa?

— Não, está tudo bem. Você devia ir se aprontar.

Eden entendeu o recado.

— Certo. Divirta-se na *live*.

Deixou Bea com seu admirador e entrou no próprio quarto, onde encontrou uma mulher de trinta e poucos anos esparramada na cama, berrando ao telefone:

— Os sapatos não chegaram, as tiaras também não. Então mudamos o conceito, e Matthias ia fotografar Lady Beatrice pulando na cama descalça com o Balenciaga. Mas aí a vadiazinha disse: "Eu não uso Balenciaga". Ou seja, vamos ter que recorrer ao Chanel que era da noiva. Estou fodida. Como é que vou explicar para Anna que...

— Ah. Oi — disse Eden.

A mulher levantou os olhos.

— E meu café?

— Oi?

— Meu café gelado com leite de aveia. Onde está?

— Acho que você está me confundindo com...

— Não estou nem aí, só quero meu café. Quantas vezes preciso pedir?

Eden arregalou os olhos e adotou seu tom calmo de médica, o que usava com crianças birrentas.

— Vamos ver... Que tal ligar para o serviço de quarto e resolvermos isso?

A mulher pareceu ficar confusa de repente.

— Quem é você?

Nesse momento, uma funcionária havaiana, com o uniforme característico do hotel, entrou no quarto com um café gelado em uma bandeja.

— Aqui está, senhora. Café gelado com leite de aveia.

A mulher ficou vermelha como um tomate ao perceber o tamanho da gafe.

— Sinto muito, sou a editora de moda do ensaio e achei que este fosse o quarto de Lady Beatrice.

— Sem problemas. Lady Beatrice está no quarto ao lado. Eu sou a Dra. Eden Tong, melhor amiga de Bea, e também preciso me arrumar para o casamento.

— Ah, claro — disse a editora de moda, pegando o café e saindo sem dizer mais nada.

A funcionária do hotel piscou para Eden.

— Posso trazer algo para você?

— Estou bem, obrigada — respondeu Eden, começando a se dar conta de uma coisa. Desde que chegara à Grande Ilha, já havia sido confundida, em duas situações diferentes, com uma funcionária do hotel. Seria coincidência que, em ambas as ocasiões, tivesse sido um certo tipo de mulher que presumira isso? Até aquela viagem, Eden nunca passara muito tempo em um lugar onde a maioria dos funcionários dos resorts tinha uma cor de pele semelhante à sua. Ela podia se passar por havaiana, chinesa ou filipina e, para algumas daquelas turistas privilegiadas e alienadas, não passava de mais uma funcionária asiática qualquer, alguém encarregado de trazer bebidas.

Durante quase toda a vida, vivera em uma vila na Inglaterra, onde ela e o pai eram tratados como membros queridos da comunidade. Todos sabiam que fora criada com o Visconde Rufus e as Ladies Augusta e Beatrice, os filhos sino-britânicos da família mais nobre do condado. Frequentara escolas com grande diversidade e circulava em ambientes nos quais sua raça parecia invisível ou irrelevante para os outros. Eden percebeu o quanto fora afortunada por ter crescido dessa maneira protegida, por ter sido uma mulher chinesa crescida na Inglaterra, mas sem experimentar, no dia a dia, as verdadeiras dores do preconceito. Até agora. Pela primeira vez, estava sentindo o que tantas outras pessoas como ela, que moravam no Ocidente, deviam enfrentar todos os dias.

Enquanto refletia sobre a questão, Eden vestiu o vestido de organza pêssego com renda da Dolce & Gabbana de gola alta que Bea lhe emprestara — uma peça que, pelo preço ainda afixado na etiqueta, custava £4.700, mas que ainda assim não fora considerada especial o suficiente para sua melhor amiga usar naquela ocasião. De repente, algo tomou conta de Eden e, em vez de fechar os ganchos, ela abriu o zíper, tirou o vestido e vestiu jeans e uma regata. Saiu apressada do quarto e desceu até a boutique do resort, onde se lembrava de ter visto um vestido que adorara. Era um preto longo com estampa de leques dourados sobre uma saia volumosa, criado pela designer havaiana Manaola. Eden comprou o vestido depressa e voltou correndo para o quarto. Ao entrar na suíte, viu novamente a funcionária simpática do hotel, dessa vez equilibrando outra bandeja cheia de bebidas para os estilistas da revista.

— Tem certeza de que não quer que eu traga nada para a senhora, Dra. Tong? Chá da tarde? Um martini com vodca?

— Você sabe meu nome?

— Claro. A senhora é a verdadeira hóspede desta suíte, mas parece ser a única que não precisa de nada.

Eden sorriu.

— Como você se chama?

— Nicole.

— Nicole, obrigada. Realmente não quero nada. — Eden riu. — Na verdade... sabe onde posso encontrar flores frescas?

— Tipo para um colar havaiano?

— Não, maiores, como flores de hibisco.

— Ah, sei exatamente onde conseguir! Me dá só um minutinho!

Eden entrou no banheiro, onde viu uma montanha de bolsas de maquiagem espalhadas pelo chão por causa do ensaio de Bea. Vasculhou até encontrar o que procurava. Então olhou-se no espelho, respirou fundo e fez algo que nunca havia feito antes: passou batom vermelho.

12

Praia de Kukio

•

FOUR SEASONS RESORT HUALALAI • *PÔR DO SOL*

Os convidados do casamento estavam sentados em filas de cadeiras brancas sob um pavilhão ao ar livre, construído com uma intricada treliça de bambu, folhas de palmeira e fragmentos de selenita, de frente para a praia em forma de meia-lua. Analisavam uns aos outros e cochichavam em tom baixo. Alguns dos membros da nobreza europeia estavam mais afiados que o habitual...

— *Arabella é como os Von Trapp, não pode ver uma montanha que já quer escalar. Agora que uma das filhas fisgou um príncipe, aposto que vai querer se tornar arquiduquesa.*

— *Viu aquela gargantilha de safira gigantesca da Sra. Mittambani? Ouvi dizer que foi comprada dos herdeiros do nizã de Hyderabad por uma bagatela.*

— *Nossa, quem é aquela criatura deslumbrante com hibiscos no cabelo? Será que é a princesa da Tailândia?*

No momento certo, Jackie, a diretora do evento, deu o sinal verde e a orquestra começou a tocar "Primavera: Primeiro Movimento", de Vivaldi, recomposta por Max Richter, enquanto o cortejo do casamento entrava no pavilhão. À frente, vinha o irmão caçula do noivo, Sua Alteza Sereníssima, o príncipe Tassilo zu Liechtenburg (Crossroads/Aiglon/Santa Monica College), em um terno listrado de anarruga que parecia dois números menor,* acompanhando a Honorável Lady Beatrice, que usava um deslumbrante vestido Giambattista Valli rosa vibrante, com tantas camadas de babados que ela mal conseguia se sentar.

Em seguida, entraram os pais do noivo: Sua Alteza Sereníssima o príncipe Julius (tutores particulares/Le Rosey/Universidade de Heidelberg), de terno azul-pervinca e um fedora branco, de braço dado com a esposa, Sua Alteza Sereníssima a princesa Hanne Marit (Escola Internacional de Oslo/Parsons), vestindo um bolero Giorgio Armani bordado e um tubinho creme — comprado no outlet da Armani em Bicester Village e já usado no casamento do príncipe Manuel da Baviera com a princesa Anna de Sayn-Wittgenstein-Berleburg, em 2005. Bea ficou chocada ao ver a roupa da princesa, perguntando-se por que diabos se dera o trabalho de mandar trazer um Giamba novo às pressas para o Havaí, quando a mãe do noivo obviamente não dava a mínima para os protocolos de casamento e escolhera um look tão branco quanto qualquer vestido de noiva.**

Foi então que os acordes triunfantes de "Duck Shoot",*** de Rupert Gregson-Williams, ecoaram pelo ar, anunciando a entrada de Rufus, o Visconde de St. Ives. Ele estava belíssimo em um terno de linho cinza-pérola, feito sob medida pela Sartoria Ripense, e mocassins da Bocache & Salvucci, acompanhando Lady Arabella, que trajava um vestido dourado de Jean Paul Gaultier, com um decote profundo, ombros estruturados e uma longa cauda de discos de ouro sobrepostos — uma peça feita sob medida para ela pelo próprio estilista, que saíra da aposentadoria só para aquela criação especial. Enquanto Rufus conduzia a mãe pelo corredor, sorria com charme e educação tanto para os poucos convidados

* Todos sabiam que o ganho de peso do príncipe Tassilo era consequência de sua recente estadia no Paracelsus, a clínica de reabilitação mais exclusiva do mundo.

** A princesa Hanne Marit, descendente de uma longa linhagem de noruegueses aristocráticos, mas também bastante práticos, não tinha a menor noção das tradições burguesas de casamento e passara a maior parte da vida vestindo túnicas da Johnny Was e leggings da Alo Yoga, em seu rancho de alpacas, em Ojai.

*** Os ouvidos mais atentos reconheceriam a melodia como o tema principal de *The Crown*. Claro que Arabella escolheria essa música para fazer sua entrada.

que reconhecia quanto para os muitos que não fazia ideia de quem eram. Sorriu para a marquesa que costumava forçá-lo a se sentar em seu colo quando era pequeno, enquanto ela bebia um martíni atrás do outro e lhe dava beliscões nos mamilos; sorriu para a tia Rosina e o tio Peter (Diocesan Boys'/Andover/Harvard/Wharton), que tinham acabado de chegar para a cerimônia, acompanhados de seus filhos Alexander (Diocesan Boys'/Andover/Harvard/Wharton), Adam (Diocesan Boys'/Andover/Harvard/Harvard Law) e Aurelius (Diocesan Boys'/American School Hong Kong/Millbrook/Colorado College), todos aterrissando no último minuto, em aviões separados, com a expressão carrancuda de homens que se consideram importantes demais para perder tempo em casamentos de família, mas que decidiram honrar a todos com a sua presença mesmo assim. Por fim, sorriu para o Dr. Tong e para a jovem deslumbrante ao seu lado, que não reconheceu, mas que supôs ser a princesa tailandesa de quem tanto falavam. A princesa piscou para ele, e foi aí que Rufus se deu conta, surpreso, de que era *Eden*. Mas aquela era uma Eden completamente transformada: estava avassaladora em um vestido preto simples de linho, ombro a ombro, e seus traços delicados pareciam ainda mais belos com o cabelo curto dramaticamente penteado para trás e preso com três magníficos hibiscos.

Na frente do pavilhão, um arco imponente feito de gigantescos pedaços de madeira flutuante emoldurava a vista espetacular da praia para todos os convidados. O reverendo Caleb Oriel, reitor de Greshamsbury, estava ao lado de Gopal Das, ambos se preparando para seus sermões. À medida que o sol se punha no céu sem nuvens, banhando tudo em um brilho dourado, Josh, o diretor de esportes aquáticos, surgiu de repente na praia, vestindo apenas uma coroa de folhas na cabeça e uma tradicional saia de grama, o torso musculoso reluzindo com óleo. Ele se posicionou bem no centro do arco, ergueu uma grande concha branca para o céu e a soprou devagar, produzindo um som profundo e hipnotizante.

Enquanto o chamado primitivo ecoava pelas dunas de areia, uma dúzia de homens havaianos vestidos da mesma forma marcharam pela praia, carregando um palanquim de *huanghuali* da dinastia Qing, onde Lady Augusta estava sentada. Assim que os homens pousaram o palanquim no chão, um grupo de daminhas de honra, vestindo delicados vestidos brancos, veio ao seu encontro. O conde de Greshamsbury, usando um terno de linho tropical azul-claro da Davies and Son, caminhou orgulhoso até o palanquim, tomou o braço da filha e a conduziu pela trilha na praia, enquanto as menininhas iam na frente, espalhando pétalas de rosa pela areia e cantando "Somewhere Over the Rainbow" a cappella.

O público se levantou e murmurou em aprovação quando a noiva avançou pelo corredor em direção ao arco, permitindo que todos admirassem em sua totalidade a glória de seu deslumbrante vestido de alta-costura da Maison Valentino. O modelo, sem mangas e de gola alta, era feito de renda Chantilly e se prendia a uma saia volumosa, com uma cauda de quase três metros, ricamente bordada com cristais e pérolas douradas. A peça, que levara três meses para ser confeccionada por uma equipe de costureiras, era coroada pela tiara Greshamsbury, uma joia de diamantes e pérolas feita pela Asprey em 1818 e que fazia parte do acervo da família.

Arabella sorria orgulhosa, saboreando sua vitória. Ver a linda filha caminhando pelo corredor com seu buquê de flores nativas brancas em forma de meia-lua,* parecendo a princesa que sempre fora destinada a ser, fazia todo o estresse e as brigas pelo vestido valerem a pena. Ah, se aquelas coleguinhas metidas da Maryknoll pudessem vê-la agora! Assim que o reitor os declarasse marido e mulher, Augie automaticamente se tornaria a princesa Maximillian zu Liechtenburg, marcando o primeiro de três casamentos reais que Arabella orquestraria. Depois seria a vez de Rufus, que desposaria a princesa Solène de Courcy, unindo os Gresham não a uma, mas a duas das mais nobres casas da Europa. E então Bea, seguindo os passos dos irmãos, certamente fisgaria um príncipe — não aquele gorducho do Tassilo, mas talvez um dos charmosos príncipes gregos ou dinamarqueses. Com isso, o destino estaria

* Uma homenagem ao buquê de Babe Cushing Paley ao se casar com Stanley Mortimer. Arabella, claro, idolatrava a Sra. Paley, embora Augie não fizesse ideia de quem ela era.

selado. O legado dela como matriarca da própria dinastia real estaria finalmente assegurado.

Josh soprou a concha de novo e, dessa vez, um grupo de percussionistas apareceu na areia e formou um círculo de tambores. Ao começarem a tocar com vigor, uma antiga *wa'a* — uma canoa havaiana de casco duplo de madeira — despontou na baía. Seis homens remavam em sincronia perfeita e, encarapitado na proa da canoa, vinha o príncipe Maximillian, vestindo um robe branco e azul-claro de paisley da Etro. Quando a embarcação se aproximou da costa, Max de repente arrancou o robe, levantou-se, revelando uma cueca boxer branca decorada com flores-de-lis douradas, e mergulhou no mar. Os convidados do casamento ficaram boquiabertos.

— Meu filho maluco! — riu o príncipe Julius, enquanto a multidão começava a aplaudi-lo.

Max nadou alguns metros até a parte rasa. Então se ergueu e correu em direção à praia. Um trio de assistentes apareceu sem demora e o secou com toalhas, depois o ajudou a vestir um paletó e calças de linho branco. Ele permaneceu sem camisa por baixo do paletó, tendo como único adorno um elaborado colar ornamentado de conchas *puka*.

Max marchou decidido até o arco e, sem hesitar, envolveu Augie nos braços e a inclinou para um beijo cinematográfico.

— Desculpe, não consegui esperar — disse ele, enquanto a plateia explodia em risadas.

— Meu Deus do céu, estou completamente encharcada! — anunciou Augie, entre risos. — Maxxie, meu vestido está arruinado!

Então, para horror absoluto de Arabella, Max começou a abrir o zíper das costas do vestido de Augie, permitindo que ela saísse graciosamente da peça incrustada de pedras e revelasse um lindo vestido slip branco, de estilo bem praiano, feito do mais fino cânhamo orgânico não branqueado. Como uma borboleta que por fim se liberta do casulo, Augie se virou para a plateia, sorrindo de orelha a orelha. No fim das contas, a noiva acabou conseguindo o que queria.

13

Suíte Wai'olu

•

FOUR SEASONS RESORT HUALALAI • *APÓS A CERIMÔNIA*

Jackie Zivenchy era uma das produtoras de eventos mais renomadas do mundo. Já havia fechado o East River, em Nova York, para uma festa particular na Randall's Island, orquestrado convenções políticas e coordenado lançamentos de produtos multimilionários em estádios, com milhares de convidados. Sabia lidar com os clientes mais exigentes do planeta, pessoas tão famosas e ricas que nunca ouviam a palavra "não". Mas jamais imaginou que um casamento íntimo para trezentos convidados na Grande Ilha, no Havaí, marcaria o ponto mais baixo de sua ilustre carreira, e que as coisas poderiam dar tão, mas tão errado.

O primeiro sinal de que a noite não estava saindo como o planejado veio logo após o fim da cerimônia, quando a condessa de Greshamsbury exigiu que Lady Augusta fosse encontrá-la imediatamente no local mais reservado e próximo ao pavilhão do casamento. Jackie sugeriu a suíte de Lady Beatrice, no Four Seasons, a uma curta caminhada dali, longe dos ouvidos curiosos de convidados. Assim que Augie chegou, ainda eufórica após os seis minutos de cântico de consagração liderados por Gopal Das, no encerramento da cerimônia, Arabella fez questão de, muito educadamente, convidar a diretora do evento a se retirar do quarto.

Jackie saiu às pressas pela porta adjunta à suíte de Bea e nem precisou se esforçar para ouvir a conversa ou sentir a fúria da condessa vibrando pelas paredes.

— Por que você me odeia tanto? — Arabella lançou um olhar gélido para a filha.

— Eu não te odeio. Por que você...

— *Como ousa?* Como ousa me desonrar, desonrar seu pai, desonrar todos os seus ancestrais Gresham e Leung e, mais importante, desonrar *a si mesma* dessa forma?

— Eu não estou entendendo o que você quer dizer.

— Você fez um striptease no seu próprio casamento!

— Todo mundo adorou, mãe. Todo mundo estava rindo!

— Não estavam rindo com você, estavam rindo *de* você.

— Foi ideia de Maxxie. Ele achou que seria divertidíssimo se nós dois...

Arabella massageou as têmporas, como se estivesse tendo uma crise de enxaqueca.

— Você não entende? Não percebe que Maxxie pode mostrar a bunda branca para o mundo inteiro que todos vão rir? Maxxie pode fazer o que quiser, porque ele é o *príncipe Maximillian zu Liechtenburg*. Você, por outro lado, não passa da filha de um conde. Mas conseguiu, com a minha ajuda, devo acrescentar, fazer o impossível. Apesar de todas as suas limitações, conseguiu se casar com um ilustre clã, e agora cada membro dessa família que, como você bem sabe, inclui a maioria das cabeças coroadas e não coroadas da Europa, acha que o querido príncipe Maxxie se casou com uma meretriz.

— Eu não sou uma meretriz.

— Depois dessa palhaçada que você aprontou, não passa de uma stripper barata! Não é melhor do que uma dessas *gai** de Wan Chai!

As narinas de Augie inflaram. Ela chegara ao limite com a mãe.

* Literalmente "galinha" em cantonês, mas também significa "prostituta". Wan Chai é o bairro da luz vermelha de Hong Kong, famoso pelo filme *O Mundo de Suzie Wong*.

— Eu estou farta de você projetar todas as suas inseguranças em mim!

— Inseguranças? Que inseguranças?

— Sempre que você fala de gente cafona, por que elas têm que ser sempre chinesas? Por que nunca europeias ou da nobreza? Já viu como alguns dos primos noruegueses de Maxxie são bregas? Sabe o que você é? Você é uma... uma asiática que se odeia!

Arabella riu com teatralidade.

— Como pode ser autodepreciação uma mãe querer ensinar um pouco de dignidade e bom senso à filha? É justamente por você ser metade asiática que precisa se apresentar sempre da melhor maneira. Você tem que ser a mulher mais bonita, mais inteligente e mais encantadora em qualquer lugar que entrar, e deve se comportar de forma impecável. É isso o que venho tentando enfiar nessa sua cabecinha oca a vida inteira, mas você sempre resistiu. Tudo o que eu queria era que você tivesse um casamento íntimo, elegante, digno de entrar para a história, que a *Point de Vue* e a *¡Hola!* registrassem para a posteridade e que fosse lembrado por todos pelo resto da vida. Só estou tentando te ajudar a ser vista com bons olhos ao começar sua nova vida em uma família que não será tão gentil com você quanto a sua família de sangue.

— A família de Maxxie me ama. Às vezes sinto que me amam e me aceitam mais do que a minha própria família — disse Augie, a voz trêmula de emoção.

— Espere só para ver. Agora que você se casou com ele, as facas vão começar a aparecer. E eu não estarei mais presente para te proteger, para te defender das milhões de coisas que você vai fazer errado aos olhos dos Zu Liechtenburg e dos Von Melke av Sjokolades.

— Você está completamente iludida, mãe. Os Zu Liechtenburg estão longe de ser essa família perfeita que você imagina. O príncipe Julius passa a maior parte do ano com a amante em Ibiza, e a mãe de Maxxie vive catando merda de alpaca e chapada com o bong.

— Você continua sem entender nada. Tudo o que eu sempre quis foi o melhor para meus filhos, mas tudo o que eles fazem é me decepcionar. Só fazem partir meu coração!

Lágrimas começaram a escorrer pelo rosto de Arabella, chocando Augusta, que nunca havia visto a mãe chorar. Arabella saiu correndo do quarto e quase esbarrou em Jackie, que soltou um pequeno arquejo quando a porta quase a atingiu no rosto.

— Onde fica o banheiro? — perguntou, entre lágrimas.

— Logo à esquerda, no fim do corredor — respondeu Jackie depressa, desviando o olhar de propósito.

Arabella trancou-se no banheiro e encarou o próprio reflexo no espelho. *Ainda bem que existe rímel à prova d'água*, pensou, enxugando com cuidado a umidade dos olhos com um lenço de papel. Ao terminar, amassou o lenço e procurou um lugar para descartá-lo. Por que a lixeira não estava debaixo da pia, onde deveria estar? Arabella olhou ao redor até avistá-la ao lado do vaso sanitário. Ela jogou a bolinha de papel em direção à lixeira e errou por poucos centímetros. *Que inferno!*, pensou, marchando até lá para apanhá-la. Ao jogar o papel corretamente na lixeira, notou algo se sobressaindo entre os outros resíduos. Algo inconfundível. Era um teste de gravidez. Pegou o bastão plástico e viu que as duas tiras verticais rosa estavam bem escuras. *Grávida*.

Arabella sentiu as palpitações começarem.

— Jackie! — gritou do banheiro. — Jaaaaackie!

— Sim, senhora.

Jackie correu até a porta no exato momento em que Arabella a abriu.

— Esse é o banheiro de Bea?

— Não, o banheiro de Lady Beatrice é na suíte ao lado, onde a senhora estava com Lady Augusta.

— Graças a Deus, graças a Deus, graças a Deus — suspirou Arabella, levando a mão ao peito, aliviada. — Isso aqui é tão confuso, já nem sei onde uma suíte termina e a outra começa. Em qual suíte estamos?

— Esta é a suíte da Dra. Eden Tong.

— Eden Tong! Como ela veio parar aqui?

— Acho que foi o Sr. Farman-Farmihian quem reservou o quarto para ela.

— Freddy Farman-Farmihian! Que *interessante*... — A mente de Arabella começou a fervilhar. Será que Eden engravidou sem querer do persa ricaço? Ah, se aquele moralista do Dr. Tong soubesse das coisas que a filha preciosa andava aprontando!

Augie entrou na suíte, agora de novo com o vestido Valentino.

— Me perdoa, mãe?

Arabella hesitou por um instante, então abriu um sorriso radiante.

— Minha princesa! Como você está linda!

14

Bellaloha Resort

•

SOUTH KONA, GRANDE ILHA • *HORA DOS COQUETÉIS*

Jackie acabara de transportar trezentos convidados VVIP — muitos com as próprias equipes de segurança — de um pavilhão com vista para a praia, no Four Seasons Hualalai, para outro pavilhão com vista para outra praia, no Bellaloha Resort, a vinte quilômetros ao sul. Ali, aqueles paxás mimados beberiam vinho chileno com rótulos franceses falsificados até que o chef informasse que o jantar estava servido. Como Arabella se recusara a realizar o banquete de casamento em qualquer outro lugar que não na floresta tropical de seu adorado resort, o chef fora obrigado a cozinhar em uma tenda improvisada com geradores, já que a erupção do vulcão havia interditado completamente a cozinha de última geração, e levaria um bom tempo até que trezentos filés de linguado pudessem ser escaldados, filetados e empratados. Jackie também nunca entenderia por que Arabella insistira em mandar trazer linguados de avião, quando estavam em uma ilha cercada por alguns dos peixes mais frescos do mundo. Justo quando estava conferindo se sua equipe havia acendido todas as oitocentas lanternas de papel penduradas nas raízes aéreas da enorme figueira, no centro do local do banquete, o conde tocou em seu ombro.

Mal Francis o fizera, percebeu que sua mente tinha dado um branco. *Qual era mesmo o nome daquela maldita mulher?*

— Hã... Lee, certo?

— Perdão — respondeu Jackie, com educação. *O que foi agora?*

— Seu nome não é Lee?

— Na verdade, é Jackie, mas pode me chamar como quiser, Lorde Greshamsbury.

— Jackie! Peço desculpas. Hã... poderia me fazer um favorzinho?

— Sim. — *Na verdade, ele quer dizer um favorzão.*

— Preciso encontrar um lugar onde eu possa, sabe como é, *ficar a sós* com o príncipe Julius.

— Onde o senhor possa *ficar a sós*? — *Ele quer trepar com o príncipe?*

— Sabe como é, dois pais brindando juntos. Um lugar onde não seremos incomodados. Talvez a adega do resort...

— Seria um prazer arrumar a adega para o senhor, mas o corpo de bombeiros trancou as portas de todos os edifícios da propriedade. Ninguém tem acesso até que estabilizem a situação.

— Que pena. Talvez você possa montar uma tenda, como aquelas fabulosas do Maasai Mara, com peles de zebra, lampiões, mesas de campanha e coisas assim?

Vocêsópodeestardesacanagemcomigo.

— Lorde Greshamsbury, não tenho nenhuma tenda do Maasai Mara sobrando no momento, mas, sabe, há várias cabanas de surfe com vista para o mar, onde podemos preparar algo para o senhor, com um barman e algumas bebidas.

— Ah, não, não, não. Não precisa de barman. Sei o quanto sua equipe deve estar reduzida. Mas a cabana de surfe é uma ótima ideia.

— Então gostaria que essa cabana fosse preparada para o senhor depois do banquete?

— Bem, não... eu queria fazer isso agora mesmo.

É claro que ele quer.

— Vou ver o que posso fazer. Pode levar um tempo para arrumar tudo na cabana.

— Excelente. Será que daria para deixá-la um pouco mais acolhedora? Algo no estilo da sala de carteado do White's, talvez, onde eu possa oferecer ao príncipe algo para fumar e um bom scotch?

Puta que pariu.

— Vamos deixar a cabana igualzinha à sala de carteado do White's.* O senhor nem vai notar a diferença. — *Dar um Google: "sala de carteado do White's".*

— Você é um anjo, Lee, de verdade.

Vinte minutos depois, Francis se encontrava em uma cabana hipster de surfe que mais parecia um daqueles espaços zen estilo *wabi-sabi* absolutamente insuportáveis das revistas *Kinfolk*. A única referência ao White's era o tapete Oushak velho e surrado que Jackie, por milagre, conseguira arranjar, sobre o qual dispôs uma mesinha de jogos dobrável, com uma caixa de Cohibas, dois copos de uísque e uma garrafa de Gordon & MacPhail** — o scotch que o príncipe Julius agora agitava entre os dentes com grande satisfação.

— Preciso admitir, Francis, você e Arabella realmente se superaram. Não vou a um evento assim desde que o conde de Palliser se casou com aquela tal de Colette, cujo pai chinês bilionário bancou tudo. Até minha querida prima Margrethe disse que nunca esteve em um casamento tão especial, e você sabe que ela é convidada para absolutamente tudo. Estou muito aliviado por não ter precisado pagar a conta, ho ho ho.

— Engraçado você mencionar isso. Tenho certeza de que percebeu... hã... que os custos têm aumentado, principalmente depois de termos sido forçados a mudar *todos* os locais do casamento no último minuto.

— Sem dúvida, sem dúvida. Um azar danado aquele jorro de lava, na pior hora possível. Mas que espetáculo, hein? A Mãe Natureza em sua melhor forma.

---

* O White's Club é um clube para cavalheiros em Londres. É considerado o clube mais exclusivo da Inglaterra e também o mais antigo, datando de 1693. Ali o príncipe Charles fez sua despedida de solteiro, antes de se casar com a princesa Diana, e o filho de ambos, príncipe William, é membro desde que nasceu. (N. T.)

** A *Forbes* descreve este single malt *Mortlach Generations* de 75 anos como uma "pechincha" por US$ 30 mil a garrafa.

Francis respirou fundo e decidiu que era melhor arrancar o curativo de uma vez só.

— Será que existe alguma chance... de você me emprestar um módico valor?

— Um empréstimo? O que eu poderia lhe emprestar que faria alguma diferença? O que tenho é uma gota no oceano, comparado a vocês. Você sabe que Hanne e eu somos muito gratos, muitíssimo gratos... — O príncipe Julius escolheu um charuto da caixa e começou a desembrulhá-lo ruidosamente.

— Sim, muito obrigado. Mas, ainda assim, Arabella e eu ficaríamos felicíssimos se você pudesse expressar um pouco dessa gratidão na forma de um pequeno empréstimo. Claro, nunca revele a ela que eu lhe pedi.

— Claro, claro. Supondo que eu pudesse ajudar, de quanto você precisaria?

Francis coçou o queixo, nervoso.

— Ah, nada. Algo entre quinze e dezoito.

— Quinze a dezoito... milhões?

— Sim. Ou vinte a vinte e cinco. Sabe como é, o que for mais fácil. Talvez um número redondo, tipo trinta, seja mais fácil de lembrar.

— Trinta milhões de dólares... americanos?

— Ou libras esterlinas, se for mais conveniente.

O príncipe Julius encarou Francis por um segundo.

— Ho ho ho, você está de brincadeira comigo, não está?

Francis riu educadamente enquanto o príncipe lhe dava um tapa nas costas.

— Seu desgraçado! Por um instante, você quase me enganou.

— Enganei mesmo, não foi?

— Essa foi boa! *Skål*! Sabe, andamos tão preocupados com Maxxie. Primeiro ele foi expulso daquela faculdade hippie por vender cogumelos ilegais e, desde então, está completamente à deriva. Tem sido um peso enorme para mim, e todas aquelas supostas iniciativas de empreendedorismo social só fazem queimar dinheiro. Claro, ele tem bom coração, boas intenções. Pelo menos, não se meteu nos problemas que o irmão caçula arrumou.

— Seu filho está com problemas?

O príncipe deu uma tragada no charuto.

— Então você não sabe? Meu pequeno Tassilo é um viciado.

— Minha nossa...

— Sim, tudo por causa dessas drogas novas que se tomam em festas... NDA, YMCA, sei lá como chamam. Uma coisa eu sei, são muito viciantes. Nunca devia ter deixado o menino ir trabalhar de DJ em todos os clubes de Ibiza no verão, quando ele tinha 13 anos. Ele acabou de sair de uma clínica de reabilitação, na Suíça. Sabe, aquela que é mais luxuosa que o Hotel du Cap? Essa brincadeira me custou trezentos e cinquenta mil euros por mês. E ele ficou TRÊS meses! Meu Deus, imagina se ele fosse viciado em algo mais forte? Eu estaria completamente falido.

— Nem me diga.

— Pois te digo mais! Sabe, não me resta mais muita coisa no cofre. Talvez o suficiente para bancar a mim e à Natalia por mais uns dez, quinze anos, depois disso vou ter que começar a vender a merda toda. Ainda tenho um Diebenkorn decente e um bom Bacon, mas o resto é tudo velharia, uns Rembrandts horríveis e umas paisagens flamengas que ninguém mais quer.* E Natalia quer ter um bebê. E eu disse: *só por cima do meu cadáver!* Do que vamos viver se tivermos que sustentar uma criança? Da venda do Bacon? Eu mal consigo pagar a tripulação do iate. Você sabe o quanto esses iatistas australianos são mimados. A gente tem que pagar uma fortuna para esses caras. Acho que vou ter que começar a contratar sul-africanos.

Francis o encarou, incrédulo.

— Seu dinheiro realmente está acabando?

— Mas é claro. Por que eu mentiria sobre isso? Somos família agora, não temos segredos. Quem sabe um dia eu é que precise te pedir um empréstimo.

---

* No leilão de arte do pós-guerra e arte contemporânea da Christie's em 2013, a obra *Três estudos de Lucien Freud*, de Francis Bacon, foi vendida por US$ 142,4 milhões.

— E sua esposa?

— Minha esposa? Hahaha! O que te faz pensar que Hanne tem dinheiro? Ela tem um apartamento em Oslo, um Munch perturbador que herdou da tia-avó e um rancho em Ojai, e só. Sou eu quem banca todas as contas do clã inteiro.

— Achei que a família dela controlava todas as reservas de petróleo do Mar do Norte. Há anos todas as revistas a chamam de "a herdeira norueguesa do petróleo".

— Você, mais que ninguém, devia saber que essas revistas estão até aqui de mentiras. Os primos Von Melke av Sjokolade do lado dela estão nadando em bilhões, aqueles porcos; acumularam todas as ações classe A nos anos setenta. Mas o pai de Hanne Marit, que administrou a empresa petrolífera por três décadas e enriqueceu a família inteira, era certinho demais para pegar uma única ação classe A. Não queria parecer ganancioso. O velho idiota deixou apenas uns oitocentos milhões de coroas quando bateu as botas, e você sabe que ele tinha quatro filhos para brigar pelo que sobrou. Hanne mal tem dinheiro para alimentar as alpacas. E vou te contar, essas alpacas comem feito umas condenadas. Piores que gafanhotos. Sem falar que, se cospem em você, podem te cegar.

— É mesmo? — perguntou Francis, sentindo um nó no estômago. O tempo todo, achou que Augie finalmente estava segura, que enfim tinha se casado com alguém da grana.

O príncipe Julius serviu-se de mais um copo de uísque.

— É por isso que estamos tão aliviados que Augusta tenha aceitado se casar com Maxxie. Meu garoto simplesmente tirou a sorte grande ao entrar para a família Gresham! Isso já me tira um peso enorme das costas. Agora ele é problema de vocês, ho ho ho.

•

O banquete de casamento foi a *pièce de résistance* do fim de semana nupcial. Ao chegar a Bellaloha, os convidados seguiram a trilha iluminada por tochas floresta adentro, até se deparar com uma longa mesa sinuosa para trezentos convidados, que serpenteava graciosamente entre árvores imponentes e arbustos verdejantes. Não satisfeita com a beleza natural da flora, Arabella exigira que cada árvore fosse adornada com flores e, sobre o centro da mesa, pairava uma escultura floral composta por milhares de orquídeas, dálias e papoulas islandesas. No coração do banquete, uma enorme figueira estendia seus galhos, dos quais pendiam milhares de raízes entrelaçadas a centenas de lanternas, lançando um brilho mágico sobre todos. Enquanto os convidados jantavam linguado *à la Augusta* no serviço de porcelana Greshamsbury Sèvres do século XVIII — que não era usado desde que Eduardo VII se hospedara na propriedade, quando ainda era príncipe de Gales* — Jackie, num canto do palco, encaixava um microfone remoto no colarinho do paletó de Rufus. Nesse momento, Arabella apareceu, apressada.

— Rufus, é você quem vai fazer o primeiro brinde? — perguntou ela, animada.

— Esse é o plano.

— Ótimo. Escute, vai dizer coisas gentis sobre alguém em especial?

— Pretendo dizer coisas maravilhosas sobre Augie e Maxxie, é claro, depois de humilhá-los um pouquinho, óbvio.

— Não é disso que estou falando. Você vai anunciar algo especial no seu discurso?

— Algo especial? — Rufus franziu a testa.

— Sobre uma certa *entente cordiale*, talvez?

— Mãe, em inglês, por favor. Não tenho ideia do que você está falando.

— Ah, por favor, não precisa bancar o tímido comigo — disse Arabella, rindo. — Estou falando de seu *petit plaisir de l'après-midi*. Um passarinho me contou que você passou boa parte do dia trancado na suíte de Solène de Courcy, no Mauna Lani.

---

* Muitos membros da aristocracia inglesa consideravam uma visita de Eduardo VII tanto uma honra quanto uma maldição. Sabendo do lendário apetite e gosto por luxo do rei, os anfitriões faziam esforços extravagantes para garantir que suas grandes propriedades estivessem à altura dos padrões reais. Reformavam, redecoravam e contratavam novos chefs, muitas vezes se endividando antes mesmo da chegada do monarca. Pena que não existiam *Best Westerns* naquela época.

Rufus revirou os olhos.

— Solène torceu o tornozelo e molhou o joelho machucado em água contaminada com uma bactéria comedora de carne. Eden a encheu de antibióticos, então precisei ficar por perto para ter certeza de que ela não ia ter uma reação adversa.

— Ah, então foi isso que você ficou fazendo? Cuidando para que ela não tivesse uma reação adversa? — riu Arabella, satisfeita.

— Exatamente. E ela passou uma hora me dando conselhos de como melhorar minha carreira artística. Sem eu ter pedido, diga-se de passagem.

— Que gentileza da parte dela. Solène é uma moça sensata. Agora, você precisa retribuir esse favor mencionando algo gentil sobre ela e a mãe em seu brinde.

— Você quer que eu fale de Solène e da mãe *no meu brinde aos noivos*?

— Por que não? Os De Courcy não foram o destaque de seu fim de semana?

Rufus arregalou os olhos para a mãe.

— Peraí. Você estava tentando me juntar com Solène esse tempo todo?

— Sei que pode parecer um pouco prematuro, mas seria tão divertido dar ao público um gostinho do que está por vir na próxima temporada!

— Próxima temporada? Você acha que a gente vive numa série de televisão? Deixe eu simplificar as coisas: Solène de Courcy é uma moça muito legal, mas, nós dois?, isso não vai acontecer nem em um milhão de anos. Ela não faz meu tipo.

Arabella encarou o filho, exasperada.

— Não faz seu tipo? O que há de errado com você? Ela é uma das mulheres mais bonitas do planeta! Tem um contrato exclusivo com a Chanel!

— Mãe, quando você vai entender que eu não dou a mínima para nada disso?

— Não compreendo... Bea me disse que tudo estava indo perfeitamente bem!

— E como Bea ia saber de alguma coisa? Não a vejo há dias.

— Vou matar aquelas meninas idiotas! Bea anda distraída demais com os ensaios fotográficos, e Eden foi um fiasco completo.

— O que Eden tem a ver com isso?

— Bea e Eden estão torcendo para você se apaixonar por Solène! As duas a adoram. Todo mundo adora. Por que você não?

— *Eden* estava envolvida em seus planos malucos?

— Ela deveria retribuir pelo que recebeu, mas pelo jeito se distraiu demais, dormindo com aquele tal de Freddy.

— Peraí... como é que é? Eden *não* está dormindo com Freddy!

— Mas é claro que está. Os dois estão tendo um caso tórrido. Eden fez de tudo para conquistar Freddy desde o momento em que ele chegou naquele barco ridículo de tubarão. E você não sabe da missa nem a metade, aquela garota idiota foi tão descuidada que inclusive...

Antes que Arabella pudesse terminar a frase, Rufus saiu correndo.

•

No outro extremo da mesa do banquete, Nicolai Chalamet-Chaude (Wetherby/Dragon/Eton/Balliol) explicava a Eden como o Havaí havia se tornado um verdadeiro refúgio para bilionários ("Tem Larry em Lanai, Mark e Priscilla curtindo em Kauai, e Pierre lá em Oahu")* quando Rufus surgiu apressado, com uma expressão de urgência inconfundível.

— Eden, posso falar com você?

— Claro. Barão, se me dá licença um momento — disse Eden, educadamente.

Rufus pegou a mão dela e a guiou por uma trilha que atravessava um matagal até chegarem a uma clareira tranquila na floresta. Um quente brilho carmesim filtrava-se pelas árvores, deixando tudo com um ar quase sobrenatural.

— Está tudo bem? — perguntou Eden.

---

* Ellison, Zuckerberg, Omidyar.

— Sim. E *você*, está bem?

— Agora que você me salvou daquele homem, estou.

— Ótimo, ótimo. Só preciso saber uma coisa...

— O quê?

— Você está dormindo com Freddy Farman-Farmihian?

— O que te fez pensar uma coisa dessas, posso saber?

— Hã... é que... você passou a tarde toda com ele.

— E você passou a tarde toda no quarto de Solène, mas eu nunca perguntaria o que aconteceu lá.

— Não aconteceu nada com Solène! Quero dizer, nada que eu tenha iniciado, pelo menos. Ela se atirou para cima de mim várias vezes, mas, quando eu a rejeitei, ela começou a reclamar que eu não dava conta e que estava intimidado pelo sucesso dela.

— Solène se atirou para cima de você?

— Como um guaxinim drogado, mas você sabe que eu jamais tocaria um dedo nela, nem com uma vara de três metros.

— O que te fez pensar que eu estava dormindo com Freddy?

— Minha mãe me contou.

— Sua *mãe?* — Eden fez uma careta de descrença, sem entender como a condessa poderia ter chegado a uma conclusão daquelas. — Ou sua mãe enlouqueceu com o estresse ou alguém anda espalhando fofocas maldosas.

— Não, você tem razão, mamãe está fora de si. Mas andei observando vocês dois o fim de semana inteiro... dançando no baile, rindo como velhos amigos durante os passeios... e não sei... fiquei preocupado.

— Preocupado? Rufus, eu sou perfeitamente capaz de cuidar de mim mesma. Já te disse, Freddy tem um bom coração por trás de toda aquela pose.

— Então você gosta *mesmo* dele. Hoje, quando vi vocês dois tão íntimos na beira da piscina, eu simplesmente...

— Íntimos?

— Você estava fazendo carinho na mão dele...

— Estava o consolando. Freddy me contou que a mãe morreu quando ele tinha 12 anos.

Rufus, de repente, sentiu-se um completo idiota.

— Meu Deus, desculpe. Eu entendi tudo errado, não foi? Tinha certeza de que ele estava a fim de você e achei que você estivesse tentando me deixar com ciúmes.

— Por que eu faria uma coisa dessas?

— Porque... puta merda, eu estou tão confuso... — Rufus gaguejava, tentando encontrar as palavras. Respirou fundo e olhou Eden bem nos olhos. — É que eu estou apaixonado por você.

— O quê? — Eden o encarou, em choque absoluto.

— Estou total e loucamente apaixonado por você, Eden. Esta semana inteira me fez perceber o quanto você é especial para mim, sempre foi. Lembra quando te disse, em Tintagel, que você era a única garota com quem eu queria me casar?

— A gente era tão jovem...

— Eu estava falando sério. Cada palavra. E depois daquela noite em Puako, depois daquele banho sob a luz do luar, eu não consegui mais parar de pensar em você. Ainda sinto seu perfume na roupa de cama e, vendo você hoje à noite, tão incrivelmente linda, eu precisava...

— Pare. Por favor, pare antes de dizer algo de que vai se arrepender depois — pediu Eden.

— Eu não vou me arrepender.

Sem aviso, Rufus a puxou para um abraço e a beijou.

Eden mal conseguia processar o que estava acontecendo, mas se viu cedendo ao beijo apaixonado. Descobriu que não conseguia parar de beijá-lo, que seus lábios estavam em chamas, que o chão sob seus pés não parava de rodar, descontrolado, mas que, mesmo querendo, não conseguia pará-lo.

— PARE! PARE!

Levou um segundo para Rufus perceber que não era Eden quem estava falando.

Eles se afastaram e olharam ao redor. Jackie vinha correndo por entre os arbustos.

— NÃO DIGAM MAIS NENHUMA PALAVRA! — gritou Jackie, ofegante, enquanto alcançava o dispositivo de microfone preso

ao cinto de Rufus e o desligava. — O microfone estava ligado! Você deve ter esbarrado em alguma coisa, ele ficou ligado o tempo todo. Todo mundo no banquete ouviu vocês! Até a rainha da Dinamarca!

Rufus e Eden a encararam, horrorizados.

— Na verdade, Rufus, só ouviram *você* — esclareceu Jackie.

— Não sei se isso é melhor ou pior* — disse Rufus, fazendo uma careta. — Meu Deus... Solène!

Jackie assentiu bem devagar.

— Pois é, Solène ouviu tudo. Nunca vi alguém de muletas sair correndo tão rápido.

Eden fitou Rufus com olhos arregalados, chocada demais para dizer qualquer coisa.

De repente, um feixe de luz atingiu seu rosto. Outros feixes começaram a iluminar todos os presentes quando cinco bombeiros, empunhando lanternas potentes, emergiram do matagal.

— Todo mundo para fora! Precisamos evacuar a área agora mesmo!

— Evacuar? Como assim evacuar? — gritou Arabella.

— Estamos evacuando todo mundo. A festa acabou.

Jackie balançou a cabeça vigorosamente.

— Isso não é possível, senhor. Estamos no meio de um banquete de casamento, e o bolo da Bonnae Gokson nem foi servido ainda. O senhor sabe quem são nossos convidados? O governador está aqui, a senadora Mazie Hirono está aqui. The Weeknd está prestes a se apresentar.

O bombeiro-chefe deu uma risada.

— The Weeknd vai ter que encontrar outro fim de semana para se apresentar. Vocês não estão vendo aquele brilho alaranjado ali? Uma nova fissura de lava se abriu e está descendo rápido. Suas vidas estão em perigo! Precisamos tirar todo mundo daqui AGORA!

---

* Se quiser, volte e leia apenas as falas de Rufus. Foi bem pior escutar só o lado dele da conversa.

III
Londres

A melhor coisa de Londres é Paris.

— Diana Vreeland

Hong Kong, 1995

ARSENAL HOUSE, DELEGACIA GERAL DE POLÍCIA DE HONG KONG

— Se eles não tivessem bebido tanto, Roger Gao talvez não tivesse reagido de forma tão imprudente. E se a vítima não tivesse subido no sofá, a trajetória da queda não o teria lançado por cima da mureta de vidro. E se aqueles novos candelabros de cristal tchecoslovaco assinados por Philippe Starck não tivessem acabado de ser instalados sobre as mesas de jantar naquela mesma noite, a vítima provavelmente teria sobrevivido à queda. No pior dos casos, teria quebrado a coluna — relatou o chefe de polícia.

— Foi uma sequência de eventos muito infelizes — disse o comissário de polícia, balançando a cabeça.

— Quantos anos Roger Gao vai pegar? — perguntou o Dr. George Tong.

— Homicídio culposo. Considerando sua idade, a ficha limpa e as circunstâncias... no mínimo, dez anos de sentença.

— Depende do juiz — interveio o chefe de polícia.

Ao saírem da delegacia geral e caminharem pela Lockhart Road, o velho médico lançou um olhar cansado para o filho, Thomas Tong.

— Henry está morto. Nada do que fizermos vai trazê-lo de volta. E agora os Gao estão arruinados: a pobre moça que amava Henry, e o irmão... preso por décadas.

— É tudo triste demais — disse Thomas.

— Meu único consolo é que sua mãe não viveu para ver este dia. Isso teria lhe partido o coração.

Thomas pensou na mãe e no quanto ela idolatrava o filho caçula que, aos seus olhos, jamais fazia nada errado.

— Acho que deveríamos usar parte da herança de Henry para ajudar os Gao a contratar o melhor advogado possível. Talvez consigam reduzir a pena. Não adianta nada o rapaz apodrecer na prisão durante os anos mais produtivos da vida.

— Poucas pessoas pensariam assim, pai, depois de perder um filho.

— Os Gao também perderam um filho. Sinto que carrego parte da responsabilidade por toda essa tragédia. Porque nunca fui capaz de dizer não a meu filho.

— Nenhum de nós foi.

O velho médico assentiu.

— E agora, o que faremos pela irmã?

1

The nags head

BELGRAVIA, LONDRES • *CINCO DIAS DEPOIS*

Thomas foi quase até o fim da Kinnerton Street e entrou no minúsculo pub que vinha matando a sede dos frequentadores desde a era vitoriana. O ambiente de formato estranhamente peculiar estava abarrotado com mais de um século de quinquilharias — paredes e teto tão cobertos de quadros, recortes de jornal e distintivos militares que a pessoa tinha a sensação de estar dentro de uma gigantesca e fervilhante colagem viva. Passando pelo balcão lotado, decorado com chapéus navais, Thomas acenou para o barman e seguiu para os fundos, onde sabia que encontraria Francis.

Dito e feito. Lá estava o conde, saboreando um uísque em sua mesa habitual, no canto. Com as calças de veludo cotelê amarrotadas e o pulôver Pringle, Francis parecia quase o mesmo da época em que os dois passavam madrugadas estudando para os exames GCSE,* não fosse pela postura curvada que denunciava o peso das décadas. Thomas se acomodou na cadeira de couro surrada à frente do amigo, e Francis ergueu os olhos, parecendo quase surpreso.

* GCSE é a sigla para General Certificate of Secondary Education, um certificado acadêmico em uma disciplina específica. O exame costuma ser realizado pelos alunos do ensino secundário na Inglaterra, no País de Gales e na Irlanda do Norte por volta dos 16 anos. Marca o fim do ensino obrigatório e é valorizado por muitas universidades. (N. T.)

— Engraçado, não é? A lava pode entrar em erupção numa ilha no meio do Pacífico, mas o Nags Head continua sempre o mesmo.

— Graças a Deus! — respondeu Thomas.

— Estou surpreso que tenha conseguido se encontrar comigo assim, de última hora.

— Meu último paciente cancelou, então deu tudo certo.

— Ah, é mesmo. Você vem sempre a Londres às sextas, não é?

— Estou aqui desde ontem, colocando as consultas em dia. Você voltou hoje de manhã?

— O avião pousou ao meio-dia. Estou tentando continuar acordado desde então.

O barman apareceu e colocou uma caneca de cerveja espumante na frente de Thomas, que logo enfiou a mão no bolso do blazer xadrez para pegar a carteira.

— Guarde isso! Seu dinheiro não vale nada aqui, Dr. Tong! — resmungou o barman, antes de se afastar.

— O que foi isso? — perguntou Francis.

— A irmã dele é minha paciente — respondeu Thomas, simplesmente.

— Ah, claro. Você está sempre salvando vidas, enquanto eu só pareço destruí-las...

Thomas sabia que Francis logo afundaria ainda mais na autopiedade, então foi direto ao ponto:

— E como foi a inspeção?

— Um desastre! Eles nos colocaram num helicóptero para sobrevoar o resort. Foi a única forma de ver o que estava acontecendo, já que todas as estradas de acesso foram fechadas.

— E então? — perguntou Thomas, tomando um gole da cerveja.

— Pior do que imaginávamos. Uma terceira fenda se abriu no topo da colina, e agora os prédios principais estão bem na linha do fluxo de lava.

— Não tem como desviar?

— Inútil. A lava simplesmente arrasa tudo por onde passa. É questão de dias até o resort inteiro ser completamente engolido. Graças a Deus não há casas nem cidades em risco. A Agência de Defesa Civil do Condado do Havaí quer declarar Bellaloha uma zona de desastre ambiental.

— Meu Deus — murmurou Thomas, balançando a cabeça. — Sinto muito.

Francis deu de ombros.

— Você se lembra da primeira vez que te levei a Greshamsbury Hall, no meio do semestre? Quando tínhamos 14 anos?

— Claro — respondeu Thomas, sorrindo.

— Jamais vou esquecer o que você disse quando te levei para conhecer a casa, quando viu a Long Gallery. Você olhou em volta e falou: "Tudo isso é seu? Sinto muito". Você estava tirando sarro, mas, naquele instante, eu soube que seríamos amigos para o resto da vida. Você entendeu exatamente como eu me sentia em relação àquele lugar. Engraçado... Desde que percebi que um dia herdaria Greshamsbury Hall, sempre desconfiei de que a linhagem acabaria comigo. Sou a décima oitava geração de pobres coitados tentando manter aquela velharia de pé. Só nunca imaginei que a própria Mãe Natureza daria o golpe final.

— Não vai acabar com você...

— Ah, mas vai. O último prego no caixão é Bellaloha sendo consumida pelo fogo. Ou reduzida a cinzas vulcânicas.

— A Lloyd's não vai ajudar a cobrir parte do prejuízo?

Francis soltou uma risada amarga.

— A Lloyd's? Eles nunca fizeram seguro de propriedades comerciais na Grande Ilha, por causa da atividade vulcânica.

Thomas quase engasgou com a cerveja.

— Você está me dizendo que deixou Arabella gastar... sei lá quantas centenas de milhões... construindo o resort dos sonhos, e *nada daquilo está segurado*?

Francis assentiu, devagar.

— Meu Deus — murmurou Thomas, afundando na cadeira e sentindo de repente o peso real daquela conversa. Começou a fazer cálculos de cabeça. — Se você liquidasse tudo e deixasse os credores assumirem os hotéis... os de Londres e Hong Kong, principalmente...

— Mesmo que vendêssemos todos os hotéis, ainda haveria um déficit enorme, por causa de Bellaloha. O rombo continuaria entre duzentos e cinquenta e trezentos milhões.

Thomas balançou a cabeça, incrédulo, mas, claro, ele já conhecia a dura verdade sobre as finanças dos Gresham. Era um castelo de cartas precário, prestes a desmoronar.

Francis lançou a Thomas um olhar suplicante.

— Sei que já conversamos sobre isso, mas existe alguma chance de você tentar apelar para... Rene?

Thomas suspirou.

— Se você já não estivesse tão endividado com Rene, eu diria que valeria a pena tentar, mas a essa altura é arriscado demais. Ele é imprevisível, e a última coisa que queremos é que resolva cobrar tudo de uma vez. Você chegou a falar com o príncipe Julius?

— Sim. Acontece que o príncipe também anda vivendo de aparências. Deixou bem claro que nunca esteve em posição de me ajudar, nem de ajudar o próprio filho, aliás. As palavras exatas dele sobre Max foram: "Agora ele é problema de vocês".

— Ele disse isso mesmo?

— Disse. Receio que vai ser uma lua de mel bem decepcionante para Augie e Maxxie, quando perceberem que nenhum dos dois tem a fortuna que imaginavam — disse Francis, soltando uma risada cansada.

— Eles vão ficar bem.

— É, não estou preocupado com eles. Estou mais preocupado com todos em Greshamsbury que dependem de nós: os funcionários, os arrendatários, as famílias que vivem naquelas terras há gerações. E, claro, estou bastante preocupado com aquela sua paciente que cancelou de última hora hoje.

— Arabella. — Thomas assentiu. — Alguma ideia de por que ela cancelou?

— Deus sabe. Tentei falar com ela no voo de volta, mas ela se trancou no quarto do avião e não quis sair.

— Ela ainda está em choque — argumentou Thomas, balançando a cabeça ao lembrar o caos que se instaurou quando todos se acotovelaram para evacuar o resort, no meio do banquete de casamento. A maioria dos convidados que havia chegado em jatos particulares fugiu da ilha naquela mesma noite. O restante partiu após o brunch de despedida no Nanea Golf Club, na manhã seguinte, que mais parecia um velório. Eden e Thomas tiveram a sorte de conseguir uma carona no avião de Freddy Farman-Farmihian naquela tarde, enquanto Bea partiu com um dos primos Leung e os noivos seguiram para a lua de mel.* Apenas Rufus ficou na ilha.

— Era para o casamento ser o grande triunfo de Arabella, e acabou se tornando o fiasco real do século. Ela finge que não liga, mas você sabe como é. As aparências são tudo para ela. Arabella acha que Bellaloha é só um prejuízo temporário... não faço ideia de como vai reagir quando descobrir a verdade — admitiu Francis, num tom abatido.

— Até onde ela sabe? — perguntou Thomas, cauteloso.

— Ela sabe que as coisas andam meio complicadas, mas não faz ideia da gravidade da situação. A culpa é toda minha, Tom. Eu a protegi da realidade durante todos esses anos, e nem sei explicar por quê. Talvez eu sempre tenha me sentido culpado...

— Culpado de quê?

Francis encarou o uísque e soltou um suspiro profundo.

— Pode me chamar de maluco... Eu amo minha esposa, mas quando nos casamos, todos foram horríveis com ela. Principalmente as mulheres. Ah, sempre muito educadas, até demais, mas eu via como se fechavam em rodinhas e a excluíam. E é claro que eu fingia que não via nada, mas me sentia tão envergonhado... Vergonha da minha família, dos amigos... Gente que conheci a vida inteira agindo de forma tão ignorante, tão cruel com Arabella e com as crianças. Se eu não fosse o conde, nem consigo imaginar o quanto as coisas poderiam ter sido piores para meus filhos.

— Francis, eu não fazia ideia... — disse Thomas.

— Não, quando você chegou a Greshamsbury, tudo já estava bem. Arabella deu a volta por cima de um jeito impressionante. Ela transformou Greshamsbury, e depois que Min Hogg abençoou a casa e Derry Moore tirou aquelas fotos, muitos dos que nos

* A lua de mel de Augie e Maxxie foi um retiro de treinamento xamânico no Peru, liderado, é claro, por Gopal Das.

desprezaram começaram a implorar para serem aceitos de volta. Fiquei impressionado com o que Arabella conseguiu fazer e comecei a acreditar na visão dela, de levar tudo a um novo patamar, expandir para o mundo. Se Rocco Forte conseguiu, por que nós não conseguiríamos? A culpa é toda minha: fui eu que decidi dobrar a aposta e ceder a todos os caprichos. Era nossa vingança contra o *establishment*. Achei que estivesse sendo ousado, visionário, ao contrário de meu pai, que ferrou com tudo. Tantas famílias antigas como a minha deixaram as fortunas definhar... Eu queria fazer diferente, garantir o patrimônio para as gerações seguintes. Achei que estivesse sendo brilhante, mas, na verdade, só fiz merda, não foi? Com Arabella, com as meninas e, principalmente, com Rufus. Nem sei como terei coragem de encará-lo.

Thomas se recostou na cadeira e ficou observando as chamas tremeluzentes por alguns instantes. Percebeu que tinha julgado mal o amigo. Sempre acreditou que Francis tinha nascido em uma vida de contos de fadas e que, de alguma forma, tudo sempre acabaria dando certo para ele. Sempre o viu como um avestruz aristocrático, enfiando a cabeça na areia e ignorando os leões famintos à espreita.* Mas, no fim das contas, Francis não era tão alheio quanto parecia. Era um homem desesperado, tentando fazer de tudo pela família que amava.

Thomas respirou fundo.

— Que se dane, vou falar com Rene. Não posso prometer nada, mas vou tentar. Não seria do interesse dele que você quebrasse.

Um lampejo de esperança brilhou nos olhos de Francis.

---

* Na verdade, seria bem difícil um leão matar um avestruz adulto. Leões são excelentes velocistas, chegando a mais de 80 km/h, mas só conseguem manter essa velocidade por curtos períodos. Já os avestruzes, embora corram a apenas 70 km/h, têm muito mais resistência e poderiam facilmente deixar um leão preguiçoso para trás. POR OUTRO LADO... os leões são predadores habilidosos e poderiam emboscar o avestruz num ataque surpresa. No entanto, o avestruz tem duas garras extremamente afiadas em cada pata e, teoricamente, poderia eviscerar um leão com um único chute bem dado. Tudo isso, no entanto, é irrelevante, porque os leões não são grandes fãs do sabor do avestruz. Preferem muito mais um bom antílope ou uma zebra — de preferência bem malpassada.

— Você vai ligar para ele?

— Não... Acho que, dessa vez, vou ter que ir pessoalmente.

Francis percebeu a hesitação na voz do amigo.

— Ouça, sei o quanto isso deve ser difícil para você... Você já fez mais por mim do que eu mereço. Aconteça o que acontecer, sou imensamente grato.

Thomas apenas assentiu.

2

Greshamsbury hall

•

GRESHAMSBURY, INGLATERRA • *MANHÃ SEGUINTE*

O e-mail do secretário da condessa de Greshamsbury dizia:

> Chegue pontualmente às 10h. Utilize a entrada superior e estacione em qualquer uma das vagas à esquerda dos estábulos. A senhora será recebida na porta principal e conduzida a um tour pelos aposentos abertos ao público, com duração aproximada de quarenta e cinco minutos.
>
> A condessa se reunirá com a senhora às 10h45, e a entrevista terá aproximadamente quinze minutos.
>
> Após a entrevista, a senhora poderá explorar os jardins à vontade por cerca de sessenta minutos. Recomenda-se o uso de galochas para lama.
>
> A condessa não se pronunciará sobre o casamento.

Cosima Money-Coutts (Broomwood Hall/Stowe/St. Andrews), que estava escrevendo uma matéria sobre Greshamsbury Hall para a revista *Cabana*, seguiu as instruções à risca e estacionou seu Saab na primeira vaga ao lado dos estábulos. Atravessou o caminho de cascalho meticulosamente nivelado e, ao se aproximar da porta principal — ladeada por um par de lobos de bronze de Harumi Klossowska de Rola —, um conjunto de portas francesas ao lado da casa se abriu de repente.

— Senhorita Money-Coutts? — inquiriu um loiro imponente, que mais parecia ter saído direto da capa de um romance paranormal, sorrindo com descontração.

— S-sim — gaguejou Cosima, desarmada pelos penetrantes olhos verdes do homem.

— Bom dia. Sou Hemsworth. Vou conduzir o tour com a senhorita hoje.

— Obrigada — respondeu Cosima. *Um australiano. Estou perdida.*

— Entre por aqui, por gentileza — indicou Hemsworth.

Cosima atravessou a entrada até um cômodo banhado pela suave luz da manhã, mobiliado com uma simplicidade impressionante: sofás baixos revestidos de linho branco, pufes capitonados combinando espalhados pelo ambiente, cortinas fluidas de seda cinza e paredes de gesso veneziano que brilhavam no mais encantador tom de rosa. Um par de setters irlandeses descansava preguiçosamente sobre um dos pufes e mal se dignou a notá-la. Não era aquele tipo de espaço que ela esperava encontrar logo ao chegar a Greshamsbury Hall — tão íntimo e acolhedor.

— A condessa tem talento para cores — comentou Cosima, maravilhada com a maneira como o enorme tapete art déco, em tons de rosa e verde chartreuse, refletia com perfeição as nuances vibrantes da litografia *Mary Queen of Scots*, de Judy Chicago, sobre a lareira. — O tapete é uma herança de família?

— É de Xangai, anos trinta. A condessa o resgatou de um clube privado que estava prestes a ser reformado — explicou Hemsworth.

— Maravilhoso. Esta é a sala de estar, suponho?

— Sim, é onde a família costuma se reunir.

— A família está em casa no momento?

— Lady Beatrice se encontra no exterior, a princesa Augusta* está em lua de mel com o príncipe Maxxie, e sua senhoria acaba de voltar de Londres.

— E Rufus?

— O visconde também está no exterior.

— Meu irmão estudou em Radley com ele.

— Ah, então a senhorita é amiga do visconde?

— Imagine, não. Ele nem saberia quem eu sou. Eu era dois anos mais nova, mas muitas garotas que eu conhecia eram alucinadas por Rufus.

— Já ouvi falar do fenômeno — disse Hemsworth, com um sorriso. Ao se virar para guiá-la pela porta, Cosima não pôde deixar de admirar suas calças pretas justas. *Caramba, essa bunda é uma obra de arte.*

— Este é o Grande Hall, por onde normalmente se entra na casa — explicou Hemsworth.

Os olhos de Cosima se ajustaram à penumbra do cômodo de pé-direito duplo, onde tapeçarias medievais pendiam das paredes revestidas de madeira, ao lado de retratos de diversos Gresham ao longo dos séculos. Ela se virou e parou de repente. Bem no centro da sala, diante da ampla escada de madeira, havia uma escultura de bronze monumental, que só podia ser descrita como uma deusa alienígena montada em um dragão.

— Isso é uma...?

— Sim, Wangechi Mutu. A condessa foi a primeira colecionadora da artista na Inglaterra.

— Mas é claro! Impressionante! Me sinto dentro de um filme do Kubrick — exclamou Cosima, circulando a escultura sobrenatural.

— Qual deles? — perguntou Hemsworth.

— *2001: Uma Odisseia no Espaço.*

— Com um toque de *Barry Lyndon*, talvez?

---

* Hemsworth errou ao se referir a Augie como "princesa Augusta". Como ela não nasceu princesa, seu título após o casamento é, na realidade, Augusta, a princesa Maximillian zu Liechtenburg.

— Com certeza — concordou Cosima. *Australiano, loiro e ainda por cima cinéfilo. Acho que estou apaixonada.*

Hemsworth acrescentou:

— Sempre achei que *De Olhos Bem Fechados* não recebeu o reconhecimento que merecia.

— Concordo plenamente. — *Eu deixaria você me pegar de olhos bem fechados.*

Nesse momento, Arabella desceu as escadas, impecável em um vestido chemisier de seda verde-esmeralda da Roland Mouret. Em cada pulso, cintilavam pulseiras Hemmerle Harmony de âmbar, madeira de peroba e bronze.

— Lady Greshamsbury — cumprimentou Cosima, ligeiramente impressionada com o fato de que, de perto, a famosa condessa, sempre jovem, não exibia nenhum sinal visível de preenchimentos faciais.

— Bom dia — respondeu Arabella. — Obrigada, Hemsworth. Eu assumo a partir daqui. Poderia nos servir o chá na *orangerie*?*

— Claro, madame — disse Hemsworth, antes de deixar a sala.

— Bem, você já viu o Grande Hall e minha Mutu. O que mais posso lhe mostrar?

— Vamos ver... se só temos quinze minutos, o que acha mais importante? — perguntou Cosima.

— *Hiyah*, esqueça essa bobagem de quinze minutos. Você é minha convidada hoje. Que tal eu lhe mostrar a biblioteca?

Cosima sorriu agradecida e, cheia de ansiedade, seguiu a condessa até o cômodo seguinte. Esperava encontrar uma biblioteca tradicional, com estantes de carvalho escuro e poltronas de couro acolchoadas, mas, em vez disso, foi surpreendida por uma joia de sala, revestida de estantes de aço que iam do chão ao teto, contrastando com uma parede que parecia reluzir com um toque sutil de dourado.

Na outra extremidade da sala, sobre uma escada móvel, estava Lorde Francis.

---

* Uma *orangerie* é um edifício histórico semelhante a uma estufa, onde laranjeiras e outras árvores frutíferas eram cultivadas. (N. T.)

— Ah, aqui está o conde. O que está fazendo, Francis? — perguntou Arabella, num tom musical.

— Aleluia! Ela voltou a falar comigo! — respondeu Francis, do alto da escada.

Arabella soltou uma gargalhada alegre.

— Hahaha! Meu marido, o piadista! Francis, esta é a repórter da revista *Cabana*. Lembra? Aquela que está fazendo uma MATÉRIA ENORME SOBRE GRESHAMSBURY HALL para a próxima edição?

— Ah, sim, claro — respondeu Francis, finalmente se situando. Ele desceu da escada com um exemplar de *O investidor inteligente*, de Benjamin Graham, na mão.* — Sei que ninguém usa esta biblioteca, mas eu até leio um livro de vez em quando.

Arabella lançou um olhar fulminante para o marido enquanto ele saía apressado da sala.

— Ele está brincando de novo. Todos aqui leem. Somos uma família de leitores.

— Tenho certeza que sim. Qual foi o último livro de que a senhora gostou? — perguntou Cosima.

— Vejamos... sou péssima para lembrar nomes... sabe um que li recentemente? *Lace*, de Shirley Conran — respondeu Arabella, reparando em um livro que se sobressaía na estante, logo atrás de Cosima.

— QUAL DE VOCÊS, SUAS VADIAS, É MINHA MÃE? — disparou Cosima, num tom teatral.

Arabella olhou para ela, chocada.

— Perdão?

— Eu disse: "Qual de vocês, suas vadias, é minha mãe?". É a frase mais memorável do livro, não acha?

— Ah, sim! Sim, é claro — respondeu Arabella, ainda um pouco confusa.

---

* Um dos livros de investimentos mais influentes de todos os tempos, o exemplar em questão foi adquirido pelo pai do atual conde nos anos 1970, mas, infelizmente, parece que nunca foi aberto. O próprio Warren Buffett declarou: "Ler esse livro foi um dos momentos mais afortunados de minha vida."

— Essas estruturas de aço são maravilhosas, quase parecem flutuar na parede. Me lembram as esculturas em metal de Richard Serra.

Arabella assentiu.

— As estantes originais datavam do século XVIII e estavam infestadas de cupins, então tivemos que removê-las. Aí pensei: por que não fazer algo diferente? Construí-las em aço e reinventar a biblioteca completamente, garantindo que esses livros preciosos fiquem preservados por gerações. Afinal, *Lace* é um clássico. Quero que meus netos possam lê-lo.

— Hã... imagino que sim. Agora, preciso perguntar... do que é feito o acabamento daquela parede? — perguntou Cosima, observando a superfície gloriosamente patinada atrás dos volumes encadernados em couro.

— São as paredes originais. Removemos tudo até chegar à madeira, e foi isso que encontramos. Pelo visto, eram todas folheadas a ouro, e esses são os resquícios.

Cosima soltou um suspiro extasiado.

— É glorioso! Parece caramelo quente! A senhora conseguiu preservar uma mansão histórica ao mesmo tempo em que a projetava para o futuro. Aliás, já estou até vendo o título da matéria: "Um Futuro Majestoso!"

— Obrigada. — Arabella sorriu serena, como um Buda, regozijando-se com os elogios.

— Lady Greshamsbury, confesso que vim para cá com alguns preconceitos. Ouvi tantas histórias sobre este lugar que já estava preparada para não me impressionar. Mas Greshamsbury Hall é uma revelação. Faz tempo que não vejo uma propriedade que mescla o vanguardista ao histórico de maneira tão natural e atemporal. Achei que encontraria algo exagerado, ou, como diz o barão Alexis de Redé, "aquele tipo de luxo de que os americanos tanto gostam", mas, na verdade, a sensação que tenho é de estar na Villa Necchi Campiglio, em Milão, ou na casa de Dominique de Menil, em River Oaks.

— Meu Deus. Dominique! Não sou digna dessa comparação — disse Arabella, fingindo modéstia.

— E por que não? A maneira como a senhora conectou sua coleção de arte a uma mansão viva, pulsante, que abriga uma família, é realmente inspiradora.

— Bem, para mim, tudo começa com a arte. A arte define o tom e a estrutura de cada cômodo.

— Mas suas escolhas são tão originais, tão *sui generis*. Na maioria das casas que visito, basta olhar para as paredes e tudo parece saído direto de um catálogo da Christie's. Todo mundo coleciona os mesmos dez artistas, os mesmos móveis... o que me mata de tédio. Aqui, cada canto me surpreende.

— Ora, qualquer um pode ter uma piscina de James Turrell ou um rebanho de ovelhas Lalanne. Eu queria fazer algo inesperado. Queria homenagear os artistas que me desafiam.

— Seu filho Rufus também se tornou artista, não? Sem dúvida, ele se inspira no que vê nas paredes de casa.

Arabella enrijeceu quase imperceptivelmente.

— Rufus mexe um pouco com arte, é verdade, mas está mais envolvido em diversos projetos empolgantes que o preparam para se tornar o futuro conde.

— Bem, seja lá o que ele esteja fazendo, a senhora é, sem dúvida, uma das grandes referências em estilo de vida, e todos estão morrendo de ansiedade para ver seu novo resort no Hava... — Cosima se interrompeu no meio da frase, percebendo a gafe ao notar a expressão de Arabella congelar. — Desculpe, quero dizer, todos estão ansiosos para... saber quais designers a inspiram.

Arabella relaxou visivelmente.

— Ah, bom. Rory Cameron, Geoffrey Bennison e Edward Tuttle sempre foram grandes inspirações para mim.

— Maravilha, mas há algum designer vivo que a senhora admire?

— Ah, sim. Vejamos... Adoro Cathy Vedovi, os Misczynskis e Rose Uniacke, é claro. François-Joseph Graf, Serdar Gülgün e Lorenzo Castillo nunca deixam de me surpreender, e acho que Remy Renzullo, o Child Studio e Fabrizio Casiraghi estão fazendo coisas interessantíssimas atualmente.

— Sem dúvida.

De repente, ouviu-se o som de pneus esmagando o cascalho, e os setters irlandeses dispararam porta afora, latindo animados. Arabella lançou um olhar pela janela e viu Bea saindo de um Range Rover Ardennes verde. Hemsworth, acompanhado de outros criados, correu para descarregar uma quantidade impressionante de bagagem. Bea entrou pela porta principal e foi direto para a sala de estar enquanto os cães pulavam sobre ela, empolgados.

— Noel, Liam, como eu senti saudade de vocês! — exclamou Bea, enchendo os dois de beijos.

Arabella sorriu, tensa, para Cosima.

— Você me daria licença? — Ela atravessou o Grande Hall até a sala de estar, onde encontrou Bea sentada no sofá, lutando para tirar as botas Gianvito Rossi.

— Onde diabos você estava? — cobrou Arabella.

— Como assim? — Bea ergueu os olhos, surpresa.

— Você devia ter voltado direto do Havaí para a Inglaterra!

— Ah. É mesmo? Demos uma paradinha em Penang para almoçar. Sabe, Penang tem mesmo a comida mais deliciosa do mundo. O *char kuey teow* de lá é incomparável.

— E você levou cinco dias para comer esse seu *char kuey teow*?

— Já esqueceu que eu estava viajando no avião do primo Aurelius? Você sabe como funciona a etiqueta em jatos particulares: a gente tem que ir aonde o anfitrião quiser. E Aurelius teve um desejo repentino de provar a comida de rua de Penang, então desviamos o voo. Depois do almoço, ele quis dar uma passadinha em Dubai para uma festa. Foi lá que conhecemos um cara maravilhoso, Turki, que nos convidou para uma exposição de arte no meio do deserto da Arábia, em Alula. Mãe, você teria adorado! As instalações artísticas foram espalhadas entre tumbas fabulosas da civilização nabateia, e havia um resort fenomenal por lá. Turki insistiu para passarmos algumas noites. Acho que sua família construiu o lugar.

— Pare com essa história de Turki! Como você pôde?! — gritou Arabella.

— O quê? — Bea a encarou, perplexa.

— Como pôde simplesmente abandonar o barco e fugir da cena do crime?! Você tirou os olhos do prêmio!

— Que mix de metáforas... De que crime exatamente você está falando?

— Você arruinou o casamento!

— Como assim, *eu* arruinei o casamento? Não me lembro de ter o poder de controlar lava.

— Você devia ter feito Rufus e Freddy brigarem por Solène! Devia ter feito Rufus se apaixonar por ela!

— Veja bem, até onde eu sabia, Freddy e Rufus estavam atrás de Solène como duas chitas no cio... não sei o que deu errado.

— Mas eu sei. Acontece que você estava ocupada demais com aqueles malditos fotógrafos para perceber que as chitas estavam correndo atrás da gazela errada...

— Espere aí, mamãe. Foi *você* que organizou a maioria daquelas sessões de fotos! Eu só estava fazendo o que você mandou. Passei o tempo todo correndo de um lado para o outro, tentando dar conta de um milhão de coisas, e acabei perdendo o melhor da...

— Aham.

Arabella e Bea se viraram e deram com Hemsworth parado à porta aberta.

— Lady Gresham, que tal acompanharmos a Srta. Money-Coutts até a estufa, onde o chá está sendo servido? *O som viaja de uma forma impressionante por aqui...*

Arabella respirou fundo, recompondo-se.

— Sim, é claro. Obrigada por me lembrar, Hemsworth. Vou retornar à senhorita Money-Coutts agora.

Ela lançou um olhar gélido para Bea.

— E nem se atreva a *pensar* que terminamos essa conversa!

Em seguida, Arabella se afastou e voltou para a biblioteca, onde Cosima fingia examinar o retrato de Oswald Birley, como se não tivesse ouvido absolutamente nada.

— Mil desculpas! Minha filha estava viajando e quis recebê-la como se deve. Agora, onde estávamos? Que tal tomarmos nosso chá?

Arabella conduziu Cosima pelo Grande Gramado, explicando que havia restaurado meticulosamente os jardins superiores, originalmente projetados por Capability Brown.* Levou-a até a *orangerie* vitoriana de ferro forjado e vidro, onde um conjunto inesperado de móveis se escondia por entre os pés de frutas cítricas. No centro do cômodo, uma seleção irresistível de doces fora disposta sobre uma antiga mesa de pedra coberta de musgo.

Cosima sentou-se em uma banqueta surpreendentemente confortável e olhou para os enormes discos dourados suspensos acima delas, pairando como uma nave espacial.

— Os discos são da Blackman Cruz? — perguntou Cosima.

— Na verdade, são uma instalação de Anish Kapoor — respondeu Arabella.

— Claro que são! E estas banquetas desconstruídas... deixe eu adivinhar... Rick Owens e Michèle Lamy?

Arabella balançou a cabeça.

— Encontrei em um mercado de pulgas em Antuérpia, há muitos anos. Acho que custaram vinte euros cada.

— Que inspiração! Adoro como a senhora mistura o sofisticado e o comum, diferentes períodos e estilos, principalmente aqui. Há uma tensão tão fascinante entre o delicado e o robusto, uma decadência tão charmosa...

— Obrigada. Você sabe o quanto é difícil fazer uma decadência charmosa. Agora, experimente um desses *ling yung bao* — disse Arabella, colocando um dos doces no prato de Cosima.

— O que é isso? — Cosima olhou meio desconfiada para o pãozinho branco cozido no vapor, com uma marquinha rosa no centro.

— É um pãozinho recheado com pasta de semente de lótus. É doce e aromático. Meus chás da tarde sempre misturam os clássicos, como *scones* e sanduíches, com iguarias cantonesas, exatamente como nosso cozinheiro fazia em Hong Kong, quando eu era criança. Se preferir algo salgado, experimente esses folhadinhos de frango ao curry.

— Folhadinhos de curry, que diferente! E o que são essas tortinhas amarelas?

---

* Lancelot "Capability" Brown (1716-1783), o paisagista mais famoso do século XVIII na Inglaterra. (N. T.)

— Daan taat. Tortas de creme à base de ovo. Prove uma.

Cosima deu uma mordiscada cautelosa na tortinha, mas logo seus olhos se arregalaram de prazer.

— Meu Deus do céu! — exclamou ela, devorando o doce por inteiro. — Que combinação perfeita com esses pratos preciosos da Lucie Rie! Agora, me conte, onde fica o famoso cômodo com laca cor de tabaco de que tanto ouvi falar?

— Ah, o cômodo com laca cor de tabaco. Todo mundo sempre quer saber sobre o cômo... — Arabella parou no meio da frase ao notar Eden atravessando o gramado em direção à casa principal, carregando uma pilha de sacolas de roupa. Levantou-se da mesa num rompante e saiu da *orangerie* furiosa, como se estivesse possuída por um demônio.

3

O grande gramado

•

GRESHAMSBURY HALL • *MOMENTOS MAIS TARDE*

— O que você está fazendo aqui? — gritou Arabella, pisando duro até o centro do jardim superior.

Eden parou no meio do caminho.

— Bom dia, Lady Arabella. Bea me mandou uma mensagem dizendo que tinha chegado. Só vim devolver os vestidos que ela me emprestou.

— Ah, e você fez um ótimo uso desses vestidos, não é? — *E um uso ainda melhor ao tirá-los!*

— Fiz, sim. Sou muito grata, Lady Arabella.

Grata por ter seduzido meu filho em um chuveiro à luz do luar. De repente, um pensamento terrível cruzou a mente de Arabella. *Será que Eden está grávida de Rufus?* Ela a estudou com um olhar afiado.

— Como está se sentindo?

— Bem.

— E as náuseas?

— Hã... Não senti mais nenhuma náusea desde aquela manhã no barco de Freddy.

— É mesmo... Você também estava no barco de Freddy, não estava? Pelo visto, andou por aí com todo mundo. — *Não sou tão tresloucada quanto você pensa, garota. Sei de tudo o que está acontecendo.*

— Hã... Não sei do que a senhora está falando.

Até parece! Você estava na cama de meu filho. Seu cheiro ainda empesteia a roupa de cama.

— Me dê os vestidos.

— Eu posso levar para Bea.

— Não, não, me dê logo. Rápido, estou no meio de uma entrevista muito importante para a revista *Cabana*.

— Desculpe, não percebi. Já vou sair do caminho — disse Eden, entregando as roupas e se apressando para ir embora.

Arabella ficou parada, segurando a pilha pesada de sacolas. De repente, gritou:

— Bea... — E, depois, muito mais alto: — BEEEEEA!

Bea veio correndo pelo gramado.

— O que foi? Está tudo bem?

— Pegue isso — disse Arabella, enfiando as sacolas nos braços da filha.

— Ah, Eden esteve aqui? Por que ela não subiu?

— Porque eu não deixei. Agora, faça o favor de queimar todos esses vestidos.

— O quê?

— Você ouviu o que eu disse. Queime tudo!

— Até o vestido Chanel azul gelo de alta-costura?

— Está contaminado. Não quero nenhuma dessas roupas nesta casa. Assim como não quero que essa *sor hai** coloque os pés aqui outra vez!

— Mamãe, Eden não é a culpada... — argumentou Bea, cautelosa. Ela sabia que a mãe estava perdendo a cabeça: os palavrões em cantonês eram sempre um sinal claro.

— Não é culpada o cacete! Ela devia ter feito Rufus se apaixonar por Solène...

— E ela tentou...

* Uma expressão cantonesa antiquada que se traduz como "puta burra".

— Tentou nada! Ficou desfilando para cima e para baixo com esses vestidos de alta-costura, pagos com o *meu* dinheiro... para prender o coitado do seu irmão e Freddy Farman-Farmihian numa armadilha!

— Como assim, *armadilha*?

— Beatrice Gresham, será possível que você é *tão* lerda assim? Não vê que ela andou brincando com os dois? Primeiro, seduziu Freddy no barco dele...

— Mamãe, eu estava com Eden no barco de Freddy. Todos nós estávamos. Acredite em mim, ela estava ocupada demais vomitando para seduzir quem quer que fosse.

— Depois, seduziu seu irmão naquela espelunca que ele chama de casa de praia! Aquela vagabunda aproveitadora obrigou o coitado a entrar naquele chuveiro nojento no meio do mato e fez gato e sapato dele! Eu sei coisas sobre Eden Tong que você não... — disse Arabella, num tom sombrio.

Francis, que ouvira a gritaria, apareceu no jardim.

— Oláááá. Está tudo bem por aqui?

Bea disse em voz baixa:

— Mamãe pirou de vez.

— Eu não pirei! Francis, a putinha dormiu com Rufus!

Francis arregalou os olhos, horrorizado.

— Deus do céu! O que te leva a pensar que Bea seria capaz de dormir com o próprio irmão?

— Não estou falando da Bea, seu imbecil! *EDEN*!! — guinchou Arabella.

— Eden Tong?

— Que outra Eden nós conhecemos? Não finja que não ouviu o que Rufus disse no sistema de som. Todo mundo ouviu. Ela estava trepando com o nosso filho na floresta, bem debaixo de nosso nariz!

Bea viu Cosima espiando pela janela da *orangerie* e agarrou o braço do pai.

— Vamos tirar mamãe daqui. Acho que ela não está passando muito bem...

— Eu estou ótima! — protestou Arabella.

— Querida, venha para dentro — disse Francis, segurando a mão da esposa com delicadeza.

Arabella o empurrou para longe.

— Para de me dar ordens!

Francis respirou fundo, tentando manter a calma.

— Querida, por favor, venha para dentro comigo. Preciso te contar uma coisa muito importante...

— Então me conte aqui mesmo!

— Confie em mim, você não vai querer que eu faça isso.

— Não vou a lugar algum com você! Desembuche de uma vez!

— Bom, já que você insiste... Estamos arruinados, Arabella. Completamente, absolutamente, irremediavelmente falidos. Estamos endividados até o pescoço há anos, mas agora que o Bellaloha foi destruído, devemos aos bancos centenas de milhões que não temos a menor condição de pagar. Vamos ter que vender todos os hotéis, as casas, as obras de arte, as joias... até as roupas que você está vestindo agora...

– Ai! Ai! Cale a boca, seu imbecil! Entre logo, pelo amor de Deus! — gritou Arabella, desaparecendo dentro de casa.

Francis suspirou e seguiu a esposa a contragosto, deixando Bea sozinha no jardim, segurando as sacolas de roupa, completamente atônita.

4

Orangerie

•

GRESHAMSBURY HALL • *MOMENTOS MAIS TARDE*

Cosima Money-Coutts mal podia acreditar no que tinha acabado de testemunhar no jardim. Então aquela garota chinesa realmente tinha transado com Rufus na floresta? E os Gresham estavam mesmo falidos? Ela acabara de conseguir um lugar na primeira fila do furo do século. Talvez fosse o caso de ligar para Graydon e oferecer essa bomba para a *Air Mail*. Tirou o celular da bolsa e começou a mexer freneticamente no aparelho, tentando encontrar a função de vídeo para registrar um pouco mais daquela cena histérica.

— Eu guardaria isso, se fosse você.

Cosima levantou os olhos e viu Hemsworth parado na porta dos fundos da *orangerie*.

— Eu... hã... só estava tentando tirar umas fotos dessas orquídeas magníficas — gaguejou Cosima, apertando a tela do celular desesperadamente para desligar o vídeo. — São *Vandas*, não são?

— Sim. Todas híbridas especiais cultivadas pela mãe do conde, a falecida condessa viúva. Receio que sua entrevista tenha terminado por hoje.

— Ah. Lady Greshamsbury estava prestes a me contar sobre o cômodo com laca cor de tabaco.

— O cômodo com laca cor de tabaco não existe mais. A condessa o mandou repintar no dia em que descobriu Yves Klein. Permita-me acompanhá-la até seu carro...

— Não é necessário.

— Mas será um prazer.

Hemsworth lhe lançou um de seus sorrisos mortais enquanto a guiava para fora da *orangerie*. Ao acompanhá-la pela horta em direção às cocheiras, ele acrescentou:

— Espero que tenha aproveitado sua visita. Sir Peter Nicholls entrará em contato com a senhorita em breve.

— Sir Peter Nicholls?

— O advogado dos Gresham na Mishcon de Reya. Ele pedirá que você assine um NDA.

— Um termo de confidencialidade?

— Este definitivamente não foi um dia comum em Greshamsbury Hall. Tenho certeza de que a senhorita entende que a condessa está sofrendo de um terrível jet lag, que ocasionou episódios temporários de ansiedade e delírio.

— Claro — respondeu Cosima.

•

Bea chegou ao chalé no exato momento em que Thomas colocava a bagagem no táxi que o aguardava. Eden estava na porta, acenando em despedida.

— Já vai embora tão cedo, tio Thomas? — perguntou Bea.

— Não há descanso para os pecadores, minha cara. Preciso atender um paciente no exterior.

— Boa viagem. Vou tentar manter Eden longe de encrenca enquanto o senhor estiver fora — disse Bea, dando-lhe um beijo rápido na bochecha.

— Não seria o contrário? — brincou Thomas.

Bea piscou para ele e seguiu pelo caminho até Eden.

— Passei por lá agorinha mesmo — disse Eden, conduzindo a amiga para dentro.

— Eu sei. — Bea sentiu os ombros relaxarem assim que a porta se fechou atrás dela. Desabou no suntuoso sofá de veludo *Knole*, tirou o cabelo do rosto e gemeu: — Vamos encher a cara.

— O que posso preparar para você?

— Vodca tônica, por favor.

— *Tão* ruim assim, hein? — Eden foi até o bar preparar a bebida. Pelo breve encontro que tivera com Arabella, percebeu que a condessa estava de muito mau humor, e tinha a sensação de que o que ela ouvira pelo microfone tinha algo a ver com isso.

— Mamãe parece uma bomba-relógio desde o Havaí. Mas hoje a bomba finalmente detonou.

— Acho que era isso o que precisava acontecer. E agora, ela está melhor? — perguntou Eden, tentando aliviar o clima.

— Definitivamente não. Está trancada no quarto com o meu pai, e os dois estão berrando feito loucos. Quero dizer, *ela* está berrando feito louca. O pobre coitado só está tentando sobreviver.

Eden entregou o coquetel para Bea, que virou o copo inteiro de uma vez. Diante da sobrancelha arqueada da amiga, Bea caiu na risada.

— Desculpe, não sei por que estou rindo. Acho que estou em choque. Você não vai acreditar no que aconteceu!

— Conte logo — disse Eden, sentando-se no pufe na frente de Bea. — Aqui, ponha os pés para cima.

— Uma massagem nos pés! Meu Deus, eu te amo! — Bea suspirou, esticando as pernas sobre uma almofada no colo de Eden. — Então... aparentemente estamos falidos.

— Falidos? Os Gresham de Greshamsbury?

— Ridículo, não é? Acho que papai só está surtando como sempre faz toda vez que mamãe passa dos limites. Porque, convenhamos, o casamento de Augie não foi nada barato.

Eden riu do eufemismo.

— Não, não foi mesmo. Ainda assim, deve ser um choque para sua mãe pensar que vai ser obrigada a apertar o cinto.

— Se quer saber, ela está mais chateada com o fracasso Rufus--Solène.

— Óbvio.

— Já vou avisando... ela está colocando a culpa toda na gente.

— Eu imaginei. Mas ela não percebeu que Rufus e Solène tinham tanta faísca quanto uma caixa de fósforos molhados?

— Bem... ela acha que foi você quem molhou os fósforos.

— Você sabe muito bem que não fui eu.

— Sim, mas de algum jeito ela conseguiu se convencer de que você... hã... transou com Rufus no meio do banquete de casamento.

Eden caiu na gargalhada.

— Ela está completamente maluca.

— Foi exatamente o que eu disse a ela! Acho que mamãe ficou tão chocada quando a voz de Rufus surgiu do nada na floresta, declarando amor eterno por você, que o cérebro dela fritou. Todo mundo ficou em choque. E o fato de o microfone ter sido cortado logo depois não ajudou em nada. A imaginação dela correu solta naquele silêncio.

— Óbvio — disse Eden, mais incomodada com a imaginação fértil de Arabella do que deixava transparecer. Sentiu o rosto esquentar e desviou o olhar do de Bea por alguns instantes.

— AIIII! — Bea gritou de repente.

Eden se assustou e soltou o pé da amiga, percebendo que estava massageando com força demais.

— Desculpe! Hã... esse é o ponto do rim. Os rins acumulam medo quando o *chi* está desequilibrado — explicou Eden, depressa.

Bea lançou um olhar curioso para a amiga.

— Então... não rolou nada entre você e meu irmão? Nem mesmo naquele banho à meia-noite?

— Eu estava *sozinha* no chuveiro do Rufus! Tentando recuperar os movimentos depois daquele maldito baile de gelo! — esbravejou Eden, frustrada. — Bea, você estava lá! Sabe que a semana inteira foi uma loucura. Eu juro que não aconteceu nada.

Bea acreditou na amiga.

— Imagino que tenha ficado chocada com a declaração dele.

— Claro que fiquei! Mas eu também conheço seu irmão muito melhor do que ele se conhece. Ele é um romântico incorrigível, e estávamos no meio daquela semana supermágica e surreal. Entre a cerimônia ao pôr do sol na praia e o jantar na floresta tropical, Rufus se deixou levar pelo momento e... sabe como é... confundiu os próprios sentimentos.

Bea suspirou.

— Coitado de Rufus. Sempre foi um cara meio confuso. Quero dizer, como ele poderia se apaixonar logo por você? Você é praticamente uma irmã para ele. Sem falar que ele te manda mensagem um milhão de vezes por dia. É um absurdo total.

— Um absurdo total — concordou Eden, tentando se convencer enquanto assentia.

— Bem, que bom que resolvemos tudo. Agora posso te defender com unhas e dentes!

— Preferia que não precisasse fazer isso.

Bea se levantou do sofá, a contragosto.

— Ouça, uma hora mamãe vai recuperar o juízo, mas, até lá, talvez seja melhor você... hã... ficar meio na sua, esperar a poeira baixar.

— Não se preocupe, pode deixar — disse Eden, dando um abraço apertado em Bea enquanto ela saía do chalé.

Pouco tempo depois, o celular de Eden vibrou com uma mensagem de Rufus — a primeira que recebia desde aquela noite, na Grande Ilha...

RUFUS GRESHAM: Aloha.

EDEN TONG: Aloha.

RG: Desculpe o sumiço.

ET: Não precisa se desculpar. Sei que você está lidando com muita coisa.

RG: É... estou ajudando meu pai a resolver tudo. Com o corpo de bombeiros e a Defesa Civil do Havaí, o resort virou um caos.

ET: Sinto muito. Pelo menos ninguém se machucou.

RG: Graças a Deus. É estranho... quando a lava terminar seu trabalho, vai ser como se o resort da mamãe nunca tivesse existido. De certa forma, é até poético.

ET: Você parece estar em paz com isso.

RG: Vou levando. Ando surfando, pensando, conversando com as tartarugas.

ET: Como estão as tartarugas?

RG: Nunca estiveram melhor. Tinha uma ENORME na praia hoje de manhã. Devia ter um metro e meio de comprimento, só cochilando ao sol.

ET: Queria ter passado mais tempo em Puako. Sinto falta das tartarugas.

RG: E elas sentem sua falta. E eu também. Desculpe pelo que aconteceu naquela noite, no casamento.

ET: Relaxa.

RG: Fui super inadequado.

ET: Está tudo bem, de verdade.

RG: Não está, não! Não fui justo com você, e me sinto péssimo por isso.

ET: Não precisa se sentir. Está tudo na paz.

RG: Você é a última pessoa do mundo que eu queria magoar.

ET: Não estou magoada.

RG: Ufa. Que alívio.

ET: Ótimo. Eu também estou aliviada.

RG: Volto pra casa na sexta.

ET: Que bom.

RG: Vamos sair pra jantar?

ET: Claro.

RG: Ou talvez dar uma volta no sábado?

ET: Pode ser que eu tenha que trabalhar de manhã, mas fico livre por volta de 13h.

RG: Beleza. Te vejo em breve.

ET: Boa viagem.

RG: Valeu.

Eden sentiu uma onda de alívio percorrer seu corpo. Imaginou que as coisas ficariam estranhas entre os dois depois daquela confissão, mas, por sorte, a conversa não tinha sido tão desconfortável quanto imaginava. Na verdade, parecia quase normal. Ficou felicíssima por Rufus estar voltando a si. Queria desesperadamente que tudo voltasse a ser como antes. Sentia falta das mensagens matinais que trocavam. Queria seu melhor amigo de volta. Mas, por mais que tentasse, não conseguia parar de relembrar aquela cena no banquete de casamento. Sentiu o estômago se contrair ao ser transportada de volta ao momento em que Rufus a abraçou de surpresa, à sensação daquela boca, macia e doce, contra a sua, às samambaias tropicais úmidas roçando seus ombros nus enquanto ela cravava os dedos nos músculos esculpidos das costas dele, ao choque elétrico que percorreu seu corpo, queimando tão intensamente que nem percebeu a floresta pegando fogo ao redor. Não, não, não, não, não. Precisava parar com toda essa bobagem. Precisava esquecer tudo o que havia acontecido naquela floresta tropical.

5

Residência de sir John Soane

•

13 LINCOLN'S INN FIELDS, LONDRES • *ALGUNS DIAS DEPOIS*

— Os Canalettos são maravilhosos, não são? Eu poderia passar o dia inteiro admirando essas pinturas, imaginando que estou na Piazza San Marco, cercado por pombos — comentou o simpático guia grisalho, gesticulando para uma tela pendurada em meio a outras obras-primas que cobriam a sala do chão ao teto.

— Poderia abrir este painel, por favor? — pediu Arabella.

— Ah, então já esteve aqui antes — disse o guia, satisfeito por aquela visitante conhecer um dos detalhes mais fascinantes da Sala de Pinturas. Sir John Soane, o arquiteto e colecionador que construíra aquela casa para si mesmo em 1808, projetou engenhosos painéis embutidos na parede, que se moviam e se abriam, dobrando o espaço expositivo e permitindo que a salinha de quatro por quatro metros acomodasse mais de cem de seus quadros favoritos. O guia liberou a trava e abriu a parede como se fosse a porta de um armário secreto, revelando um painel interno repleto de obras de arte.

— A senhora está procurando alguma pintura em especial? Um Turner, talvez? — perguntou o guia.

— Na verdade, não. Gosto do efeito como um todo — respondeu Arabella, dando um passo para trás a fim de apreciar melhor a composição das obras.

— O efeito é tudo, não é mesmo? — comentou o guia, observando sua visitante com renovado interesse. Quando aquela senhora entrou, ele supôs que fosse apenas mais uma turista qualquer, como tantas que visitavam o museu todos os dias. Gente que perambulava pela casa, tirando selfies sem ver nada além das telas dos próprios celulares. Mas essa mulher era diferente. Seguiu direto para a Sala de Pinturas, sabia da existência dos painéis ocultos e estudava cada quadro com atenção. Quem seria ela? Era sofisticada demais para uma acadêmica, com seu casaco de tweed à la Garbo, calças marrom-chocolate e botas de camurça.

— Obrigada — murmurou Arabella, antes de seguir pelo corredor em direção ao mezanino.

Já fazia três dias que estava em Londres, depois de deixar Greshamsbury Hall logo após a chocante confissão de Francis. Fugira para um lugar onde sabia que ninguém jamais a procuraria: o Shangri-La, no Shard, onde reservara uma suíte com o nome "Han Suyin" e pedira para não ser incomodada sob nenhuma circunstância.

Naquela manhã, Arabella saíra do hotel pela primeira vez e fora direto para a residência de Sir John Soane, uma das mais extraordinárias joias arquitetônicas de Londres — se não do mundo.* Atrás da fachada neoclássica de uma despretensiosa moradia, escondia-se um espaço brilhantemente concebido, repleto de soluções arquitetônicas engenhosas e ilusões de trompe-l'oeil, um verdadeiro testemunho do talento visionário de Soane. Passear por aqueles cômodos, que se revelavam como um gigantesco gabinete

* A casa tinha sido tombada como museu por uma lei privada do Parlamento em 1833. A legislação determinava que o local fosse preservado "o mais fielmente possível" ao estado em que se encontrava na época da morte de Soane — um detalhe curioso, já que Soane fez questão de criar aquela casa como um meio de deserdar seu filho George, a quem desprezava por conta de suas dívidas, da recusa em se "dedicar a um trabalho" e da escolha de esposa. Humm... soa familiar?

de maravilhas, sempre a inspirava e transportava para outro lugar. Ou, pelo menos, era o que costumava acontecer.

Arabella parou no mezanino e olhou para o piso inferior, onde o imenso sarcófago de Seti I jazia no centro de uma sala abarrotada de antiguidades egípcias. Fitou o interior perolado do túmulo de alabastro, tentando imaginar o monarca que um dia repousara ali. Pensou na própria vida e nos caprichos do destino que a haviam levado até aquele momento. Menos de duas semanas atrás, enquanto o sol se punha sobre a praia e sua filha caminhava sobre milhares de pétalas de rosa para se casar com seu príncipe, Arabella sentiu-se como Nefertiti — uma verdadeira rainha contemplando seu vasto império. Agora, no entanto, era motivo de chacota na alta sociedade, depois de orquestrar o desastre matrimonial do ano. E, quando a notícia de sua falência se espalhasse, a zombaria daria lugar à pena — e não havia nada no mundo que Arabella abominasse mais que a pena.

Com 12 anos, Arabella já tinha 1,65m. Destacava-se entre todas as outras meninas da Maryknoll Convent School, em Hong Kong, e, para piorar, seus traços pouco convencionais — olhos muito afastados e maçãs do rosto dramaticamente altas — renderam-lhe o apelido de *yeung neui*: Cabrita. Enquanto todas as meninas bonitas começavam a chamar a atenção dos rapazes criados no Pico, a Cabrita nunca recebia convites para sair, e suas colegas de classe sentiam pena dela, vendo-a crescer cada vez mais.

Mas Arabella fingia não se importar. Sabia que, se estudasse com afinco, conseguiria entrar em uma boa universidade na Austrália ou no Canadá, e poderia deixar para trás a mediocridade da classe média alta de Hong Kong. Adeus aos encontros tediosos da Mocidade Metodista, que sua mãe a obrigava a frequentar todo sábado. Adeus aos intermináveis almoços de família no Jockey Club ou no Chinese Recreation Club. Arabella surpreendeu até a si mesma ao se formar com três distinções no nível A e ganhar uma bolsa de estudos para estudar no King's College, em Londres. Agarrou com unhas e dentes a chance de sair de Hong Kong e, no segundo ano da faculdade, enquanto escutava um álbum em um dos estandes de CDs da HMV, na Oxford Street, uma mulher com sotaque francês tocou seu ombro e perguntou se ela já tinha ouvido falar de Anh Duong.

— Anne quem? — perguntou Arabella.

— Anh Duong, a supermodelo. Posso fazer de você a próxima Anh Duong — respondeu a mulher.

Um teste fotográfico depois, Arabella já estava embarcando para Milão e desfilando para a Byblos. Abandonou o King's, mudou-se para Paris, e três anos passaram como um borrão porque, além de alcançar sucesso como modelo, encontrou algo ainda mais importante: uma nova identidade. Deixou de ser a menina que inspirava pena para se tornar a mulher que despertava admiração. A Cabrita transformou-se em uma beleza hipnotizante. Nunca chegou a ser uma supermodelo, mas sua carreira a levou até Francis — e não no desfile de Azzedine Alaïa, em Paris, como diziam por aí, mas, na verdade, em um restaurante asiático na Brick Lane, tarde da noite.*

Uma feliz coincidência, não apenas porque a química entre os dois foi imediata e eles acabaram se apaixonando, mas porque, juntos, se tornaram o "Casal do Momento" exatamente quando Londres começava a se firmar como a meca de uma nova geração de ricos internacionais, que chegavam em massa, comprando propriedades e transformando a cidade em seu playground. Arabella sabia muito bem que, embora a fortuna dos Gresham não tivesse zeros suficientes para se equiparar aos bilhões extraordinários que todas aquelas pessoas pareciam ter, ela possuía algo ainda mais valioso: um título britânico tradicional, uma antiga mansão e um *je ne sais quoi* próprio — a combinação inimitável de estilo, bom gosto e audácia que nem todo o dinheiro do mundo poderia comprar.

Arabella entendeu desde cedo que, por mais ricos que fossem aqueles recém-chegados, a maioria sofria de síndrome do impostor.

---

* Ele estava completamente bêbado e vomitou korma de frango nas novas botas Alaïa dela. Pediu desculpas de um jeito adorável e apareceu na porta de Arabella na manhã seguinte com um buquê de margaridas e um convite para almoçar no Le Caprice. O resto é história.

Eram obcecados por status e, embora fingissem não se importar, ansiavam por relevância, por serem vistos como originais, mesmo que tudo o que fizessem fosse imitar os verdadeiros originais que vieram antes deles. As mulheres queriam ser as novas C. Z., Bunny ou Marella, um bando de cisnes à la Capote, celebradas por seu estilo icônico, enquanto os homens se imaginavam como Aris, Giannis ou Rubirosas — mulherengos que desfilavam seus atributos sexuais e ostentavam Pateks por cima do punho da camisa. Arabella sabia criar uma aura de mistério ao seu redor e logo se tornou a suprema árbitra do bom gosto. Soube como utilizar estilo para transformar sua casa na mais chique do país e construir um mini-império de resorts ultraexclusivos, onde todos imploravam para se hospedar.

Mas todos os seus sonhos desmoronaram na noite do banquete de casamento. Era como se os deuses estivessem tentando humilhá-la. Arabella sabia que era ambiciosa e dada a correr riscos, mas jamais fora imprudente. Ao contrário do que muitos pensavam, ela não era ingênua quanto às incertezas das finanças dos Gresham. Sabia que haviam sido feitos empréstimos, mas acreditava que os fundos da família — ainda que não chegassem nem perto daqueles dos Grosvenor ou dos Cadogan — eram sólidos o suficiente para garantir todas as linhas de crédito de que precisassem. Arabella seguia uma filosofia que lhe fora incutida desde a infância: Finja até ser verdade. Pensava que, se conseguissem sustentar a visão dos Gresham só por mais um tempo, se conseguisse casar os filhos com aristocratas de primeira linha, todo mundo que era alguém continuaria a frequentar seus hotéis. E, então, seu sonho de transformar tudo aquilo em uma marca global de luxo, que poderia ser vendida por alguns bilhões para um grupo de *private equity*, finalmente se tornaria realidade.

Mas Francis nunca lhe contou o quanto os fundos dos Gresham estavam realmente esgotados. Nunca mencionou os empréstimos-ponte que mantinham os hotéis de pé. Nunca disse que empenhara as terras, os hotéis e as obras de arte como garantia. Nunca revelou que Bellaloha não tinha seguro. Nunca lhe contou nada. Até três dias atrás. Arabella estava tão furiosa com Francis que nem percebeu que havia voltado à Sala de Pinturas. O guia grisalho ainda estava lá. Dessa vez, os painéis da parede norte estavam abertos, e ele mostrava a dois rapazes altos *A Rake's Progress*, uma série de pinturas que Arabella jamais achou grande coisa, pois tinham aquele estilo realista inglês do século XVIII, que ela considerava particularmente enfadonho.

— Hogarth ilustrou o conto moral de Tom Rakewell, um jovem que herda uma fortuna, mas a desperdiça em jogos e extravagâncias. O primeiro quadro o mostra sendo medido por seu alfaiate para encomendar roupas novas, mas este aqui, o sétimo, é meu favorito. *The Prison*, *A Prisão* — disse o guia, apontando para a tela. — Tom está na prisão de devedores com a esposa e tenta quitar suas dívidas escrevendo uma peça de teatro, que espera vender por uma fortuna. Vejam só o olhar incrível de Hogarth para os detalhes... conseguem ver a carta ao lado do cotovelo? Conseguem ler o que está escrito?

Um dos jovens estreitou os olhos para decifrar a minúscula inscrição na tela escurecida e leu, com sotaque holandês:

— "Li sua peça e creio que... não é boa o suficiente." Ah! Hahaha, é uma carta de rejeição!

— Ele era terrível, não era? — disse o guia, rindo com os dois holandeses.

— Olhem para a esposa agora, como está acabada, com o cabelo sujo e... os dentes dela estão escuros ou quebrados? — perguntou o outro rapaz.

— Acho que quebrados — respondeu o amigo.

— Sim. Mas o que mais me impressiona é o punho cerrado e a expressão de raiva — comentou o guia. — Maravilhoso, não é? Ela obviamente não consegue entender como passou de mulher rica a um estado tão miserável e patético.

Arabella analisou o quadro, sentindo o coração disparar. Aquilo era um presságio. Aquilo seria ela e Francis dali a poucos meses. Como poderia sobreviver na prisão sem visitar seu dentista estético três vezes por ano? Arabella saiu depressa da Sala de Pinturas e desceu os degraus da casa. Atravessou a rua e se jogou em um banco de parque, hiperventilando.

Eu me recuso a falir. Eu me recuso a falir, pensou.

Ela percebeu que havia apenas uma pessoa na face da Terra que poderia ajudá-la agora. A única pessoa que entendia Francis, que entendia as crianças, que entendia tudo o que ela vinha tentando construir desde o primeiro dia. Sabia que seria julgada. Sabia que seria humilhada. Mas também sabia que era hora de admitir a derrota e implorar por misericórdia. Por mais que odiasse aquilo, forçou-se a abrir a clutch Moynat Gabrielle, pegar o celular e apertar o número que já estava programado na discagem rápida: *Rosina*.

6

31 Rue Cambon

•

PARIS • *MOMENTOS MAIS TARDE*

O telefone tocou oito vezes antes de alguém atender.

— *Wei*? — disse uma voz jovem em cantonês.

Arabella não a reconheceu.

— Hã... nei go bin go ah?*

A voz mudou imediatamente para um inglês perfeito.

— A Sra. Leung não pode atender no momento, mas pediu que eu o fizesse porque viu que era a senhora. Aqui é Kit, a assistente pessoal dela.

— Olá, Kit. Quando posso falar com Rosina?

— Um momento, por favor... — Kit murmurou algo fora da ligação em cantonês. — Vou colocá-la no viva-voz...

— Arabella! Você está bem? — disse Rosina, a voz levemente distorcida pelo viva-voz.

— Estou bem.

— *Hiyah*, que alívio! Estávamos preocupados com você! Francis deve ter ligado umas dez vezes. Ele está descontrolado.

— Ótimo. Ele que sofra.

Rosina riu.

---

* "Quem é?", em cantonês.

— É bom fazer o marido suar um pouco de vez em quando, mas você devia pelo menos ter me ligado. Já estávamos achando que você tinha sido sequestrada! Madame, não acha que as pedrarias deviam cobrir as costas também?

Arabella percebeu que Rosina estava falando com outra pessoa na sala. Uma voz respondeu:

— Madame Leung, já costuramos à mão oitenta e duas mil e quinhentas lantejoulas e pedras na parte da frente do casaco. Se bordarmos as costas, a senhora não conseguirá se sentar.

— Sentar é superestimado. Pode pedir às gentis senhoras da Lesage para bordarem as costas também?

Arabella interrompeu:

— *Lesage*? Você está em Paris?

— Estou na Chanel, no salão de alta-costura. No meio de uma prova.

— Quanto tempo vai ficar aí? Pode vir a Londres? — perguntou Arabella, animada.

— Tenho uma ideia melhor. Venha me encontrar aqui. Vou pedir a Kit que mande um helicóptero. Em quanto tempo você consegue estar em Battersea?

— Trinta minutos.

•

Pouco menos de duas horas depois, Arabella estava sentada a uma mesa, no glorioso terraço ao ar livre da suíte com jardim de Rosina, no rooftop do Peninsula Paris, alternando goles de champanhe e chá de crisântemo enquanto saboreava um almoço simples: lagosta azul flambada com caviar, tofu *mapo* à moda de Sichuan com carne moída de porco ibérico, abalone laqueado com manteiga de gengibre e limão, raiz de lótus com legumes da estação e alho dourado, costelas de boi desossadas flambadas com vinho Shaoxing, goji berries e rabanete na panela de pedra, além de macarrão de arroz frito com Wagyu e bok choy em molho de ovo sedoso.

— Não existe nada melhor que um bom *chau ho fan*, não é? — Arabella gemeu de prazer ao devorar o macarrão frito. — Você acredita que, mesmo depois de todos esses anos, Francis ainda não sabe comer macarrão com hashis?

— Claro que não. Ele é um típico *gweilo*.

— Você acredita que aquele *gweilo* deu toda a minha coleção de arte contemporânea como garantia dos empréstimos? Uma coisa seria ele ter oferecido as antiguidades da família em Greshamsbury Hall, mas não, ele especificamente escolheu minhas obras favoritas.

— Claro, ele foi obrigado! Toda aquela arte britânica velha e empoeirada não vale nada. Quero dizer, quanto você consegue por um Turner hoje em dia comparado a um bom Hockney?* — argumentou Rosina, franzindo o nariz enquanto mastigava um pedaço macio de raiz de lótus.

— Ele mentiu para mim. Durante todos esses anos, ele poderia ter dito: "Arabella, se você quiser escavar quatro andares subterrâneos no hotel de Hong Kong para construir um autêntico *hammam* turco com piscinas de água quente e fria, vou precisar hipotecar os Agnes Martins". Mas ele nunca falou nada! Agora me diga, o que eu faço sem meus Martins? Meu lavabo nunca mais será o mesmo!

— Pegue três folhas de papel milimetrado A4, emoldure em bétula branca e ninguém jamais vai notar a diferença — sugeriu Rosina.

— Sabe que essa não é má ideia...?

— É igual a meu colar de pérolas. Ninguém sabe que é falso.

— Que colar de pérolas? — perguntou Arabella, esticando a mão para pegar uma fatia de abalone.

— Aquele enorme que usei no Baile de Inverno no Havaí. Quem desconfiaria que é falso, quando sou eu que estou usando?

---

* O valor mais alto já alcançado por uma obra de J. M. W. Turner em um leilão foi de 47,6 milhões de dólares, na Sotheby's de Londres, em dezembro de 2014, pela pintura *Rome, from Mount Aventine*, de 1835. Já *Portrait of an Artist (Pool with Two Figures)*, de David Hockney, de 1972, foi vendida na Christie's de Nova York por 90,3 milhões de dólares. A lição aqui, jovens artistas, é: sejam britânicos e leiloem suas obras em Nova York. O sotaque sempre ajuda a inflacionar os preços, assim como incluir um parêntese no título do trabalho.

— Aquelas pérolas lindas em formato de uva? Achei que fossem Van Cleef.

— Viu só? — Rosina sorriu, triunfante. — Sabe onde encontrei? Na Accessorize.

Arabella bufou.

— Em todos esses anos morando na Inglaterra, jamais pus os pés numa Accessorize!

— Isso porque você é esnobe. Tem uma ótima na High Street Ken.

— Você não é dona da maioria dos prédios da High Street Ken?

— Shhh!! Ninguém precisa saber! — repreendeu-a Rosina, e as duas riram com ar conspiratório.

— Mas o que aconteceu com todo o dinheiro? O lendário Gresham Trust não é dono de um monte de terras em Marylebone? — perguntou Rosina.

Arabella balançou a cabeça, desolada

— Vendidas para os Portman no século XIX. *Sam tung, ah!** O lendário Gresham Trust era exatamente isso: uma lenda. Quando me lembro de todas as valiosas propriedades que os ancestrais de meu marido possuíam, e dos erros cometidos geração após geração, só consigo pensar: *por que, diabos, passei todos esses anos tentando recuperar a fortuna dessa família desgraçada?*

— Você é a melhor coisa que já lhes aconteceu! Eu vi os retratos dos ancestrais pendurados naquela casa. Um mais feio que o outro. Nem um único queixo decente entre eles! E então você apareceu e, veja só, agora há lindos Gresham por toda parte! Você infundiu uma beleza nessa linhagem que vai durar dez gerações!

Arabella suspirou.

— De que adianta beleza se vamos acabar na miséria?

— Você está enxergando tudo errado, Arabella. Beleza atrai fortuna. Seu maior patrimônio agora é seu filho lindo.

— Meu filho burro só tem me dado dor de cabeça! Vamos encarar a realidade. Ele nunca foi do tipo estudioso, nem em Oxford conseguiu entrar. E agora estragou tudo com Solène de Courcy, se

* "Que dor no coração!", em cantonês.

deixando seduzir por Eden Tong, justo ela! Quem diria que aquela ratinha se tornaria uma sirigaita? Ela é a culpada de tudo!

— Bom, se um não quer, dois não brigam. E Eden até que é bem bonita.

Arabella encarou Rosina, surpresa.

— Como pode dizer isso? Aquela carinha vulgar! Parece uma daquelas vendedoras de bolsas Gucci falsificadas em uma barraca de Mong Kok.

— Quem era a mãe dela mesmo?

— Não faço ideia. Alguma chinesa de Vancouver. Pelo que ouvi dizer, Thomas a conheceu nos Estados Unidos e teve vergonha demais para mostrá-la na Inglaterra.

— Ele também nunca a levou para Hong Kong, não é?

— Não, ela morreu antes. Ele se mudou para Greshamsbury com Eden para fugir da dor.

— E agora Rufus está apaixonado por Eden.

— Não tem a menor chance de ele estar realmente apaixonado por ela! É só uma paixonite passageira, e pode ter certeza de que vou impedir que isso vá adiante.

— É melhor mesmo. Pessoalmente, não tenho nada contra a garota, mas Rufus se envolver com ela está fora de questão. Seria um desperdício daqueles olhos de alcova.

— Shhh! Meu filho não tem olhos de alcova.

— Ah, Arabella, me poupe. Vamos ser sinceras. Rufus é... como posso dizer de forma educada... um tesão ambulante.

— Cale a boca! — Arabella pareceu escandalizada por um segundo, antes de cair na gargalhada.

— Nem adianta negar. Agora, o que você precisa fazer é explorar o potencial de Rufus como se deve, e será o fim de todos os seus problemas. Rufus precisa de um casamento endinheirado!

— Se ao menos ele concordasse! Mas com quem? Fizemos dossiês de várias candidatas e reduzimos a lista até chegar a Solène.

— Me diga uma coisa, você chegou a considerar alguma família asiática?

Arabella fez uma leve careta.

— Não.

— Pois aí está seu problema. Você ficou tão obcecada em casar seus filhos com os descendentes decadentes de Victoria e Albert que se esqueceu de onde está o verdadeiro poder hoje em dia: na Ásia. Você precisa deixar de lado seu esnobismo e pensar em quantas mães asiáticas desesperadas pagariam bilhões para ter os genes de Rufus nas futuras gerações da família.

— Você acha mesmo?

— Só o arco das sobrancelhas de Rufus já vale meio bilhão.* Deixe comigo, vou encontrar alguém perfeito para ele. Só preciso dar uma olhada no meu livrinho preto. Kit! Kit!

A assistente de Rosina apareceu apressada no terraço.

— Onde está meu livrinho preto?

— Bem aqui — respondeu Kit, entregando a Rosina, cheia de cerimônia, uma agenda de couro preto.** Rosina começou a folhear as páginas, murmurando para si mesma:

— Jovem demais... velha demais... gorda demais... essa acabou de ficar noiva... essa agora se identifica como não binária... ah, espere aí... — Rosina ergueu os olhos do livro com um brilho no olhar. — Acho que já sei exatamente qual é a garota *certa*. Por que não pensei nela antes? A filha de Vicky, Martha!

Arabella olhou para Rosina com desconfiança.

— Quantos anos tem essa Martha?

— Ela é jovem o suficiente.

— É mais velha que ele, não é? Ninguém com menos de sessenta anos se chama Martha.

— A mãe dela era bailarina. Obcecada por Martha Graham.

— Ela é bonita?

Rosina hesitou por um segundo. Sabia que não podia mencionar as tatuagens.

---

* Helen Fisher, antropóloga da Rutgers que estuda amor e atração, ao comentar sobre o músico Adam Levine em uma entrevista para a *Live Science*, disse: "O arco das sobrancelhas dele são tão marcantes que ele provavelmente conseguiria ficar de olhos abertos debaixo do chuveiro".

** Uma daquelas agendas de couro sintético que a UBS manda para os clientes como brinde de fim de ano, junto com canecas térmicas.

— Isso importa? Sei que você foi modelo, mas existem coisas mais importantes na vida do que beleza, sabia?

— Você acabou de me dizer que eu devolvi beleza à família Gresham. Conheço meu filho. Rufus nem sequer se interessou por Solène, e ela parece uma deusa. O que te faz pensar que ele olharia duas vezes para uma mulher mais velha e não tão bonita chamada Martha?

— Porque ela é Martha Dung.

— O nome dela é *Martha Dung*?* Nem em um milhão de anos Ru...

— Arabella, se você quer que eu te ajude, precisa me prometer duas coisas...

— O quê?

— Primeiro, precisa calar a boca e confiar em mim.

— Claro que confio, mas...

— Segundo, você não vai interferir. Vou fazer as coisas do meu jeito, entendeu?

— *Hiyah*, certo — concordou Arabella, relutante.

— Agora me diga, onde está o menino agora?

— Ele está a caminho de Greshamsbury, num dos seus aviões — respondeu Arabella.

— Kit! Kit! Descubra em qual avião Rufus está — gritou Rosina.

Kit, parada à porta, consultou o iPad.

— Ele está no Citation do Adam. O pouso em Exeter está previsto para daqui a duas horas.

— Ligue para o piloto e mande desviar o avião para Paris.

Arabella arregalou os olhos, alarmada.

— Não faça isso! Ele vai ficar furioso quando nos vir juntas.

— O que te faz pensar que você vai estar envolvida? Kit, por favor, cancele todos os meus compromissos.

— Até seu jantar com Madame Deneuve?

— Catherine vai me perdoar. Isso é uma emergência familiar!

---

* *Dung*, em inglês, significa "estrume". (N. T.)

7

Aeroporto Le Bourget

•

PARIS, FRANÇA • *AINDA NAQUELA TARDE*

Vendo as luzes da pista piscando à distância enquanto o avião se aproximava para o pouso, Rufus sentiu a ansiedade crescer. Só mais quarenta minutos. Do aeroporto de Exeter até Greshamsbury eram trinta e cinco minutos de carro, então, contando alguns minutos a mais por causa do trânsito, ele estaria em frente à casa de Eden logo, logo. Será que deveria reservar uma mesa no Shy Frog, o gastrobar local, ou levá-la a algum lugar mais especial naquela noite? Será que ainda dava tempo de conseguir uma reserva no Gidleigh Park? Ele queria um lugar tranquilo e bonito, com comida espetacular, onde pudessem conversar sem interrupções dessa vez.

Assim que a porta do jato se abriu, Rufus desceu os degraus apressado e entrou no Range Rover que o aguardava na pista. O carro percorreu cerca de cem metros, virou uma esquina e parou abruptamente.

— *Monsieur St. Ives, nous sommes arrivés.*

— Como é? — Rufus encarou o motorista pelo retrovisor, confuso por ele estar falando francês.

— Chegamos — disse o motorista em inglês.

— Chegamos aonde?

— Extche é xeu avion!

Rufus olhou pelas janelas escurecidas e viu um Bombardier Global 7500 preto e prata parado diante de um hangar privado. Uma comissária de bordo, vestindo um elegante terno azul-marinho, sorria para ele ao lado da escada. Só então percebeu que todas as placas nos prédios ao redor estavam em francês.

— *Où suis-je?* — perguntou com urgência.

— Le Bourget Aéroport.

— Puta que pariu!

Rufus saiu do carro e marchou em direção ao avião. Subiu a bordo, esperando encontrar a mãe. Mas, em vez disso, viu uma bela comissária de cabelo corvino parada ao lado da galeria frontal, segurando uma bandeja reluzente da Puiforcat, com uma toalha enrolada e uma única orquídea cymbidium sobre ela.

— Bem-vindo a bordo, senhor. Aceita uma toalha quente?

— Obrigado. — A raiva de Rufus diminuiu um pouco enquanto ele se jogava no sofá curvado de veludo, abria a toalha e envolvia o rosto no vapor suave e perfumado. Nesse momento, a porta do banheiro se abriu e Rosina saiu, envolta no inconfundível aroma de *Portrait of a Lady*, de Frederic Malle, que se espalhou pela cabine principal.

— Tia Rosina! — exclamou Rufus, surpreso.

— Aí está você! Ótimo, podemos ir agora.

A comissária fechou imediatamente a porta principal da cabine enquanto Rufus olhava para a tia, alarmado.

— Para onde estamos indo? Meus pais estão bem?

— Estão ótimos, não se preocupe. Vamos fazer uma viagenzinha juntos.

— Para onde? Quem mais vai?

— Só nós dois.

Rufus estreitou os olhos, desconfiado.

— Foi minha mãe que armou isso, não foi?

— Sua mãe não tem nada a ver com nada, juro. Foi tudo ideia minha. Sente-se e eu explico — disse Rosina, acomodando-se com elegância em uma poltrona estilo art déco* enquanto a comissária trazia duas taças de champanhe e tigelas geladas com morangos e chantilly recém-batido.

— Experimente este champanhe. É de uma safra antiga que existe desde os tempos de Luís XV. Acabei de comprar a vinícola; a última que pretendo comprar, na verdade — disse Rosina.

Rufus pegou uma taça e se sentou de frente para ela.

— Eu devia ter pousado em Exeter, mas, de alguma forma, estou em Paris. Você sabe que isso é sequestro, não?

Rosina riu com alegria.

— Só crianças pequenas são sequestradas. Você já está grandinho demais para tanto.

— Mas você desviou meu avião!

— O avião é *meu*, querido. Ou será que você se esqueceu?

Rufus olhou pela janela com um mau pressentimento enquanto o jato começava a taxiar pela pista e decolava.

— Olhe para mim, Rufus. Eu conheço você desde que usava fraldas e sempre fui muito franca, não fui? Lembra quando você quebrou meu inestimável vaso da dinastia Qianlong com uma bola de futebol, mas eu não fiquei brava porque você admitiu na hora?

— Lembro. E, mais uma vez, sinto muito. Aurelius apostou que eu não conseguiria chutar como Beckham.

— Você sempre foi um menino honesto. É uma pena que seu pai não tenha sido tão honesto com você. Não que a culpa seja toda dele: Francis vem de um mundo onde foi ensinado a nunca se expressar abertamente. Eu também venho desse mundo, de certa forma. Meu bisavô era euroasiático, como você, e foi educado na Inglaterra, sabia?

— Acho que nunca me contaram isso.

— Sir Alistair Ko-Tung. Ele adotou os modos ingleses tão bem que se tornou um daqueles ingleses impenetráveis e assim permaneceu, mesmo depois de voltar para Hong Kong. E isso se perpetuou

* Os apaixonados por art déco perceberão que toda a cabine foi projetada como uma homenagem ao saguão de entrada do Palácio de Eltham.

por gerações. Mas você é diferente; desde pequeno sempre disse exatamente o que pensava. E pode agradecer sua mãe por isso. Ela não tem medo de se expressar.

— Mamãe se expressa até demais.

— Talvez, mas não estamos falando dela agora. Estamos falando de seu pai e das mentiras que ele te contou.

— Ouça, meu pai nunca mentiu para mim. Sei de toda a situação financeira. Ele me ligou há dois dias e confessou tudo.

— *Situação financeira*. Que jeito mais curioso de colocar. Rufus, o fato de você só ter descoberto há dois dias que sua família está à beira da falência é um completo absurdo. Você é o futuro conde de Greshamsbury, mas está prestes a se tornar o conde de Nada. O que pretende fazer a respeito?

— Por isso eu estava indo para casa. Achei que precisava conversar com os meus pais.

Rosina recostou-se no assento e riu da maneira despreocupada com a qual o sobrinho encarava aquilo tudo. Típico Rufus, sempre com a cabeça nas nuvens.

— Sabe, eu olho para você e penso... você sempre teve muita sorte na vida. Meus filhos não tiveram a mesma sorte.

Rufus revirou os olhos, sem se conter, mas Rosina percebeu e sorriu.

— Sei o que está pensando. Acha que seus primos são mais afortunados que você.

— Não é que eu ache que eles sejam mais afortunados, mas o fato é que vivem de uma maneira completamente diferente da minha. Eles têm fundos fiduciários que valem centenas de milhões...

— Não sei de onde surgiu esse boato. Que fundos fiduciários? Meus filhos não têm fundos fiduciários. Claro, eles têm casas, carros, aviões à disposição e podem mandar suas contas para o escritório da família, mas você precisa entender que o pai deles controla cada centavo. Ele os mantém sob rédea curta desde o dia em que nasceram, e eles não têm escolha a não ser obedecer às suas ordens à risca. Peter transformou Alexander numa cópia de si mesmo e o obrigou a ir para Harvard. Ele percebeu que Adam era meio irresponsável, então o mandou para Harvard Law. E Aurelius... bem, você sabe o que aconteceu naquele maldito safári,* e é por isso que desde sempre Peter escolheu um caminho diferente para ele. Meu ponto é: meus filhos nunca tiveram o luxo de seguir as próprias paixões, ao contrário de você e suas irmãs.

— Eles parecem estar se saindo muito bem.

— E estão, porque são obedientes. Desde que cumpram seus deveres com a família, podem desfrutar de seus passatempos. Então, se Alex deseja construir condomínios compartilhados em Marte, que vá em frente. Se Adam quer manter pilotos de Fórmula 1 bem alimentados, tudo certo. Se Aurelius gosta de financiar grupos paramilitares, mais poder para ele. Agora me diga: como você está cumprindo seu dever para com a sua família? Você teve o privilégio de estudar naquela escola de arte caríssima.** Passou todos os verões pegando ondas pelo mundo. Convenceu sua mãe a construir um resort numa ilha com um vulcão ativo.

— Eu nunca a convenci a nada! Quando levei minha mãe para ver aquela propriedade, torcia para que ela comprasse o terreno para preservá-lo, não para construir um resort!

— Já se perguntou por que sua mãe quis construir um resort na Grande Ilha, para início de conversa? Você começou a passar todo o tempo livre no Havaí. Ela só queria estar mais perto do filho. Queria encontrar uma forma de envolvê-lo mais nos negócios da família.

— Está tentando fazer eu me sentir culpado? Porque eu já me sinto culpado o suficiente...

— Rufus, não me interessa culpa. Me interessam soluções. Quero ajudá-lo a ter acesso aos fundos de que você precisa para salvar sua família dessa catástrofe financeira.

— E como vamos fazer isso?

---

* Ele levou um coice de um filhote de girafa aos sete anos.

** Não são um amor essas tias ricas que julgam os gastos dos parentes, quando elas mesmas gastam fortunas restaurando castelos caindo aos pedaços na Escócia ou financiando institutos de pesquisa de golfinhos para os próprios filhos? Não, não é nada pessoal.

— Você quer dizer: como *você* vai fazer isso? Bem, vou apresentá-lo a algumas pessoas-chave neste fim de semana, e o resto é com você. O problema é que você cresceu numa bolha. Seus pais o criaram cercado pelos filhos de todos aqueles aristocratas elegantes, grandiosos e completamente irrelevantes: o duque de Upper Colon, a baronesa de Shiba Inu...

— Espere aí, eles não são seus amigos também? Todos eles estavam no Baile de Inverno, em Mauna Kea.

— Amigos de sua *mãe*. Posso até conhecer alguns deles, mas, para ser sincera, não os considero meus amigos. Ser o monarca absoluto de um país com cem bilhões de barris de reservas comprovadas de petróleo, como meu queridíssimo amigo, o emir, é uma coisa. Mas quantos desses nobres idiotas foram em socorro de sua mãe? Zero. Eles agarraram suas coroas e correram direto para os aviões emprestados assim que os suflês começaram a desabar. *Meus* amigos são pessoas que inventam indústrias inteiras, que influenciam políticas, que movimentam economias.

— Oligarcas e déspotas, que divertido — murmurou Rufus entre dentes.

— Veja bem, se você não está disposto a manter a mente aberta, está só desperdiçando o meu tempo...

— Tudo bem, tudo bem. Você ainda não me disse para onde estamos indo. Deixe eu adivinhar... para a conferência de Davos?

— Meu Deus, que tédio seria isso. Gosto de me divertir, sabia? Vamos a um casamento no Marrocos. Então pode relaxar, e aproveite o jantar.

Mal Rosina pronunciou essas palavras, a bela comissária voltou trazendo um bloco quadrado de granito e o dispôs sobre a mesa de ébano listrado que se abriu diante de Rufus. Quatro tiras de carne marmorizada chiavam sobre a pedra quente.

— Para a entrada, permita-me oferecer Wagyu da Prefeitura de Miyazaki na pedra quente, com espuma de manteiga de uísque.

— Talvez — respondeu Rufus.

IV
MARRAKESH

Marrakesh me ensinou as cores.
Antes de Marrakesh, tudo era preto.

— Yves Saint Laurent

Hong Kong, 1995

MAK'S NOODLE, WELLINGTON STREET

Mary Gao fitava a tigela de macarrão com wonton. O leve tom rosado de um camarão enrolado na delicada massa a fez pensar no bebezinho que crescia dentro dela.

— Quero ter esse filho — disse Mary, a voz fraca.

Do outro lado da pequena mesa de fórmica, Rosina Ko-Tung encarou a amiga, incrédula.

— Por que você quer arruinar sua vida?

— É o que Henry iria querer.

— Você está se iludindo. Ele teria mandado você se livrar do bebê.

— Não, de jeito nenhum. Ele me amava. Ele teria amado nosso filho.

Rosina suspirou, balançando a cabeça. A única pessoa que Henry amava era ele mesmo, mas não adiantava tentar convencer Mary daquilo naquele momento.

— Mary, vou ser bem franca com você, já que ninguém mais parece ter a coragem de fazê-lo. Henry morreu. Sua família já está mergulhada no escândalo, com o julgamento de seu irmão se aproximando. No momento, ainda existe muita simpatia por você. Afinal, não passa de uma espectadora inocente de uma briga de bar. Mas, se as pessoas descobrirem o que realmente aconteceu naquela noite, a história vai ser outra.

— Perdi meu irmão e meu amor na mesma noite. As pessoas seriam tão cruéis assim?

— Vão vê-la como a culpada por tudo isso. Você ficará marcada para sempre. Vai entrar para a história como a única Miss Hong Kong desonrada e será forçada a abrir mão da coroa.

— Não estou nem aí para essa merda de coroa. Quero ser mãe. Estou pronta.

— Tem certeza? Acho que não está pensando direito. Quer realmente ser mãe solteira, aqui? Quer que seu filho cresça sendo chamado de bastardo? A sociedade vai virar as costas para você. Todas as portas vão se fechar, Mary. Todas as oportunidades, todos os contratos de patrocínio vão evaporar. Você vai virar uma ninguém. Como pretende sustentar seu bebê se for uma ninguém? Veja bem, eu já sou a única de nosso círculo que ainda fala com você. Cadê Gabby? E Edwin, Brendan? Eu nem pude te encontrar num restaurante decente para um yum cha.* *Tivemos que vir aqui, escondidas como ladras. Não jogue sua vida fora assim. Ainda está só no começo, você mal está grávida. Vire a página e recomece. Quando o caso for resolvido e a poeira baixar, você ainda vai poder arrumar um marido. Talvez um daqueles continentais que estão enchendo o bucho de dinheiro hoje em dia, ou um britânico do mercado financeiro. Você pode ter muitos outros filhos depois. Uma nova família inteira. Pode ter uma vida linda. Não é isso que você quer?*

Sim, *pensou Mary*. Quero uma vida linda.

* *Yum cha*, que significa "tomar chá" em cantonês, consiste em uma tradição gastronômica onde se comem diversos pequenos pratos acompanhados de chá, uma espécie de brunch. (N. T.)

Da seção "minivotos" do *New York Times*:

Tudo começou com uma disputa por um carrinho de golfe, em Sun Valley. Amanda Joy Finch tentava garantir um carrinho para um lendário investidor nonagenário, durante a conferência anual apelidada de "Acampamento de Verão dos Bilionários", mas ele foi roubado "bem debaixo de nossos narizes por alguém que não vou citar... digamos apenas que é um magnata da tecnologia infame por seu comportamento adolescente", relembra Finch. "Chegamos atrasados à sessão da manhã, mas um cavaleiro de armadura brilhante surgiu e nos ofereceu uma carona no seu carrinho." O jovem era Christian Lewis Radford, que ainda se recuperava de um ferimento de mergulho. "Mandy e eu éramos umas das poucas pessoas com menos de trinta anos naquela conferência que ainda não eram bilionárias, então nos aproximamos pelo nosso status humilde", ri Radford. Neste fim de semana, a noiva se casará com seu cavaleiro de carrinho de golfe brilhante em Marrakesh, no Marrocos. A noiva, de 30 anos, formada *summa cum laude* pela Tulane University e pela Harvard Business School, trabalhou na Berkshire Hathaway antes de fundar sua própria empresa de capital de risco socialmente responsável, a Scout Finch Capital, considerada pela Fast Company uma das "mais visionárias empresas de capital de risco". Ela é filha de Alan Finch, criador de galinhas exóticas em Pensacola, Flórida, e de Debbie Craig, professora de violão em Sedona, Arizona. O noivo, de 32 anos, cresceu em Sydney, Austrália, frequentou a University of Sydney e a Stanford Graduate School of Business, tendo trabalhado na Y Combinator antes de fundar a Lizard Island Ventures, especializada em startups de inteligência artificial. É filho de Marc Radford, presidente e CEO do conglomerado diversificado de minerais Radford International, e de Carolyne Radford, presidente da Radford Foundation e ex-curadora do Aspen Institute. O casal pretende dividir seu tempo entre Berkeley, Califórnia, e Byron Bay, Austrália.

O(A) SENHOR(A) ESTÁ CORDIALMENTE CONVIDADO(A) PARA

*Rock the Casbah**

EM NOSSA FESTA DE BOAS-VINDAS QUE CELEBRA AS NÚPCIAS DE

Amanda & Christian
Dar Yacout

20H*

VENHA ARRASAR COM SEU MELHOR LOOK ESTILO TALITHA & JEAN PAUL

**Os ônibus fretados sairão de Amanjena, Royal Mansour, La Mamounia, El Fenn, Jnane Tamsna e L'Hotel às 19h45.*

* Em tradução literal, "agitar o casbá". Aqui há uma referência à famosa canção da banda de punk rock The Clash, "Rock the Casbah", de 1982. Os casbás (*kasbahs*) são casas fortificadas que se encontram por todo o sul do Marrocos e simbolizam tradição e autoridade. A música incita a rebeldia e a desafiar o *status quo*. (N. T.)

1

Dar Yacout

•

MARRAKESH, MARROCOS • *MAIS TARDE NAQUELA NOITE*

As muralhas externas da antiga medina brilhavam em tons de rosa contra a noite azul-safira enquanto o chamado para a oração ecoava ao longe. Rufus olhava pela janela do carro em alta velocidade, ansioso, conforme a cidade antiga se aproximava.

— As cores são incríveis! Não é à toa que Matisse veio para cá.

— Marrakesh é conhecida como a cidade vermelha. Cada cidade do Marrocos tem uma cor diferente: Casablanca é branca, Chefchaouen é azul. Não acredito que você nunca tenha vindo! — disse Rosina, ajustando o nó do seu lenço de seda preto e dourado.

— Não sei por que demorei tanto. Quero vir desde que li *O céu que nos protege* — refletiu Rufus.

— Bem, não há maneira melhor de conhecer o Marrocos do que com Carolyne organizando tudo. Ela sempre faz questão de exagerar.

— Carolyne é a noiva?

— Não, é a mãe do noivo. Christian é filho dela, você vai gostar do rapaz, ele também surfa. E a noiva é... Alison? Amy? Não lembro o nome agora. Americana, loira, altura mediana, Harvard, o de sempre.

— Como é mesmo que você conhece essas pessoas?

— Já te disse, nossas famílias fazem muitos negócios juntas.

— Então por que tio Peter não veio?

— *Hiyah*, você sabe que seu tio tem pouquíssimo tempo hoje em dia! Vocês têm sorte de ele ter conseguido aparecer no casamento de Augie!

— É meio estranho ir a um casamento em que eu nem conheço os noivos.

— O que tem de estranho nisso? Vou a tantos casamentos em que nem sei o nome dos noivos! Sabe, casamentos não são sobre o casal. São para as famílias impressionarem os convidados. Veja só o casamento de sua irmã.

— Meu casamento não vai ser assim.

Rosina lançou um olhar de pena, como quem diz, *Como se você tivesse escolha*.

— Bem, este casamento vai ser completamente diferente do de Augusta. Você vai ver. Os Radford não precisam impressionar ninguém, então estão fazendo algo superíntimo: só cento e cinquenta dos amigos mais próximos.

— Então é ainda mais estranho eu estar aqui — resmungou Rufus.

— Bobagem! Eu sou uma convidada de honra, e você é meu acompanhante.

Rufus apenas riu do absurdo da situação enquanto o Audi verde-escuro parava ao lado de uma rua movimentada. O motorista apontou para um arco que levava à medina.

— Vocês esperam lá.

— Tem certeza? — perguntou Rufus, lançando um olhar desconfiado para o ponto aparentemente aleatório.

— Sim, eles vêm — respondeu o motorista.

Rufus ajudou a tia a sair do carro e, assim que fechou a porta, o veículo acelerou, deixando-os sozinhos junto às muralhas do souk. Exceto por dois gatos que passavam furtivamente, a rua ficou deserta de repente, com um ar meio sombrio. Rufus olhou para o magnífico colar de pérolas da tia, que brilhava na escuridão, e sussurrou:

— Tia, é melhor cobrir suas pérolas com o lenço.

Rosina zombou:

— *Hiyah, moh daam sam!*[*] Esse colar custou menos de vinte libras.

Rufus olhou surpreso para as pérolas. Mesmo sendo falsas, ainda se perguntava por que sua tia não tinha levado nenhum segurança naquela viagem, já que se lembrava de que os Leung estavam sempre cercados por homens de terno escuro aonde quer que fossem.

— Onde estão seus seguranças desta vez? — perguntou.

Rosina zombou de novo:

— Quando viajo sozinha, nunca levo segurança. Chama muita atenção. Além disso, quem viria atrás de mim? É Peter que eles querem.

— Mas você é a esposa dele...

— Seu tio já disse há muito tempo: "Rosina, se você for sequestrada, não espere que eu pague o resgate". Agora, se um dos meninos fosse sequestrado, aí sim seria outra história. Ele mesmo sairia correndo para entregar as sacolas de dinheiro.

— Por que ele faria uma coisa dessas?

— Típico homem de Hong Kong. Os filhos valem mais que a esposa. Peter e meus filhos são Leung, eu não. Sempre dá para arranjar outra esposa, *hai ma*? Uma versão mais nova e mais durinha.

Rufus riu.

— Tia Rosina, você é insubstituível e todo mundo sabe disso!

— Você é um amorzinho. Claro que posso ser substituída, mas seu tio sabe que eu arranco as bolas dele se ele tentar. Agora, cadê a pessoa que devia nos encontrar?

Assim que ela disse isso, um homem idoso, vestindo uma djellaba marrom com capuz, surgiu do beco segurando uma lanterna de latão que balançava precariamente na ponta de um longo bastão de madeira.

— Dar Yacout? — perguntou ele.

— Sim, Yacout, é para lá que vamos, não é? — respondeu Rufus, um pouco aliviado.

---

* "Pare de se preocupar!", em cantonês.

Sem dizer mais nada, o homem se virou e começou a andar muito mais rápido do que eles esperavam, serpenteando pelos becos labirínticos com uma agilidade surpreendente. As muralhas do antigo souk pareciam se transformar a cada esquina, mudando de cor e textura. Rosina ficou boquiaberta ao passarem pelo setor de especiarias, onde comerciantes estavam sentados ao lado de centenas de cestos transbordando com montanhas de açafrão, cominho, pétalas de rosa, nozes e frutas secas, iluminados por lâmpadas brilhosas.

— Meu Deus, olhe essas tâmaras medjool gigantescas! Preciso voltar aqui amanhã para comprar algumas! Não parece que voltamos no tempo? O que eu amo no souk é que as pessoas aqui vivem exatamente como seus ancestrais na época medieval.

Rufus olhou para os telhados abarrotados de antenas parabólicas.

— Queria ter trazido minha Leica. Poderia passar dias aqui só tirando fotos!

— Para onde é que ele está nos levando? — sussurrou Rosina em cantonês para o sobrinho enquanto avançavam ainda mais pela cidade antiga. Bem quando Rufus estava começando a se perguntar o mesmo, o homem parou abruptamente em uma esquina, diante de uma porta de ferro enferrujada e sem identificação, num *riad* discreto. Ele bateu duas vezes, e a pesada porta foi aberta por um homem alto, vestindo uma djellaba branca impecável e um fez vermelho na cabeça.

— Madame Leung, Visconde St. Ives? *As-salaam alaykum!* — Ele fez uma reverência elegante e, com um gesto elaborado, revelou um pequeno saguão iluminado por lanternas cintilantes. Os dois o seguiram por um corredor estreito até outra porta, que se abriu de repente para revelar um dos espaços mais deslumbrantes que já tinham visto: um pátio palaciano brilhando em tons de joias, desde a piscina cor de esmeralda no centro do chão de mosaico *zellige* até as lanternas de vidro cor de bronze e carmesim, que lançavam sombras caleidoscópicas nas paredes reluzentes de gesso *tadelakt*. Em cada lado do pátio, havia pequenos nichos para jantar, envoltos pela folhagem exuberante de palmeiras altas e resfriados pelo murmúrio das fontes de mármore.

— Um palácio secreto! — exclamou Rufus, maravilhado.

— Em Marrakesh, há palácios secretos por toda parte, mas este foi o primeiro. É a obra-prima de Monsieur Bill Willis* — explicou o anfitrião, conduzindo-os pelos degraus até o pátio, onde os convidados do casamento, vestidos em trajes hippie-chic, estavam sentados ao redor da piscina assistindo a uma apresentação de músicos Gnawa.

— Por que não me contou que era uma festa à fantasia? — resmungou Rufus para a tia, sentindo-se deslocado de repente em seu terno de linho branco.

— Mas *estamos* fantasiados. Eu sou a Loulou de la Falaise, e você é meu Yves.

Antes que Rufus pudesse perguntar à tia quem era Yves, uma dama exuberante, vestindo um caftan turquesa e dourado, com sombra iridescente combinando com suas enormes águas-marinhas, praticamente saltou sobre eles.

— Rosiiiiiii! Eu já ia mandar uma equipe de busca atrás de você! — disse a mulher, com seu forte sotaque de Queensland.

— Carolyne, desculpe o atraso. Viemos direto do aeroporto — desculpou-se Rosina.

— Não acredito em uma palavra sua! Você tinha uma equipe de glamour no jatinho? Esse macacão está fabuloso! Saint Laurent vintage, *ness pah*? E essas pérolas, puta merda, de que ostras monstruosas você roubou?

— Haha, nenhuma ostra foi roubada.

— E esse aqui, de onde você roubou? *Da Thunder from Down Under*?** — disse Carolyne (C&K Townsville/St. Hilda's/University of Queensland), escaneando Rufus de cima a baixo.

— Esse é meu sobrinho, Rufus.

---

* O lendário designer que basicamente inventou o "estilo marroquino". Bill projetou as residências marroquinas de ícones como Yves Saint Laurent e Pierre Bergé, J. Paul Getty Jr., Marella Agnelli e Marie-Hélène de Rothschild. Talvez você não saiba, mas é por causa dele que você comprou aquele tapete marroquino esfarrapado da CB2 com o canto virado no qual vive tropeçando.

** Um clube de mulheres de alta classe. Há estabelecimentos em Las Vegas, Nashville e Austrália. (N. T.)

— Aham. Quem me dera ter *sobrinhos* assim para me acompanhar num fim de semana prolongado, no Marrocos...

Rosina deu um tapa brincalhão no braço da amiga.

— Pare com isso, ele *é* mesmo meu sobrinho.

— O que você quiser, querida. Sobrinho, você está na mesa treze. Rosina, você fica conosco, é claro — disse Carolyne, conduzindo-a até a mesa de honra, no centro do pátio.

Rufus foi levado a um nicho onde outros convidados já se deliciavam com o banquete suntuoso. Para sua surpresa, viu John Grey, um ex-colega de Old Radleian, sentado à sua mesa. Pelo menos havia um rosto conhecido. Ele se acomodou e começou a provar a deliciosa variedade de mezzes e pães à sua frente.

Enquanto ouvia as conversas ao redor da mesa, Rufus logo percebeu que aquele grupo era diferente de tudo o que já havia encontrado. Embora tivesse crescido cercado de extremo privilégio, seus amigos vinham, em geral, de famílias que já possuíam casas de campo, empresas ou até países há muitas gerações — e que, no fundo, eram um bando despretensioso e pouco ambicioso. Ali, diante dele, estava a nova geração de gênios da tecnologia, gurus financeiros, formadores de opinião e empreendedores visionários. E, entre uma garfada de *bastilla* de frutos do mar, frango assado com limão em conserva e azeitonas, *tagine* de cordeiro e cuscuz, gabavam-se, com falsa modéstia, de como tinham sido convidados para esse casamento ultraexclusivo:

— Christian entrou na última rodada de investimento da minha nova start-up de IA de beleza e cuidados pubianos. Desde então, somos unha e carne.*

---

* Falando em IA, olha só como o ChatGPT reescreveu essa frase ao estilo de um certo autor para deixá-la mais engraçada: "Você não vai acreditar como o Christian e eu nos tornamos unha e carne. Ele investiu na minha start-up! Mas não se trata de qualquer start-up. Ah, não, essa aqui é revolucionária. É uma IA de beleza e cuidados pubianos, e se liga, tem mais lâminas do que uma Gillette Fusion ProGilde. Com nossa tecnologia de ponta, você nunca mais vai correr o risco de se cortar lá embaixo. E estamos desenvolvendo uma nova funcionalidade que vai deixar seu 'paisagismo' digno do Davi de Michelangelo. Quero dizer, quem precisa de amigos quando se tem uma start-up que te mantém aparado, turbinado e pronto para a ação?"

— Sou CFO de um *family office* em Nova York e temos um relacionamento maravilhoso com o *family office* dos Radford, em Sydney.

— Sou ex-Meta, ex-McKinsey, ex-Tesla, ex-Twitter e participei de um painel com a Amanda na conferência Milken.

A única pessoa que permanecia silenciosa era um chinês de óculos de aro dourado escuro, sentado bem em frente a Rufus. Ao lado de Rufus, um sujeito que não parava de falar demonstrava seu último aplicativo para seu ex-colega de escola, John. Enquanto isso, a americana à sua direita, que se apresentara como uma "anja socialmente responsável", cochichava com o parceiro de jantar sobre algum colega problemático.

— Eu te falei! Aquela luta proxy sem noção que ele tentou armar foi um exemplo clássico de borderline — insistiu a mulher.

O homem ao lado dela parecia incerto.

— Ele tem mesmo borderline ou é só transtorno de personalidade narcisista, igual ao pai?

— Provavelmente os dois.

— Esses caras são tão fodidos que nenhum deles merecia o controle da empresa!

— O único que eu gosto é... como é mesmo o nome dele?

— O primo Greg?

— Não, não, o marido de Shiv.

— Ah, Tom! Eu adoro o Tom. Que atuação brilhante. Ele dá um banho em Cameron Frye e naquele Culkin mais novo.

— Você sabia que Tom foi o Mr. Darcy em *Orgulho e Preconceito*?

— O quê?! Está de brincadeira!

Rufus tentava entender como Jane Austen tinha entrado na conversa quando o sujeito à sua esquerda virou-se para ele com um grande sorriso.

— Ei! Ryan Chandani. — (EtonHouse/St. Andrews/ACS/UWC/SAS/Yale). — Cara, sou um grande fã de seu trabalho!

— Sério? Você conhece meu trabalho? — respondeu Rufus, surpreso que o sujeito conhecesse sua arte.

— Claro que sim.

— De qual série você mais gostou? — provocou Rufus.

— De todas, cara! Aliás, quero que você participe de *minha* última série de investimentos. Acabamos de receber uma avaliação de 1,5 bilhão de dólares, estamos faturando 9,2 milhões por mês, com um NPS de 4,8/5, e no momento não estamos levantando capital, mas vou te fazer um favor enorme e deixar você entrar na Série B com a avaliação do ano passado.

— Hã... me deixar entrar? — perguntou Rufus, um pouco confuso.

— Isso. O máximo normalmente é vinte, mas para você posso fazer vinte e cinco.

— Vinte e cinco funciona?

— Claro. Na minha opinião, teremos um retorno de quatro vezes em seis meses, fácil, e vinte a trinta vezes se fizermos IPO no próximo ano. Já mencionei que Vinod Khosla está no conselho?

— Vinod é o curador? — perguntou Rufus, notando que o homem chinês do outro lado da mesa o observava atentamente.

— Cara, você é engraçado. Vinod é mais que um curador, ele é nosso DEUS. E aí, tá dentro?

— Só para esclarecer... você está me convidando para participar de sua exposição coletiva?

Agora foi a vez de Ryan ficar confuso.

— Exposição coletiva? Você quer trazer seu grupo de VC?*

Nesse momento, John Grey (Thomas's Battersea/Radley/Brasenose/Saïd), o antigo colega de escola de Rufus, apareceu atrás dele e deu um tapinha em suas costas.

— Cara, há quanto tempo! Você é a última pessoa que eu esperava ver nessa mesa!

Rufus abriu um sorriso para o amigo.

— Igualmente. Como vai a vida?

— Não posso reclamar. Mudei para Londres, trabalho no banco da família, me casei.

---

* *Venture capital*, em inglês. Capital de risco. (N. T.)

— Ouvi dizer que você casou com Alice Vavasor!

— Ela *finalmente* disse sim, acredita?

— Então suponho que você conseguiu perdoá-la?

— Com certeza. Ela está grávida de oito meses, por isso estou aqui sozinho. E você, ainda metido naquele lance de arte?

— Ainda metido naquele lance de arte.

— Lance de arte? Você está financiando NFTs ou algo assim? — interrompeu Ryan.

Rufus já estava de saco cheio.

— Desculpe, Ryan, mas não faço a menor ideia do que você está falando. Eu crio impressões de platina únicas utilizando um processo arquivístico do século XIX, que é a antítese de NFTs.

Ryan apanhou o cartão dourado com o nome de Rufus que estava na mesa.

— Você não é Rufus St. Ives, do St. Ives Fund?

— Este cartão está errado. Meu sobrenome não é St. Ives. É Gresham — respondeu Rufus.

— Então você não administra uma firma de capital de risco com trinta e oito bilhões de dólares sob gestão?

— Não.

— Ryan, acho que você está confundindo Rufus com *Russell* St. Ives — interveio John.

— Puta merda, cara. Rufus, Russell, sei lá. Mas, então, você ainda quer investir vinte e cinco milhões de dólares em minha start-up?

Rufus riu.

— Vinte e cinco milhões de *dólares*? Achei que você queria vinte e cinco obras minhas.

Ryan revirou os olhos, visivelmente desanimado.

— Ei, troque de lugar comigo um minuto — sugeriu John.

O rosto de Ryan se iluminou como o de uma criança.

— Para sentar do lado de Feng? Caaaaaara, valeu!

— Boa sorte — disse John, enquanto Ryan disparava para a outra cadeira.

Rufus ficou olhando, intrigado com toda a troca.

— Não sabia que eu era um parceiro de jantar tão insuportável assim até agora.

— Ah, esquece esse cara — disse John, baixando a voz. — Acho que ele nem ligou tanto para a questão do investimento. Ele só queria chamar a atenção de Phineas. Agora, que está sentado ao lado dele, vai poder se exibir à vontade. — John fez um gesto discreto para o chinês de óculos escuros.

— Quem é ele? — perguntou Rufus, baixinho.

— Você não sabe? Phineas Feng, o guardião do MD Capital. Maior fundo de capital de risco privado da Ásia.

— Ah... agora estou começando a entender o jogo...

— Exatamente. Todo mundo aqui está fazendo um grande teatro para Phineas. Se ele gostar da ideia dos caras, talvez eles cheguem ao próximo nível.

— Próximo nível?

— Eles ganham a chance de fazer o pitch diretamente para a chefona — disse John, inclinando a cabeça na direção da mesa de honra perto da piscina. — Ali, sentada ao lado da noiva.

Rufus virou-se e viu uma chinesa vestindo um caftan preto com detalhes em coral.

— Está falando sério? Essa mulher é a chefona?

— Sim. O "MD" em MD Capital: Martha Dung. O que você tem para apresentar hoje?

— Nada.

— Ah, não brinca, você não tem nenhuma nova iniciativa badalada que precise de um investidor-anjo? Por que te colocaram nesta mesa, então?

— Não faço ideia. Achei que estivesse em um casamento, não numa gravação do *Shark Tank*.

— Uma pena, porque Martha distribui milhões para start-ups como se fossem balas — contou John.

— Bom para ela — comentou Rufus, no exato momento em que o som de uma faca tilintando contra uma taça de vinho ecoou da mesa de honra.

Rufus viu um homem mais ou menos de sua idade se levantar e encarar os convidados com expectativa. Com o cabelo comprido preso num coque, barba por fazer e braços tatuados, ele parecia exatamente um dos caras do círculo de tambores que Rufus costumava frequentar na praia de Kehena, aos sábados. O homem deu um tapinha no microfone para chamar a atenção da plateia, antes de começar o discurso:

— *Hiya*, pessoal! Para quem não me conhece, sou Christian — (Queenwood/Geelong Grammar/University of Sydney/Stanford GSB) —, o sortudo que vai casar. Só queria dizer algumas palavras antes de tudo ficar uma loucura amanhã. Primeiro, obrigado por estarem aqui hoje à noite. Tem um motivo para estarmos todos espremidos como sardinhas. Foi aqui que pedi Mandy em casamento, pouco mais de um ano atrás. Na verdade, eu me ajoelhei bem ali, naquela alcova — ele apontou diretamente para onde Rufus estava sentado — e sempre sonhei em reviver a magia daquela noite com as pessoas que amo. Sei que muitos de vocês têm agendas lotadas e vidas agitadas, então agradeço por terem tirado um tempo para virem até os confins da Terra comigo. Quero agradecer a meus pais, que aguentaram todas as minhas maluquices ao longo dos anos. Pai, mãe, sei que vocês nunca imaginaram que um dia eu traria para a família uma mulher que fosse digna de vocês, uma mulher mais inteligente que eu, que surfa melhor que eu e é muito mais bonita que eu. A única mulher que consegue... que consegue...

A voz de Christian falhou, e ele pôs o microfone de lado, tentando engolir o choro. Depois de recuperar o fôlego, continuou:

— A única mulher que também consegue aguentar todas as minhas besteiras. Mandy, nunca, nem nos meus sonhos mais loucos, achei que encontraria alguém como você. Você é tão gentil, tão generosa, e traz tanta alegria para todos que te conhecem. Eu me sinto o homem mais sortudo do planeta e ainda não acredito que vou passar o resto da vida com você. — Christian olhou para a noiva, cujo rosto também estava molhado de lágrimas, antes de continuar: — E, por último, mas não menos importante, preciso agradecer a uma pessoa incrível que está aqui conosco esta noite.

Como muitos de vocês sabem, há dois anos eu fui surfar na Grande Barreira de Corais e um tubarão simpático decidiu dar um beijinho na minha perna. Essa mulher incrível aqui — ele olhou para Martha Dung, do outro lado da longa mesa do banquete — que, como muitos de vocês sabem, tem mais seguranças que o Mossad, pulou do iate e me resgatou sem hesitar, sem pensar na própria segurança nem por um segundo. E, em questão de minutos, eu já estava no seu helicóptero, sendo levado para o Cairns Private Hospital, onde conseguiram salvar minha perna. Por sua causa, Martha, posso literalmente estar *de pé* aqui hoje, pronto para andar até o altar e me casar com o amor da minha vida.

Christian começou a aplaudir, e toda a plateia se levantou e o acompanhou nos aplausos enquanto Martha esboçava um breve sorriso antes de baixar os olhos, nitidamente constrangida com a atenção.

Rufus olhou para Martha e teve a sensação de estar diante de um presságio. Algo lhe dizia que aquela mulher — que salvara a vida de Christian e tornara possível que ele se casasse com a mulher dos sonhos — de alguma forma também mudaria sua vida.

2

Ksar Char-bagh

•

LA PALMERAIE, MARRAKESH • ***PRIMEIRAS HORAS DA MANHÃ SEGUINTE***

Com seus intricados arcos mouros esculpidos evocando a Alhambra, topiarias perfeitamente esculpidas em claustros escondidos e antiguidades elegantemente organizadas ao lado de móveis minimalistas e sofisticados, tudo no Ksar Char-Bagh — um palácio ao estilo do século XIV situado entre antigos bosques de palmeiras — exalava um glamour sereno e majestoso. Rufus e Rosina chegaram de madrugada, em um ônibus com outros convidados do casamento, e tomaram seus assentos em bancos de pedra almofadados, dispostos ao longo de um dos lados do majestoso pátio central, de frente para um tranquilo espelho d'água.

— Sabe, tiro o chapéu para Christian e Amanda: eles conseguiram fazer um casamento ao mesmo tempo íntimo e despretensioso. Só um jantar agradável ontem à noite, e agora uma cerimônia simples no pátio, bem cedinho, sem firulas — comentou Rufus, aprovando.

— Você deve ser uma pessoa matutina — observou Rosina.

— Costumo acordar ao amanhecer para pegar as ondas da manhã. É quando o mar está perfeito para o surfe.

— Nunca na minha vida tive que acordar tão cedo para um casamento! — resmungou Rosina, ajustando o ângulo do chapéu cor de açafrão, cuja aba larga ficava cutucando a bochecha de Rufus sempre que ele se virava para falar com ela. — Ainda bem que meu mordomo conseguiu arrumar meu cabelo. Agora, como será que os outros convidados conseguiram cabeleireiros para atendê-los às cinco da manhã?

Rufus observava a entrada dos convidados quando viu Martha Dung flanqueada por dois seguranças que pareciam ex-agentes do Mossad. Enquanto Martha tomava seu lugar ao lado de Phineas, o chinês que nunca tirava os óculos escuros, um leve rufo de tambores começou a ecoar de algum ponto profundo dentro do palácio. O ritmo foi se intensificando, cada vez mais próximo, até que uma fila de percussionistas berberes surgiu por uma porta e atravessou o pátio. O som dos tambores foi acompanhado pelo lamento dos violinos, e todos se deram conta de que havia uma orquestra tocando no terraço logo acima.

As imensas portas duplas de cobre martelado e entalhado, no lado leste do pátio, abriram-se devagar, revelando a silhueta de quatro homens vestidos com djellabas brancas e douradas montados em cavalos brancos. Os cavalos avançaram em trote até a fonte central e pararam. Então os cavaleiros desmontaram e puxaram os capuzes para trás, revelando serem os dois padrinhos, o melhor amigo do noivo e o próprio noivo. Os convidados aplaudiram a entrada grandiosa.

Então, ao som da icônica abertura do *Tema de Lawrence da Arábia*, de Maurice Jarre, as portas opostas do pátio se abriram, dando passagem a uma procissão de três madrinhas a pé, cada qual trazendo uma bandeja de bronze martelado repleta de pétalas de rosa, que iam espalhando pelo caminho. Logo atrás delas, a noiva fez sua entrada montada em um camelo adornado com joias e guirlandas de rosas, enquanto seu pai caminhava ao lado, conduzindo-os. Amanda desmontou do camelo com graça, usando uma escada de madrepérola com a ajuda galante do pai, permitindo que todos admirassem seu vestido de tule de seda marfim da Giorgio Armani Privé, com uma capa de tule plissado presa aos ombros por dois broches art déco de diamantes e esmeraldas. Ela pegou a mão do futuro marido e, sem dizer uma palavra aos convidados reunidos, os dois saíram pelas portas ao norte, seguidos por sua comitiva, que continuava a espalhar pétalas de rosa.

Os convidados os acompanharam com o olhar, confusos, até que um homem vestido com trajes sacerdotais anunciou em voz retumbante:

— Senhoras e senhores, por favor, sigam o caminho de pétalas de rosa até a cerimônia sagrada.

Rufus e Rosina se juntaram à procissão rumo ao exterior e ouviram exclamações de espanto dos convidados que iam à frente.

— Meu Deus!

— Não acreditooo!

— In-crí-vel!

— O que está acontecendo? — perguntou Rufus, tentando espiar por cima da multidão.

Houve um congestionamento na porta à medida que os convidados avançavam para o jardim, mas, quando todos finalmente cruzaram o limiar, ficaram boquiabertos com a cena à frente. Cinquenta balões de ar quente, posicionados em um círculo perfeito no vasto bosque de palmeiras, estavam acesos e prontos para decolar.

— Aí está seu casamento bem simples — comentou Rosina, cutucando Rufus com o cotovelo.

Uma equipe de recepcionistas com iPads direcionava os convidados para seus respectivos balões.

— Sra. Leung, a senhora está no balão número dois, com os Radford — informou um atendente para Rosina.

— Maravilha — respondeu Rosina, acenando com a cabeça enquanto ela e Rufus se dirigiam ao balão.

— Senhor, um momento, senhor! O senhor está em outro balão — chamou o recepcionista.

— Não, ele está comigo. É meu acompanhante — insistiu Rosina.

— Sinto muito, mas só há espaço para a *senhora* no balão dos Radford. Aqui consta "Convidado de Leung - balão número dezoito" — confirmou o recepcionista.

— Vejo você lá em cima — disse Rufus, bem-humorado, afastando-se da tia e seguindo para seu balão designado.

Ao chegar a um balão listrado de prata e azul, foi ajudado a subir na cesta de vime pelo piloto, que se apresentou como Mehmet. Enquanto observava os outros balões se enchendo com três ou quatro convidados por cesta, Rufus se perguntava quem mais dividiria o espaço com ele. Foi então que avistou John Grey se aproximando, acompanhado de Martha Dung.

Quando Mehmet ajudou Martha a subir, Rufus pôde observá-la de perto pela primeira vez. Por algum motivo, sempre que encontrava mulheres asiáticas, ouvia a voz da mãe ecoando na cabeça. Era algo que achava irritante, mas inevitável. Sabia que Arabella consideraria o rosto de Martha "comum" e desaprovaria a pele queimada de sol, mas Rufus percebeu claramente que aquela cútis refletia uma vida ao ar livre. Ela parecia ter pouco mais de trinta anos, tinha o físico de uma atleta e um estilo boho descolado que o lembrava de algumas surfistas que conheceu no Havaí. Usava um vestido sem mangas de linho tingido de índigo, que revelava uma tatuagem em espiral subindo pelo braço direito (mais uma coisa que a mãe detestaria), um cinto largo de couro com tachas de prata marteladas e um chapéu de palha sobre os cabelos negros presos em um rabo de cavalo.

— Olá! Não esperava ter vocês como companheiros de balão hoje — cumprimentou Rufus, com entusiasmo.

— Talvez tenhamos escolhido nosso balão — respondeu John, com uma piscadela.

— Sério? Quer dizer que eu passei na triagem de segurança?

— Com louvor! Preciso confessar, amigo, que ontem à noite eu estava te sondando um pouco, só para ter certeza de que você não tinha se tornado algum tipo de fanático cripto metido a startupeiro.

— A última coisa que queríamos era ficar presos com um desses desesperados da tecnologia tentando vender uma ideia enquanto estamos a mil pés de altura — comentou Martha (Diocesan Girls'/Geelong Grammar/Griffith).

— O único tipo de pitch que conheço é o do críquete. Negócios não são muito minha praia.

— Que alívio — disse Martha.

Rufus virou-se para John.

— Então você trabalha para Martha também?

— Meu banco trabalha. Desculpe pela encenação — respondeu John.

— Ah, eu entendo, pode acreditar. Em Londres, tenho que usar outro nome.

— Por quê? — perguntou Martha.

— Sou artista e quero que meu trabalho seja julgado pelo próprio mérito.

— E por que não seria?

— Porque as pessoas tendem a me julgar só pelo nome.

Martha ainda parecia confusa.

— O que tem de tão especial em seu nome?

Rufus hesitou um instante, meio sem jeito, mas John interveio.

— Martha, em certos círculos, Rufus é bastante famoso. Ele tem cento e noventa mil seguidores no Instagram.

— Na verdade, foi outra pessoa que criou essa conta. Eu nem uso Instagram — revelou Rufus.

— Ah, então está explicado por que só tem foto sua sem camisa lá! — zombou John.

Martha olhou para Rufus, intrigada.

— Uau, eu não fazia ideia de que estávamos voando com uma celebridade. John não me disse nada a seu respeito, exceto que eram amigos de escola.

— Eu não sou famoso, não de verdade — insistiu Rufus.

Antes que John pudesse explicar melhor, Mehmet, o piloto, interrompeu a conversa.

— Certo, pessoal, preciso da atenção de vocês. Antes de decolarmos, aqui vão algumas regras de segurança — anunciou.

Depois de uma explicação rápida, ele acionou o maçarico, e o balão começou a subir devagar e de forma estável. Todos admiraram a vista em silêncio.

— Eu não imaginava que seria tão silencioso — disse Martha, quase num sussurro.

— Isso é o que mais amo no balonismo... a paz absoluta — respondeu Mehmet.

Os três absorveram a visão gloriosa dos outros balões subindo em uníssono ao redor, colorindo o céu azul cristalino.

— Isso não é muito difícil de fazer? Conseguir que todos os balões flutuem no mesmo nível? — perguntou John ao piloto.

— Na verdade, é quase impossível manter essa sincronia. Por isso subimos tão cedo, porque as correntes de ar são mais tranquilas pela manhã. E, bem, temos aqui alguns dos melhores balonistas do mundo, então acaba sendo um desafio bacana para todos nós — explicou Mehmet.

— Imagino que você não seja do Marrocos.

— Não, costumo voar na Capadócia. Esta região é nova para mim, mas ensaiamos a semana toda, rezando para que o clima colaborasse. Hoje está perfeito, mas tenho certeza de que alguns balões vão acabar saindo da rota. Felizmente, há um jipe designado para cada balão, seguindo por terra. Então, se pousarmos em Agadir, paciência.

Enquanto John conversava com o piloto, Martha viu Rufus se inclinar para fora da gôndola, tirando fotos com o celular.

— Ei, não se incline tanto! Estou ficando tonta só de olhar — exclamou Martha.

— Você está bem? — perguntou Rufus, preocupado, colocando o braço sobre os ombros dela.

— Agora sim. Só não vou olhar para baixo.

— Acabei de tirar uma foto de minha tia naquele balão ali — disse Rufus, mostrando a imagem no celular.

— Rosina Leung é mesmo sua tia? — perguntou Martha.

— Claro que é. O que mais ela seria?

— Ontem à noite, tinha uma aposta rolando na mesa de que você era o *sugar baby* de Rosina.

Rufus fez uma careta como se fosse vomitar, enquanto Martha ria.

— Posso perguntar por que você é famoso?

— Por absolutamente nada. Nasci Visconde de St. Ives, e um dia vou me tornar conde de Greshamsbury. Mas só quando meu pai morrer, então não é exatamente uma promoção que eu esteja ansioso para receber.

— Entendi. Você é euro-asiático, não é?

— Sim. Meu pai é inglês e minha mãe é de Hong Kong.

— Eu também nasci lá! Sabe, logo depois de meu nascimento, meu pai comprou um diamante amarelo de noventa quilates num leilão da Christie's e me deu de presente no hospital. Era uma pedra raríssima chamada Estrela Dourada, que ele renomeou para Martha Dourada. Saiu na capa de todos os jornais: "Bilionário compra diamante de 48 milhões de dólares para a filha recém-nascida". Desde então, sou figurinha carimbada na imprensa, principalmente na Ásia. Então, entendo seu problema.

— Você também é famosa em certos círculos.

— Sim, mas, felizmente, quando me mandaram para um internato em Sydney, foi um alívio, porque ninguém sabia quem eu era. A atenção só voltou quando meu pai morreu e fui promovida.

— Sinto muito.

— Tudo bem, essa é minha vida. Sempre soube que seria inevitável.

— Sei bem como é — disse Rufus, com um sorriso torto.

Um balão branco majestoso subiu no centro do círculo de balões, levando a bordo os noivos e o padre. Mehmet entregou a Rufus, Martha e John um iPad e fones de ouvido, com a transmissão ao vivo do balão nupcial, para que pudessem acompanhar a cerimônia.

O padre começou a falar:

— Conheço Amanda Joy há vários anos, e Christian conheci recentemente. O que mais me impressiona nesse lindo casal é como eles combinam tanto em termos de generosidade de espírito, como parecem pôr a família, os amigos e a comunidade em primeiro lugar, antes de si mesmos. Quando Amanda e Christian me contaram que queriam se casar em um balão de ar quente, cercados por todos os seus entes queridos, para ser sincero, achei que eles estavam meio fora de si. Mas, após mais algumas conversas, percebi que estavam fazendo exatamente o que sempre fazem: queriam tornar o dia do casamento especial para todos, não apenas para eles mesmos. Queriam levar cada um de vocês para uma aventura única, testemunhando seus votos da maneira mais inesquecível possível. Então, aqui estamos nós, juntos nas nuvens, testemunhando o milagre da criação de Deus, este planeta maravilhoso. Também testemunhamos o milagre da ciência, graças aos irmãos Montgolfier, que criaram o primeiro balão de ar quente, em 1783. Mas, talvez o mais importante, estamos testemunhando juntos o milagre do amor, quando duas pessoas incríveis se encontram e decidem dedicar suas vidas uma à outra. Então, sem mais delongas... Christian, você aceita Amanda como sua legítima esposa?

— Aceito — respondeu Christian.

— E você, Amanda, aceita Christian como seu legítimo esposo?

— Aceito — respondeu Amanda.

— Então, pelos poderes a mim conferidos pelo estado da Califórnia, eu os declaro marido e mulher.

Assim que o casal se beijou, os aplausos dos cento e cinquenta convidados ecoaram pelo ar enquanto os balões flutuavam sobre as Montanhas Atlas. Mehmet abriu um compartimento lateral e tirou uma garrafa de Bollinger gelada e taças de champanhe para todos.

— Hora do brinde!

Por um instante, o som das rolhas estourando no alto acima de Marrakesh parecia uma salva de cinquenta tiros. Os convidados brindaram enquanto a frota de balões seguia para o leste, em direção ao sol nascente.

— A Christian e Amanda! — brindou Martha.

— À vida nas alturas! — declarou John.

— Ao casamento mais insano de todos! — disse Rufus, brindando com todos, enquanto pensava, pela primeira vez, sobre o próprio casamento e em como poderia torná-lo ainda mais épico que aquele. Olhou para o céu empíreo e para as montanhas nevadas ao longe, desejando poder compartilhar aquele momento incrível com Eden. Sentia falta dela como nunca e se perguntava o que ela estaria fazendo naquele instante... Era sábado, e eles deveriam estar passando o dia juntos. Ele tinha planejado levá-la para um passeio pela costa de Devon, ou talvez até o Monte de St. Michael, na Cornualha, mas, em vez disso, ali estava ele, suspenso no céu dentro de um balão. Pegou o celular, tirou outra foto de todos os balões em formação e enviou para Eden, apenas para descobrir que a mensagem não estava sendo enviada. Pelo visto, nenhuma de suas inúmeras mensagens do fim de semana havia chegado até ela.

— Você está com uma cara séria demais para um casamento nas nuvens — disse Martha.

— Estou?

— Com certeza. Parece que sua cabeça está em outro lugar.

Rufus sorriu.

— Sabe, desde que você contou aquela história de ir parar nos jornais quando era bebê, lembrei de uma minha para te contar. Quando eu tinha 16 anos, uma revista horrível foi até minha escola para cobrir um desfile de moda beneficente que estávamos organizando. O evento estava uma loucura, e alguém tirou uma foto minha sem que eu percebesse. Num piscar de olhos, a imagem viralizou, e basicamente arruinou minha vida.

John riu.

— Eu lembro bem. Você estava só de cueca boxer, passando sua camisa.

Os olhos de Martha se arregalaram enquanto ela encarava Rufus.

— Para tudo! Aquele era você? Agora entendi por que você parece tão familiar! Você era o "Mestre Rufus Gresham" da *Tattle*! Arranquei aquela foto da revista e colei na parede do quarto! Tive uma queda por você durante quase uma década!

Rufus ficou vermelho como um pimentão na mesma hora.

3

Le Royal Mansour

•

MARRAKESH, MARROCOS • *CHÁ DA TARDE*

A poucos passos da vibrante cacofonia da Praça Jemaa el-Fna, no coração da medina, erguia-se um hotel-palácio de opulência inigualável. Sua arquitetura espetacular, com ambientes ricamente adornados e jardins planejados exuberantes, desafiava qualquer hipérbole. Construído pelo rei do Marrocos sem poupar despesas, o Royal Mansour era uma vitrine do talento dos melhores artesãos do país, projetado para receber a realeza e chefes de Estado do mundo inteiro com uma beleza e um nível de serviço inesquecíveis.

Esse lendário serviço estava em plena exibição no suntuoso *riad* particular de Rosina, onde o mordomo pessoal, vestido com trajes nobres, pairava atrás de Rufus, segurando um reluzente bule de prata na mão enluvada. Com um movimento hábil do pulso e uma precisão impecável, o mordomo verteu um longo e luxuoso fio de chá de menta do bico do bule para o copo na mesa baixa.

— Sério, essa é a coisa mais impressionante que já vi! Você alguma vez erra? — perguntou Rufus, admirado com a habilidade do mordomo de servir de tão longe sem derramar uma única gota.

— *Hiyah*, não insulte meu mordomo! — ralhou Rosina, enquanto o homem lançava a Rufus um sorriso magoado, deixando óbvio que *nunca errava*.

Rosina pegou um *ghoriba dyal 'asal* — biscoito de mel com raspas de laranja — e o mergulhou no chá de menta antes de devorá-lo de uma bocada. Convocara Rufus ao *riad* para recapitular os acontecimentos após a cerimônia de casamento, já que haviam embarcado em balões diferentes.

— Dá para acreditar na coincidência? De todas as fotos do mundo, Martha rasgou justo a minha das páginas de uma revista? — comentou Rufus.

— Eu me lembro bem do impacto que aquela foto teve quando foi publicada. Você não faz ideia da repercussão, porque nunca viveu na Ásia. Sabe como era raro, naquela época, a revista *Tattle*, o bastião do elitismo britânico, publicar a foto de um asiático que não fosse David Tang? Naqueles dias, em Hong Kong, a gente estudava essa revista como se fosse a Bíblia, então assim que a foto saiu, todo mundo começou a comentar. Quem era aquele jovem Adônis asiático nas páginas sociais da *Tattle*? E eu pude dizer, cheia de orgulho, que era meu sobrinho!

Rufus balançou a cabeça, incrédulo.

— Eu lembro que fiquei absolutamente mortificado quando essa foto saiu. Meus colegas não me davam um minuto de paz. Mesmo depois de todos esses anos, ainda me senti meio mal quando Martha disse que conhecia aquela foto!

— Pois agora você pode finalmente usar essa foto a seu favor!

— Suponho que sim, mas o problema é o seguinte... Passei os últimos dois dias pensando nisso e simplesmente não consigo bolar uma proposta convincente para Martha. Que tipo de empreendimento lucrativo eu poderia sugerir que a equipe dela realmente achasse viável? Será que tio Peter poderia me dar umas dicas?

Rosina franziu a testa para o sobrinho enquanto Rufus continuava divagando.

— Estava pensando se daria para fazer algo com o Bella Resorts. Tipo, e se criássemos retiros criativos? Talvez isso atraísse um novo tipo de cliente e geraria mais lucros? Eu poderia envolver Augie e Maxxie, eles poderiam organizar retiros de cura em todos os nossos resorts. Hoje em dia, as pessoas estão em busca de conexão e propósito, já estão de saco cheio desse luxo vazio. Quem sabe, se criássemos um aplicativo para complementar a experiência, Martha se interessaria...

Rosina balançou a cabeça, exasperada.

— Ai, meu Deus, não me diga que sua mãe tinha razão. Você é mesmo tão tapado assim? Acha mesmo que eu te trouxe até o Marrocos para apresentar um novo aplicativo a Martha Dung?

— E o que mais eu estaria fazendo aqui?

Rosina ergueu os braços, exasperada.

— Para seduzi-la, seu idiota!

— Ah, pelo amor de Deus, tia...

— Escute, Martha já confessou que é obcecada por você desde jovem! Agora ela está só esperando que você a conquiste.

— Duvido muito. Ela não está interessada em romance e, além do mais, eu não estou apaixonado por ela.

— Nas palavras imortais de madame Tina Turner, "o que o amor tem a ver com isso?". Achei que você já tivesse entendido que nunca teve o luxo de se casar por amor. Você nasceu para herdar um grande título, uma propriedade histórica e todos os privilégios e fardos que isso traz. Antes do que aconteceu no Havaí, você podia até ter alguma margem para casar com alguém adequado que também amasse, mas agora essa opção já não existe mais. Você precisa se casar com *alguém que tenha dinheiro*! E Martha é a candidata perfeita. Ela pode quitar todas as dívidas dos Gresham com um só cheque, sem nem perceber a diferença na conta.

— Então por que o tio Peter não faz isso e nos empresta o dinheiro?

— Isso é uma piada? Nós não temos todo esse dinheiro disponível! Tudo o que temos está comprometido com a Fundação da Família Leung! Nossa liquidez é baixíssima no momento, e, além do mais, não se esqueça, eu e seu tio já estamos no outono de nossas vidas. Sabe, sua pobre tia tem 57 anos. Logo poderei usar o Oyster Card gratuito.* Parei de comprar vinícolas francesas, seu tio parou

* O *Oyster Card* 60+ oferece transporte gratuito no metrô e nos ônibus de Londres para residentes acima de 60 anos. Rosina, na verdade, já tinha o seu desde o ano anterior.

de comprar Rothkos, já encerramos nosso ciclo de aquisições! Seu tio está determinado a morrer sem um tostão: planeja doar todos os bilhões para a fundação.* E Martha, por outro lado, ainda é jovem e tem bilhões de sobra. Você tem noção de quanto a MD Capital lucra? Toda vez que ela solta um pum, ganha um bilhão! Estou dizendo, Martha é a resposta para os seus problemas. Não há maneira mais fácil de evitar que sua família acabe na sarjeta.

— Ah, por favor, tia. Minha família não vai acabar na sarjeta. Augie e Maxxie têm o dinheiro da família dele, e a carreira de Bea está decolando. Ela vai ficar bem. Algum amigo do papai vai colocá-lo no conselho de uma empresa, e minha mãe pode muito bem se tornar decoradora de interiores.

— Toda a "carreira" de Bea, como você tem a bondade de chamar, depende de ela ser Lady Beatrice Gresham, de Greshamsbury Hall. Sem essa grandiosa mansão, ela não é nada. Você realmente acha que a *Vogue* demonstraria algum interesse se ela fosse uma aristocrata falida morando em Shepherd's Bush? E seu pai pode até ganhar algumas centenas de milhares de libras por ano como membro do conselho de uma empresa qualquer, mas isso não dá nem para alimentar os cavalos. Como ele vai sobreviver se não puder mais liderar a Caçada Boxall? Quanto à sua mãe... Não acredito que você cogitaria condená-la a uma vida como decoradora de interiores. Não consigo imaginar trabalho pior: estar à mercê de novos-ricos sem o menor gosto, obrigando-a a recriar ambientes com paletas mortalmente neutras ou reclamando porque o papel de parede de Gournay ainda não chegou. Conheço sua mãe há muito mais tempo que você, e acredite, ela é uma mulher que precisa de um financiamento significativo para manter a própria existência. A alta-costura é o oxigênio dela: sem sua dose sazonal, ela não consegue respirar! Você quer ser o responsável por matar a própria mãe? É tão cruel assim, a ponto de assistir a seus pais

* Vale lembrar que Rosina nunca chama a fundação da família de "instituição de caridade". Trata-se de uma fundação privada que se beneficia da isenção fiscal, o que, no fim das contas, beneficia a própria família.

indefesos murcharem quando a única coisa que você precisa fazer é se casar com uma bilionária?

— A senhora faz tudo parecer tão simples. Martha se apaixonou por uma foto, ela não me conhece de verdade.

— Então mostre quem você é de verdade! Mostre as fotos das suas viagens, leve-a para fazer windsurfe ou escalada, ou seja lá o que você faz.*

— Martha está cercada o tempo todo de caras brilhantes que, como a senhora mesma disse, inventam setores inteiros de negócios. Eu não sou páreo para nenhum deles.

— Você está se subestimando demais. Tudo o que precisa fazer é lançar um olhar na direção de Martha, e a calcinha dela já fica molhada.

Rufus deu uma risada incrédula.

— Eu não acredito que a senhora está dizendo isso!

— Acredite, é a pura verdade. Está na hora de usar os talentos que Deus lhe deu.

— O que isso significa?

— Rufus Francis Leung Gresham, você precisa mesmo que eu desenhe? Você é um homem lindo. Use isso a seu favor!

— A senhora só pode estar brincando.

— Estou falando muito sério! Tirando Aaron Kwok quando jovem, não consigo pensar em um homem mais bonito que você.

Rufus sentiu as bochechas pegarem fogo.

— Veja bem, a coisa mais encantadora a seu respeito é que você não parece ter noção do efeito que causa nas pessoas e não usa sua aparência como uma arma. Mas, por mais que tente negar, sua beleza é a chave para garantir a fortuna e o bem-estar de sua família por gerações. Quantos condes Gresham, ao longo dos séculos, se casaram por interesse financeiro? Aposto que vários.

— É muita coisa para processar — disse Rufus, soltando um suspiro pesado.

---

* Como todos os outros parentes asiáticos de Rufus, Rosina não tinha a menor ideia do que ele realmente fazia.

— Pois já passou da hora de você amadurecer. Comporte-se como um homem adulto e cumpra seu dever. As gerações futuras estão contando com você. Hoje à noite é o banquete de casamento e, até a hora dos vinhos de sobremesa, espero que Martha já esteja de quatro por você.

— Isso me parece um pedido um tanto difícil...

— Não é, não. A única coisa que você precisa fazer é fechar essa boca e olhar para ela com esses seus enormes olhos verdes. Eu cuido do resto.

4

Jardin Majorelle

•

MARRAKESH • *BANQUETE DE CASAMENTO*

christian + amanda
repas de noces

Vieiras com Caviar Golden Kaluga |
Fondue de alho-poró, creme de cebola e trufas
Louis Roederer Cristal "Gold Medallion" Orfèvres Edição
Limitada Brut Millésime

Carpaccio de Rooibok com Crosta de Pimenta |
Óleo de sálvia selvagem e alcaparras
Screaming Eagle "First Flight of Eagles"
Cabernet Sauvignon 1992

Codorna Defumada |
Gastrique de lardon e mel de yuzu
Domaine Comte Georges de Vogüé Musigny
Blanc Grand Cru 1972

Pargo Amarelo com Pan con Tomate Andaluz |
Molho vin jaune
Château de Beaucastel Châteauneuf-du-Pape Blanc
Roussanne Vieilles Vignes 2019

Carne Wagyu Kagoshima A5 |
Maçã defumada, abóbora e jus de boeuf
Dominio de Pingus 1995

Panna Cotta de Alga Dourada com Caramelo
de Espinheiro-Marítimo
Bolo de Limão-Siciliano em Conserva com
Glacê de Flor de Sabugueiro
Nino Franco Vigneto della Riva di San
Floriano Superiore 2018

---

menu criado por eric de carysforte

Para a maioria das pessoas do planeta, o banquete de casamento de Christian Radford e Amanda Joy Finch teria sido uma das experiências mais inesquecíveis de suas vidas. O jantar aconteceu entre as raras espécies botânicas de um dos jardins mais encantadores do mundo, o Jardin Majorelle.* Um dos chefs mais estrelados do mundo criou um banquete exuberante, com carnes raras e frutos do mar preciosos, pescados naquela mesma manhã na Baía de Mutsu, no Japão, e transportados por jato particular — assim como uma estrela pop igualmente extravagante, levada de surpresa para cantar para os convidados do casamento.

* Os jardins foram cultivados ao longo de quatro décadas pelo pintor Jacques Majorelle e restaurados com carinho pelo lendário designer Yves Saint Laurent e seu parceiro Pierre Bergé em 1980. A própria *villa* e todos os detalhes arquitetônicos dos jardins foram pintados em um tom vibrante de ultramarino chamado azul majorelle, que encanta visitantes há anos — tanto que agora há placas espalhadas pelo jardim avisando basicamente: "Não tentem reproduzir isso em casa, pessoal, só fica tão bonito assim sob o intenso sol marroquino".

Mas Rufus não estava se divertindo. Sua mente estava ocupada demais com o dilema em que se encontrava, dividido entre os próprios desejos e o senso de dever para com a família. Sua tia o incumbira de seduzir e encantar Martha Dung, uma mulher que ele mal conhecia e que não fazia a menor questão de seduzir ou encantar. No entanto, era impossível não se fascinar com o espetáculo que parecia cercá-la. Ela era, sem dúvida, o centro das atenções daquele casamento — sempre que se movia, um enxame de *tech bros* pairava ao seu redor, como mosquitos gigantes, enquanto sua equipe de segurança mantinha um olhar atento à certa distância. Durante o jantar, que avançava num ritmo glacial, Rufus testemunhou a dança das cadeiras ao redor da mesa dela, com cada *brogrammer* e *wantrepreneur* se revezando para conseguir seus quinze segundos de atenção. Mesmo agora, na pista de dança, parecia que uma conferência TED inteira orbitava em torno dela. Como ele conseguiria chamar a atenção de Martha?

Enquanto terminava a sobremesa e observava a cena de trás de um enorme cacto, Rosina, cintilante em um cheongsam de lantejoulas douradas e prateadas, deslizou furtivamente para o assento ao lado dele e sussurrou ao seu ouvido:

— O que você está fazendo?

— Estou me deliciando com este bolo de limão e assistindo a um bando de idiotas tentando dançar.

— Pare de encher a boca de comida! Você devia estar lá, enchendo a boca da Martha!

— E se ela não gostar de bolo de limão?

— Com a sua língua, imbecil!

Rufus fez uma careta ao imaginar a cena.

— Tia Rosina, os tempos mudaram. Hoje em dia, não se pode simplesmente se aproximar de uma mulher desconhecida nem sequer para se apresentar, que dirá para enfiar a língua na sua boca. Além disso, não faz a menor diferença, porque eu jamais conseguiria ficar a sós com Martha. Ela está sempre cercada por um bando de bajuladores.

Rosina olhou para a pista de dança.

— Olhe aquele brutamontes peludo pingando suor nela. Você precisa intervir antes que Martha se afogue.

— Acredito que aquele brutamontes peludo inventou a nuvem.

— E daí? Você acha que ela prefere dançar com a Nuvem Peluda quando poderia estar dançando com você? Agora, vou ali bater um papo com Christine Lagarde e, quando eu terminar de lhe arrancar informações sobre a próxima rodada de aumento de juros, espero ver você, no mínimo, rebolando com Martha.

Rosina se levantou e passou os dedos pelos cabelos de Rufus. Em seguida, desabotoou dois botões da camisa do sobrinho, expondo boa parte de seu peito.

— Assim, bem melhor. Agora, vá logo!

Ela se afastou, e Rufus se sentiu bastante estranho. De repente, foi transportado de volta a Greshamsbury Hall, aos nove anos, sentado num banquinho, no banheiro, enquanto uma cabeleireira espalhava uma enorme quantidade de mousse em sua cabeça. Rufus fez uma careta enquanto a mulher apontava o secador de cabelo diretamente para seu rosto, quase lhe queimando a testa ao bagunçar seu cabelo. Arabella entrou no banheiro usando um deslumbrante vestido xadrez de baile de Vivienne Westwood, pronta para ser fotografada por Nick Knight para a revista *Dazed and Confused*. Avaliou o filho, que seria um mero acessório em um dos cliques da sessão.

— Agora sim. Bem melhor.

— Só precisava de um pouco de textura, madame.

— Ele herdou meu cabelo chinês, sempre foi liso e preto demais. Queria que tivesse os cachos exuberantes das irmãs.

— Está brincando? Eu mataria para ter um cabelo como o dele! É divino — elogiou a cabeleireira.

— Você acha que quer ter cabelo liso, mas eu garanto que não quer. Agora, podemos passar um pouco de maquiagem nele? Talvez um batom azul e um pouco de sombra com glitter? Algo para deixá-lo mais estiloso ao meu lado.

— Com certeza, madame. Vamos transformá-lo em um mini Malcolm McLaren.

Rufus continuou no banquinho, sem ousar se mexer, mas absorvendo cada palavra. Desde que conseguia se lembrar, a mãe sempre implicou com sua aparência. Era como se desaprovasse seu rosto — seu cabelo preto e espesso nunca estava bom; seus olhos, embora felizmente não fossem "puxados" (palavras dela), eram muito afastados; seu queixo era anguloso demais; e seu nariz, completamente errado.

— De onde veio esse nariz? Não é nem chinês nem inglês — dizia Arabella, exibindo-o para um cirurgião plástico após o outro, enquanto todos tentavam convencê-la de que ele era muito jovem para uma rinoplastia e que bastava ela ter paciência porque, com o tempo, o rosto se ajustaria. Não satisfeita, ela passou a implicar com o físico do filho, pressionando o endocrinologista porque ele não parecia crescer com a rapidez necessária. Rufus se lembrava de um exame, aos 13 anos, em que pediram que ele saísse da sala durante uma consulta. Assim que se retirou, pôde ouvir a mãe sussurrando alto do outro lado da porta:

— Doutor, preciso te dizer uma coisa... Tenho um primo em Hong Kong, Malcolm, que nunca cresceu. Malcolm é anão.

— Não usamos mais essa palavra, condessa. Chamamos de "pessoas pequenas" ou "pessoas de baixa estatura".

— Tanto faz. Malcolm é um anão de baixa estatura, e eu estou morreeeendo de medo de que isso seja hereditário. O senhor não acha que Rufus é magro e baixinho demais para a idade?

— Ele está dentro da curva de crescimento infantil.

— Dentro da curva? A irmãzinha já está praticamente maior que ele! E o senhor viu como as costelas dele saltam, parecendo uma daquelas vítimas de fome?

— Ele é magro, sim, mas muitos meninos são nessa idade. Tenho absoluta certeza de que ele vai crescer quando entrar na puberdade.

— Não pode dar injeções de esteroides ou algo do tipo? Como aquelas que damos para nossos cavalos?

— Condessa Gresham, seu filho não é um cavalo.

Felizmente, sua mãe não o tratou como um cavalo e, quando ele completou 15 anos, tudo começou a mudar. Cresceu mais de trinta centímetros em um ano, o cabelo ficou mais denso e ondulado, e seus traços, antes estranhos — o queixo anguloso, os olhos fundos e o nariz desproporcionalmente longo —, se harmonizaram em algo que só poderia ser descrito como um estonteante acidente de beleza, enquanto seu físico magricela se transformava em uma figura digna de um magnífico kouros. Aos 16 anos, a revista *Tattle* publicou sua famosa foto, e sua vida mudou da noite para o dia.

De repente, todos ao seu redor passaram a agir de maneira estranha. Seu pai deu para chamá-lo de "Tadzio" e ria sozinho sem que Rufus entendesse o motivo, Augie e Bea deixaram de se incomodar com sua presença e até começaram a arranjar encontros para ele com as amigas, enquanto a mãe passou a exibi-lo em eventos de moda, em vez de escondê-lo como uma criatura pálida no sótão. Ele voltava para casa e encontrava seus armários abarrotados de roupas novas enviadas por estilistas cujos nomes nem conseguia pronunciar, e Arabella começou a policiar sua aparência de uma forma completamente nova.

— Rufus, não corte o cabelo. Quero que ele cresça e aí vou te levar ao Sam's para cortá-lo igual ao de Takeshi em *Anjos Caídos*.

— Rufus, por que não usa aquelas calças assimétricas que Yohji mandou para o evento beneficente no Quaglino's? Vão ficar tão lindas em você.

— Rufus, você vai à inauguração do Tate Modern e quero que coloque aquela blusa transparente com o jeans que Gaultier mandou.

— Mãe, esse jeans está todo rasgado na virilha, não dá para usar.

— Basta usar aquelas cuecas DSquared2 por baixo, vão ficar fabulosas aparecendo!

— Mãe, acho que você não quer que eu use essas cuecas DSquared2 em público. Elas... meio que armam.

— Menino bobo! Esse é exatamente o charme!

Ele não fazia ideia do que ela queria dizer com aquilo e ficava perplexo com todo o alvoroço. Por dentro, ainda se sentia o mesmo Rufus, mas era óbvio que sua aparência havia mudado — e que isso, por sua vez, mudava a forma como todos o tratavam.

Todos, exceto Eden. Ela era a única que jamais o tratara de forma diferente. A única constante na sua vida, desde os tempos em que era um garoto de aparência estranha até os dias atuais, quando todos pareciam querer lhe arrancar um pedaço. Ela era a única que o conhecia de verdade, às vezes melhor até do que ele mesmo.

Rufus ainda estava perdido nessas lembranças quando sentiu uma batidinha no ombro. Virou-se e viu seu velho amigo John.

— Você tem um minutinho? — perguntou John.

— Para você, tenho todo o tempo do mundo.

— Venha comigo — disse John.

Eles atravessaram um bosque de bambus no lado sul do jardim, e chegaram a um portão de ferro ornamentado. John abriu o portão, revelando duas Mercedes SUV pretas com vidros escuros paradas na rua. A SUV da frente estava cheia de seguranças, e John abriu a porta de trás do segundo carro. Rufus espiou para dentro e viu Martha sentada.

— Quer dar o fora daqui? — perguntou Martha.

Rufus sorriu, surpreso, e entrou. John fechou a porta atrás de si e sentou no banco do passageiro, na frente.

— Para onde estamos indo? — perguntou Rufus, enquanto os carros aceleravam.

— Eu precisava sair daquele jantar antes que comprasse outra empresa. Tenho muita dificuldade em dizer não para esses *techies* persuasivos, e John diz que estou gastando demais.

John se virou e a encarou.

— Acho que nós dois sabemos muito bem que aquela última startup de venda de cotas de jatos no metaverso foi um desperdício de dinheiro.

— Se eu estiver certa e der lucro, vou te obrigar a viajar de classe econômica no metaverso — brincou Martha, antes de voltar-se para Rufus. — Que dia, hein! Eu realmente preciso relaxar. E que tal a gente ficar molhado e nu?

Rufus levantou uma sobrancelha.

— Por que não?

5

Le Palais Rhoul

•

PALMERALE, MARRAKESH • *MEIA-NOITE*

Quando chegaram ao magnífico palácio de estilo greco-romano que Martha havia alugado para si e sua comitiva, John anunciou que iria se recolher, deixando Martha e Rufus a sós para desfrutar dos prazeres sibaríticos de uma massagem noturna, no spa privativo do palácio. Depois de serem amassados, esticados, esfoliados com luvas de carvão e borrifados com água de flor de laranjeira, os dois se deitaram em extremos opostos da piscina octogonal, no coração do *hammam*, à luz de velas. O aroma inebriante de *oud* enchia o ar, enquanto o som baixinho da água fluindo ecoava sensualmente pelo ambiente revestido de mármore.

— Como foi sua massagem? — perguntou Martha através do vapor que se dissipava.

— Engraçado você perguntar. Entrei na sala de tratamento e um homem enorme, com uma barriga gigantesca caindo sobre a tanga, mandou que eu tirasse toda a roupa e deitasse no chão. Obedeci. Então ele pressionou meu rosto contra o mármore frio e molhado e começou a me torcer como uma boneca de pano, estalando cada osso do meu corpo, até uns que eu nem sabia que tinha. Estou me sentindo como carne moída e acho que fiquei traumatizado para sempre.

Martha gargalhou.

— Há muito tempo não conheço um homem tão intrigante quanto você, mestre Rufus Gresham.

— Na Inglaterra, só menininhos são chamados de "mestre".

— Eu sei. Estou usando de propósito. Me lembra os livros de Enid Blyton que eu lia.

— Eu adorava Enid Blyton! Os mistérios de Barney eram meus favoritos.

— Isso explica muita coisa. Você é bem parecido com Barney: misterioso e intrigante.

— Sempre achei que eu era mais parecido com Snubby. Por que você me acha intrigante?

Martha fez uma pausa, refletindo.

— Todo homem que conheço quer me seduzir, casar comigo ou me vender alguma coisa. Mas você... ainda estou tentando decifrar.

— Como sabe que eu não estou tentando te seduzir?

— Ha! Você já teria feito isso há muito tempo. Sei ler o ambiente.

— Talvez eu só esteja esperando as sensações voltarem a meus membros.

Martha riu de novo.

— Você é muito gentil, mas eu tenho um *pouquinho* de noção sobre mim mesma.

— Como assim?

— Um cara como você normalmente nunca se interessaria por uma garota como eu.

— Isso não é verdade de modo algum... — Rufus começou a dizer.

— Pode parar! Como eram suas três últimas namoradas? Deixe eu adivinhar... todas altas, loiras e muitíssimo parecidas com Hailey Bieber?

— Minha namorada mais recente era *mesmo* loira e bem alta, mas não fazia o tipo modelo gostosona. Era mais uma historiadora de arte gostosona.

— Ainda assim, era *gostosa*. A única coisa que os caras acham atraente em mim é o meu dinheiro, e eu sempre percebo esse tipo de gente a quilômetros de distância. Você está tentando me conquistar, eu sei, mas não está nem um pouco interessado no dinheiro. Você parece um homem em conflito. É como se quisesse algo de mim, mas não soubesse exatamente o quê.

Rufus ficou em silêncio por um segundo, surpreso com a perspicácia de Martha.

— Minha tia quer que eu te conheça. Para ser sincero, *ela* quer que eu te seduza e te conquiste.

— Por que Rosina Leung quer tanto que você me conquiste? Ela quer me distrair para que o marido ou os filhos esquisitos tentem dar o bote em uma de minhas empresas?

Rufus deu uma risada.

— Eles são esquisitos mesmo, né? Mas não, não é nada disso. Rosina está tentando me ajudar. Minha família está em uma situação meio complicada, e ela acredita que você pode ser a solução.

— Ah. Qual é o tamanho da complicação?

— Algo em torno de meio bilhão de libras, eu acho.

— É muito dinheiro para gastar em um cara só, por mais encantador que ele seja.

— Bem, ela já planejou nosso casamento, e então você não teria problema algum em gastar essa grana com o seu marido. Mas, claro, essa ideia é *dela*, não minha. Ela me encurralou no avião e me emboscou com esse plano. Jamais me casaria por dinheiro.

— Eu sei que não — disse Martha, soltando um longo suspiro. — Por que diabos toda tia chinesa acha que eu preciso me casar? É como se todas tivessem sido programadas com esse machismo invertido. Um homem chinês rico e bem-sucedido pode ficar solteiro para sempre ou ter cem namoradas, mas, como eu sou mulher, só vou ser considerada aceitável quando casar e tiver filhos. Minha própria mãe é obcecada em me arranjar um marido e nunca reconheceu uma única conquista minha. Toda vez que falo com ela, é a mesma ladainha: "Está namorando alguém? Para de trabalhar tanto, isso está te dando rugas. Já passou da hora de casar, você já é uma solteirona. Vai morrer sozinha, e os empregados vão roubar todas as suas bolsas Chanel em seu leito de morte".

— Parece que ela está projetando os próprios medos em você.

— Com certeza. Eu falei pra ela: "Mãe, quando eu estiver no leito de morte, pode ter certeza de que a última coisa em que vou pensar são bolsas Chanel. Aliás, eu nem tenho uma!".

— Minha mãe vive dizendo que eu preciso lhe dar netos antes que meu esperma fique velho e meus filhos nasçam, nas palavras dela, "anormais".

— Será que temos a mesma mãe? Já ouvi coisas bem parecidas sobre meus óvulos.

Rufus riu e mergulhou na água morna, boiando até o centro da piscina. Olhou para o teto abobadado que se erguia dramaticamente sobre ele: os pontos brilhantes de luz do antigo lustre de cobre pendurado nas alturas, filtrados pelo vapor, pareciam uma nave espacial pairando entre as estrelas. De repente, uma visão de Eden tomando banho no seu chuveiro ao ar livre à noite surgiu em sua mente.

Martha olhou descaradamente para aquele torso definido, que deslizava sobre a superfície da água, até que finalmente soltou:

— Você é ridiculamente gostoso, Rufus Gresham.

Rufus riu, sem jeito.

— Não sei bem como responder a isso.

— Só agradeça. Não posso ser a primeira pessoa a te dizer isso.

— Sempre acho meio estranho quando elogiam minha aparência, já que eu não tive absolutamente nada a ver com isso. Me faz sentir meio bizarro, na verdade.

— Bizarro? Sério?

— Muitas pessoas que comentam sobre minha aparência logo em seguida soltam um "Mas o que você *é*? Você é mestiço?" Como se eu fosse algum tipo de espécime exótico. Ou pior ainda, já ouvi gente dizer: "Você tem sorte de ser hapa. Todos os hapas são bonitos". O que, no fundo, significa que, se eu não fosse mestiço, não seria atraente. É uma parada bem fodida.

— Ainda assim, eu trocaria de corpo com você num piscar de olhos.

— Você diz isso, mas sabe o que realmente significa? Assim que boto o pé na rua, sinto todos os olhares sobre mim, automaticamente me julgando. A maioria das pessoas supõe que sou burro, superficial ou arrogante. Ou as três coisas juntas. Acham que vou ser antipático, então já levantam a guarda e me tratam com frieza. Ou têm a reação oposta e são simpáticas até demais. Ficam correndo atrás de mim, como se eu fosse só um playboy que pula na cama de qualquer uma.

Martha suspirou.

— Agora estou me sentindo uma merda. Estou fazendo com você exatamente o que as pessoas fazem comigo. Olham para mim e só enxergam cifrões. É a mesma coisa, não é? Eu sou extremamente rica, você é extremamente gostoso, qualquer tipo de extremo sempre tem suas desvantagens. Desculpe, queria poder voltar atrás no que disse. Sou franca demais, na maior parte do tempo.

— Tudo bem. Ouça, é difícil falar sobre isso sem parecer um babaca mimado. Sei que sou muitíssimo sortudo, mas para mim sempre foi difícil fazer amigos de verdade. Encontrar pessoas que realmente querem se conectar comigo, e não com o meu título, com a minha casa de campo ou com os resorts da minha família. Em geral, eu não fico reclamando desse jeito, mas estou sendo completamente sincero porque acho que você entende.

— Você não tem ideia de como eu entendo. Existem pouquíssimas pessoas no mundo em quem posso confiar de verdade. Todo mundo acha que minha vida é um conto de fadas ou que não mereço minha fortuna. Ninguém se dá conta do trabalho que é cuidar de minha empresa. Claro, tive muita sorte de herdá-la de meu pai, mas eu mal tinha 20 anos, e você não imagina a pressão que foi não estragar tudo. De repente, me vi responsável por dezenas de milhares de funcionários, e ainda sou. São pessoas de verdade, com famílias, filhos, vidas, e eu não levo nada disso na brincadeira. Precisei me esforçar cem vezes mais que qualquer um só para provar que não sou uma herdeira mimada. Meu pai era um machista à moda antiga; nunca imaginou que uma garota teria jeito para negócios e achava que eu deveria simplesmente me casar com algum sujeito que administrasse tudo. Mas eu provei que ele estava errado. Aos poucos, transformei seu legado no meu. Herdei fábricas horríveis e poluentes, e as converti em negócios de energia limpa. Fechei todas as empresas com as quais eu não concordava de um ponto de vista ético e comecei a investir em novas tecnologias. Quando meu pai morreu, seu império estava avaliado em três bilhões de dólares. Eu transformei isso em cinquenta.

— Isso é muito impressionante.

— Mas, pessoalmente, eu ainda preferia mil vezes ser alguém trepável do que ser rica.

— Confie em mim, isso depende muito de quem está querendo trepar com você.

Martha caiu na gargalhada.

— Rufus Gresham, estou gostando de você mais do que achei que gostaria. Você é muito mais que só um cara que passa roupa sem camisa.

— Vou te contar um segredo... na verdade, eu não sei passar roupa.

— Haha, nem eu. Então... deixe eu adivinhar: você está apaixonado por aquela loirinha fofa, a historiadora de arte, mas sua família não aprova?

Rufus hesitou por um instante, ponderando se estava à vontade o suficiente para se abrir por completo com Martha.

— Na verdade, a garota por quem estou apaixonado tem um cabelo escuro lindo, como o seu. Ela é chinesa, e todo mundo na minha família a adora... menos minha mãe.

— Clássico. Por que sua mamãe não a aprova?

— Acho que ela não a considera refinada o suficiente, e, além disso, ela não tem uma fortuna que poderia ajudar a recuperar os cofres da família.

— O que ela faz?

— É médica.

— Achei que todas as mães asiáticas amassem médicos.

— Prova de que você não conhece a minha.

— Há quanto tempo vocês estão juntos?

— Não estamos juntos, mas somos melhores amigos desde a infância.

— Então, mesmo que tecnicamente não estejam juntos, você gostaria de se casar com ela um dia?

Rufus nadou até onde Martha estava deitada e apoiou o queixo na borda da piscina.

— Sabe, por muito tempo eu detestei a ideia de me casar. Sempre soube que era meu dever me casar e produzir um herdeiro para continuar a linhagem dos Gresham, e isso sempre me incomodou. Mas, depois de vir a este casamento, ver como Christian falou de Amanda no brinde e observar os dois, hoje, naquele passeio de balão, percebi o quanto eu quero me casar com Eden um dia. Mas eu estraguei tudo. Ou seja, nunca vai acontecer.

— O que você fez?

— Me joguei para cima dela no meio da floresta, feito um gorila no cio.

Martha explodiu em gargalhadas.

— Não acredito!

— Pois pode acreditar. Foi no meio de um banquete de casamento, com lava escorrendo ao nosso redor, e eu perdi a cabeça tentando engolir a cara dela.

— Isso me soa bem romântico.

— Bem, para Eden não foi nada romântico. Eu a assustei de um jeito absurdo, e as coisas entre nós não foram mais as mesmas desde então.

— Você sabe que precisa conquistar uma mulher aos poucos, né?

— Pelo visto, não. Me deixei levar pelo momento e senti necessidade de expressar todos os meus sentimentos, o que, pelo jeito, sempre acaba sendo um erro para mim.

Martha virou de costas e inalou profundamente o vapor.

— Deixe ver se entendi... se você conseguisse resolver os problemas financeiros de sua família, sua mãe não se importaria se você se casasse com Eden?

— Ah, não é simples assim. Se eu conseguisse resolver as finanças, aí sim ela ia querer que eu me casasse com uma princesa.

— Uma princesa?

— Sim, uma princesa francesa.

— Ahhh. Agora entendi tudo... Sua mãe é uma daquelas peruas esnobes que querem que os filhos se casem para subir na vida a qualquer custo.

— Bingo. Acertou em cheio.

— Acho que você devia mandar sua mãe enfiar essa ideia onde o sol não bate.

— Você não a conhece.

— Mas adoraria. E também adoraria conhecer Eden. — Martha entrou na piscina, boiando ao lado de Rufus. — Sabe, acabei de ter uma ideia fabulosa. Me leve para Greshamsbury.

— Se eu te levar para casa, minha mãe vai tirar conclusões na mesma hora.

— Pois é exatamente o que eu espero que aconteça...

6

Le Royal Mansour

•

MARRAKESH, MARROCOS • *MANHÃ SEGUINTE*

Rosina estava sentada na cama com sua bandeja de café da manhã, saboreando uma omelete perfeitamente preparada e bebendo seu café preto enquanto mexia no celular. Encontrou uma notícia e, na mesma hora, começou a mandar mensagens para Arabella.

Rosina Leung: Está dando certo. Dê uma olhada na Page Six agora mesmo.
Arabella Gresham: Por quê?
RL: Você vai ver.
AG: Um minuto...

Arabella abriu o aplicativo da *Page Six* e carregou a página inicial das fofocas mais recentes. Depois de correr os olhos pelas manchetes de sempre sobre jogadores de futebol e falsas donas de casa, que não lhe interessavam, um título chamou sua atenção:

O ROMANCE NAS ALTURAS DE MARTHA DUNG

O amor está literalmente no ar para Martha Dung. A herdeira chinesa foi fotografada ontem, em um balão de ar quente, sobrevoando Marrakesh, abraçada a um misterioso jovem — o mesmo homem visto saindo na manhã seguinte do exclusivo Palais Rhoul com um smoking bem amassado. Fontes confirmaram que o esguio conquistador é ninguém menos que Rufus Gresham, Visconde de St. Ives, o fotógrafo playboy internacional que já foi eleito o Solteiro Mais Cobiçado pela revista *Tattle* por três anos seguidos. Além de ostentar o abdômen mais simétrico do planeta, Rufus também é herdeiro de uma das maiores e mais antigas fortunas da Grã-Bretanha. Se isso não é um par perfeito, não sabemos o que é.

Arabella sentiu o sangue subir à cabeça e começou a responder freneticamente:

AG: Meu Deus, meu Deus, meu Deus! Isso é sério?

RL: Vi o amor florescer com os meus próprios olhos.

AG: Dei um Google na Martha. Ela é tão morena! É da Mongólia?

RL: Ela é chinesa, nascida em Hong Kong, assim como você!

AG: Como é que eu não conheço a família?

RL: O pai era de Fujian e se estabeleceu em HK depois que você foi embora.

AG: Novo-rico do continente. E a mãe?

RL: Ex-estrela de cinema de Hong Kong.

AG: Uma dessazinhas. Ela fala inglês bem?

RL: A mãe? Tem um leve sotaque de Xangai, mas aceitável. Só usa Chanel e Akris, você vai adorar.

AG: Eu quis dizer Martha. Como é o inglês dela?

RL: Perfeito. Estudou na Austrália.

AG: Deus nos ajude. Em que universidade?

RL: Não faço ideia. Mas acredite em mim, você não vai dar a mínima para isso depois que ela salvar sua família e te financiar dez novos hotéis.

AG: Quanto ela vale?

RL: O suficiente para ser mais rica que qualquer um da lista de ricos do *Sunday Times*.*

AG: Parece bom demais para ser verdade.

RL: Pare de olhar os dentes de um cavalo dado enquanto eu tento salvar sua pele.

AG: Certo, certo, estou pulando de alegria!

RL: E a mãe dela também. Ela está louca para que Martha se case com um título de peso.

AG: Pelo menos temos isso em comum.

RL: Rufus acabou de me contar que vai convidá-la para Greshamsbury. Parece que ela é obcecada pela realeza e que está apaixonada por ele desde que aquela foto infame foi publicada!

AG: Sério?

RL: Não é o destino? Assim que ela pisar em Greshamsbury Hall, será um *fait accompli*.

AG: Perfeito!

RL: Hora de estender o tapete vermelho. Ela precisa da experiência britânica completa!

AG: Pode deixar. Vai comer sanduíches de pepino e *Branston pickle* até não aguentar mais.

RL: Não encha a menina de *Branston pickle*, ela precisa de um tratamento da realeza. Você tem que dar um baile em homenagem a ela e convidar toda a nata da aristocracia britânica.

AG: Vou chamar os Devonshire, os York, os Kent, os Michael de Kent, os Gloucester, os Grosvenor, os Cadogan, os Norfolk, os Northumberland, os Richmond, os Rothschild, os Bute, os Bamford, os Guinness, os Goldsmith, a dama Maggie Smith, as irmãs Manners, os irmãos Van Cutsem, os gêmeos Spencer, os Spencer-Churchill, os Mittal, os al-Thanis, os Astor, os Dufferin & Ava,

* De acordo com a lista de ricos do *Sunday Times* de 2022, os irmãos Sri e Gopi Hinduja lideram como a família mais rica do Reino Unido, com um patrimônio líquido de £28,472 bilhões.

os Duffield, os d'Abos, os de Botton, os de Walden... quem mais?

RL: Gostaria de conhecer o príncipe George.

AG: Desculpe, esse ainda não está disponível.*

RL: Droga. Uma coisa: precisamos garantir que Rufus fique o mais longe possível de Eden Tong. Não queremos que ele tenha uma recaída

AG: Deixa Eden comigo.

---

* **A mãe não permite que ele saia em noites de semana por causa da escola.**

7

Caffè Nero

•

GRESHAMSBURY, INGLATERRA • *NAQUELA MESMA MANHÃ*

Eden estava prestes a sair para sua corrida matinal quando recebeu uma mensagem inesperadamente cedo de Bea, que em geral só acordava depois das dez.

Beatrice Gresham: Bonjour! Vamos tomar café da manhã juntas?
Eden Tong: Na sua casa? Posso passar aí na volta da corrida.
BG: Que tal no Nero's?
ET: Beleza.
BG: Maravilha. Passe aqui depois de correr, e vamos juntas a pé.
ET: Fechou!

Seguindo o percurso habitual pela colina atrás do jardim do chalé, Eden correu pelo topo, contornando o Boxall Park por uns quatro quilômetros, antes de dar a volta e seguir em direção a Greshamsbury Hall. Ao cortar pelo jardim superior de Greshamsbury Hall até o Casarão, Eden passou pelo portão da Casa de Guarda Norte com os AirPods no volume máximo, ouvindo Cocteau Twins, e não percebeu o vigia a chamando.

O guarda correu até alcançá-la.

— Senhorita, senhorita!

— Que foi? — Eden parou, mas continuou trotando no lugar.

— Desculpe, a senhorita não pode correr aqui.

Era um rapaz jovem, que ela não reconheceu.

— Sou a Eden. Moro naquele chalé.

— Esta é uma propriedade privada. A senhorita não pode correr por aqui.

— Eu sei, moro no chalé. Faz parte da propriedade — explicou Eden, ainda ofegante. — Este é meu percurso de todas as manhãs.

— Sim, mas tem uma regra nova. Ninguém está autorizado a passar pelo portão da Casa de Guarda Norte.

Eden parou de correr de vez.

— Não sou uma estranha. Sou Eden Tong, moro aqui desde sempre.

— *A senhorita* mora aqui desde sempre? — perguntou o guarda, com um tom que sugeria que alguém com a aparência de Eden não poderia ter crescido ali.

— Bem, desde os cinco anos.

— Sinto muito, recebi ordens expressas para não permitir que ninguém passasse por esses portões. Principalmente corredores. A senhorita vai ter que voltar.

— Isso é ridículo. Estou indo encontrar Bea na casa principal!

— Não conheço ninguém com esse nome.

Eden revirou os olhos.

— Quer saber? Só liga para a casa principal e peça para falar com Hemsworth. Por favor.

O guarda a olhou desconfiado, entrou na guarita e pegou o telefone antigo.

— Só estou fazendo meu trabalho, senhorita.

— Eu entendo — respondeu Eden.

Alguns minutos depois, Hemsworth apareceu no topo da colina, vindo da casa principal.

— Hemsworth, você não precisava ter vindo... — disse Eden, sem graça.

— Sem problemas — respondeu ele. — Ouça, temos novas regras de segurança que acabaram de ser implementadas. Não estamos mais permitindo que ninguém corra pelos jardins.

— Sério? Nem mesmo eu?

— Desculpe. Sem exceções, infelizmente — disse Hemsworth, parecendo bastante constrangido. — As novas regras determinam que ninguém está autorizado a ir até o Casarão.

De repente, Eden entendeu tudo.

— Posso presumir que essas novas regras foram implementadas pela condessa e incluem instruções bem específicas sobre um certo *alguém*?

Hemsworth abriu um sorriso.

— Pode.

— Entendi... Avise a Bea que tentei buscá-la como combinamos, mas como *alguém* não pode mais ir até o Casarão, vou encontrá-la no Nero's.

— Claro. Foi bom vê-la, Eden. Espero que as regras mudem em breve.

— Eu também — respondeu Eden, com um sorriso.

Quinze minutos depois, Eden e Bea estavam sentadas a uma mesa junto à janela no Caffè Nero, na vila de Greshamsbury. Eden tomava seu café com leite matinal, enquanto Bea segurava uma xícara de chá de gengibre quente e se desculpava sem parar.

— Me desculpe. Tudo isso é tão absurdo. Mamãe anda com um humor péssimo ultimamente. Tenho certeza de que essa proibição é temporária, é só esperar um pouco.

Eden, mergulhando com raiva um biscoito italiano de chocolate no café, não conseguia esconder a irritação.

— Estou tentando ser compreensiva, mas isso está ficando ridículo, Bea.

— Você sabe que mamãe mal se recuperou do casamento, e o fato de a *Hello!* não parar de cobrir todo o fiasco só piora as coisas. Parece que Joan Collins quebrou uma unha enquanto fugia da lava.

— Então foi por causa de Joan Collins que fui proibida de entrar nos terrenos de Greshamsbury Park? — ironizou Eden.

— Não é só o casamento. Acontece que... — Bea baixou a voz, dando uma olhada ao redor do café movimentado para se certificar de que ninguém estava ouvindo. — Essas dificuldades financeiras são reais, Eden. As coisas não vão nada bem desde que tudo deu errado no Havaí.

— Sério? É difícil de acreditar.

— Também acho, mas mamãe insiste que eu preciso encontrar um jovem príncipe podre de rico para me casar o quanto antes. Ela está mexendo os pauzinhos para eu conhecer um dos príncipes bonitões de Brunei, em Londres, e está disposta até a abrir mão do plano de cinco anos.

— Existia um plano de cinco anos?

— Sim, ela queria que eu me casasse no verão de meu vigésimo oitavo aniversário.

— Por que aos vinte e oito?

— Tem alguma coisa a ver com astrologia chinesa. Esse seria o ano mais auspicioso para meu casamento. E é por isso que eu precisava falar com você, na verdade. Preciso de sua opinião honesta como amiga e de seu conselho como méd... Ah, merda, não olhe para a janela!

Antes que pudesse evitar, Eden se virou por reflexo e viu Arabella encarando as duas com uma expressão furiosa enquanto caminhava pela rua da vila com Hugo Anstruther, o administrador da propriedade de Greshamsbury. Arabella as avistou e entrou no café na mesma hora.

— O que você está fazendo aqui, Beatrice?

— Ah, oi, mamãe. Só estou tomando café da manhã com Eden — respondeu Bea, com doçura.

— Bom dia, Lady Arabella — cumprimentou Eden, toda formal.

— Não me venha com essa de "Lady Arabella". O que você está fazendo aqui?

— Hã... eu venho aqui todas as manhãs — respondeu Eden devagar, já prevendo onde aquela conversa ia dar.

Lady Arabella virou-se para o jovem barista que operava o vaporizador de leite atrás do balcão.

— Você aí! Por acaso é o gerente?

— O quê, senhora? — gritou o rapaz, tentando se fazer ouvir por cima do barulho da máquina.

Arabella ergueu a voz.

— Onde está o gerente?

— Hã... tem algum problema com o seu café?

— Chame o gerente AGORA — ordenou Arabella, em um tom tão ameaçador que o barista saiu correndo para os fundos.

— Hugo, entre aqui. Quero que você testemunhe isso — gritou Arabella para o administrador da propriedade.

— Mamãe, o que você está fazendo?! — sussurrou Beatrice, enquanto os outros clientes começavam a prestar atenção à cena, curiosos.

Uma mulher saiu do escritório nos fundos e se dirigiu a Arabella.

— Sou Svetlana, a gerente do turno. Posso ajudar?

— Você sabe com quem está falando?

— Não.

— Sou a condessa de Greshamsbury. Esta é *minha* vila, este é *meu* prédio, e eu controlo o contrato de locação. A partir de agora, aquela garota ali não está mais autorizada a ser cliente deste estabelecimento, entendeu? — Arabella apontou para Eden.

Svetlana olhou para Eden, confusa.

— Me desculpe, mas não posso fazer isso. Nós não discriminamos no Caffè Nero, senhora. Todo cliente pagante tem o direito de desfrutar de seu café aqui.*

— É o que veremos. Hugo, ligue para o escritório corporativo do Caffè Nero — ordenou Arabella, antes de lançar um olhar ameaçador para Svetlana. — Se eu fosse você, começaria a procurar outro emprego.

— Mamãe, por que está fazendo isso? — protestou Bea.

— É o que acontece quando você me desobedece. Eu te disse especificamente que não queria mais que andasse com essa garota, e você me ignorou. Então, agora, além de não ser mais bem-vinda em Greshamsbury Hall, ela também está proibida no Caffè Nero e em qualquer outro lugar desta vila.

---

* Como consta no site do Caffè Nero: "Somos um grupo de pessoas dinâmicas e diversas que se respeitam e se apoiam mutuamente."

Eden respirou fundo, tentando manter a calma.

— Lady Arabella, lamento muito se a decepcionei...

— Me decepcionou? — Arabella começou a rir. — Você não me decepcionou nem um pouco. Só provou ser exatamente aquilo que eu sempre soube que era. Você é uma putinha ardilosa que dormiu com o meu filho no Havaí!

Os clientes soltaram murmúrios de espanto enquanto Eden balançava a cabeça veementemente em protesto. Arabella seguiu com a encenação de indignada, nitidamente adorando a atenção da plateia.

— Você está mesmo tentando negar que dormiu com o meu filho, quando metade da ilha o ouviu dizer exatamente isso ao vivo, pelo microfone?

— A senhora só ouviu metade da história. Eu passei a noite na casa de Rufus, mas não dormi *com ele*, não do jeito que a senhora está insinuando.

— Então está me dizendo que nunca dormiu com o meu filho?

Eden hesitou por um segundo, furiosa por sequer ter de responder àquela pergunta.

— Nunca!

— Nesse caso, Freddy Farman-Farmihian sabe que é o pai de seu filho?

Eden encarou Arabella, completamente chocada. Sentiu a garganta se fechar, incapaz de falar.

— Mamãe, por favor, pare! — implorou Bea.

— Por que eu deveria parar? Sabe o que encontrei no quarto de Eden, no Four Seasons?

— O quê? — perguntou Bea.

— Um teste de gravidez usado! E era mais rosa que o banheiro do Annabel's!

Eden conseguiu se recompor o suficiente para reencontrar a voz.

— Lady Arabella, eu não faço ideia do que a senhora está falando. Nunca fiz um teste de gravidez na minha vida!

— Está dizendo isso só porque eu estraguei seu plano secreto?

— Que plano secreto? — Eden lançou um olhar para Bea, que parecia completamente atônita.

— Você sabotou o romance de Rufus e Solène de propósito, porque achou que poderia ficar com ele só para você, não foi? Pegou meu plano genial de fazer Rufus ficar com ciúmes de Freddy e virou o jogo, fazendo Freddy correr atrás de você, te hospedar em uma suíte luxuosa, enquanto ao mesmo tempo provocava Rufus com banhos noturnos e noites de sono nada inocentes. Mas essa gravidezinha acabou complicando um pouco as coisas, não foi?

— Isso é um absurdo! Eu NÃO estou grávida! — gritou Eden.

— É o que pretende dizer a Freddy? Ora, todo bebê merece uma chance. Beatrice, vamos embora.

— Não. Vou ficar bem aqui — disse Bea, com a voz trêmula.

— Beatrice, se você não vier comigo neste instante, vou cancelar sua conta no Coutts.

Bea pareceu angustiada, mas permaneceu sentada, as lágrimas escorrendo pelo rosto.

Arabella se virou furiosa e trombou com um homem que trazia um café gelado. O líquido explodiu por toda a blusa de Arabella, que gritou horrorizada enquanto o homem, atrapalhado, se desculpava e tentava secá-la com o minúsculo guardanapo dobrado em volta do copo.

— Pare de me molestar! — berrou Arabella, antes de se voltar para as garotas. — Olhe só o que você fez!

— É melhor você ir embora — disse Eden com a maior calma do mundo para Bea.

Bea hesitou, mas acabou se levantando e seguindo a mãe, que saiu do café sem dizer mais nada. Arabella não precisava acrescentar mais nenhuma palavra. Sua missão estava cumprida. Em poucos minutos, a história se espalharia por toda a vila, e Eden Tong nunca mais conseguiria mostrar o rosto em Greshamsbury.

8

Boulevard Oaks

•

HOUSTON, TEXAS • *ALGUNS DIAS ANTES*

Os longos galhos dos carvalhos que margeavam os dois lados da South Boulevard arqueavam-se contra o céu, formando um dossel exuberante de folhagem que projetava padrões geométricos de luz e sombra no asfalto e conferia à rua um ar quase encantado.* Thomas viera direto de Londres, no voo da British Airways, e não reconhecia aquele bairro elegante de modo algum — o que não era surpresa; nos dois anos que passou em Houston, quase três décadas antes, mal viu algo além de seu apartamento e das salas de tratamento do imenso MD Anderson Cancer Center.

Ao subir a entrada curva de uma clássica casa georgiana de tijolos vermelhos, um homem corpulento de terno preto, com um característico fone de ouvido, abriu a porta da frente. O paletó do homem se abriu com o movimento, permitindo um claro vislumbre da SIG Sauer presa no coldre da cintura. Sem dizer uma palavra, o homem conduziu Thomas pelo imponente hall de entrada, onde uma escadaria em espiral se destacava, até a biblioteca, agora

* Em 1987, o *New York Times* declarou a South Boulevard de Houston "a rua residencial mais magnífica dos Estados Unidos". Fãs de Wes Anderson também podem reconhecê-la pelo filme *Três é Demais*.

transformada no quartel-general da equipe médica responsável pelo ilustre paciente. O médico-chefe, Dr. David Biekert (Armand Bayou Elementary/Clear Lake/Cornell/MD Anderson UTHealth), levantou os olhos do laptop e abriu um largo sorriso.

— Thomas Tong! Cara, há quanto tempo.

— Bom te ver, Dave — respondeu Thomas, sorrindo. — Como vai nosso paciente?

— Teimoso como sempre. Não ouve uma palavra do que dizemos. Ontem ele insistiu em jogar uma partida de golfe no River Oaks, ao meio-dia, fazendo trinta graus lá fora.* Fez Olaf carregá-lo do carrinho até cada buraco. Hoje está pagando o preço.

— Quando foi a última infusão? — perguntou Thomas.

— Segunda-feira.

— Sério? E ele conseguiu ficar de pé num campo de golfe ontem?

— O que posso dizer, Thomas? O filho da mãe está bagunçando todas as nossas estatísticas. Se me dissesse há cinco meses, quando ele chegou aqui em coma, que ainda estaria vivo hoje, eu juraria que você tinha fumado alguma coisa.

— Isso só prova os milagres que vocês estão operando aqui.

— Que nada, acho que ele só continua por aqui por causa da pizza. Hoje é dia de pizza, você vai gostar.

— Posso entrar?

— Entre por sua conta e risco — disse Dave, rindo.

Thomas atravessou as portas duplas e entrou no que antes era a sala de estar formal, com vista para um gramado imponente em estilo italiano e uma piscina de borda infinita que destoava do restante da casa, parecendo moderna demais para aquele ambiente. O espaço havia sido transformado em uma mistura de suíte médica e centro de operações financeiras. Uma cama hospitalar fora posicionada em frente a um painel de enormes telas de TV, todas exibindo transmissões ao vivo do mercado financeiro global. Sobre a cama, um homem mirrado repousava com os dedos sobre

* O Dr. Biekert, claro, está mentindo. Estamos falando de Houston — com certeza fazia pelo menos 35 graus, com 90% de umidade.

um teclado e um tubo de oxigênio nas narinas. Usava um fone de ouvido volumoso sobre a cabeça calva, onde uma cicatriz queloide em forma de tampa de gasolina se projetava no lado esquerdo da testa. Três enfermeiras estavam sentadas logo atrás dele, prontas para atender a qualquer comando, enquanto ele falava no fone, a voz arrastada, e pausava para recuperar o fôlego entre uma frase e outra:

— Farhad disse: "Rene, dá um tempo... você tem tantas usinas... venda uma pra mim, por favoooooor?" Eu disse: "Sete bilhões... e amanhã ela é sua...", e ele respondeu: "Cinco ponto cinco... você pode me fazer esse favor... eu salvei sua pele no acordo de Doha". Aí eu falei: "Seu sacana do caralho... tentando me passar a perna até agora... isso aqui não é uma negociação... Por sete bilhões eu já estou praticamente dando... Já te dei até... minha amante... que me liga todo dia choramingando... porque você não quer comprar... um megaiate para ela. Se quiser que ela continue... enfiando a língua... no seu cu loiro... enquanto ela te faz gozar... ligue para Vitelli e encomende um iate de duzentos e trinta pés... para ela poder navegar pela Sardenha... de cabeça erguida.* Se comprar um iate novo para ela... gastar, sei lá, uns trezentos milhões, digamos... eu fecho em seis ponto dois... você ainda economiza meio bilhão... Oferta final". E aquele desgraçado aceitou... Hehe.

Ele desligou e olhou para cima devagar.

— *Um gau cho, ah!* Meus olhos estão me pregando uma peça ou o grande Dr. Tong finalmente resolveu me visitar?

— Você não devia estar falando ao telefone, Rene — repreendeu Thomas.

— Preciso ganhar dinheiro... sou um homem moribundo.

— Você já tem dinheiro suficiente para cem vidas. Precisa ganhar peso. Devia estar comendo mais.

— Como vou comer... se tudo aqui tem gosto de merda? Qual é a nova pílula milagrosa que estão me dando... aquela que su-

---

* > Noventa e oito pés = superiate. > Duzentos e trinta pés = megaiate. > Duzentos e noventa pés = gigaiate.

postamente vai prolongar minha vida em catorze dias? Perguntei para o *gweilo*... "Como você sabe que está funcionando? Quando começamos... a contar os catorze dias?". Talvez, se me deixarem voltar... para Manila... eu consiga comer alguma coisa decente.

— Aposto que dá para achar um bom *siew yuk* por aqui.

— Quero ir para casa. Já passei tempo demais neste... inferno.

— Estar aqui salvou sua vida, Rene. Foi o que você me implorou para fazer, lembra?

— Sim, o MD Anderson me manteve vivo... com todos esses venenos de merda... mas me diga... será que eu ainda vou viver o suficiente... para ver algum dinheiro de volta... do Francis Gresham?

— Assim espero.

— Aquele desgraçado azarado... ouvi falar do vulcão... Doris Hoh me contou... que torceu o tornozelo quando saiu correndo da floresta.

— Pois é, e na verdade Francis poderia usar outra linha de crédito. E vejo uma oportunidade nisso para você.

— Não me venha com papo furado, Thomas. Gresham já era... nada vai salvá-lo agora.

— *Você* pode salvá-lo. Se assumir todas as dívidas e se o ajudarmos a reestruturar o portfólio de hotéis, você pode obter um retorno considerável no investimento. Não se esqueça: todos os hotéis ficam nas localizações mais privilegiadas do mundo. O Bella Hong Kong fica ao lado da Star Street, em Causeway Bay. O Bella Antwerp é vizinho de Vlaeykensgang. Mesmo que os hotéis nunca mais recebam outro hóspede, só o valor imobiliário já vale a pena.

— Quanto seria necessário?

— Meio bilhão.

— E o que ele pode dar como garantia?

— A única coisa que ainda tem: Greshamsbury Hall. A própria casa.

— A joia da coroa. Ele não jurou... que nunca hipotecaria aquilo?

— Ele não tem escolha. A menos que queira perder tudo.

— E se isso acontecer... a casa fica comigo.

— Você fica com tudo. *E* a casa.

— Quanto vale a casa, com tudo dentro?

— As obras de arte moderna já estão hipotecadas para outros bancos, mas a casa em si, o terreno, as relíquias e os móveis de família devem valer algo em torno de cento e cinquenta milhões.

— Você e eu sabemos que eu nunca... vou viver para ver essa casa.

— Rene, você está em todas as publicações médicas. Já desafiou todas as probabilidades até agora.

Rene ergueu a mão e acenou com fraqueza, dispensando o comentário de Thomas.

— Chamei meus advogados aqui na semana passada. Você precisa saber... que te nomeei executor... de todos os meus fundos.

Thomas ficou momentaneamente atordoado.

— Sério?

— Pablo Aguilar, meu CFO... vai cuidar do dia a dia... mas estou te dando supervisão... sobre os fundos de Luis Felipe... até ele completar 35 anos.

— Rene, não sei se quero assumir esse tipo de função. Não sou exatamente a pessoa favorita do Luis Felipe...

— E é exatamente por isso que escolhi você. É o único... em quem confio... para dizer um belo "vai se foder" a ele. A propósito... quero sair... desse buraco dos infernos... e ver meu filho.

— Seu filho devia estar aqui com você. Onde ele está?

— Ocupado demais gastando meu dinheiro. Que tal fazermos uma visita surpresa? Se estou bem o suficiente... para jogar golfe, estou bem o suficiente... para pegar um avião.

— Talvez depois da próxima infusão — disse Thomas.

— Não! Hoje!

— Vamos conversar com Dave sobre isso. Mas antes, eu preciso de algo para beber.

Uma das enfermeiras se levantou imediatamente.

— O que posso trazer para o senhor, Dr. Tong?

— Tem suco? Na verdade, deixe que eu mesmo pego.

Ele saiu do quarto de Rene e seguiu até a cozinha, achando que isso o ajudaria a clarear a mente.

Na cozinha imensa e reluzente, uma chef estava no balcão esculpido a partir de um único bloco de mármore Breccia Capraia, sovando massa de pizza. Thomas sorriu para ela.

— Desculpe incomodar. Você teria suco de laranja?

— Ali naquela geladeira à esquerda — respondeu a mulher. — Os copos estão no armário atrás de mim.

— Obrigado — agradeceu Thomas, enquanto se servia de um pouco de suco fresco.

A chef começou a girar a massa com a destreza de uma dançarina flamenca.

— Você é muito boa nisso — elogiou Thomas.

— Nem tanto, mas finjo bem — respondeu a chef com um sorriso. — A propósito, meu nome é Samin. — (Marie Curie Elementary/Muirlands/La Jolla High/UC Berkeley).

— Thomas.

— Quer pizza? Fica pronta em vinte minutos.

— Com certeza. Já ouvi falar de sua pizza — disse Thomas, bebendo o suco.

— Sim, os médicos pedem pelo menos três vezes por semana. Você gosta de tomatinhos cereja e burrata?

— Amo.

— De onde você vem?

— Da Inglaterra.

— Chegou agora?

— Direto do avião.

— O Sr. Tan não recebe muitas visitas. Além dos advogados das Filipinas, só você mesmo.

— O filho dele não tem vindo aqui?

— Nem sabia que ele tinha um filho.

— Sim, Luis Felipe.

— Não sei... talvez ele tenha visitado antes de eu começar.

— Você não começou quando eles alugaram a casa?

— Não, eu substituí o primeiro chef. O Sr. Tan não ficou satisfeito com Yotam,* então me trouxeram prometendo fazer uma

* Provavelmente Kevin Kwan está se referindo a dois grandes chefs estrelados, Yotam Ottolenghi e Samin Nosrat, fazendo, é óbvio, uma brincadeira. (N. T.)

enorme doação para minha instituição de caridade favorita.* Era para ser um trabalho rápido, disseram que ele não ia viver mais do que um mês. E agora já faz quatro que estou aqui! Não que eu esteja reclamando, me deu tempo para trabalhar no meu livro. Fico feliz que o Sr. Tan ainda esteja vivo. Ele é uma boa pessoa. Sabia que ele está financiando a nova ala pediátrica para tratamento do câncer?

— Ouvi falar.

— E sabe o que mais? Tammy, uma das enfermeiras do turno da noite, tem uma filha que sofreu um acidente. Um babaca numa Ford F-150 estava no celular e bateu em cheio nela. Quebrou a clavícula da garota e destruiu o carro. O Sr. Tan pagou todas as despesas do hospital *e* ainda comprou um carro novo para ela. Um SUV da Volvo, acredita?

— Acredito.

— Então... como você conhece o Sr. Tan?

Thomas hesitou antes de responder.

— Somos só velhos amigos.

Ele encheu o copo de suco mais uma vez, e voltou para o quarto de Rene, sentando-se ao lado da cama. O paciente estava de olhos fechados, mas começou a falar, sobressaltando Thomas.

— Tudo bem... vou conceder a Francis... uma linha de crédito de cem milhões de dólares... de um dos meus bancos. Mas quero o título... de Greshamsbury Hall... em minhas mãos.

— Certo. Ele vai ficar muito grato.

— Você sabe que estou apostando... que ele vai perder tudo. No fim das contas, aquela casa vai acabar... sendo minha.

— Eu sei — disse Thomas, sério.

Ele se levantou, saiu do quarto e ficou ao lado da piscina, sob o calor sufocante do meio-dia, observando a água fluir pelas bordas até um ralo oculto. Pegou o celular e mandou uma mensagem rápida para Francis:

* NoKidHungry.org.

Thomas Tong: Rene aceitou. US$100 milhões para te tirar do sufoco.

Francis Gresham: Ah, graças a Deus. OBRIGADO!!!

TT: De nada.

FG: Você é um milagreiro.

Nem tanto, pensou Thomas. Olhou para dentro da casa e viu Samin carregando uma grande bandeja de madeira com pizza em direção à sala de jantar. Se arrependeu de não ter respondido com sinceridade quando ela perguntou como ele conhecia Rene. Algo no jeito como Samin o olhou o fez querer contar a verdade. Ele quis responder: *Conheço Rene por causa de meu irmão morto*.

Mas, é claro, não disse nada disso. Thomas Tong era um excelente médico. E um guardião de segredos ainda melhor.

9

O chalé

GRESHAMSBURY, INGLATERRA • ***FINAL DA MANHÃ***

Eden saiu do café e seguiu aos tropeços pela estradinha rural na direção de casa, em estado de choque. Sentia-se como se tivesse sido empurrada de uma plataforma do metrô direto para os trilhos, bem na frente de um trem em alta velocidade. O que havia acabado de acontecer? Num instante estava tomando café da manhã com Bea, e no seguinte estava sendo literalmente banida da vila onde havia crescido.

Seu primeiro instinto foi procurar Rufus. Ela lhe enviou uma mensagem, mas viu no celular que não estava sendo entregue. Rufus sumira durante todo o fim de semana, e a última vez que Eden tinha recebido notícias foi uma mensagem na sexta-feira à noite, quando os dois deveriam se encontrar para jantar:

RG: Você não vai acreditar. Meu voo foi desviado e agora estou preso em mais um dos esquemas de minha mãe.

ET: Onde você está?

RG: Paris, mas estamos decolando de novo, sabe-se lá para onde.

ET: Taiti?

RG: Espero que não. Desculpe pelo jantar, eu compenso depois.

ET: Não se preocupe. Boa viagem e a gente se vê.

Eden agora se dava conta de que sua última mensagem também não havia sido entregue. Não sabia o que pensar do que ele dissera, nem se deveria ou não tentar falar com ele agora. Por mais que odiasse admitir, tudo mudara desde aquela última noite na ilha. Por mais furiosa que estivesse com Arabella, Eden não conseguia evitar a pergunta: e se, no fundo, ela tivesse razão? Será que era tudo culpa dela? Será que, sem querer, tinha se tornado uma tentação e levado Rufus a se desviar do caminho que deveria seguir? Teria cometido a maior traição possível contra os Gresham, ao distrair o futuro conde, que sempre estivera destinado a se casar com alguém de igual posição social?

Desde muito jovem, Eden tinha uma consciência intuitiva de seu lugar na hierarquia dos Gresham. Sabia que, embora Arabella não se importasse que ela fosse amiga dos filhos, havia uma linha invisível que jamais poderia ser cruzada. Quando menina, ela podia tomar chá com as crianças no quarto da babá, mas nunca deveria estar na casa quando os convidados importantes chegassem para o fim de semana. Na adolescência, era convidada para noites do pijama e acampamentos, mas nunca para viajar com eles para nenhum de seus resorts. Passava o verão inteiro jogando tênis com Rufus, Augie e Bea, mas jamais sentara com eles no camarote da nobreza, em Wimbledon. Ela não era uma Gresham, nem da aristocracia; era apenas a garota da casa ao lado, filha do médico da família, nada mais. Sempre soube exatamente onde era seu lugar. E bastou que desconfiassem que ela havia ultrapassado os limites, para que fosse esmagada sem piedade. Agora seus pensamentos se voltaram para o pai, pensando em como ele reagiria ao saber do que tinha se passado entre ela e a condessa. Com certeza ficaria magoado e ofendido pela filha, o que só complicaria ainda mais a relação dele com o conde, seu grande amigo, e com Arabella, sua paciente. Talvez fosse melhor que ele ouvisse tudo da boca de Eden primeiro, antes que as fofocas da vila chegassem até ele. Ainda bem que estava fora do país no momento. Isso daria a ela tempo para planejar direitinho como contar a história e, talvez, se não parecesse tão abalada, se fingisse rir de tudo aquilo como apenas mais uma das excentricidades de Arabella, o pai não levaria o assunto tão a sério. Talvez fosse o caso de mandar uma mensagem agora, só para garantir. Ela sabia que ele estava na Ásia e, ao pegar o celular, sem saber se seria tarde demais para ligar ou não, uma nova mensagem apareceu na tela. Era de Deepa Poovadan, sua supervisora no hospital, e dizia:

Eden, falei com a equipe. Melhor tirar a semana de folga.

Eden ligou imediatamente para Deepa.

— Deepa, acabei de receber sua mensagem e não entendi. Tenho pacientes agendados o dia inteiro, começando às dez. Por que está pedindo para eu tirar a semana de folga?

— Nós... hã... achamos que, diante da situação... — gaguejou Deepa.

— Que situação, exatamente?

Deepa suspirou.

— Esta manhã, Eden. No Nero's...

— Não vejo como isso afeta minha capacidade de trabalhar.

— Mas... tem certeza de que está se sentindo bem?

— Por que eu não estaria?

— De quantas semanas você está?

— Deepa! Eu não estou grávida! E mesmo que estivesse, provavelmente conseguiria trabalhar até o momento em que minha bolsa estourasse, igualzinho a você.

— É que *todos* os pacientes estão comentando sobre o incidente. A sala de espera está um caos. Um dos pacientes do Dr. Thorne pediu especificamente para ser *atendido* por você.

— Primeiro, não houve incidente algum, apenas uma conversa privada que obviamente foi interpretada de forma totalmente errada.

— Entendi. Bem, achamos que seria melhor você considerar tirar uma licença até que as coisas se acalmem e possamos conduzir uma investigação adequada.

— Investigação?! — exclamou Eden.

— Por favor, não eleve o tom de voz, Eden. Acredite, estou do seu lado. Aliás, jogar seu cappuccino na condessa foi uma jogada de mestre, se me permite dizer.

— O quêêêê?! Eu não fiz nada disso!

— Então você não queimou o lado direito do rosto dela?

— Ah, pelo amor de Deus! Foi um latte gelado que um sujeito qualquer derramou na condessa. Eu não tive absolutamente nada a ver com isso. Essa história saiu completamente do controle.

— E é exatamente por isso que achamos melhor você se afastar por enquanto. Precisamos preservar a integridade do hospital. Não podemos deixar que isso vire um episódio de *Love Island*.

— Garanto que a verdade está mais para *The Great British Bake Off*.

— Ainda assim, é drama demais para nós.

— Tudo bem — disse Eden, rendendo-se.

Desligou o telefone frustrada e cortou caminho pelo campo de lavanda para subir a colina mais rápido. Quando alcançou o portão de casa, percebeu que lágrimas lhe escorriam de forma incontrolável pelo rosto. Mas que droga? Por que estava chorando? Sentiu muita raiva de si mesma por isso. Tudo aquilo era ridículo: era uma mulher adulta, uma médica, e, em menos de vinte minutos, Arabella Gresham tinha conseguido arruinar sua reputação por todo o condado — e o pior, sem que ela tivesse feito absolutamente nada de errado. Tudo o que sempre tentou foi ser útil aos Gresham, ser a amiga mais leal possível. Nem sequer queria ter ido ao Havaí. Nunca pediu para ser beijada por Rufus. Aquele maldito beijo havia arruinado tudo. Então por que era ela quem estava se sentindo culpada, como se tivesse cometido um pecado capital?

De repente, Eden foi tomada pela mesma onda de emoções que sentiu no Havaí, naquele dia em que a editora de moda, deitada na cama de seu quarto no Four Seasons, falou com ela como se fosse uma funcionária qualquer. Era como se um véu tivesse caído, e agora ela enxergava tudo com uma clareza alarmante: tinha passado a vida se anulando sempre que estava perto dos Gresham. Nunca aparecia no Casarão sem estar impecável, fazia questão de ser sempre educada, esforçava-se para ser a criança perfeita. Mas, ao mesmo tempo, nunca podia ser mais rápida, mais engraçada, mais bonita ou mais inteligente que Bea e Augie. Nunca poderia, de forma alguma, ofuscá-las. Quando uma caça-talentos a abordou no Soho, aos 16 anos, ela riu e recusou o cartão da mulher.

Quando obteve distinção em cinco matérias no A-Level, ficou uma semana sem contar para ninguém — apenas para o pai.

Havia repetido para si mesma aquela história por tanto tempo: que era aceita e estava segura em sua própria cidade, *que pertencia àquele lugar.* Mas, durante todos esses anos, havia alguém à espreita, sempre observando, avaliando e discriminando. A única outra mulher em Greshamsbury que se parecia com ela: Arabella. O que ela sempre interpretou como indiferença egocêntrica da condessa era, na verdade, puro desprezo, como se fosse uma intrusa de segunda classe, alguém que não pertencia à vila e muito menos à mansão. Eden se perguntou se algum dia voltaria a se sentir em casa ali.

Subindo o caminho do jardim, chegou à porta de casa e viu que estava bloqueada por um pacote enorme, envolto em celofane e amarrado com um laço de seda elaborado. Destrancou a porta, arrastou o pacote para dentro do hall e foi apanhar uma tesoura no aparador. Sob as camadas intermináveis de celofane, havia uma bela cesta de vime com alças de couro. Ao entreabrir a tampa, um fio de fumaça escapou pelas frestas. Eden recuou por um momento, alarmada, antes de levantar a tampa com cuidado. A fumaça era vapor de gelo seco e, entre as palhas de enchimento, havia uma pilha de abacaxis e cocos frescos, latas de creme de coco, uma garrafa refinada de rum Appleton Estate, um conjunto de copos de cristal Baccarat e xarope de ube vindo do Havaí. Um bilhete manuscrito dizia:

Aqui vai uma boa receita:

60 ml de rum
90 ml de água de coco
30 ml de suco de abacaxi
22 g de creme de coco
30 ml de xarope de ube

Agora você pode fazer suas próprias ube coladas,
mas guarde algumas para mim.
Com carinho, Freddy

Eden começou a rir. Enxugando as lágrimas, discou o número de Freddy. Ele atendeu depois de alguns toques.

— Sabia que já são quase duas da manhã aqui em Los Angeles?

— Desculpe! Fiquei tão surpresa, acabei de receber seu presente. Te acordei?

— Não, de modo algum. Estou no Fleur Room.

— É um clube?

— É sim. Estou aqui com minha irmã e alguns amigos. Você devia estar com a gente.

— Quem me dera. Minha manhã foi um desastre, mas seu presente chegou e me animou, de verdade.

— Maneiro! Mas o que aconteceu? Está tudo bem por aí?

— Ah, nada. Minha vida virou de ponta-cabeça. Acho que talvez eu tenha perdido o emprego.

— Sério? Bem, se você não tem mais trabalho, devia vir para Los Angeles. A festa de noivado de minha irmã vai ser neste fim de semana, e você precisa estar aqui!

— Não posso viajar agora, acabei de voltar para casa.

— E qual o problema? Vou mandar o jato te buscar...

— Você nem ouse!

— Por que não? Acabou de dizer que está sem trabalho e, se não me engano, nunca esteve em Los Angeles, certo?

— Não, só em Nova York...

— Então não tem desculpa. Vai ser incrível. Você nunca foi a uma grande festa de noivado persa!

— Não posso ir à festa de noivado de sua irmã! Nem a conheço.

De repente, uma voz feminina vibrante e determinada ecoou pelo telefone.

— Oi, aqui é Daniela. Meu irmão não para de falar de você desde que voltou. Quero te conhecer, você vem para minha festa. Vamos mandar o avião e espero que você embarque, senão ficarei muito ofendida.

E, com isso, Daniela desligou o telefone.

V
Beverly Hills

Se você ficar tempo demais em Beverly Hills,
se transforma em uma Mercedes.

— Robert Redford

Houston, 1998

•

CENTRO DE ONCOLOGIA MD ANDERSON DA UNIVERSIDADE DO TEXAS

Foi por causa de Debussy. Se o pianista voluntário no saguão do MD Anderson não estivesse tocando "Clair de Lune"*, o Dr. Thomas Tong não teria parado no caminho do consultório e jamais teria notado a mulher sentada no sofá próximo ao piano. Era uma mulher asiática, de chapéu cloche, tomando chá em um copo de papel da Starbucks. Ele sempre notava outros asiáticos quando estava ali, no Texas. Observou-a por um instante enquanto ouvia a música. Percebeu na mesma hora que ela era uma paciente, que devia estar ali para uma sessão de quimioterapia. O chapeuzinho elegante era um sinal evidente de que havia perdido o cabelo. Apesar da magreza extrema, tinha um rosto bonito. Havia algo familiar nela, mas ele não teve tempo de pensar mais sobre o assunto, antes de seguir apressado para o consultório.*

O médico assistente colocou uma pilha de prontuários sobre sua mesa.

— Com a Dra. McKinley de licença-maternidade, o Dr. Varshney remanejou todos os pacientes de hoje.

— Ótimo. Quer dizer então que perdi a noite inteira revisando os prontuários errados?

— Exatamente. Você podia ter assistido Felicity *— brincou o assistente.*

Thomas folheou o primeiro prontuário: Faye Wang, paciente de Vancouver, Canadá, com câncer de mama metastático. A porta se abriu, e outro médico conduziu a paciente para dentro da sala. Thomas ergueu o olhar e viu a mulher de chapéu entrando.

— Sra. Wang. Bom dia.

A mulher congelou onde estava, os olhos brilhantes de medo. Foi nesse instante que Thomas a reconheceu por completo. Era óbvio que ela o havia reconhecido de imediato, mas ele nunca a tinha visto pessoalmente, apenas em fotos.

— Por favor, sente-se, Sra. Wang. Vamos revisar seus números de CA125 — disse ele, com um tom profissional, como se ela fosse qualquer outra paciente. Mas ela não era uma paciente qualquer; ela era um fantasma.

A mulher sentada à sua frente, que se apresentava como Faye Wang, era, na verdade, Mary Gao, a namorada de seu falecido irmão. E Mary Gao deveria ter morrido três anos antes, em Perth, na Austrália, após um aborto malsucedido.

Coisas para fazer com Eden em L.A.
*por Freddy Farman-Farmihian**

PASSEIOS
Jogo dos Lakers
Troubadour (se tiver algum show bom)
Dia de spa no Peninsula Beverly Hills
Festa de pickeball no Banks
Voar até o Wynn Las Vegas
Drinques no Fleur Room, the Wolves, Death & Co., the Roger Room, Sunset Tower, Ace Hotel

ONDE COMER
Fred's Pasta no Mauro Cafe
Pastrami e latkes no Nate 'n Al's
Hambúrguer no Apple Pan
Macarrão ao alho no Crustacean
O melhor bolo de chocolate sem farinha do mundo no E. Baldi
Ir até Laguna Beach e almoçar no Nick's
Sorvete no Saffron & Rose
Jantar de shabbat no Cousin Jack's

COMPRAS
Ron Herman, Just One Eye, Bode, The Row

PASSEIOS CULTURAIS (SÓ SE ELA INSISTIR)
Academy Museum**
Ala do papai no LACMA**
Getty Villa** (e almoço no Geoffrey's Malibu)
Biblioteca Huntington, Museu de Arte, e Jardim Botânico**
Observatório Griffith**

---

* Más ideias vetadas por Daniela Farman-Farmihian.

** Nem Freddy, nem Daniela jamais foram a esses lugares (os dois nunca se aventuraram a leste do Chateau Marmont).

1

Holmby Hills

•

LOS ANGELES, CALIFÓRNIA • *FINAL DA MANHÃ*

Tudo naquele lugar parecia estranhamente familiar para Eden. As plantas penduradas na janela do outro lado do pátio, a panela de arroz com o padrão floral na lateral, o par de cadeiras de vime na varanda. Mas aquela não era uma casa onde ela já tivesse morado. Enquanto vagava pelo ambiente pouco iluminado, percebeu que era idêntico ao apartamento de um de seus filmes favoritos, *Como na canção dos Beatles: Norwegian Wood*. Rufus entrou na sala trazendo um bolinho de aniversário, o rosto brilhando como uma pintura de Botticelli à luz trêmula das velas. Ele colocou o bolo sobre uma bandeja amarela com pernas cromadas.

— Por que você está usando essa camisa? Está indecentemente justa em você — disse ela, rindo de leve e apontando para a peça de poliéster estampada que ele vestia.

Ela começou a desabotoar a camisa até tirá-la completamente, pegou uma das velas do bolo e pingou cera no peito de Rufus. Ele estremeceu por um instante, mas logo ficou imóvel enquanto a cera escorria pela linha alba, a linha que percorria o centro do seu torso.

— Faz cócegas — murmurou Rufus, baixinho.

Ela olhou naqueles olhos verde-avelã por um segundo, depois se inclinou e começou a traçar a linha de cera com a língua. Tinha gosto de caramelo salgado. Sentiu o rosto esquentar enquanto deslizava a língua pela pele nua, descendo, descendo, até o cós do jeans, de cintura baixa. Seu rosto estava tão quente que parecia que a cera da vela queimava sua própria pele.

Eden acordou sobressaltada. Abriu os olhos e imediatamente os fechou com força diante do raio de sol que atravessava a janela e batia direto em seu rosto. Estava deitada na ponta da cama mais ampla e confortável em que já tinha dormido na vida. Onde é que estava? Ah, sim. Beverly Hills. Tudo começou a voltar, através da névoa da ressaca.

Depois que Freddy e Daniela (Sinai Akiba/El Rodeo/Beverly Hills High/Vassar/FIDM) a buscaram em Van Nuys, levaram-na direto para um jantar no Nobu Malibu, onde se juntaram a Lior (Collège Français de Tel-Aviv Marc Chagall/Institut auf dem Rosenberg/Stanford/INSEAD), noivo de Daniela, e Banks (Maggy Haves/Westlake Elementary/Crossroads/Pepperdine), o melhor amigo de Freddy desde o sexto ano. Depois de devorarem bacalhau preto com missô, sashimi de peixe amarelo com jalapeño, rolinhos de caranguejo de casca mole e saquê, Banks convidou todo mundo para mais uma rodada de drinques no Fleur Room, que, segundo informaram a Eden, era o lugar mais badalado do momento. Depois disso, levaram uma Eden exausta de volta à casa de Freddy, onde ela pôde, finalmente, dormir.

Eden se levantou da cama com um gemido relutante e saiu tropeçando até o banheiro, percebendo, à luz da manhã, que o espaço era cinco vezes maior que seu quarto em Greshamsbury. As luzes embutidas atrás da parede espelhada flutuante acenderam automaticamente, lançando um brilho cor de pêssego lisonjeiro sobre seu rosto. Não pôde deixar de notar o mármore Portoro deliciosamente aquecido sob os pés descalços. Além da pia de mármore esculpido, havia uma banheira de cobre com pés ornamentados e um box de vidro grande o bastante para acomodar um time inteiro de rúgbi.

Eden sentou-se um instante no sofá curvado em frente à janela, tentando imaginar como seria levar uma vida em que pudesse tomar longos banhos naquela banheira deslumbrante, vestir um dos muitos roupões felpudos da Frette pendurados em ganchos prateados na parede, e devorar alguns dos macarons na tentadora bombonière de vidro ao lado do sofá, estrategicamente colocada sobre um pequeno suporte dourado. Recostou-se no sofá, tentando entender o sonho do qual acabara de despertar. Estava se dissipando depressa da memória, mas os fragmentos de que conseguia se lembrar a deixavam perplexa. Por que diabos estava sonhando em lamber cera de vela do peito de Rufus? Era óbvio que Rufus estava na sua cabeça. Pegou o celular. Nenhuma mensagem ainda. Já fazia dias que ele não dava notícias, e o aplicativo Signal apagava automaticamente todas as mensagens após vinte e quatro horas, como se as conversas nunca tivessem existido. Sentindo-se meio desanimada, Eden estendeu a mão para pegar um dos macarons da bombonière e descobriu que eram de cerâmica.

— Que merda — resmungou, colocando o macaron de volta no prato enganosamente tentador.

Levantou-se, lavou o rosto e passou os dedos pelo cabelo. Depois de se recompor, desceu as escadas curvas sob uma magnífica rotunda com cúpula, dominada por um retrato impressionista de uma bela mulher de cabelo escuro em um vestido de baile rosa, cercada por móveis rococós do tipo que se encontra em Versalhes. Embora Freddy tivesse avisado na noite anterior, ao chegarem aos portões da mansão pseudoitaliana, que a casa era "um palácio persa de alto a baixo" e dito "Você vai ter que relevar a decoração, não tive nada a ver com isso", Eden se viu discretamente impressionada com o ar elegante e íntimo da casa, apesar da mobília extravagante.

Não parecia haver ninguém por perto e, depois de vagar por uma sequência de salas de estar repletas de móveis dourados que evocavam o velho mundo, ela encontrou a enorme cozinha, onde uma mulher de uns 50 anos dobrava lenços de papel grosso — do tipo que se encontra nos banheiros de hotéis caros — retirados de uma caixa industrial e os dispunha em dezenas de pilhas meticulosamente organizadas sobre a bancada de mármore.*

* Nem queira saber o que está rolando aqui. Qualquer explicação violaria o NDA assinado por um ex-funcionário de uma certa megapropriedade.

— Bom dia, senhora. Meu nome é Sonia. Freddy e Dani estão na varanda tomando café da manhã — disse ela, apontando para outra porta. — O que gostaria de beber?

— Um café, pode ser?

— Cappuccino, espresso, macchiato?

— Pode ser um café com leite?

— Claro. Leite de aveia, amêndoa, arroz, soja, cânhamo?

— Hã... vocês têm leite de... vaca?

— Sim. Integral, semidesnatado, desnatado ou sem lactose?

— Integral está ótimo, obrigada.

Eden saiu da cozinha antes que Sonia pudesse perguntar qual opção de açúcar ela queria. No fim de um corredor, um elegante conjunto de portas arqueadas se abria para um terraço com vista para jardins formais dignos de um château no sul da França. Embora tivesse crescido cercada pelo esplendor de Greshamsbury Hall, havia algo no estilo de vida dos Farman-Farmihians que parecia exponencialmente mais luxuoso: ali, no sul da Califórnia, as fontes pareciam mais cheias, as peônias mais exuberantes, a piscina brilhava de forma mais intensa e a quadra de tênis cegava com as perfeitas linhas brancas, assim como a porcelana branca da Ginori que reluzia sobre a mesa de café da manhã, onde Freddy e a irmã examinavam com atenção um intrincado mapa de assentos.

— Não, não! Você não pode colocar *Khaleh* nessa mesa. Ela vai ficar de frente para a Leila, e você sabe que as duas não se falam desde Paris — disse Daniela.*

— Peraí, isso não foi antes de eu nascer? Essas primas ainda não fizeram as pazes?

— De jeito nenhum.

Freddy olhou para o terraço e viu Eden se aproximando.

— Olha só quem sobreviveu!

— Bom dia — respondeu Eden.

---

* Um incidente infeliz no Ritz de Paris nos anos 1980, envolvendo um vestido puff da Christian Lacroix recém-entregue, um bule de chocolate quente e um gigolô maltês.

— Dormiu bem? — perguntou Daniela.

— Meu Deus, eu não queria sair da cama. É o melhor colchão em que já dormi — suspirou Eden.

Freddy lançou um olhar à irmã.

— Viu? Viu? Eu te disse que o colchão valia a pena. — E, virando-se para Eden, explicou: — É o colchão do Drake.

Eden franziu a testa, confusa.

— Drake, o cantor? Ele dormiu na minha cama?

— Não na sua cama, mas numa igual. O colchão é feito sob medida na Suécia, e demorou oito meses para chegar.

— Pode me chamar de mão de vaca, mas eu me recuso a gastar mais num colchão do que num Bentley — rebateu Daniela. — Seja como for, a casa é sua. Vou me mudar em breve.

Freddy fez uma cara triste.

— Para onde você vai? — perguntou Eden.

— Ah, aqui perto. Estou reformando uma casa em Trousdale, por isso estou acampada aqui por enquanto.

— Entendi. Seu pai não mora aqui também?

Freddy e Daniela riram ao mesmo tempo.

— Não. A esposa mais recente de meu pai acha que essa casa não está à altura de seus padrões. Agora eles moram entre Paris e Mônaco, onde ela só convive com persas franceses metidos — explicou Daniela.

— Acho que o fato de estar cercada pelos móveis de minha mãe também incomoda um pouco — acrescentou Freddy.

De repente, tudo fez sentido para Eden: aquela era a casa onde Freddy cresceu, e ainda era um santuário para sua falecida mãe. Ela observou a colunata de esculturas romanas no jardim de rosas enquanto o barulho de um soprador de folhas se intensificava ao longe.

— Puta merda, lá vêm eles — resmungou Daniela.

— Quem? — perguntou Eden, intrigada.

— O tormento de minha existência! Os malditos jardineiros do vizinho! Ugh, Tom e Richard prometeram que eles só começariam às onze.

— Já são onze — disse Freddy.

— Vou para minha dermato. Vejo vocês no jantar. — Daniela mandou um beijo no ar para Eden e saiu correndo do terraço.

A empregada trouxe o latte de Eden, mas, enquanto ela tentava tomar seu café e relaxar na bela varanda de pedra, o som de um único soprador de folhas logo se transformou em um rugido de máquinas ensurdecedor.

— Meu Deus, quantos são? — perguntou Eden por fim.

— O QUÊ? — gritou Freddy.

— QUANTOS JARDINEIROS SÃO? — gritou Eden de volta.

— NÃO SEI. UNS DOZE, EU ACHO. ELES CHEGAM AOS MONTES.

— PARECE A QUEDA DE SAIGON!

— É, EU NEM OUÇO MAIS. JÁ ME ACOSTUMEI. É SÓ MAIS UM FATO DA VIDA POR AQUI. TODO MUNDO TEM JARDINEIROS, TODO MUNDO ODEIA FOLHAS.

— PODEMOS ENTRAR?

— CLARO. POR QUE VOCÊ NÃO SE ARRUMA PARA O ALMOÇO? VOU TE LEVAR A UM LUGAR MUITO ESPECIAL.

Menos de uma hora depois, Freddy guiava Eden por um tour de carro por Bel Air e Beverly Hills a caminho do almoço. Quando vinha dirigindo por uma rua ladeada por imponentes palmeiras em seu G63 no tom verde floresta do automobilismo britânico, ele virou na Maple Drive.

— Esta é uma de minhas ruas favoritas nos Flats — disse Freddy.

— Não vejo nenhum prédio — comentou Eden, observando as casas elegantes ao longo da rua sinuosa e ensolarada.

— Não, esta área de Beverly Hills é chamada de "Flats" porque fica em terreno plano, diferente das colinas que eu estava te mostrando agora há pouco. Na verdade, é a região mais cobiçada, a demanda é absurda. Se alguma dessas casas entra no mercado, é vendida em questão de horas.

— Essas casas não são muito caras? — perguntou Eden, olhando encantada para uma mansão no estilo mediterrâneo espanhol.

— Na verdade, essas são as casas mais baratas do bairro. Custam entre 12 e 15 milhões, em média.

— Que pechincha! — disse Eden, com uma risada.

— Pois é, conheço gente que tem dez dessas.

— *Dez*... dessas casas? — Eden tentou confirmar.

— Sim. São o melhor investimento porque, historicamente, os valores aumentam cerca de dezoito por cento ao ano. Então, ter uma casa nos Flats dá mais retorno do que a maioria das ações ou títulos. Conheço famílias que simplesmente as colecionam e deixam vazias. Metade das casas por aqui está desocupada.

— Mas por que deixar vazias? Por que não as alugar, pelo menos?

— Porque ninguém quer inquilinos estragando as coisas. Além disso, você consegue uma dedução fiscal por não as alugar. Quero dizer, uma casa nessa rua poderia ser alugada fácil por 40 mil dólares por mês, ou seja, é um prejuízo de 480 mil ao ano que você pode abater nos impostos de cada casa.

Eden tentou absorver as palavras de Freddy em silêncio horrorizado.

— Então essas casas gigantes ficam vazias enquanto tem gente morando na rua?

— É, mas duvido que pessoas em situação e rua quisessem morar aqui.

— Como assim? Olhe aquela casa. Aposto que umas vinte pessoas poderiam viver tranquilamente ali.

— É, mas acho difícil que elas fossem se sentir à vontade.

— Ah, é? Me diga que pessoa sem-teto não ficaria confortável naquela mansão, nadando na piscina de dia e dormindo no colchão do Drake à noite?

Freddy riu, meio sem graça.

— Não, você tem toda razão. Eu só não faço ideia de como resolver o problema.

— Não estou pedindo que resolva. Só estou chocada com L.A., só isso. Como tudo aqui parece estar a um universo de distância do mundo.

— Você me lembra minha mãe. Ela sempre se sentiu desconfortável com a nossa casa, dizia que não era certo viver numa propriedade tão grande enquanto havia tanta gente pobre por aí. Se dependesse dela, a família nunca teria saído de Encino.

— Então foi seu pai que escolheu a casa e decorou tudo? — perguntou Eden, surpresa.

— Não mesmo! Meu pai fez questão de comprá-la e ainda contratou decoradores franceses para fazer tudo. Minha mãe não estava nem aí. Nunca ligou para essas coisas, só queria ser mãe.

— Ela parece ter sido uma mulher incrível.

— E era — disse Freddy, antes de se virar para Eden com uma expressão curiosa. — Você sonha com a sua mãe?

— O tempo todo. E você?

— Sim. Tenho um sonho recorrente em que estamos tomando chá juntos, no Peninsula Beverly Hills. Ela adorava me levar lá para o chá da tarde e me contar histórias da juventude em Teerã.

— Minha mãe sempre aparece nos lugares mais aleatórios em meus sonhos, mas nunca consigo entender uma palavra do que diz. Queria poder ter uma conversa normal com ela, como duas mulheres adultas. Adoraria ouvir sua voz de novo. Às vezes acho que esqueci como era o som dessa voz. Seria tão bom simplesmente poder ligar e ouvir uma boa história...

— Meu amigo Banks fica irritado toda vez que a mãe liga. Ele não faz ideia do que é... Eu daria cada centavo que tenho para poder falar com a minha mãe mais uma vez. — Freddy engoliu em seco, como se quisesse engolir a emoção junto.

Eles continuaram em silêncio por mais alguns minutos, até Freddy parar o carro diante de uma tenda listrada que se estendia quase até a calçada. Era a entrada discreta do La Cienega Villas, projetada para que os convidados chegassem com a máxima proteção, sem risco de ser fotografados pela imprensa sob um ângulo desfavorável.

Um manobrista abriu a porta do carro para Eden, e ela foi rapidamente escoltada para dentro da segurança da tenda. Freddy virou-se para ela com um ar solene:

— Você está prestes a entrar no clube privado mais exclusivo do país... talvez do planeta. Só dinheiro não garante sua presença aqui dentro.

Atrás do balcão lustroso, três recepcionistas altos e atléticos, todos com maxilares marcantes e vestidos como árbitros de críquete eduardianos, aguardavam.

— Sr. Farman-Farmihian, sua mesa já está pronta — disse um deles, um cara com dreadlocks presos em um elegante rabo de cavalo, antes de colocar uma prancheta na frente de Eden. — Preciso que a senhorita assine isto.

— O que estou assinando?

— Os direitos a sua vida. Brincadeira. — Ele sorriu. — É só nosso NDA padrão para convidados. Acordo de confidencialidade — acrescentou desnecessariamente, enquanto lhe entregava uma caneta.

— O que exatamente estou concordando em não revelar? — perguntou Eden, bem-humorada.

— Tudo. Você não viu nada, não ouviu nada, não disse nada... Na verdade, você nem esteve aqui.

Eden riu enquanto assinava, murmurando:

— Será que eu existo?

O recepcionista a encarou com seriedade.

— Agora só preciso do celular.

— Meu celular? — Eden franziu a testa.

— Sim, entregue para ele — confirmou Freddy.

Eden pegou o celular da bolsa, e o recepcionista colou adesivos com o logotipo do clube sobre as lentes das câmeras, na frente e atrás do aparelho.

— É para garantir que ninguém tire fotos escondido — explicou Freddy com uma piscadela. — Esse lugar é à prova de paparazzi. Aqui só vem gente do mais alto escalão, as celebridades mais A das A-lists, e todo mundo quer se sentir seguro e à vontade.

Uma hostess linda como uma modelo os conduziu pela porta, e, de repente, eles se viram em um exuberante jardim tropical, com mesas dispostas ao redor de fontes borbulhantes. O clima era de festa à beira da piscina, com Portishead tocando nos alto-falantes e todos em tom de celebração. Assim que entraram no jardim, cabeças se voltaram para observá-los, mas desviaram depressa o olhar ao perceberem que eram desconhecidos. Eden se acomodou em sua cadeira de vime, sentindo-se um tanto deslocada. Olhou para a mesa ao lado e viu um West Highland Terrier fofo encarando-a intensamente. O cachorro, no entanto, logo perdeu o interesse e se voltou para a loira chique toda envolta em caxemira em uma conversa concentrada com um homem asiático de camiseta listrada estilo marinheiro.

Achilles, o garçom favorito de Freddy, aproximou-se com o ar de quem estava prestes a lançar sua melhor cantada:

— Sr. Farman-Farmihian, que tênis espetaculares! Posso perguntar... são Air Jordans originais?

Freddy abriu um sorriso.

— Com certeza! Sabe o que esses aqui têm de especial?

— Ah, eu sei. São os *Flu Game* Air Jordans, iguais aos que Michael Jordan usou nas finais da NBA de 1997, quando jogou gripado e, ainda assim, venceu o Utah Jazz.

— Sim, mas estes são *o* par que ele usou naquele jogo — disse Freddy, cheio de orgulho. Pondo os pés na mesa, tirou um dos tênis e o segurou na frente do rosto espantado de Achilles. — Veja bem, dá até para ver a mancha de ranho de quando ele espirrou no meio do jogo. Ele estava trocando de tênis quando teve uma crise de espirros. Foi transmitido ao vivo, e eu tenho a gravação desse espirro.

— Minha nossa! Olha só esse ranho histórico! Você é um homem de sorte, Sr. Farman-Farmihian. Arnold Palmers, chips de abobrinha e *pigs in blankets** para começar?

— Você leu minha mente! E vamos acrescentar os tacos de peixe também. Eden, você vai amaaaaaar os tacos de peixe daqui. Achilles, essa é Eden, minha amiga que veio de visita da Inglaterra.

---

* Nos EUA, esse prato consiste em linguiças ou salsichas envoltas em massa folhada e servidas como entrada. No Reino Unido, as linguiças ou salsichas são envoltas em bacon e não em massa. (N. T.)

— *Cheerio.*[*] — Achilles sorriu para Eden antes de se inclinar discretamente para Freddy e murmurar: — Quer saber quem mais está de visita da Inglaterra hoje? Um certo astro pop britânico que quer virar ator e está almoçando com um certo produtor de primeira linha, um certo jovem bilionário investidor do cinema, uma supermodelo lendária e sua filha influenciadora, além do namorado da filha, que também quer ser ator.[**]

— Onde eles estão sentados? — perguntou Freddy, olhando ao redor.

Achilles inclinou a cabeça discretamente na direção do *Cabana Room*.

Freddy se virou para Eden e sussurrou alto:

— Não olhe agora, mas, quando puder, dê uma espiada por aquelas portas francesas. Você vai ver umas celebridades que talvez reconheça.

Eden virou-se devagar, espiando o salão envidraçado.

— Consegue ver? Um dos maiores astros pop do mundo está almoçando com um produtor de primeira linha, além daquela supermodelo dos anos noventa, a filha dela e...

— Meu pai — murmurou Eden.

— O quê?

— Aquele ali sentado é meu pai! — disse Eden, sem acreditar.

Freddy se levantou para enxergar melhor. E dito e feito: sentado na outra extremidade da mesa, entre o astro pop britânico e a supermodelo, estava o Dr. Thomas Tong.

---

* Achilles está fazendo um gracejo para Eden, usando uma expressão típica na Inglaterra para cumprimentar alguém. Nos EUA, *cheerio* é mais usado em brindes. (N. T.)

** Por respeito à privacidade dessas pessoas de alto gabarito, elas não serão identificadas nem por seus nomes, nem pelas escolas Cienega Villas

2

La Cienega Villas

•

WEST HOLLYWOOD • *HORA DO ALMOÇO*

— Você não vai lá dar um oi? — perguntou Freddy, empolgado.

— Não sei... — hesitou Eden, ainda paralisada pelo choque de ver o pai ali, em Los Angeles. — Ele deve estar com um paciente, e imagino que não gostaria de ser interrompido...

— Claro que gostaria! — disse Freddy, levantando-se e entrando com determinação no *Cabana Room*.

Eden observou curiosa enquanto todas as cabeças se voltavam de Freddy para ela. Seu pai se levantou, surpreso, fitando-a através da janela. Eden sabia que ele tinha viajado para tratar um de seus pacientes VIP, que estava gravemente enfermo, e supôs que tivesse ido para a Ásia, onde a maioria de seus doentes costumava viver. Nunca perguntava para onde o pai ia nessas viagens médicas, pois respeitava demais o sigilo profissional para se intrometer.

O astro pop se levantou da cadeira e espiou pela porta.

— Oi! Eden? Venha aqui! — chamou, animado, acenando para ela.

Eden não conseguia acreditar que aquele famoso astro pop estava chamando seu nome. Caminhou até lá, sentindo-se como se estivesse tendo uma experiência extracorpórea enquanto ele a envolvia em um abraço apertado. Assim que entrou na sala, o festival de abraços continuou; primeiro seu pai, depois o produtor, a supermodelo, a filha dela e até o namorado da filha levantaram-se para abraçá-la.*

— Vocês não sabiam que estavam na mesma cidade? — perguntou o astro pop, sorrindo como um gato de Cheshire enquanto alternava o olhar entre pai e filha.

— Não, não sabíamos — respondeu Eden. — Foi uma viagem de última hora para mim.

— Para... para mim também — gaguejou Thomas, ainda parecendo atordoado.

— Thomas Tong, por que você andou escondendo essa filha deslumbrante de nós? — brincou o produtor.

— Obviamente por sua causa! — rebateu a supermodelo, fazendo todos rirem.

A única pessoa na mesa que não deu a mínima para Eden era um asiático musculoso, de uns vinte e poucos anos, vestido com roupas de academia apertadas demais e extravagantes óculos de sol dourados. Ele olhava para o nada, entediado, até que de repente soltou:

— Uma vez, eu estava em um leilão da Sotheby's em Hong Kong, dando lances por um Murakami. Aí um desgraçado no fundo da sala começou a disputar comigo. No final, me virei para ver quem era e vi que... era meu pai!

— Você está brincando! E você não fazia ideia de que ele estaria lá disputando o quadro? — perguntou o produtor.

— Eu nem sabia que ele estava em Hong Kong! O filho da puta nunca me diz para onde vai.

— Quem conseguiu o Murakami? — perguntou a supermodelo.

— Eu, óbvio. Meu pai parou de dar lances, e eu dei o lance vencedor! A burrice dele me custou dois milhões a mais.

— Mas, pelo menos, rendeu uma boa história, não? — brincou o produtor.

---

* Em Los Angeles, completos estranhos te dão abraços efusivos assim que são apresentados, especialmente se o encontro acontecer no *Soho House Malibu*, no *E. Baldi*, no *Matsuhisa* ou no *Hinoki & the Bird* na hora do almoço. Esses estranhos também podem dizer "Te amo" ao se despedirem ou "Vamos marcar algo em breve". Você nunca mais verá nenhum deles.

O grupo riu com educação enquanto Eden se perguntava se aquele cara era algum famoso que ela não conhecia.

Nesse meio-tempo, Freddy se virou para o astro pop britânico.

— Ei, acho que a empresa de meu pai produz toda a *merch* dos seus shows.

— Sério? Seu pai é dono da F-Star?

— Sim.

— Então eu preciso te agradecer: vocês estão me fazendo ganhar rios de dinheiro! Claro que vocês devem estar ganhando muito mais que eu, já que são os responsáveis por fabricar todas as minhas camisetas!

O rapaz musculoso, que claramente não gostou de terem desviado a atenção dele, empurrou a mesa ruidosamente ao se levantar. Ficou de pé, meio trôpego, e Eden percebeu que ele estava bêbado.

— Vou nessa. John, conte comigo para vinte milhões no filme. — Pousando o braço musculoso e cheio de veias saltadas sobre o ombro do astro pop, acrescentou: — Se esse filho da puta estiver no elenco, tenho certeza de que não vamos perder muito dinheiro.

— Vai ser sucesso garantido! — declarou o produtor.

— Então estou no elenco principal e posso interpretar o cafetão?

— Com certeza.

— E todo mundo aqui vai ter uma participação especial? — perguntou o namorado da filha da supermodelo.

— Todo mundo! — prometeu o produtor.

Thomas se virou para Eden.

— Tenho que ir com ele. Preciso voltar para meu paciente.

— Sim, claro — disse Eden, percebendo que o pai parecia inquieto, embora fosse evidente que estava feliz em vê-la. Imaginou que ele ainda estivesse tentando preservar a confidencialidade do paciente, naquele encontro inesperado.

— Quanto tempo você vai ficar? — perguntou Thomas.

— Provavelmente até a próxima segunda. A festa de noivado da irmã de Freddy é neste fim de semana.

— Deepa deve estar de ótimo humor para ter deixado você tirar todo esse tempo de folga.

Uma sombra passou pelo rosto de Eden.

— Isso é outra história. E você, vai ficar mais alguns dias?

— Sim, acho que sim. Meu paciente insistiu em vir a Los Angeles para ver o filho — explicou Thomas, gesticulando na direção do Adônis asiático —, mas acho que não vamos conseguir sair daqui.

Eden entendeu na hora. O paciente não tinha muito tempo de vida.

— Bem, se você tiver um momento livre, talvez possamos conversar por telefone, já que estamos no mesmo fuso horário.

— Sim, tenho certeza de que consigo encaixar uma ligação. Talvez amanhã à tarde? Que horas você está livre?

Antes que Eden pudesse responder, o rapaz interrompeu Thomas.

— Ei, quer carona ou não?

— Sim, claro — disse Thomas.

— Pai, eu te mando uma mensagem mais tarde quando souber...

— Por que você não dá um pulo lá, se está tão a fim de ver seu pai? — cortou o rapaz outra vez.

— Não precisa — disse Thomas, parecendo alarmado por um instante.

— Meu pai tem razão. Não quero incomodar... — Eden percebeu que o pai não queria que ela o visitasse.

— Incomodar o quê? Dr. T, ela é uma turista, aposto que vai querer ver *Cloudline.*

— É sério, não precisa... — Eden começou a falar, mas Freddy arregalou os olhos, animado.

— Peraí... você comprou *Cloudline*? Você é o Louie...

— Luis Felipe Tan (International School Manila/Masters School [expulso]/TASIS [expulso]/UC San Diego [expulso no segundo ano]/Florida International University [desistiu após um semestre]/ Stella Adler Academy of Acting [convidado a sair]) — completou o rapaz, terminando a frase de Freddy.

— Uau, parabéns, cara! Meu amigo me chamou para uma festa na sua casa.

— Qual delas? Dou festas toda semana — disse Luis Felipe.

— Acho que foi a festa das NFTs.

— Você foi?

— Não, estavam me matando de fome no Rancho La Puerta.

— Da próxima vez que te chamarem para uma festa na minha casa, você tem que ir.

Freddy sorriu, empolgado.

— Podemos ir hoje? Eden, você tem que ver a *Cloudline*! É a casa mais insana de L.A.!

— Bem, nós temos *mesmo* um paciente gravemente doente na casa... — interveio Thomas.

— Sim — concordou Eden. — Melhor não incomodar...

— Incomodar o quê? Meu pai está morrendo de tédio! Tenho certeza de que ele adoraria conhecer a filha de Thomas Tong! Apareçam para uns drinques mais tarde, vou pedir para minha assistente fazer um tour particular com vocês pela propriedade — decretou Luis Felipe, antes de sair cambaleando do *Cabana Room*.

Preocupada, Eden virou-se para o pai.

— Pelo amor de Deus, você não vai deixar ele dirigir, vai?

— Não se preocupe — disse Thomas, com uma risadinha.

Eden e Freddy seguiram Thomas até a rua, onde uma frota de SUVs estava parada logo além da tenda listrada. Dois seguranças intimidadores, vestidos de preto, escoltaram Luis Felipe até um Lamborghini Urus prata fosco, customizado.

— A carteira dele foi suspensa no ano passado. Pela segunda vez. Se for pego dirigindo de novo, vai direto para a cadeia — explicou Thomas, antes de entrar no carro.

3

Cloudline

•

BEL AIR • *FIM DA TARDE*

— E este é o museu de carros particulares de Sir Luis Felipe... — anunciou Tessa, a assistente pessoal de Luis Felipe, assim que o elevador se abriu, no andar inferior. Freddy ficou boquiaberto diante da cena. Sua mente parecia incapaz de processar o que via. À sua frente, havia quarenta, talvez cinquenta, dos carros esportivos mais exóticos do mundo, dispostos em perfeita simetria sobre um piso brilhante de aço negro, iluminado por luzes embutidas que destacavam cada veículo. Parecia uma cena de filme de ficção científica: toda a parede sul daquele espaço semelhante a um bunker se abria para uma vista panorâmica do Benedict Canyon, enquanto o sol do fim da tarde cintilava contra os acabamentos metálicos raríssimos de cada automóvel.

— Acho que ele tem uma queda por carros — comentou Eden.

Freddy riu.

— Eden, você não está entendendo. Essa é uma Ferrari 250 GTO de 1963. Vale pelo menos sessenta milhões de dólares.* Aquele ali é o Bugatti La Voiture Noire: vinte milhões. E, puta merda... aquele é o Rolls-Royce Sweptail. Só existe um desses dois carros

* Na verdade, em 2018 uma Ferrari 250 GTO foi vendida por US$ 70,2 milhões.

no mundo, e agora sei a quem pertencem. Só aqui tem meio bilhão de dólares em carros!

— Esses são só alguns dos favoritos de Luis Felipe — explicou Tessa, conduzindo os dois no tour pela *Cloudline*.

— Quantos carros Luis Felipe tem? — perguntou Freddy.

— Entre Sir Luis Felipe e Sir Rene, são trezentos e cinquenta e um.*

— Só isso? — brincou Eden.

— A maioria está em Manila, Londres e Dubai — revelou Tessa.

— Pena que ele não pode dirigir nenhum deles — sussurrou Freddy para Eden.

— Bem, pelo menos pode admirar enquanto nada — disse Eden, apontando para o teto, que era, na verdade, o fundo de vidro de uma piscina olímpica de borda infinita.

— Sim, senhora. Sir Luis Felipe gosta de sentar no bar molhado com seus drinques e observar os carros. Sempre posicionamos os favoritos do momento bem abaixo da claraboia — explicou Tessa.

Eden sorriu, horrorizada, em silêncio. Ela havia imaginado que *Cloudline* fosse algum tipo de propriedade histórica de Hollywood onde grandes astros do cinema já tinham morado — David Niven, talvez, ou Merle Oberon —, porém, em vez disso, ela se via no topo de uma colina, em uma propriedade tão gigantesca e agressivamente moderna que mais parecia um daqueles resorts exagerados que às vezes via no Instagram.

Tudo o que queria era ver o pai, mas, assim que chegaram ao portão e passaram pela verificação de segurança (essa foi a primeira casa que ela visitou onde teve de passar por um scanner corporal completo), ela e Freddy foram recebidos pela linda assistente filipina, uma mulher miúda vestindo um macacão branco justíssimo e botas de salto agulha de doze centímetros. Sem perder tempo, Tessa os colocou em um carrinho de golfe e os levou para um tour

* Nenhum dos dois foi condecorado pela monarquia. "Sir" é apenas um título de cortesia comum entre filipinos. Portanto, se você precisar de uma massagem no ego, agende uma viagem para as Filipinas.

interminável pela propriedade. Freddy parecia hipnotizado, mas Eden só queria apertar um botão de pular o tour. Tudo naquele lugar exalava exagero e não tinha um pingo de alma.

— A arquitetura foi inspirada no filme *Homem de Ferro* — começou Tessa, enquanto o carrinho fazia uma curva acentuada e revelava a estrutura colossal de vidro, aço e concreto abraçada pela encosta da colina.

— Putz, eu realmente preciso de uma casa nova — murmurou Freddy.

— Por quê? Sua casa é maravilhosa! — sussurrou Eden.

— Claro, mas, de repente, estou me sentindo só um rico de classe média.

— Porque você não mora numa casa que parece um resort da rede Hyatt? — Eden revirou os olhos e se voltou para Tessa. — Luis Felipe mora aqui com a família?

— Sir Luis Felipe é solteiro, senhora.

— Ele mora aqui *sozinho*? — perguntou Eden, sem conseguir acreditar.

— Não, ele tem muitos animais e convidados, e sempre há um artista residente.

— E o que ele faz da vida? — insistiu Freddy.

— Sir Luis Felipe é empresário e filantropo.

— Jura? E que tipo de causas filantrópicas ele apoia? — indagou Eden.

— Hum... vou verificar e retorno com a resposta — respondeu Tessa.

Ao chegarem às imensas portas de aço escovado da entrada, Freddy sussurrou para Eden:

— É tudo dinheiro do papai.

— Nossa, que surpresa — murmurou ela, piscando para ele.

Tessa então os conduziu em um tour meticulosamente ensaiado pelos principais salões de recepção, o estúdio de gravação, a sala de projeção, o fliperama retrô dos anos 1980, o cassino, o spa e a academia, o lounge de shisha, o estande de tiro, a quadra de *pickleball*, o zoológico interativo e o já mencionado museu de carros.

Enquanto Freddy sonhava acordado com sua próxima casa, Eden mal podia acreditar que tudo aquilo existisse para o entretenimento de um rapaz que mal parecia ter idade para se barbear.

Por toda a casa, havia retratos que Luis Felipe encomendara de si mesmo a diferentes artistas contemporâneos. Pinturas, murais e até uma escultura em tamanho real do rapaz posando como o *Davi* de Michelangelo,* além de instalações de vídeo digitais com sua imagem espalhadas por todo lado. Justamente quando Eden estava prestes a fazer uma pergunta sobre as obras de arte, os dois foram levados a um imenso ateliê, com chão respingado de tinta e uma enorme claraboia retrátil.

— Este é o Loft do Artista. Sir Luis Felipe recebe um artista diferente todo mês, e os talentos mais promissores do mundo da arte ganham o privilégio de se hospedar em *Cloudline* e criar uma obra em colaboração com ele. Nosso artista convidado atual é a sensação internacional Pine Delfern, que criou esta imagem — disse Tessa, apontando para uma fotografia gigante de quase três metros, presa à parede. A imagem mostrava Luis Felipe posando como vítima de um latrocínio. Seu corpo jazia estirado metade para fora da porta levantada de um Mercedes Gullwing, tombado na encosta em frente ao *Chateau Marmont*, com um ferimento de bala escorrendo sangue do abdômen e manchando seu impecável smoking branco Tom Ford. Sobre ele, uma bela loira, num cintilante vestido dourado, chorava copiosamente enquanto o rímel escorria pelo rosto bonito em trilhas dignas de Tammy Faye. Eden desejou que Rufus pudesse estar ali para ver aquilo, nem que fosse só para testemunhar a reação do amigo àquela fotografia.

— Pine intitulou a obra de *Eles o Mataram pelo Royal Oak* — comentou Tessa.

— Ugh! Definitivamente, não vale morrer por isso! — Freddy gargalhou.

Eden observou a foto por um instante.

— Sabe, não acho que um tiro nesse ponto específico seria fatal. A bala pode ter atingido de raspão a vesícula biliar ou o baço, mas

* Nu, exceto pelas cuecas Calvin Klein.

ele não sangraria até morrer. Agora, dois centímetros mais para cima, aí sim já era.

— Haha, só você para notar isso! Eden é uma médica brilhante; eu mesmo a vi salvar a vida de uma princesa francesa há algumas semanas — contou Freddy a Tessa.

— Não foi bem assim... — protestou Eden.

— Que maravilha. Na próxima vez que Sir Luis Felipe posar para uma obra de arte em que é assassinado, talvez possamos contratá-la como nossa consultora médica — disse Tessa, com toda seriedade.

Eden não soube como reagir e apenas assentiu.

— Bem, isso encerra nossa visita. Espero que tenham gostado de conhecer *Cloudline* — anunciou Tessa.

— Obrigado, Tessa! É ainda mais impressionante do que eu poderia imaginar! — agradeceu Freddy, todo solícito. — Eden, aproveite o tempo com seu pai. Passo para te buscar às sete.

— Não precisa, Freddy, posso pegar um Uber até sua casa.

— Que besteira, estou a dez minutos daqui. Além disso, hoje vamos jantar com Dani, lembra?

— Ah, é. Te vejo às sete.

Eden entrou novamente no carrinho de golfe com Tessa, e as duas partiram em alta velocidade para um pavilhão ao ar livre, situado no ponto mais alto da vasta propriedade. Ali, encontrou seu pai à espera, com uma garrafa gelada de Sancerre e uma elaborada tábua de frios. O que ela não sabia era que Thomas havia planejado tudo para que o tour durasse pelo menos uma hora e que as bebidas fossem servidas naquele local mais isolado. Ele também passara as últimas horas pedindo favores e organizando, às pressas, a ida de Rene ao hospital para um exame de tomografia, apenas para garantir que seu paciente e a filha não se cruzassem.

Enquanto pai e filha saboreavam o vinho e a vista das luzes que começavam a se acender nas mansões espalhadas pelo cânion, Eden atualizou Thomas sobre os últimos acontecimentos em Greshamsbury. Mesmo poupado dos detalhes mais absurdos das palhaçadas de Arabella, Thomas ficou absolutamente horrorizado.

— Arabella perdeu completamente o juízo — disse ele, balançando a cabeça, indignado. — Vou ligar para Francis e vamos resolver isso agora mesmo.

— Não, não, pai, você tem coisas mais importantes com que se preocupar agora, e o coitado do Francis não tem culpa de nada. Não precisa envolvê-lo nisso. Arabella obviamente está surtando no pós-casamento e está fora de si. Eu só tive o azar de estar no lugar errado na hora errada, e ela resolveu descontar em mim.

— Ela não tinha esse direito! Como sempre, você está sendo muito mais compreensiva do que Arabella merece. Te expulsar do Casarão já é um absurdo, mas manchar sua reputação profissional do jeito que fez é imperdoável. Vou *sim* conversar com Francis, e tenho certeza de que ele vai concordar que Arabella precisa fazer as devidas reparações. Enquanto isso, não há motivo para você andar de cabeça baixa em Greshamsbury. Todo mundo sabe muito bem do que Arabella é capaz.

— É exatamente por isso que estou pedindo para deixar isso pra lá. Em algumas semanas, tudo vai se resolver, e eu não quero piorar as coisas para Bea ou Rufus — argumentou Eden, tomando um gole de seu gim-tônica.

Thomas suspirou.

— Você tem um coração enorme, minha querida. Sempre colocando os Gresham à frente de si mesma...

— Bem, como você mesmo disse, todos sabemos do que a mãe deles é capaz. Pelo menos a gente não precisa lidar com isso todos os dias, como eles — respondeu Eden.

— Isso é verdade.

— Como você está, pai? Ainda não acredito que esteja aqui, logo nesse lugar.

— Não era para eu estar, mas meu paciente insistiu em vir passar um tempo com o filho.

— O pai de Luis Felipe?

— Sim.

— Se o filho for um reflexo do pai, eu diria que não está sendo nada fácil para você.

— O filho é tranquilo, não dá trabalho. O pai é que tem sido o verdadeiro desafio. Estou o tratando há quatro anos, e tem sido uma batalha constante.

— Que tipo de câncer?

— Adenocarcinoma.

Os olhos de Eden se arregalaram.

— Quatro anos! É impressionante ele ter resistido tanto tempo.

— Ele é um homem extremamente complicado, e um lutador, sem dúvida. Mas já não tem mais tanta luta dentro de si.

Eden estreitou os olhos ao notar uma cena peculiar logo atrás do ombro do pai. Uma procissão digna de um filme de Fellini subia lentamente a colina, em direção ao pavilhão. À frente, um homem mirrado, usando um gorro de lã e envolto em um cobertor Hermès Avalon, era empurrado em uma cadeira de rodas por um enfermeiro nórdico gigantesco. Tubos saíam de todas as partes de seu corpo — do nariz, dos braços —, enquanto, às suas costas, meia dúzia de enfermeiros carregavam equipamentos médicos conectados ao homem. Seria aquele o misterioso paciente do pai?

— Acho que aí vem seu lutador — comentou Eden.

Thomas se virou, chocado.

— Santo Deus!

Antes que ele pudesse interceptá-los, Rene e sua comitiva chegaram ao pavilhão. Thomas encarou o enfermeiro, desapontado.

— O que aconteceu, Olaf? Era para vocês estarem indo para o Cedars-Sinai.

— Dr. Tong, eu tentei. O Sr. Tan recebeu uma mensagem e mandou a gente voltar — explicou Olaf, nervoso.

— Thomas Tong, seu sacana filho da puta... por que não me contou... que sua filha estava aqui? Tive que... descobrir por Tessa! — Rene repreendeu Thomas, ofegante.

— Rene, desculpe. Achei que você não se importaria se minha filha fizesse uma visita enquanto você estava fora, fazendo a tomografia — respondeu Thomas, visivelmente constrangido.

— Não me importaria? *Nei lyun gong mat yeh?** Por que diabos eu faria... outra tomografia... só para saber para onde mais... esse câncer desgraçado se espalhou? Quero conhecer... sua filha. — Rene inclinou o pescoço na direção de Eden, que estava sentada na outra ponta da mesa. — Venha aqui... como é seu nome?

Eden se levantou e se agachou ao lado da cadeira de rodas de Rene. Bastou um olhar rápido para perceber que ele estava em péssimo estado.

— Olá, senhor, eu sou Eden — disse ela, sorrindo.

Rene a encarou intensamente.

— Trinta anos que eu... conheço seu pai... e nunca... nem uma vez... ele me mostrou... uma foto sua. Quantos anos você tem?

— Vinte e sete — respondeu Eden, surpresa ao descobrir que aquele homem conhecia seu pai havia tanto tempo. Ela imaginava que ele fosse um dos clientes mais recentes, vindo da China.

— E você... nasceu na... Inglaterra?

— Não, em Houston.

— Ah, sim... onde seu pai estava... fazendo residência.

— Na verdade, foi onde ele fez a especialização em oncologia. Mas nos mudamos para a Inglaterra quando eu tinha três anos, depois que minha mãe morreu.

— Sua pobre mãe... ela era ABC?** Chinesa nascida nos Estados Unidos?

— Na verdade, era chinesa nascida no Canadá.

— Como ela... se chamava?

— Faye.

— Faye o quê?

— Faye Wang.

— Faye... Wang... que interessante.

A máquina de pressão arterial começou a apitar, e Olaf lançou um olhar preocupado para Thomas. A pressão de Rene estava subindo mais rápido que um foguete.

---

* Em tradução livre: "Que absurdo é esse?"

** Sigla para American-Born Chinese — chinês nascido dos Estados Unidos. (N. T.)

— Rene, precisamos te levar de volta para a suíte agora. — Thomas interrompeu com urgência.

— Vá se foder... estou... conversando.

Eden olhou para o monitor, surpresa por ele ainda estar vivo, e continuou com a maior calma:

— Sr. Tan, por que não continuamos essa conversa no seu quarto?

— Você não vai... embora?

— Estou bem aqui e não vou a lugar algum — garantiu Eden, segurando a mão dele.

O grupo seguiu para a ala de hóspedes da residência principal, que, assim como a casa de Houston, havia sido transformada em uma suíte médica de última geração. Após ser acomodado na cama, Rene retomou a conversa com Eden.

— Me conte... sobre sua mãe... o que ela fazia?

— Ela trabalhava com relações públicas, mas, depois que nasci, virou mãe em tempo integral... até ficar doente.

— Ela também teve câncer?

— Sim.

Rene ficou em silêncio por alguns instantes, antes de murmurar:

— Conseguimos mandar... robôs para Marte... mas ainda não conseguimos vencer... essa doença ridícula. Eu devia... ter morrido... há quatro anos, mas... seu pai me manteve... vivo.

Eden abriu um sorriso encorajador.

— Mas qual é o... sentido de estar vivo... quando tudo tem gosto... de estrume de cavalo e... você não pode mais correr atrás... de todas as garotas bonitas? Eu adorava vir para Los Angeles... tanta tentação... agora... qual é o sentido? Sou um... eunuco num harém.

— Pelo menos você conseguiu passar mais tempo com seu filho... — comentou Thomas.

— Sim... Luis Felipe... e onde ele está? Eu vi... esse moleque... duas vezes desde que chegamos. Está sempre ocupado demais... se encontrando com... aqueles vigaristas de Hollywood. Ele deveria estar aqui, conhecendo você.

Nesse momento, Tessa apareceu à porta do quarto.

— Srta. Eden, o Sr. Freddy chegou para buscá-la.

— Obrigada, Tessa.

— Tessa... onde diabos meu filho se meteu? — resmungou Rene, com esforço.

— Sir, acredito que ele está organizando uma festa de lançamento de tênis, na loja Ron Herman.

Eden não acreditou no que estava ouvindo. Se fosse seu pai ali, ela jamais estaria organizando uma festa naquele momento. Não tinha nem certeza se aquele homem ainda estaria vivo no fim de semana. Virando-se para Rene, ela disse:

— Sr. Tan, infelizmente preciso ir a um jantar.

— Coma alguma coisa... gostosa por mim.

— Foi um prazer.

— Você vem... me visitar de novo?

Eden olhou para o pai, antes de responder.

— Sim, claro.

— Vou te contar histórias... sobre seu pai... que vão fazer seu cabelo... ficar em pé.

— Espero que sim! Agora descanse, e nos vemos em breve!

Eden apertou a mão de Rene, abraçou o pai e saiu da suíte com Tessa.

Pouco depois, Rene chamou Thomas para junto da cama e perguntou, com a voz fraca:

— Sua filha... ainda mora... com você?

— Mora, sim.

— Seu sortudo desgraçado.

— Sou mesmo. Agora você precisa mesmo parar de falar e descansar um pouco — sugeriu Thomas.

Rene o ignorou.

— Dá para ver que ela é... uma boa médica.

Thomas assentiu. Falar sobre a filha com Rene exigia um esforço imenso. Ele passara décadas tentando construir uma barreira impenetrável entre seus pacientes e sua vida pessoal.

— Eu estraguei tudo... com meu filho... não estraguei?

— Você só precisa colocá-lo nos trilhos.

— Dei a ele... o mundo... e ele me odeia por isso.

— Nunca é tarde para mudar a relação de vocês, Rene.

— É, sim — respondeu Rene, soltando um longo suspiro.

4

Daddy Mustang

•

HOLLYWOOD, CALIFÓRNIA • *NOITE*

Enquanto aceleravam pela Sunset Boulevard, Freddy contava animado sobre a experiência especial que os aguardava.

— Michelle Obama veio jantar aqui com a filha outro dia. Harry Styles dormiu num dos sofás, depois de ganhar o Grammy. E Leo é figurinha carimbada. O Daddy Mustang é...

— O restaurante mais exclusivo do mundo? — interrompeu Eden.

— Como você sabe?

— Porque foi o que você disse sobre todos os lugares aos quais me levou desde que cheguei a L.A.! — respondeu Eden, rindo. — Me diga uma coisa, você vai a algum lugar que não seja exclusivo?

Por um segundo, Freddy ficou desconcertado.

— Claro que sim... eu frequento vários lugares normais, tipo... hã... o South Beverly Grill.

— Nossa, que alívio saber disso!

— Mas por que eu te levaria a lugares normais? Estou te mostrando o melhor que minha cidade natal tem a oferecer! Você não faria o mesmo por mim se eu fosse te visitar?

— Eu te levaria no nosso Caffè Nero local, mas receio ter sido banida de lá.

— Caffè Nero? Parece superlegal. O que você fez para ser banida?

Eden riu.

— É uma longa história.

O carro parou diante de um pequeno centro comercial de um andar, no meio do qual havia uma única porta de madeira pintada de preto brilhoso. Um homem alto e magro com cabelo loiro desgrenhado estava parado na frente de um pódio de metal — do tipo que maestros de bandas escolares usam —, o rosto iluminado pelo brilho do iPad em suas mãos.

— É isso? — perguntou Eden, surpresa com a entrada discretíssima.

— Sim, este é o Daddy Mustang. É tão exclusivo que você nem saberia que é aqui. Precisamos agradecer a Dani: você não faz ideia do que ela precisou fazer para conseguir uma mesa hoje!

— Ela precisou reservar com algumas semanas de antecedência?

— Algumas semanas? Ha! Primeiro, eles não têm telefone, então a única maneira de fazer uma reserva é pelo site. As mesas só ficam disponíveis na semana anterior, à meia-noite e um minuto de domingo para segunda, mas, quando você clica no site à meia-noite e um segundo, todas as mesas da semana já foram reservadas!

— Como isso é possível?

— Loucura, né? Eu sei. Acontece que o site é uma farsa total, porque as mesas nunca estão realmente disponíveis online. É pior que conseguir ingresso para um show da Taylor Swift, porque pelo menos esses ingressos realmente existem. O Daddy apenas finge que está aberto ao público, para que as pessoas comuns possam sonhar em vir comer aqui, quando, na verdade, é literalmente impossível. A única maneira de conseguir uma mesa é contratando um promoter de alto nível, pagando um cachê fixo de oito mil dólares por mês e, depois que ele gerar visibilidade suficiente para você na mídia, quando sua página da Wikipedia tiver pelo menos seis parágrafos, suas redes sociais estiverem verificadas com aqueles selos azuis e houver fotos suas no Met Gala ou na festa do Oscar da *Vanity Fair*, seu promoter pode, então, ousar ligar para o número de reservas... que é mais bem guardado do que a linha direta do presidente com os códigos nucleares. E aí, se alguém atender, o que é raro, o promoter vai falar com uma mulher durona que tem a voz igualzinha à da Jamie Lee Curtis e que administra a "Lista do Daddy", porque, pelo visto, todo mês eles atualizam essa lista com os nomes das pessoas do planeta que são descoladas o suficiente para vir jantar aqui. Então o promoter só precisa dizer: "Eu represento Eden Tong", e haverá uma pausa enquanto a pseudo Jamie Lee verifica a Lista do Daddy. Se seu nome não estiver ali, pode esquecer: você nunca vai entrar. Mas, se você estiver na lista, terá o privilégio de reservar uma mesa... para dali a oito meses.

— Sua irmã está na Lista do Daddy?

— Sim, ela finalmente entrou na lista este ano — respondeu Freddy, enquanto se aproximavam do balcão da recepção. Ele anunciou, animado: — Estamos com o grupo da Farman-Farmihian.

— Lamento muito, mas não temos nenhuma reserva com esse nome — disse o recepcionista, num sotaque britânico tão exagerado que Eden teve certeza de que era forçado.

— Hã... pode verificar sua lista de reservas de novo? — perguntou Freddy, notando que o rapaz nem sequer olhou para o iPad no pódio.

— Eu sei exatamente quais são as reservas da noite, e não há nenhuma com o nome Farman-Farmihian — respondeu o recepcionista, secamente.

— E "Daniela"? — sugeriu Eden.

O homem ergueu os olhos e encarou Eden surpreso, identificando o sotaque, que era muitos níveis mais refinado que o dele.

— Daniela o quê?

— Suponho que seria Farman-Farmihian — respondeu Eden.

— Desculpe, ninguém com esse nome.

— E Abe Froman? — brincou Eden.

— Não há nenhum Abe Froman — respondeu o recepcionista de forma lacônica, sem entender a piada.

— Espere... e princesa Soraya? — soltou Freddy de repente.

A atitude do recepcionista mudou no mesmo instante.

— Claro. A princesa já está lá dentro.

— Graças a Deus! — Freddy soltou o ar, aliviado, enquanto o recepcionista digitava algo no iPad e apontava para a porta preta brilhosa. O clique da fechadura destrancando foi o som mais doce que Freddy já ouvira. Logo, eles estavam entrando em uma belíssima imitação de taverna com painéis de madeira escura nas paredes, piso de ladrilhos pretos e brancos, sofás de veludo verde-musgo e luminárias escandinavas vintage de bronze em cada mesa. Tudo tinha aquele maravilhoso brilho dourado à la McNally, e o lugar estava lotado de comensais animados por serem vistos no restaurante mais badalado da cidade. Eden avistou Daniela acenando para eles no bar com um longo balcão ao fundo.

— Encontro vocês já, preciso mijar mais que um cavalo de corrida russo! — disse Freddy.

Eden atravessou a multidão e chegou ao bar apertado, onde Daniela a recebeu com um abraço caloroso.

— Este lugar não é fabuloso? Nem te conto quantos promoters tiveram que morrer para conseguirmos uma mesa aqui.

— Nem quero saber! — respondeu Eden, rindo, enquanto examinava o ambiente e notava, mais uma vez, que todas as mulheres estavam superproduzidas, enquanto a maioria dos homens, especialmente os mais velhos, parecia ter vindo direto da academia, vestindo moletom, tênis e bonés de beisebol. Eden se inclinou para sussurrar no ouvido de Daniela:

— Percebi uma coisa sobre L.A. Por que todo homem se veste como...

— Um eterno adolescente?

— Não é o termo que eu escolheria, mas é exatamente isso. Os adolescentes ricos se vestem como velhos, e os velhos se vestem como adolescentes.

— É porque todo mundo aqui é obcecado pela juventude. As mulheres colocam tanto preenchimento que acabam parecendo bonecas de ventríloquo, enquanto os homens se vestem como se tivessem 16 anos e fazem transplante capilar. É por isso que você vê tantos bonés de beisebol: eles estão escondendo as cicatrizes até o cabelo crescer. Mas também tem um lado simbólico. Quanto mais desleixado você se veste, mais poderoso parece. Está vendo aquele cara ali, que parece um técnico de futebol americano de uma cidadezinha do Texas que já devia ter se aposentado há uns vinte anos? Pois ele é o presidente de um grande estúdio de cinema. E aquele velhote ali, de camisa havaiana, que parece ter acordado de ressaca, depois de um show do Jimmy Buffett? É um bilionário que já vendeu três das maiores empresas de mídia do mundo.

— Fascinante... — murmurou Eden, observando o homem de rosto avermelhado e percebendo as migalhas de pão espalhadas pela frente de sua camisa.

— Eles competem entre si para ver quem consegue melhor personificar um mendigo adolescente, porque isso transmite a ideia de que são importantes demais para dar a mínima para a aparência. E aí, os aspirantes tentam imitar o mesmo visual. A maioria é de agentes ou de empresários de talentos. Dá para identificar fácil: são os que usam moletons caríssimos e um Nautilus no pulso. O Nautilus é um dos sinais.

— O que é um Nautilus?

— Um relógio.

— Ah, tipo aquele que o cara aqui do lado está usando?

Daniela deu uma olhada no pulso do homem e revirou os olhos com desprezo.

— Não, esse é um Oyster. Oyster é coisa de corretor de imóveis tentando vender casas superfaturadas nas Bird Streets.* Nautilus é para executivos medianos da indústria do entretenimento. Agora, observe aquele ali, de bermuda cargo e chinelo: ele nem está usando um relógio. *Isso é poder de verdade.*

A hostess se aproximou das duas.

---

* Bairro exclusivo onde todas as ruas têm nomes de pássaros. Segundo um guru famoso do mercado imobiliário: "é o tipo de lugar onde um cara que enriquece com crypto compra uma mansão, quatro dos amigos dele se mudam para lá, eles dão festas cinco noites por semana, gastam cem mil por mês e, dali a dois anos, o cara abre falência e é forçado a vender a casa a preço de banana".

— Alteza? Tenho boas notícias. As pessoas que estão na sua mesa acabaram de ser servidas com as sobremesas, então a mesa estará disponível em, no máximo, trinta ou quarenta e cinco minutos.

— Maravilha — respondeu Daniela.

Quando a hostess se afastou, Eden comentou:

— Nossa, eu não fazia ideia de que você era princesa.

Daniela caiu na gargalhada.

— Talvez eu tenha exagerado um pouquinho... Esse é o nome de minha futura sogra. A mãe de Lior é descendente da realeza afegã, embora ele tenha crescido entre Roma e Tel Aviv.

— Que demais. Sempre quis conhecer Tel Aviv.

— Ótimo, porque você vai a meu casamento: vai ser lá!

— Nossa, que sacrifício! — brincou Eden. — Quando vai ser?

— Em novembro, quando já esfriou um pouco.

— Parece perfeito. — Eden hesitou por um segundo antes de se aventurar a perguntar: — Me conte, como você soube que Lior era "o cara"?

— Você vai achar que eu sou maluca, mas foi minha mãe quem me disse.

— Sua mãe? Mas eu pensei que...

— Sim, ela já morreu há anos. Eu estava em Tel Aviv alguns verões atrás, no Hotel Montefiore, comemorando o aniversário de uma amiga, e Lior estava no bar com uns amigos. Assim que nossos olhares se cruzaram, foi como se eu sentisse uma onda de energia me atravessando e ouvi uma voz dizendo: *Joonam, este é o homem certo para você*. Só minha mãe me chamava de Joonam.

— E o que aconteceu? Você foi falar com ele?

— Claro que não. Passei a noite inteira fingindo que ele não existia, ele também não veio falar comigo, depois sumiu. Então eu pensei, tudo bem, devo ter me enganado. Porém, mais tarde naquela noite, quando voltei ao meu apartamento, quem estava no saguão, esperando o elevador? Lior! Foi aí que começamos a conversar e descobri que a família dele também tinha um apartamento de férias no prédio, assim como a nossa. Só que nossos caminhos nunca haviam se cruzado porque a gente só o usava nas férias escolares americanas, enquanto ele só aparecia nas férias escolares europeias.

— Estava escrito nas estrelas! — disse Eden, animada.

— Espere, tem mais! Algumas semanas depois, quando já estávamos namorando, a mãe dele veio nos visitar. E adivinhe só? Descobrimos que ela conhecia minha mãe, e que minha mãe chegou a conhecer Lior quando ele era pequenininho, antes mesmo de eu nascer! Então eu sinto que ela está lá em cima, cuidando de mim e fazendo tudo isso acontecer.

— Que incrível! — disse Eden, sentindo de repente uma pontada de tristeza ao se perguntar, em silêncio, se a própria mãe estaria em algum lugar, cuidando dela também.

— E você? Já conheceu "a pessoa certa"? — perguntou Daniela.

— Bem... não tenho certeza...

— Ah, qual é, desembucha! Freddy disse que você tinha alguém na Inglaterra. Algum duque vizinho apaixonado por você?

Eden riu.

— Ele é visconde, não duque. E é meu melhor amigo.

— Seu melhor amigo, apaixonado por você, mas você não sente o mesmo?

Eden balançou a cabeça com força, as bochechas corando.

— Tem algo errado nessa história. Dá para ver muito bem que ele mexe com você. Veja só, você está vermelha feito aquele Negroni no balcão.

— É complicado. Rufus está destinado a se casar com uma mulher de origem parecida, que possa ser sua condessa.

— Mas você não cresceu na casa ao lado? Se isso não é uma origem parecida, eu não sei o que é — argumentou Daniela, se remexendo na banqueta para evitar o vizinho que ficava se encostando nela.

— Não, não, Rufus nasceu na aristocracia. Eu nasci no Texas. Para a mãe dele, sou uma zé-ninguém. Além disso, não tenho nenhum interesse em me tornar a condessa da mansão. Não é a vida que quero para mim.

Daniela ergueu uma sobrancelha, desconfiada.

— Me diz, quando foi seu último relacionamento?

— Há uns dois anos, quando eu ainda estava na residência médica. Ele era escocês e nós dois trabalhávamos no turno da noite, na UTI. A gente acabou se aproximando por causa das longas horas de trabalho e da loucura da rotina, mas, assim que a residência acabou, o namoro também esfriou.

— Que pena. Aposto que ele devia ser um tesão de jaleco — comentou Daniela, olhando ao redor, incomodada.

— Ah, sim, ele ficava ótimo no... está tudo bem? — perguntou Eden, notando que Daniela, de repente, estava de boca aberta. Então ela se inclinou e sussurrou no ouvido de Eden:

— Não olhe agora, mas o cara atrás de mim...

— Deixe eu adivinhar... é o Shawn Mendes?

— Não, Shawn já foi embora. Não consegue ver o que esse cara está fazendo?

Eden espiou por cima do ombro dela, e viu um homem, de costas para Daniela, conversando com uma mulher sentada na banqueta do bar.

— Hã... ele está falando com o date dele?

— Olhe direito. *Para a garota.*

Eden focou no rosto da mulher e percebeu que ela estava contraindo a testa de um jeito estranho, ritmado. Será que estava tendo algum tipo de ataque? Um AVC isquêmico transitório? Então Eden olhou para baixo e notou que o braço direito do homem estava enfiado até a metade por baixo da saia da mulher, estocando.

Eden não conseguia acreditar no que estava vendo.

— Meu Deus... ele está...?

— Ele está enfiando o dedo nela! — Daniela articulou as palavras sem som.

Eden ficou de queixo caído.

— Será que ele não percebe que está num restaurante, cercado por duzentas pessoas? — perguntou Daniela, agora em alto e bom som. Mas o homem não deu a menor atenção e continuou, balançando o braço freneticamente, a ponto de dar uma cotovelada na cintura de Daniela.

— Ai! — gritou Daniela.

De repente, a mulher berrou:

— Amor, estou gozando!

— E eu acabei de perder o apetite! — disse Eden.

— Somos duas. Vamos pegar um ar — chamou Daniela, e as duas foram direto para a saída. Assim que chegaram lá fora, se olharam e caíram na gargalhada.

— Não sei por que estou rindo — disse Daniela, contorcendo-se de tanto rir. — Foi MUITO NOJENTO!

Eden ria tanto que estava com lágrimas nos olhos.

Uma mulher de uns 60 anos, com os lábios exageradamente preenchidos, desceu de um Bentley e foi na direção das duas. Olhou para Eden, encostada no pódio do host, e disse:

— Quero minha mesa de sempre no jardim.

— Desculpe, mas eu não trabalho aqui — disse Eden, ainda rindo.

A mulher então se virou para Daniela e disse com frieza:

— Você então! Quero uma mesa no jardim hoje, embaixo do aquecedor grande.

— Não posso ajudar a senhora, eu não sou a hostess — respondeu Daniela.

— Quem são vocês então? — perguntou a mulher, tentando franzir a testa, mas o botox não deixava.

— Sou a princesa Soraya — rebateu Daniela, enquanto Eden não parava de rir.

A mulher fez uma cara feia para as duas e tentou ela mesma abrir a porta.

— Ué! Por que não abre? — reclamou, batendo fraco na porta, até que alguns clientes saíram e ela aproveitou para abrir passagem, empurrando-os do caminho.

— Rica, mimada e sem noção... essa combinação é letal. Espero que mandem ela para o bar — disse Daniela, enquanto as duas caíam de novo na risada.

Alguns minutos depois, o inglês loiro saiu de lá de dentro e as olhou feio, com ar de superioridade.

— Vocês não podem ficar aqui. Terão que se retirar.

— Estamos esperando nossa mesa — disse Daniela.

— Pois acabaram de perdê-la.

— O quê? Como assim?

— Recebemos uma reclamação sobre vocês duas.

— Reclamação? — Daniela estava tentando entender.

— Foram extremamente desrespeitosas com Nancy Doheny. Têm ideia de quem ela é?

— Não me interessa. Ela é que foi grossa com a gente.

— Sim, ela estava nitidamente confusa e irritada por não conseguir entrar — acrescentou Eden.

— Ouça, não sei o que aconteceu, mas não toleramos comportamento ofensivo neste estabelecimento.

O rosto de Daniela ficou vermelho de raiva.

— Espere aí. Tem um cara que está literalmente dedando uma garota no bar e você está chamando *meu* comportamento de ofensivo?

— Você está sendo claramente ofensiva comigo agora.

Nesse momento, Freddy enfiou a cabeça pela porta.

— Ah, aí estão vocês! Estava me perguntando onde tinham se metido!

— Todos vocês devem se retirar — decretou o host.

— O quê? — Freddy estava bastante confuso. — O que aconteceu?

Eden suspirou.

— Vamos embora, deixe para lá.

— Não! Não vou a lugar algum. Não fizemos nada de errado e queremos nossa mesa! — exclamou Daniela, fumegando de raiva. — Quero falar com o gerente.

— Eu *sou* o gerente.

— Não é, não. Chame o gerente de verdade, agora mesmo!

Uma voz conhecida soou atrás deles.

— Yo! O que está pegando por aqui?

Eden se virou e viu Luis Felipe, vestido como uma caricatura de rapper dos anos 1990, com uma regata branca, jeans brancos oversized, reluzentes tênis dourados e uma coleção de correntes de ouro e diamantes no pescoço anormalmente agigantado. Vinha flanqueado por duas mulheres em vestidos curtíssimos e, claro, seus dois seguranças inseparáveis na retaguarda.

— Ah, oi — cumprimentou Eden. — Parece que estão nos chutando para fora.

— Caralho, o que vocês fizeram? — perguntou Luis Felipe, rindo, nitidamente mais bêbado que antes.

— Absolutamente nada — respondeu Eden.

— Deixe que eu resolvo a parada. Yo, cara, deve ter rolado um engano... — gritou Luis Felipe.

— Fica fora disso — disse o host, apontando o dedo para Luis Felipe, antes de se virar para Freddy e Daniela. — Vocês decidem: podem sair por bem, ou a coisa pode escalar...

— Yo, Edward Cullen! Esses caras são meus convidados. Tire essa vara da bunda e deixe eles entrarem — gritou Luis Felipe.

— Beleza, agora você também não vai entrar! — decretou o host.

— Peraí, você está falando comigo? — Luis Felipe arregalou os olhos, genuinamente chocado.

— Sim, é com você mesmo. Todos vocês, saiam de minha calçada agora mesmo! — esbravejou o host.

— Na verdade, essa calçada é *minha*. Então dê o fora daqui, seu merda, senão... — ameaçou Luis Felipe.

— Nem pensar. Você está caindo pelas tabelas. Saia agora, senão eu chamo a polícia!

Luis Felipe se virou para o segurança à sua esquerda.

— Acabe com esse otário.

Antes que alguém pudesse registrar o que estava acontecendo, o segurança executou uma manobra rápida como um raio e, de repente, o host foi parar no chão, dobrado ao meio e gemendo de dor.

— Puta merda, direto nas bolas! — sibilou Freddy, enquanto o outro segurança chutava o host de novo.

— Parem com isso! — berrou Eden.

O host vomitou no asfalto. Eden foi correndo até ele e o segurou pelos ombros, fuzilando Luis Felipe com o olhar, zangada.

— Por que fez isso?

Luis Felipe apenas ficou ali parado, sorrindo como um maníaco.

O gerente do restaurante veio correndo para fora, acompanhado por dois garçons.

– Ei, ei, ei! Que merda é essa? Que merda é essa?

– E aí, Nico — disse Luis Felipe.

O gerente congelou. Levantou os braços para impedir que os outros dois garçons fizessem qualquer movimento.

— E aííííííííí, Sr. Tan! Veio jantar conosco hoje? — perguntou ele, forçando um tom exageradamente simpático.

— Sim, e já estou esperando faz tempo pra caralho.

Os olhos do gerente desviaram por um átimo de segundo para o host caído no chão.

— Miiil desculpas, Sr. Tan. Hã... sua reserva não era para três pessoas?

— Agora somos seis. Quero a Mesa do Chef, na sala VIP.

— Mas é claro, mas é claro...

Enquanto os dois garçons ajudavam o host a se levantar e o levavam depressa para dentro, o gerente segurou a porta aberta para as duas acompanhantes de Luis Felipe, que entraram com estardalhaço, na maior alegria.

Luis Felipe se virou para Eden, Freddy e Daniela.

— E aí, vocês vêm ou não?

Os três hesitaram, sem saber o que fazer.

— Vão perder um jantar foda... — disse Luis Felipe, sumindo porta adentro.

— Ah, foda-se — disse Freddy, indo atrás dele.

— Freddy! — chamou Eden, indignada, antes de se virar para Daniela. — Não vou jantar com aquele psicopata! Você viu o que ele fez com esse pobre coitado?

Daniela suspirou.

— Odeio dizer isso, mas não foi nada. Eu estudei na Beverly High. Você não tem ideia do tipo de merda macabra que já vi. Pessoalmente, estou bem a fim de ver o que vão servir na Mesa do Chef para aquele monstro maluco bombado. Você não?

— Na verdade, não. A essa altura, ficaria feliz se nunca mais visse Luis Felipe na vida.

— Vamos. Freddy está lá dentro sozinho, não dá para abandoná-lo agora. Além do mais, você pode ver como o coitado que levou o chute no saco está se sentindo.

— É, tem isso...

Daniela sorriu.

— Pelo menos uma coisa é certa: não vamos mais precisar esperar no bar.

5

Mesa do Chef

•

SALA DE JANTAR PRIVÊ DO DADDY MUSTANG • *NOITE*

Conversa entre Daniela Farman-Farmihian, Jenna e Lexi...

— Esse é o anel mais incrível que eu já vi. É uma safira?

— Não, é uma Paraíba.

— Uma Para... o quê?

— Uma Paraíba. São do Brasil. Aqui, experimente...

— Ai meu Deus... é incrível! Parece que está pulsando!

— Jenna, não monopolize o anel!

— Espere sua vez, Lexi. Ainda estou sentindo a energia da pedra.

— É meu anel de noivado.

— Você não quis um diamante?

— Isso aqui é muito mais raro que um diamante. Essas pedras praticamente não existem mais, já foram todas extraídas.

— Não vou nem perguntar quanto custou. Deve ser o valor do nosso aluguel.

— É, Jenna, só que por um ano inteiro!

— Vocês duas moram juntas?

— Sim. Eu e Lexi temos um apê fofo na Harper, perto do Fountain. Sabe, um daqueles prédios antigos com pátio espanhol?

— É a cara de Melrose Place. Todo mundo pega todo mundo, e o dono administra o lugar como se fosse um clube privado. Só aluga para atores e tem que ser muito gato para conseguir. Julia Roberts morou lá quando estava começando, e aquele australiano que vive sem camisa em *True Blood* também.

— Demos uma sorte tremenda. Minha amiga Selena foi filmar uma série em Vancouver, então sublocou o apê para nós.

— Daniela, onde você mora?

— Em Trousdale.*

— Não fica no Vale?

— Não. Então quer dizer que vocês duas são atrizes?

— Sim. Você viu *The White Lotus*?

— Sim! Adorei! Vocês trabalharam nessa série?

— Eu fiz teste para ser a melhor amiga da filha escrota.

— E eu vou filmar um terror indie na Croácia, no verão.

— E eu já protagonizei umas coisas para streaming que quase viraram série.

— E você?

— Trabalho no ramo da indumentária.

— Como assim?

— Eu desenho e fabrico moda esportiva.

— Ai meu Deeeeus, você trabalha com moda?

— Não diria isso. Eu basicamente crio joggers e calças de ioga para grandes varejistas, tipo Ross e Target.

— Você estudou moda?

— Fiz dois anos, mas larguei a faculdade. Eu já tinha minha empresa enquanto estudava, mas percebi que tudo o que aprendia estava afundando meu negócio. Sempre que eu tentava lançar algo chique, não vendia nada. Mas quanto mais feias eu fazia as roupas, mais bombavam.

— As pessoas só querem roupas feias. Eu ando na rua e só vejo gente vestida como piriguete ou largada.

---

* A maioria dos jovens que vive em Beverly Hills não diz isso abertamente. Preferem falar que vivem "em Trousdale" ou "perto de Coldwater", mas nunca dizem "Beverly Hills". (O contrário vale para as pessoas que moram no bairro perto do correio de Beverly Hills — essas pessoas fazem questão de contar para todo mundo.)

— As meninas com a bunda de fora e os caras de moletom cinza balançando o pacote para todo mundo ver.

— Ninguém mais liga para o glamour. Quero dizer, menos a gente, claro. Seu vestido é maravilhoso. Gucci, não é?

— Simone Rocha.

— Não conheço ele. Achei que fosse Gucci ou talvez, sei lá, Louie Vetton.

— Falando em *Louie*, como vocês duas conheceram nosso anfitrião?

— Quem?

— O cara aqui na frente. O psicopata.

— Hahaha, Luis Felipe? Ele é um amor!

— A gente conheceu ele no Burning Man.

— Ele tinha uma barraca de camping seeeeensacional! Com um sommelier de maconha e um sushi bar. Um japonês com uma daquelas faixas do *Karatê Kid* ficava fazendo unagi rolls para todo mundo no meio do deserto!

— Estava tipo uns 65 graus, sem brincadeira, então todo mundo queria comer o sushi do Luis Felipe.

— E esquiar.

— Esquiar? No Burning Man?

— É, Luis Felipe tinha a neve mais maneira... — Ela faz um gesto de fungar — tipo, montanhas de neve, servidas em bandejas de prata gigantescas.

— E os melhores cogumelos. Meu Deeeeus do céu, perdi uma semana inteira da minha vida com um quarto de cogumelo, mas foi *seeeensacional*.

— Vocês vão para casa dele depois? Ele vai dar uma festa absurda. Vai ser *ÉPICO*.

— Mas... o pai dele superdoente não está hospedado na casa?

— Sério? Nem sabia que o pai dele estava na cidade.

Conversa entre Eden Tong e o gerente...

— E o que posso trazer para a senhorita esta noite?

— Posso perguntar como está o host?

— O host?

— O homem que se machucou lá fora.

(O gerente lança um olhar cauteloso para Luis Felipe antes de responder.)

— Ah, Milo. Ele está bem, nós o mandamos para casa.

— Ele deveria ir a um hospital para fazer uma ressonância.

— Ele vai ficar bem.

— Ele estava tossindo sangue. Pode ser uma hemorragia interna.

— Agradeço sua preocupação. — (Olha para Luis Felipe de novo.) — Bem, o chef recomenda a salada Caesar *chiffonade* para começar e, em seguida, o *agnolotti* de trufas brancas. Acabamos de receber umas trufas divinas de Alba...

Conversa entre Freddy Farman-Farmihian e Luis Felipe Tan...

— Esse Tomahawk ribeye está absurdo. Derrete na boca, de tão bom.

— O que eu te falei? A comida daqui é animal.

— Pois é, valeu por convencer a gente a ficar. E também pelo tour na Cloudline. *Molto impressivo*, cara.

— É? De qual parte você gostou mais?

— Com certeza o estande secreto de taco, na sala de cinema.

— Eu também! Contratei um cara que tem o único food truck de tacos com estrela Michelin em Austin para montar aquele estande para mim. Depois roubei todos os cozinheiros dele, hahaha.

— Jogada de mestre. Também achei muito foda o loft dos artistas. Muito maneiro você deixá-los trabalhar na sua casa.

— Quando fui para Miami em dezembro, percebi que todo bilionário colecionador de arte tinha um artista residente em casa. Os artistas babavam tanto os caras, seguindo os ricaços para todo lado, que eu pensei: *parecem bichinhos de estimação, uns pets da arte*. Então decidi que ia ter um diferente a cada mês. Eu lhes dou de comer e um lugar para morar, e em troca ganho uma obra de graça de um artista badalado. A última que se hospedou lá... odiei o quadro, mas revendi por meio milhão.

— Outra jogada de mestre. Imagino que você também seja investidor do Daddy Mustang, certo?

— Não, mas estou bancando os novos Baby Mustangs em Las Vegas, Dubai e Macau.

— Então é assim que você conseguiu um lugar na Mesa do Chef. Achei que só LeBron pudesse sentar aqui.

— LeBron e eu. E também ajuda o fato de eu ser dono desse shopping.

— Hahaha, então você é mesmo o dono da calçada!

— Acho que sou o dono de todas as calçadas daqui até Highland.

— Legal. Também trabalho no ramo dos imóveis comerciais.

— Claro. Que persa não trabalha?

— Hahaha. Já pensou em investir em Malibu? Estou montando um consórcio que...

— Pode parar com esse papo de imobiliária, isso me dá um tédio do caralho.

— Foi mal. E aí... o que te anima mais?

— Cinema. Eu financio filmes.

— Ah, é? Algum que eu conheça?

— Nenhum foi lançado ainda. Mas daqui a um ano vou ter três filmes prontos para sair.

— Legal. Quais os títulos? Vou ficar de olho.

— São todos segredo de estado, mas um deles vai ter a maior estrela pop do mundo. Você vai se cansar de ouvir falar dele quando for a hora.

— Legal. E aquelas atrizes ali vão estar nos filmes?

— Bem que elas gostariam! Ei, sua amiga está tentando carreira no cinema?

— Quem, Eden? Não, ela é médica.

— Jura? Achei que fosse só mais uma dessas atrizes desesperadas correndo atrás de teste para algum piloto.

— Nada a ver. Ela está aqui para o noivado de minha irmã, amanhã. Aquela ali é minha irmã, Daniela, conversando com as suas amigas.

— Haha, achei que você estivesse pegando as duas.

— Credo, não. Eden é só uma amiga.

— Quer dizer então que você não se importa se eu a levar para casa e fizer uma Torre Eiffel com ela, Jenna e Lexi?

— Hã... Acho que você pode tentar.

Conversa entre Luis Felipe Tan e Eden Tong...

— E aí, o que achou?

— Do quê?

— Da comida.

— É boa.

— Só isso? Este é o restaurante mais badalado dos Estados Unidos no momento, e você só acha que a comida é "boa"? — (Imita um sotaque britânico bem afetado.)

— Para ser sincera, a massa passou do ponto e o molho é um pouco gorduroso demais para meu gosto.

— Quer que eu mande quebrar os joelhos do chef?

— Isso não tem a menor graça.

— Nossa, relaxe, era brincadeira.

— Talvez eu achasse mais engraçado se não tivesse visto seu segurança espancar aquele host.

— Aquele babaca precisava aprender uma lição. Ele nos desrespeitou.

— Acho que a gente tem conceitos bem diferentes de respeito.

— Você sabe que ele só nos tratou daquele jeito porque somos asiáticos, né? Se fôssemos brancos, ele nunca teria ousado.

— Do que você está falando? Ele foi mal-educado com todo mundo. Começou com Daniela.

— É exatamente onde quero chegar. Ela é persa, e ele a tratou como se fosse um tapete em que pudesse mijar. Você mora na Inglaterra, certo?

— Isso mesmo.

— É o país mais racista em que eu já estive, puta que o pariu. E todos os britânicos de meu internato na Suíça achavam que peidavam perfume.

— Imagino que era uma escola bem chique. Hoje, as coisas estão diferentes. Temos nossos problemas, mas, no geral, ser aceito é mais fácil.

— Ser aceito é diferente de ser respeitado. Eu passo bastante tempo na Inglaterra, tenho uma cobertura em Knightsbridge e um clube de golfe onde nunca pisei. E posso te garantir que os britânicos não têm *o menor* respeito pelos asiáticos. Se você não for branco e anglófono, sempre será um estrangeiro. Não se esqueça de que, por quatrocentos anos, eles foram nossos colonizadores, e nós os escravos. Está mais que na hora de lhes ensinar uma lição.

— Fazendo seus seguranças espancarem um cara qualquer?

— Que nada. Na maioria das vezes, eu só meto um maço de dinheiro na cara deles.

— Fico me perguntando o que seu pai pensaria disso.

— Foi meu pai quem me ensinou tudo isso! Você acha que ele é um santo só porque está com câncer? Ha! Você sabia que ele cresceu em Hong Kong, onde os britânicos cagavam em cima dele todo dia? Depois se mudou para as Filipinas e construiu uma das maiores fortunas do mundo. Só os filipinos o trataram com decência. Ele me ensinou a lição mais importante de todas: *todo mundo tem um preço.*

— Essa foi a lição mais importante que ele te ensinou?

— Sim. Todo mundo pode ser comprado, vendido e controlado.

— Entendi...

— O que você vai fazer depois do jantar?

— Vou para casa.

— Não vai, não. Vou dar uma festa foda hoje, vai ser épico. Você vem comigo para minha casa.

— Acho que não.

— Te dou um milhão de dólares para você ir a minha casa hoje.

(Eden revira os olhos.)

— Dois milhões.

— Não vou entrar nesse seu joguinho.

— Não é um jogo.

— A bebida e seja lá mais o que você tomou estão obviamente prejudicando seu discernimento.

— Ei, eu estou chapado, mas não estou bêbado. Não consegue ver a diferença, *Dra. Não*? Estou falando sério. Te faço um cheque agora mesmo de dois milhões de dólares se você voltar comigo para minha casa.

— Não sou uma pintura do Murakami.

— Três milhões.

— Boa noite. — (Eden dobra o guardanapo, pousa-o sobre a mesa e se levanta, enquanto todos olham para ela.)

— Está se achando boa demais para meu dinheiro, é? Doe tudo para caridade então, *Madre Teresa do Caralho.*

— Você mesmo pode fazer isso. Tente o Médicos sem Fronteiras.

— Você vai mesmo privar o Médicos sem Fronteiras de três milhões de dólares só para bancar a moralista e provar que eu estou errado? Pense no quanto você poderia fazer por eles, só dando as caras na minha festa.

— Sabe de uma coisa? Em vez de dar festas ou de sair jogando dinheiro por aí, talvez você devesse pensar em passar um tempo com seu pai. Tudo o que ele quer é ficar com você. Ele não tem muito mais tempo de vida, e eu te garanto: nem todo o dinheiro do mundo vai trazê-lo de volta.

(Eden sai.)

6

Cloudline

•

ALA DE HÓSPEDES • *TARDE SEGUINTE*

Thomas caminhava de um lado para o outro na varanda da ala de hóspedes, tentando entender o motivo da demora. Sua equipe médica fora convidada a se retirar do quarto, depois que Rene convocou seus advogados subitamente, e já fazia quase duas horas que ele não tinha acesso ao paciente. Um beija-flor passou zumbindo perto de sua cabeça, e ele observou o passarinho espantar outros beija-flores que tentavam se alimentar dos arbustos de groselha no jardim.

Era como assistir a pilotos de caça travando um combate aéreo. Thomas não conseguia deixar de se impressionar com a energia daquelas diminutas criaturas, com a energia insondável que lhes permitia bater as asas oitenta vezes por segundo e viajar quase seis mil quilômetros, do México ao Canadá, ano após ano. Não era à toa que o beija-flor-de-peito-escarlate protegia seu néctar com tanta determinação. Nem era o maior de todos, mas o que lhe faltava em tamanho tinha de sobra em ferocidade.

Thomas pensou em seu paciente, deitado a poucos metros dali, do outro lado da parede de travertino. Por décadas, Rene havia sido um dos mais temidos predadores corporativos da Ásia, devorando empresas sem piedade, demitindo milhares de funcionários de uma tacada só e destruindo concorrentes sem a menor hesitação. Por anos, Thomas se sentiu dividido, sem entender por que dedicava tanto de si ao tratamento de um homem tão odiado, cujo império causava tanto mal às pessoas e ao planeta. E agora ali estava ele, o todo-poderoso Rene Tan, deitado em uma cama de hospital em Los Angeles, enquanto os últimos resquícios de sua força vital se esvaíam.

As portas finalmente se abriram, e um grupo de homens e mulheres de terno saiu. Alguns acenaram para Thomas em reconhecimento, mas ninguém disse nada. Thomas entrou apressado no quarto com a equipe médica, nada satisfeito com o estado do paciente.

— A reunião demorou demais, Rene. Dessa vez você realmente exagerou, passou dos limites.

— Eu tinha... umas merdas para resolver — disse Rene. — Os coiotes... já estão... sentindo cheiro de sangue.

— O que isso quer dizer?

— Pablo Aguilar... está ficando ganancioso. Eu preciso... que meu plano de sucessão... seja blindado. — Rene fez uma careta quando a dor atravessou seu corpo como um raio.

— Qual o nível da dor, de um a dez? — perguntou Thomas.

— Onze mil. Thomas... você precisa manter... Luis Felipe... longe de Pablo — murmurou Rene debilmente, antes de fechar os olhos.

— Dr. Tong, acho que está na hora de aumentarmos a dose de oxicodona e talvez até considerarmos Dilaudid — sugeriu o especialista em cuidados paliativos.

— Não sei se... — Thomas hesitou.

— Me dê... logo... essa merda... a da boa... — exigiu Rene.

— Isso vai te matar mais rápido, Rene.

— Me dê logo! — gemeu Rene, os olhos cerrados de dor.

A porta se abriu e Eden entrou, usando um vestido de cocktail cor de açafrão da Jenny Packham, com uma saia de organdi lindamente plissada que parecia flutuar ao seu redor.

Thomas a encarou, surpreso.

— O que você está fazendo aqui?

— Tessa me mandou uma mensagem de manhã, pedindo para eu passar aqui antes da festa. Achei que você soubesse — disse Eden, franzindo a testa de leve, enquanto dava um beijo rápido no rosto do pai.

Ela foi até a cama de Rene e, mesmo antes de se aproximar, notou o quanto ele tinha piorado durante a noite.

— Sr. Tan... Sr. Tan... — chamou ela, baixinho.

Os olhos de Rene se abriram de repente, e ele ficou olhando para Eden, parada ali com seu vestido esvoaçante. Lágrimas começaram a escorrer pelo rosto do homem. Ofegante, ele exclamou em cantonês:

— Mary ah... *nei heui jo bin dou ah?**

Eden olhou para o pai, confusa. Thomas se levantou da cadeira num pulo.

— Isso foi uma péssima ideia. É melhor você ir embora agora...

— Não... não... — protestou Rene, agarrando o braço de Eden com força. — *Mary...*

— Rene, essa não é Mary — disse Thomas. — Solte o braço dela.

— *Mary, ngo hei mong nei ho ji jun leung ngo.*** — Rene segurava Eden com força, o corpo convulsionando em soluços.

— Aumentamos a oxicodona. — Thomas explicou a Eden. — Ele está alucinando.

Eden assentiu, inclinou-se para mais perto e disse num tom tranquilizador:

— Sr. Tan, sou eu, *Eden Tong*. Filha de Thomas Tong.

— Eden — suspirou Rene, finalmente se acalmando e saindo do estado de torpor. — Você está parecendo... uma beldade suprema.

— Obrigada, Sr. Tan. Estou vestida para ir a uma festa de noivado.

— Você vai... ficar noiva?

— Não, minha amiga Daniela.

— E quando será sua vez?

---

* "Mary, por onde você andou?", em cantonês.

** "Mary, espero que você me perdoe", em cantonês.

Eden riu baixinho.
— Não sei.
— Você está apaixonada?
Eden riu de novo.
— Não tenho certeza.
— Quando estiver... você vai saber.
— Sim, Sr. Tan.
— Eden... me faça... um favor.
— Sim?
— Pare de me chamar de... Sr. Tan.
— Como quer que eu te chame?
— Me chame de... Tio Rene.
— Sim, Tio Rene.
— Me faça... mais um favor?
— Sim?
— Quero que você... conheça melhor Luis Felipe...
— Vou tentar.
— Seja gentil com o meu filho.
Eden hesitou por um segundo antes de responder:
— Claro.

•

Daniela Farman-Farmihian parecia absolutamente angelical em um vestido vintage de lamê dourado da Galanos, circulando entre os convidados de sua festa de noivado, que saboreavam coquetéis entre as magníficas roseiras dos jardins do museu Huntington. No horário marcado, as portas que ladeavam o terraço se abriram, convidando os presentes a entrar na mansão histórica que abrigava um dos mais importantes museus de arte do mundo.

Ao entrar na suntuosa sala de jantar com paredes revestidas de brocado, onde seria servido o banquete, Eden ficou surpresa ao se ver cara a cara com o quadro *The Blue Boy*, de Gainsborough. Ela não fazia ideia de que uma das obras mais icônicas da pintura britânica estava ali e, enquanto jantava cercada por retratos majestosos e móveis de valor inestimável, não conseguiu evitar um certo saudosismo de Greshamsbury Hall. Será que algum dia voltaria a percorrer livremente aqueles terrenos ou a entrar na casa que sempre fizera parte de sua vida?

De repente, ela se deu conta de que Banks, o amigo de Freddy sentado à sua direita, estava falando com ela.

— Desculpe, o que você disse? — perguntou, sorrindo sem graça.

— Eu disse que não tenho certeza se esse Screaming Eagle Cabernet 1995, que todo mundo tanto elogia, combina com o linguado.

— Para mim parece bom, mas não sou nenhuma enófila.

— Está tudo bem com você?

— Ah! Sim, tudo ótimo.

— Você parecia distante. Achei que estivesse hipnotizada pelo Kehinde.

— Pelo quê?

— A pintura de Kehinde Wiley, *A Portrait of a Young Gentleman*. — Banks apontou para o impressionante retrato de um jovem negro com uma camiseta laranja psicodélica que estava pendurado na parede oposta, em uma moldura dourada ornamentada.

— Ah, sim. Engraçado ter essa pintura aqui, no meio desses retratos vitorianos tão austeros, não acha? — comentou Eden.

— E é justamente essa a intenção. Kehinde a pintou para causar esse impacto. Ver esse garoto negro de roupa *street* fusionado com o padrão de papel de parede de William Morris e na mesma pose icônica do *The Blue Boy* é como um diálogo entre séculos, confrontando um retrato icônico da aristocracia vitoriana. Isso transforma completamente o ambiente, faz tudo parecer relevante de novo. Quem teve a ideia de colocar a pintura aqui é um gênio.

Eden concordou.

— Você tem razão, muda mesmo a energia do lugar. Como sabe tanto sobre arte?

— Coleciono um pouco aqui e ali — respondeu Banks, modesto.

— Seria ótimo se você pudesse ter essa conversa com meu amigo Rufus. Ele é artista e estaria muito mais qualificado para falar com você a respeito disso.

— Você não precisa ser artista para apreciar arte. O que essa pintura te diz?

Eden estudou o quadro. A postura desafiadora e o olhar insolente do jovem lembravam Luis Felipe, e uma onda de culpa a invadiu ao pensar no encontro fortuito com ele em outra mansão imponente, poucas horas antes...

Luis Felipe estava de moletom azul brilhoso e coberto de correntes de ouro. O cheiro de colônia recém-aplicada ainda pairava no ar enquanto ele descia as escadas. Observando o vestido de Eden, ele abriu um sorriso malicioso:

— Vejam só quem está aqui... a garota que não pode ser comprada. Para onde vai dessa vez?

— Para a festa de noivado de Daniela.

— Quem?

— Você a conheceu no jantar.

— Ah, a princesa persa. Quer uma carona?

— É em Pasadena.

*— Puta merda, fica praticamente em outro fuso horário.**

— E você, vai para onde?

— Uma sessão de cinema.

— Hum... talvez você devesse ficar com seu pai hoje à noite.

— Vejo ele mais tarde.

— Talvez queira repensar seus planos, especialmente se for um filme que você pode ver em qualquer outro momento.

— Não estou indo pelo filme. Estou indo socializar.

— Vou ser direta com você, Luis Felipe. Acho que deveria ficar em casa hoje. Não acho que seu pai passe desta noite...

— Por favor, não venha me dizer como lidar com o meu pai.

---

* Pasadena fica a apenas quarenta minutos de Bel Air, mas, para muita gente do Westside, parece outro país. Além disso, o Huntington fica, na verdade, em San Marino.

— Só não quero que você se arrependa...

— Cuide da sua vida, porra! Você não tem ideia de como esse cara me atormentou a vida inteira! Eu não preciso que a última lembrança que tenho dele seja o cara me fodendo até no leito de morte, sacou? — gritou Luis Felipe de repente, o rosto pegando fogo, e saiu disparado pela porta.

— A pintura é assim tão impactante? — perguntou Banks, trazendo Eden de volta ao presente.

De repente, ela se sentiu tonta. A sala parecia se fechar ao seu redor. Levantou-se da mesa e saiu por uma porta lateral que dava para um pórtico tranquilo com colunas. Inspirou fundo o ar fresco da noite algumas vezes, tentando se recompor. Por mais que tentasse evitar, sua mente continuava presa ao que acontecia em Cloudline. Por que se sentia tão abalada com a morte iminente de um homem que conhecia havia apenas dois dias? Não conseguia esquecer a expressão no rosto dele, as lágrimas enquanto segurava sua mão, os lamentos em cantonês que ela não compreendia. Havia algo de extremamente familiar na sonoridade daquele dialeto, o mesmo que sua mãe usava para falar com ela quando criança. Uma língua que lhe parecia tão íntima e, ao mesmo tempo, tão dolorosamente distante. De repente, se lembrou da canção de ninar que a mãe cantava para ela todas as noites. Ela murmurava a melodia sem parar enquanto a embalava nos braços, até Eden adormecer. Conseguiu se recordar da voz dela se misturando ao zumbido hipnótico do ventilador de teto e ao cheiro familiar de lavanda do hidratante que ela sempre usava. Eden sentiu aquela dor tão conhecida, a tristeza que vinha em ondas e que nunca se dissipava por completo, nem mesmo depois de todas aquelas décadas. Teve a sensação de que deveria estar ao lado do pai naquele momento, mas não queria ser invasiva. Tirou uma foto das belas colunas iluminadas à noite e a enviou para ele, com uma mensagem curta:

Eden Tong: Só checando para saber como você está.

Alguns momentos depois, a resposta chegou:

Thomas Tong: Linda foto. Como está a festa?
ET: Maravilhosa. E o paciente?
TT: Alterna momentos de consciência e inconsciência.
ET: O jantar está quase acabando. Quer que eu volte?
TT: Não precisa, de verdade.
ET: Tem certeza de que vai ficar bem?
TT: Não se preocupe comigo. Aproveite a festa.
ET: Tudo bem.
TT: Te amo.
ET: Também te amo.

•

Thomas passou a noite em vigília, na suíte de Rene. Enviou catorze mensagens para Luis Felipe, implorando para que voltasse para casa e visse o pai antes que fosse tarde demais, mas não recebeu resposta. Era como se Luis Felipe soubesse exatamente o que estava acontecendo e quisesse se manter o mais longe possível. À meia-noite, Thomas acabou apagando no sofá da suíte. Por volta das quatro da manhã, foi subitamente sacudido por Bianca, a enfermeira noturna.

— Ele está chamando o senhor, Dr. Tong.

Thomas se levantou e foi até Rene que, de repente, parecia mais lúcido do que estivera em dias. Seus olhos estavam bem abertos e um sorriso estranho se desenhava em seu rosto.

— Mary esteve aqui — murmurou Rene.

— Mary?

— Minha irmã... você não viu?

Um calafrio percorreu a espinha de Thomas. Ele sabia que Mary tinha falecido havia muitos anos, e não soube bem o que dizer.

— Ela... estava aqui no quarto? — sussurrou Thomas, a voz embargada.

— Bem do meu lado. Cantando aquela música. Aquela cena em que ela está dançando... Mary assistia sem parar.

— Sim, assistia mesmo — respondeu Thomas, soltando uma risada baixa, reconhecendo de imediato do que Rene estava falando.

— Coloque para eu assistir...

Thomas pegou o celular e rapidamente encontrou um vídeo no YouTube de Faye Wong no filme *Amores Expressos*, dançando despreocupadamente em um apartamento minúsculo em Kowloon, enquanto a icônica música dos Mamas and the Papas tocava na trilha sonora. Ele segurou a tela diante dos olhos de Rene e, antes mesmo de a música terminar, Rene já havia partido.

California dreamin'
On such a winter's day

7

Greshamsbury Hall

GRESHAMSBURY, INGLATERRA • ***AINDA NAQUELA SEMANA***

ALEC FREUND • FOTÓGRAFO FREELANCER DA GETTY IMAGES

Eles nos chamam de "paparazzi", mas eu prefiro "fotojornalista". Cobri a guerra da Bósnia, estive na Tunísia durante a Primavera Árabe — não quero me gabar, mas já ganhei uma porrada de prêmios pelo meu trabalho. Às vezes, a gente só precisa de uma pausa do lado pesado da profissão. Por isso, quando minha agência me mandou um e-mail sobre essa pauta, pensei: por que não? Conheço um pub ótimo em Greshamsbury que serve um frango tikka masala incrível. Eu podia dar um pulo lá depois do trampo. Quando cheguei aos portões de Greshamsbury Hall, já estava tudo um caos — uma dúzia de outros paparazzi disputando os melhores lugares. Pelo visto, a tal de Martha Dung é bem mais famosa do que eu imaginava, e pagam uma fortuna por uma boa foto dela com o novo namorado. Antes que eu percebesse o que estava acontecendo, vários Range Rovers passaram zunindo, e todo mundo saiu correndo para cercar o carro da frente, impedindo que ele se movesse. Estavam enfiando as câmeras contra os vidros escurecidos; um idiota subiu no capô e gritou: "Martha! Sorria, Martha!" Quando estou tirando fotos, entro em transe, como se tivesse uma experiência extracorpórea. Lembro que não consegui me aproximar muito do carro, então escalei o portão de ferro e apontei minha lente direto para o teto solar, disparando várias vezes. Foi assim que consegui a foto perfeita dos dois: o visconde me encarando com raiva, e Martha encolhida ao lado dele, agarrada ao seu braço, apavorada. Essa foi a foto que o *Mirror* usou no dia seguinte, com a manchete: "Deve Ser Amor."

CHARLIE HOUGHTON • LACAIO

Dois dias antes de o visconde voltar do Marrocos, aparece esse sujeito metido a besta. O barão Nicolai Cabernet Chode, ou sei lá que porra de nome é esse, já chega dando ordens como se a gente nunca tivesse feito nosso trabalho. O cara está obcecado com a chegada da futura condessa e quer garantir que a ocasião tenha mais pompa que a troca da guarda no Palácio de Buckingham. Seis lacaios por carro e, aparentemente, cada mala deve ser levantada precisamente a noventa centímetros do chão — nem mais, nem menos. E todas as portas dos carros têm de ser abertas simultaneamente, sincronizadas como se estivéssemos na porra do *Lago dos Cisnes*. E, falando em balé, nos obrigaram a vestir uns uniformes vermelhos, brancos e dourados que parecem saídos de uma produção barata da ITV de *Orgulho e Preconceito*, com calças tão apertadas que eu não sabia onde enfiar minha piroca. O barão ainda queria que usássemos perucas empoadas, mas, graças a Deus, Hemsworth pôs um freio nisso. Ele já não estava nada feliz em usar qualquer coisa que não fosse seu jeans de grife habitual, mas aceitou aquela palhaçada por causa do barão. Então o grande momento chegou, e estávamos todos lá, em formação em V, esperando os carros subirem a alameda. Ventava muito e, do nada, um guardanapo de papel do Nando's pousou no cascalho, bem na frente da escadaria. O barão von Wanker, que estava desfilando com uma capa e espiava pela janela, começou a gritar: "O que é aquilo no cascalho? Alguém pegue isso agora!". Hemsworth, que estava postado na porta da frente, desceu as escadas correndo, se abaixou para pegar o guardanapo e... *craaaac*. Os calções dele rasgaram de cima a baixo, bem no gancho, revelando uma cueca vermelha berrante da Calvin Klein. Parecia que ele estava sangrando pelo rabo. Hemsworth se virou para mim e disse: "Agora você sou eu". E sumiu do mapa. O primeiro carro chegou, e corremos para abrir as portas ao mesmo tempo — perfeição absoluta. Como agora eu era o Hemsworth, fiquei na entrada e fiz uma reverência bem dramática quando a dama subiu os degraus. Ela tinha tatuagens nos braços, vestia um macacão branco com sandálias Birkenstock e parecia estar a caminho do Festival de Glastonbury. Então essa é a garota mais rica do mundo? Muito mais estilosa do que eu esperava, mas, claro, Rufus só aparece com mulheres maneiras. Pessoalmente, eu gostava da namorada vegana de três anos antes; ela dividiu um pouco do haxixe comigo, e era coisa de primeira. Quando Rufus se aproximou, fiz uma reverência profunda, mas não tinha ideia do que dizer, então soltei: "Bem-vindo, Mestre Rufus". E na mesma hora pensei, *Seu imbecil, parece que está falando com uma criança de seis anos!* Rufus me encarou, abriu um sorriso e disse: "Charlie, você parece pronto para afundar a frota em Waterloo". E eu respondi: "Aye, aye, capitão!"

BARÃO NICOLAI CHALAMET-CHAUDE • CONSULTOR DE ARTE

Antes de mais nada, achei essencial que a Srta. Dung fosse devidamente instruída sobre a família na qual estava prestes a entrar. Por isso, posicionei estrategicamente a mim e à marquesa viúva no canto esquerdo do Grande Hall, bem na hora em que o visconde e a Srta. Dung entravam na casa. O que muita gente não se dá conta é que o Grande Hall funciona como uma galeria de sussurros. É um espaço acusticamente perfeito, de modo que, assim que os dois passaram pela porta, já podiam me ouvir explicando a pintura à nossa frente para a marquesa: “Este é Lorde Robert. Está vendo o tecido drapeado atrás da cadeira? Gainsborough pintou esse tecido como uma homenagem à Tapeçaria de Bayeux porque, como a senhora deve se lembrar, a famosa tapeçaria inclui uma *possível* representação de Eustácio II, conde de Boulogne, e Lorde Robert é seu descendente direto”. A marquesa viúva, abençoada seja, entrou na deixa perfeitamente: “Eustácio II? Ele não reinou no século XI? Meu Deus, perto dos Gresham, somos praticamente peixeiros!”. Rufus veio até nós, visivelmente irritado, mas não se esqueceu de fazer uma reverência à marquesa antes de me perguntar: “Por que diabos tem paparazzi lá fora? Nosso carro quase atropelou um deles”. Informei educadamente que era por causa do grande baile daquela noite e aproveitei para mencionar alguns nomes importantes que a Srta. Dung talvez reconhecesse — sabe, os Rothschild menos relevantes e os Getty de segunda geração. “E onde está todo mundo agora?”, perguntou Rufus, e informei que todos, exceto eu e a marquesa, estavam na caçada matinal. Nesse exato instante, conforme planejado, Arabella entra galopando pelo jardim, desmonta de sua égua cinza-pintada e atravessa as portas do conservatório, lindamente iluminada por trás. Ela caminha pelo corredor e surge no Grande Hall, absolutamente deslumbrante em calças de montaria e botas de couro Huntsman, uma camisa branca impecável à la Doña Carolina Herrera e um bracelete de serpente sublime da Codognato. “Ah, Rufus, você chegou. E quem temos aqui?”, diz, impassível, ainda sem fôlego após a cavalgada matinal. Estou dizendo, foi a entrada mais gloriosa de todos os tempos, e deu para ver que a Srta. Dung ficou devidamente intimidada e impressionada. Ninguém jamais desconfiaria que ensaiamos aquilo cinco vezes, estudando cada detalhe da fabulosa entrada de Kristin Scott Thomas em *Assassinato em Gosford Park*.

ROSINA LEUNG • DONA DE CASA

Levei Arabella e Nicolai Chalamet-Chaude (que conheço desde a época em que era só o Nicky que atendia os telefones na Robert

Kime) para um canto e disse o quanto estavam sendo idiotas. Com uma só tacada, conseguiram arruinar todo o trabalho de base que fiz na última semana! Tentando ser esnobes e intimidar Martha Dung? Que estupidez absurda. A garota não dá a mínima para aquelas bobagens de nobreza. Ela já foi convidada para Highgrove e poderia comprar Greshamsbury e seus resorts e ainda sobraria dinheiro para comprar a Escócia. Então por que diabos você está encarnando Madame Chiang Kai-Shek? Quer mesmo fazer essa garota pensar duas vezes antes de se casar e ter você como querida sogra? Apostem no *charme*, meus queridos, apostem no *charme*. Vocês precisam cortejá-la como se ela fosse a imperatriz da China. Arabella, então, começa a correr feito uma galinha sem cabeça: "Ah, não, ah, não, ah, não! Nicolai, isso é tudo culpa sua, sua e de Julian Fellowes!". E então chama Hemsworth, em pânico: "A Srta. Dung já foi levada ao quarto? Precisamos trocar os aposentos, ela é nossa convidada de honra, precisa ficar na Suíte Rei Edward!". Foi aí que eu disse, pera lá, essa suíte é *minha*. Se quiser, ceda sua cama, mas nem pense em me tirar de lá!

ANYA JOVANOVIC • CAMAREIRA JÚNIOR

Eu estava repondo as toras na lareira do quarto do visconde quando ele entrou, carregando as próprias malas. Na hora, soube que a condessa ficaria furiosa se o visse fazendo aquilo, mas o visconde sempre faz as coisas do seu jeito. Ele me cumprimentou pelo nome — é o único a casa que lembra meu nome, diga-se de passagem — e perguntou se eu sabia onde estava Lady Beatrice. Respondi que ela havia ido a Londres fazer o cabelo, e que voltaria a tempo para o baile daquela noite. Ele me agradeceu e, quando eu já estava saindo do quarto, confessei que sou #TeamEden. Ele me olhou na hora e perguntou o que eu queria dizer com aquilo. Foi aí que percebi: *Merda, por que fui abrir a boca?* Entrei em pânico e saí correndo. Talvez eu não devesse ter feito isso, mas preciso *mesmo* desse emprego, mesmo o salário sendo uma ninharia. Minha namorada é gerente de turno no Caffè Nero da vila, e trabalhar aqui me permite vê-la o tempo todo. Não quero dar motivo para a condessa me deportar.

HEMSWORTH • MORDOMO

O visconde me procurou, com um ar preocupado. Disse que tinha ido até o chalé e parecia que não havia ninguém. Onde estava a Srta. Tong?, indagou. Eu disse que, até onde sabia, tanto ela quanto o doutor estavam fora. "Por quê?" Respondi que não podia dizer. Não *podia* porque não sabia ou porque *não podia* dizer?, insistiu ele. Fui direto ao ponto e disse que não sabia onde o Dr. Tong e a Srta. Tong estavam, mas acreditava que estivessem no exterior. Aconteceu alguma coisa? Desculpe, camarada, mas eu *não podia* dizer. Eu estava sob ordens rigorosas. Mas então acrescentei, sabe, Margaret fez pudim de melaço para o senhor. Ela sabia que o senhor estaria de volta hoje e que sempre gosta de comer pudim com chá.

MARGARET ASHBY • CHEF DE CUISINE

Conheço Rufus desde que ele usava fraldas, nunca meço palavras com ele. Mas a condessa deu ordens para ninguém comentar os últimos acontecimentos da vila com Rufus, então fiquei numa saia justa quando ele veio me perguntar onde estava Eden e por que todo mundo estava evitando o assunto. Sentei-o à mesa da cozinha com seu pudim de melaço, despejei creme quente por cima e disse para ele comer. Ele ficou ali, educadamente mexendo no pudim, mas não comeu. Nunca vi Rufus perder o apetite, aquilo partiu meu coração. Foi aí que pensei comigo mesma: *Ele é o próximo conde, minha lealdade é com esta família, não com a condessa.* Os Ashby trabalham para os Gresham havia quatro gerações. Então contei a ele tudo o que sabia.

JACKIE ZIVENCHY • DIRETORA DE EVENTOS

Meus clientes são como uma cesta de frutas. Alguns são doces como pêssegos, outros são bananas podres, alguns são limões azedos, e outros são um gosto adquirido, tipo durian.* Arabella é um durian completo. Algumas pessoas a adoram, outras a detestam, e se você encostar nela do jeito errado, pode acabar espetado pelos espinhos e sangrando. Não que ela seja desagradável em si, nunca elevou a voz comigo e é sempre grata por meu trabalho. Sua peculiaridade é que, sempre que organiza eventos em Greshamsbury Hall, gosta de fingir que fez tudo sozinha. Não que tenha arrumado cada centro de mesa ou assado os faisões com as próprias mãos — todo mundo está cansado de saber que ela tem um exército de funcionários —, mas quer ser vista como o gênio criativo por trás de tudo. Assim, minha assistente Kirsten e eu estávamos na copa, dando os toques finais nas sacolas de brindes, quando recebo um aviso no headset: *CM a caminho.* "CM" significa "Condessa Monstro", e isso queria dizer que Kirsten e eu precisávamos sumir de vista imediatamente. Arabella não gosta de topar comigo nos dias dos eventos — imagino que seja para não ter de encarar a realidade de que foi ideia *minha* colocar uma longa mesa iluminada por centenas de abajures com cúpulas vintage de diferentes cores, inspirados nas instalações site-specific de Rune Guneriussen, ou que foi ideia *minha* servir apenas pratos afrodisíacos no jantar. Quero dizer, ela deseja mesmo que a tal de Martha se case com Rufus, não é? Arabella gosta de fingir que eu não existo para absorver todos os elogios que recebe dos convidados — de que ela é visionária, que dá as festas mais originais, que é a reencarnação de Mona von Bismarck, e blá-blá-blá. Seja como for, recebemos o sinal para sair de vista, mas não havia absolutamente nenhum lugar onde nos esconder na copa. Então adivinhem só? Kirsten e eu acabamos pulando dentro das

---

* Fruta do sudeste asiático semelhante à jaca, mas que tem fama de ser a fruta com o pior cheiro do mundo. Em alguns países, sua presença chegou a ser proibida em lugares públicos, como aviões, ônibus e metrôs, devido ao cheiro terrível, que ainda por cima é bastante persistente. (N. T.)

enormes lixeiras de metal no canto. Lá estávamos nós, escondidas como Oscar, o Rabugento, imaginando como ele aguentava viver numa lata de lixo,* quando ouvimos duas pessoas entrando na sala, conversando. Acontece que *não* era Arabella, e sim Martha Dung e Rufus. E foi isso que escutei:

— Então, pelo visto, minha mãe literalmente expulsou Eden da vila, e estão rolando rumores de que Eden pode ou não estar grávida, e de que ela pode ou não ter atacado minha mãe e destruído sua blusa camponesa Gabriela Hearst com um cappuccino. Eden não responde minhas mensagens, mas consegui descobrir onde ela está, depois de falar com Freddy Farman-Farmihian.

— E onde ela está?

— Em Los Angeles. E tenho a sensação de que ela precisa muito de mim agora.

— Isso é papo-furado, e você sabe disso. Quem precisa *dela* é *você*. Desde que chegamos, está feito um cachorrinho perdido.

— Pois é...

— Use meu avião. Vou mandar uma mensagem para o piloto agora.

— Mas e o baile...? Não posso te deixar sozinha hoje à noite...

— Rufus, sou uma mulher adulta. Acredite ou não, dou conta de seu baile.

LADY BEATRICE GRESHAM • MODELO E EMPREENDEDORA

Eu tinha acabado de voltar de Londres e estava subindo até os aposentos de mamãe para mostrar a ela meu coque enfeitado

* Todo mundo sabe que Oscar, o Rabugento, na verdade não morava na lata de lixo que aparecia em Vila Sésamo. A lata era apenas a entrada para um enorme complexo subterrâneo que se estendia muito abaixo das caixas, lixos e outros detritos. Ao longo das décadas, tivemos alguns vislumbres de sua morada luxuosa, e, se bem me lembro, houve até um episódio em que Oscar apareceu em sua jacuzzi, usando uma touca de banho.

com centenas de borboletas brancas — uma releitura do penteado de Elizabeth Taylor, no baile do Ca' Rezzonico — quando a ouvi gritar: "Como assim o visconde foi embora? Para onde? Por quanto tempo?". Parei, pensando se seria melhor dar meia-volta, quando Hemsworth saiu correndo do quarto, dizendo: "Chame um médico, sua mãe diz estar tendo um ataque cardíaco". Como o Dr. Tong estava fora do país e mamãe, de qualquer forma, se recusaria a vê-lo, chamaram o Dr. Fillgrave de Barchester. Como eu suspeitava, ela não estava tendo um ataque cardíaco, mas sua pressão estava bem alta, e o médico decidiu que um sedativo seria o melhor tratamento e o administrou antes que alguém pudesse impedi-lo. Resultado: a coitada da mamãe perdeu o próprio baile! Quando acordou no dia seguinte, estava inconsolável, mas Martha Dung fez algo magnífico — pediu a Maggie que preparasse uma canja para mamãe, levou a sopa pessoalmente em uma bandeja e anunciou que havia se divertido tanto no baile, e ficado tão impressionada em conhecer todos os amigos ilustres de mamãe, como o Capitão Ross Poldark, que decidiu alugar a propriedade vizinha, Boxall Park, e dar um baile de retribuição em sua homenagem. Mamãe chorou rios de lágrimas, suspirando agradecida: "Isso, sim, é que é nora! Ela até sabe fazer *bou tong* para mim!"* "Como você sabia o que fazer para acalmar mamãe?", perguntei a Martha. "Você esqueceu que eu também tenho uma mãe chinesa", respondeu Martha com uma piscadela.

* Cantonês para "ferver sopa", a expressão se refere ao ritual de preparar um caldo medicinal (geralmente para os mais velhos, na esperança de que se lembrem de você com carinho no testamento).

8

Sala de Projeção

•

CLOUDLINE, BEL AIR • *DIA SEGUINTE*

— Não foi seu pai que te levou à Tailândia para te desvirginar num bordel chique assim que você criou pelo no saco? — perguntou o cara de meia-idade com o boné dos Lakers.

— Foi em Macau. Ele me levou para um bordel super-VIP na cobertura de um cassino e insistiu em assistir — respondeu Luis Felipe. — Então lá estou eu, montado na prostituta, e do nada meu pai grita: "Pare! Saia de cima dela agora! Ela é muito larga. Vamos achar uma que se encaixe melhor em você!".

— Um brinde a papai! — disse o cara, erguendo a cerveja bem alto.

Eden olhou horrorizada para o pai e sussurrou:

— Quem *são* essas pessoas?

— Acho que aquele é o advogado de entretenimento de Luis Felipe — sussurrou Thomas em resposta.

O produtor de cinema presente no almoço do La Cienega Villas entrou na conversa:

— A história que eu mais gosto sobre seu pai é aquela em que ele ficou puto porque não conseguia achar um avião com autonomia suficiente para voar de Manila a Los Angeles sem precisar fazer nenhuma parada. O G4 não dava conta, então ele comprou um

G5, e quando o G5 também não deu, ele pegou um G550. No fim, ele não acabou comprando três jatos diferentes?

— Cinco. Fiquei com os que sobraram, e até hoje não consigo voar para Manila sem ter que parar e reabastecer em Tóquio — resmungou Luis Felipe.

Um cara vestindo um colete acolchoado branco disse, com um forte sotaque espanhol:

— Luis, lembra quando seu pai te obrigou a viajar de avião comercial de Genebra para Manila? Para te punir depois que você foi expulso da TASIS. Você ficou tão deprimido naquele voo que disse que teve vontade de puxar a alavanca da saída de emergência e se jogar, hahaha.

— Pensei seriamente em me matar naquele voo. Eu jamais tinha voado numa *companhia aérea* na vida, e o desgraçado me colocou na *classe executiva* da Swiss Air Lines. Você tem ideia do inferno que foi? Como alguém aguenta voar catorze horas seguidas sem ter um quarto de verdade? Não consigo ficar seis horas sem sashimi! — lamentou Luis Felipe.

— Você obviamente estava sofrendo de TRPT — interveio a supermodelo do La Cienega Villas.

— O que é isso? — perguntou o advogado com o boné dos Lakers.

— Transtorno de Riqueza Pós-Traumático. É uma coisa real. Meus filhos tiveram isso quando fomos obrigados a nos mudar para uma casa temporária, em Brentwood, depois que o incêndio em Malibu destruiu nosso condomínio. Eles simplesmente não conseguiram lidar com a humilhação de estar no subúrbio. E tudo naquela casa os deprimia: a piscina, a quadra de tênis, o trampolim gigante ao ar livre. Foi aí que minha filha tentou tatuar o rosto e meu filho começou a se cortar.

— Gostaria de um mini-hambúrguer de carne Kobe? — Eden ouviu uma voz ao seu lado perguntar. Ela se virou e viu uma mulher segurando uma bandeja com mini-hambúrgueres ainda pingando sangue.

— Não, obrigada — respondeu, sem a menor fome.

Ela havia ido a Cloudline para prestar suas condolências no velório de Rene, mas aquele evento surreal, realizado na imensa sala de projeção da casa de Luis Felipe, com um elenco bizarro de personagens, não se parecia em nada com qualquer velório ao qual já tivesse comparecido: parecia mais a área VIP do Coachella. Ela se perguntou quando poderia partir sem parecer indelicada, embora achasse que Luis Felipe nem notaria ou se importaria com a sua ausência. Ela havia se aproximado dele para oferecer suas condolências assim que chegou à casa.

— Sinto muito — disse Eden simplesmente.

— Está tudo bem.

— E preciso me desculpar pela forma como falei com você ontem à noite.

— Por quê? Você tinha razão. Ele morreu mesmo — respondeu Luis Felipe, olhando-a nos olhos.

Eden apertou os lábios, sem saber o que dizer. O constrangimento foi interrompido por Jenna, a atriz que estava no Daddy Mustang, que entrou esbaforida e o abraçou.

— Louie, querido, sinto muitíssimo!

— Oi, gata — murmurou Luis Felipe.

— Lexi precisou gravar uma self-tape, mas já está vindo. Aqui, trouxe este livro para você. Você precisa ler. Vai, tipo, mudar sua vida — disse ela, enfiando nas mãos de Luis um exemplar de *O ano do pensamento mágico*, de Joan Didion.

Não sei não, pensou Eden, perguntando-se se Jenna tinha sequer lido o livro.

À medida que mais convidados chegavam e a supermodelo continuava falando sem parar sobre os terríveis efeitos do Transtorno de Riqueza Pós-Traumático dos filhos, Eden inclinou-se novamente na direção do pai e perguntou ao seu ouvido:

— Cadê a mãe de Luis Felipe?

— Pelo que sei, ela mora em Pequim.

— Ela vem para Los Angeles?

— Duvido muito.

— Sério? Mas o pai do filho dela acabou de morrer...

— Sim, mas eles não têm nenhum relacionamento.

— Como assim? Ela não o criou?

— Não. Luis Felipe foi criado por uma sucessão de babás filipinas, e ela nunca teve nenhum envolvimento com o filho.

— Isso é bem estranho, não acha?

— Ela nunca foi realmente uma mãe... foi mais uma barriga de aluguel. Veja, Rene a escolheu a dedo pelos genes. Ele queria fabricar o filho perfeito, e ela era uma mulher alta e deslumbrante do norte da China. Ela lhe deu um filho, mas depois se casou com um político influente na China e construiu uma família com esse homem.

Eden não disse nada, mas de repente sentiu mais pena que nunca de Luis Felipe.

— Eu te disse, Rene era um homem bastante... *complicado*. Você teve sorte de conhecê-lo no fim da vida, quando ele já estava bem mais... contido.

— Agora que ele se foi, quando você acha que vai voltar para casa?

— Provavelmente no final da semana. Preciso ficar mais uns dias para me reunir com os advogados de Rene e resolver uns assuntos com Luis Felipe.

— Você podia tentar fazer com que ele bebesse menos. Acho que nunca vi esse cara sóbrio.

— Ele não fica sóbrio desde os 16 anos — disse Thomas, dando de ombros, cansado. — O pai me pediu para ajudá-lo com o vício há muito tempo e, como você bem pode ver, estou fracassando.

Eden balançou a cabeça, desanimada, enquanto Luis Felipe pegava um microfone, subia ao palco e anunciava:

— Vocês sabem que horas são? Vocês sabem que horas são?

A parede dos fundos da sala de projeção se ergueu como a porta de um elevador de carga, revelando uma cantina mexicana com três chefs preparando tacos fumegantes, enquanto uma banda de mariachis entrava, seguida por um exército de garçons carregando bandejas cheias de doses de tequila e cestas misteriosas cobertas.

— É hora de tacos, tequila e sapos! — gritou Luis Felipe no microfone.

Os garçons abriram as cestas, revelando que estavam cheias de sapos vivos do deserto de Sonora.*

— Todo mundo vai poder lamber um sapo! — gritou Luis Felipe mais uma vez, enquanto a multidão vibrava.

Eden virou-se para o pai, incrédula.

— Me diga que isso não está realmente acontecendo.

— Receio que esteja.

— Acho que esta é minha deixa para sair de fininho.

— Claro. Obrigado por vir, querida. Sei que isso significaria muito para Rene.

— Não acho que essa festa psicodélica de lamber sapos vá acabar bem. Espero que você não tenha de ressuscitar ninguém hoje à noite.

— Ah, não se preocupe, vou sair logo depois de você — assegurou Thomas.

Eden deu um abraço no pai e saiu da sala de projeção em silêncio. Assim que cruzou as portas da frente, o ar fresco bateu em seu rosto, e ela sentiu como se pudesse respirar de novo. Os músculos dos ombros começaram a relaxar ao perceber o quanto estava tensa dentro daquela sala de projeção que mais parecia um mausoléu.

Um atendente uniformizado, parado ao lado de uma fila de carrinhos de golfe, acenou para ela com um sorriso simpático.

— Quer uma carona até o estacionamento, senhora?

— Obrigada. Acho que vou a pé — respondeu Eden.

Ela desceu a longa entrada da propriedade, ainda sentindo frio, mesmo com o sol brilhando sobre sua pele. Ao chegar ao estacionamento de visitantes, que mais parecia uma concessionária de carros de luxo, pegou na bolsa o chaveiro do carro que Freddy tinha lhe emprestado. Ela havia escolhido o carro menos chamativo

* Embora a moda de lamber sapos alucinógenos tenha tomado o lugar das festas de cogumelos como a tendência mais quente de Hollywood, o Serviço Nacional de Parques dos EUA emitiu uma séria advertência contra essa prática: "Esses sapos possuem glândulas parótidas proeminentes que secretam uma toxina muito potente. Você pode passar mal ao manuseá-los ou ingerir o veneno. Conforme reiteramos em relação à maioria das coisas que se encontram em um parque nacional, seja uma lesma de banana, um cogumelo desconhecido ou um sapo gigante de olhos brilhantes no meio da noite, por favor, evite lambê-los."

da garagem dos Farman-Farmihian — um Porsche Macan que, segundo Freddy, era o carro da governanta da casa.

Eden entrou no carro, ligou o motor, e o rádio ligou automaticamente, tocando Songbird, do Fleetwood Mac. Era uma de suas músicas favoritas e raramente tocava no rádio, então ela abaixou os vidros e aumentou o volume, deixando a voz de Christine McVie ecoar pelo cânion.

And I love you, I love you, I love you,
Like never before...

Quando a música estava terminando, Eden começou a chorar copiosamente. Não queria que a canção acabasse. Era tão linda... Lembrava a Inglaterra, lembrava sua *casa*. Sentia falta do chalé, do quarto com vista para as árvores de Greshamsbury Hall, ao longe. Sentia falta de se deitar na cama e olhar para o Casarão, vendo a janela semi-iluminada sob o frontão mais alto e sabendo que Rufus também estava no quarto dele, provavelmente ouvindo Brian Eno ou lendo um dos romances de Cormac McCarthy. Ela sentia-se triste por Rene, por uma vida interrompida em seu auge. Triste pelo filho dele, tão marcado por ter crescido tendo tudo na vida. Triste pelo próprio pai, que lutara tanto para encontrar uma cura para seu paciente. Percebeu que a cidade inteira parecia tingida de tristeza. Tudo naquele lugar parecia desesperadamente fora de equilíbrio. Mesmo enquanto dirigia pela Benedict Canyon Drive, com as impecáveis cercas vivas oferecendo vislumbres ocasionais das propriedades magníficas escondidas atrás das sebes — casas que a maioria das pessoas jamais sonharia em ter —, conseguia sentir a tristeza emanando de cada fachada. Pensou em Maria Wyeth, a protagonista de outro livro de Joan Didion, que passava dias dirigindo sem rumo pelas ruas de Los Angeles, em um desespero desgarrado. Pensou em Luis Felipe, encolhido e fervilhando de raiva em sua poltrona da classe executiva, a trinta e cinco mil pés de altitude. Pensou nos filhos da ex-supermodelo pulando em um trampolim gigante ao ar livre, insatisfeitos e apáticos.

Por fim, chegou à mansão de Freddy e esperou enquanto os ornamentados portões de ferro se abriam devagar. Quando entrou na impecável rampa ladrilhada, viu um homem parado sob o pórtico coberto de hera e achou que estivesse tendo uma alucinação. Freou bruscamente, saiu correndo do carro e subiu os degraus às pressas, jogando-se direto nos braços de Rufus.

9

Century Park West, 1801

•

LOS ANGELES, CALIFÓRNIA • *DIA SEGUINTE*

Diego San Antonio y Viscaya havia chegado direto do aeroporto, após um voo de catorze horas pela Philippine Airlines. Tomava um espresso duplo para se preparar para a reunião da manhã quando a recepcionista conduziu Thomas Tong para o interior da elegante sala de conferências da Carlisle, Caffey, Wiedlin, Schock & Valentine.

— Thomas! Bom te ver — disse Diego, pousando a xícara de café.

— Não, não precisa se levantar — avisou Thomas, indo até a cadeira de Diego, junto à janela, para apertar sua mão. — Acabou de chegar?

— Vim direto do aeroporto.

— Que vista! — comentou Thomas, admirando o skyline de Century City pela janela que ia do chão ao teto.

— Esta área me lembra um pouco Bonifacio Global City — comentou Diego.

— Sim, lembra mesmo. Uma metrópole dentro de outra. Só que com menos verde que Manila.

— Acho que não te vejo em Manila desde aquele memorável jantar de shabu-shabu, na casa de Doris Hoh. Lembra quando faltou luz e ficamos sem os hot pots?

— Haha, sim, aquela noite foi divertida. Não, não tive chance de ir desde então. Como está Marion?

— Está ótima. E sua filha... Eden?

— Sim, ela também está ótima. Na verdade, esteve aqui em Los Angeles recentemente.

— Rene me contou.

— Contou? — Thomas ergueu levemente as sobrancelhas.

— Sim. Você sabe que nos falávamos várias vezes ao dia. Ele ficou bem impressionado com a sua filha.

Antes que Thomas pudesse responder, meia dúzia de advogados entrou na sala — todos representantes legais de Rene espalhados pelos cantos mais distantes de seu império. Jane Carlisle, a advogada-chefe que liderava a reunião, deu uma olhada geral no ambiente.

— Nosso ilustre convidado ainda não chegou?

Thomas balançou a cabeça.

— Ele ficou acordado até tarde ontem, dando mais uma festa em Cloudline. Desta vez, a polícia de Los Angeles apareceu para acabar com a bagunça.

Jane revirou os olhos.

— A maior parte dos honorários que Luis Felipe nos gera é resolvendo problemas com a polícia de Los Angeles ou com a Interpol. Avisei à assistente dele, Tessa, que a reunião seria às dez em ponto, só para lhe dar uma hora extra de atraso, e, mesmo assim, ele ainda não chegou!

Poucos minutos depois, a porta se abriu e Luis Felipe entrou desfilando, segurando uma coleira de couro com tachas, na qual estava preso um gato de aparência extremamente selvagem.

— Isso aí é um miniguepardo? — perguntou Emile Schaffhausen, o advogado de Zurique, olhando fascinado para o felino malhado de preto, com um pescoço incomumente longo e grandes orelhas pontudas.

— Conheçam minha mais nova gatinha, Special K. Ela é uma serval africana — disse Luis Felipe, sentando-se à cabeceira da mesa enquanto a criatura escalava seu ombro.

Jane lançou um olhar cansado para o animal e pigarreou.

— Sr. Tan, em nome de todos na Carlisle, Caffey, Wiedlin, Schock & Valentine, gostaria de expressar nossas mais sinceras condolências pelo falecimento de seu pai. Ele foi um grande homem que...

Luis Felipe cortou o discurso com um aceno de mão.

— Janie, já fizemos um velório, não preciso mais ouvir essa baboseira. Sei que vocês cobram por hora e, ao contrário de meu pai, não gosto de perder tempo nem dinheiro, principalmente quando se trata do meu. Então, vamos direto ao ponto.

Jane franziu os lábios por um instante.

— Muito bem. Como o Sr. San Antonio y Viscaya é o advogado responsável pelos assuntos pessoais de Rene Tan nas Filipinas, passo a palavra a ele.

— Obrigado, Jane. Vou ser breve e direto...

— Ótimo. Acho que Special K está com fome. Ei, alguém pode arranjar um iogurte grego para ela? Um Chobani, talvez? É a única coisa que não lhe dá diarreia — comentou Luis Felipe, colocando o gato sobre a mesa de vidro, enquanto vários advogados se afastavam, já antecipando um possível desastre intestinal da criatura.

Ignorando aquelas excentricidades, Diego continuou:

— Bem, seu pai estabeleceu um fundo guarda-chuva para administrar a herança e preservar todos os bens pessoais e comerciais ao redor do mundo. Chama-se Fundo R. S. Tan e, como o senhor é o principal beneficiário...

— Como assim, *beneficiário*? Eu não sou o presidente desse fundo?

— Não existe presidente, apenas um protetor do fundo, que é...

— Diego, vou facilitar as coisas para você. Só me diga onde eu assino para assumir o controle de todas as empresas de meu pai.

Diego fez uma pausa e olhou diretamente para Luis Felipe.

— Pablo Aguilar, o braço direito de seu pai há muitos anos, assumirá o controle diário das empresas, em nome do fundo...

— Mas eu controlo o fundo, certo? — interrompeu Luis Felipe.

— Não, o senhor não controla. O fundo será supervisionado por um conselho de curadores, e o protetor do fundo é o Dr. Thomas Tong.

Luis Felipe virou-se para Thomas, irritado.

— Quem morreu e te transformou no Jay-Z, porra?

— Seu pai, na verdade — respondeu Thomas.

Diego prosseguiu:

— Sim, seu pai nomeou Thomas para essa posição. Ele quis garantir que sua saúde e bem-estar fossem preservados no estilo de vida ao qual o senhor está acostumado. Todas as residências permanecerão à sua disposição: isso inclui Bel Air, Forbes Park, Coron, Knightsbridge, Central Park South, Emirates Hills, Point Piper, Cap Ferrat e St. Jean Bay.* O fundo cuidará da manutenção e das despesas de todas essas propriedades. O senhor também terá todos os automóveis, o Gulfstream 550 e o iate à disposição...

— Isso é óbvio. O iate se chama *Luis Felipe*, porra!

— ... porém todos esses bens continuarão sendo propriedade do fundo e não poderão ser vendidos. Seu pai também determinou que o fundo será responsável por definir seu repasse mensal...

— Repasse? Que merda é essa?

— É como uma mesada, a ser determinada pelo conselho de curadores. Após consultar os membros do conselho, a maioria dos quais se encontra nesta sala agora, determinamos que, a partir deste mês, o senhor receberá um repasse de duzentos e cinquenta mil dólares, em moeda americana.

— Duzentos e cinquenta mil dólares por dia?

— Por mês.

Luis Felipe quase saltou da cadeira, assustando sua serval.

— Você só pode estar de sacanagem, porra! Eu gasto isso em uma hora! Não dá nem para comprar um relógio decente, ou pagar uma noite de serviço de garrafa no...

* Diego está se referindo às residências de Rene Tan em bairros ultraexclusivos de Los Angeles, Manila, Palawan, Londres, Manhattan, Dubai, Sydney, Riviera Francesa e St. Barths.

Diego continuou, impassível:

— Esse valor será revisado semestralmente, ou trimestralmente, caso as circunstâncias econômicas mudem, até o senhor completar 35 anos.

— E quando eu fizer trinta e cinco?

— O fundo será dissolvido, e o senhor terá total controle sobre todos os ativos.

— Trinta e cinco é uma eternidade!

— Há uma cláusula importante no fundo que o senhor precisa entender. Tudo, o uso contínuo de todas as propriedades, automóveis, iate, avião, e seu repasse mensal, está condicionado à admissão em um programa de doze passos, em um dos centros aprovados desta lista.

Jane deslizou uma folha de papel pela mesa com uma lista dos melhores centros de reabilitação cinco estrelas do mundo.

— The Hills, Kusnacht Practice, Promises, Paracelsus... isso é alguma piada? — Luis Felipe olhou ao redor da sala e riu com desdém. — Puta que pariu, isso só pode ser uma pegadinha do caralho, né? Deve ter uma câmera escondida aqui, talvez atrás daquele quadro negro?

— Não há câmeras nesta sala, e isso não é um quadro negro: é um Cy Twombly! Estamos falando muito sério. O senhor tem apenas 23 anos, mas já teve pancreatite aguda duas vezes, e quase sofreu overdose inúmeras outras. Seu pai andava bastante preocupado com o seu bem-estar... — começou Jane.

— Ah, é? E onde caralhos ele esteve minha vida toda?

Emile tentou aliviar a tensão:

— Veja bem, seu papá só queria garantir que o senhor vivesse o suficiente para aproveitar os frutos do trabalho dele.

Luis Felipe lançou um olhar furioso para os homens e mulheres ao seu redor. Amassou o papel e o atirou contra a serval, que o pegou com a boca e começou a mastigá-lo.

— Que palhaçada do caralho! Nem fodendo eu vou para a reabilitação de novo, muito menos para a Paracelsus. Sabiam que o chef de sushi deles é albanês, porra? Eu exijo ver o testamento!

— Não existe testamento, Luis Felipe. O fundo elimina a necessidade de qualquer testamento. Dessa forma, tudo permanece completamente confidencial e privado, como seu pai queria — respondeu Diego, firme.

— Mentiroso! Meu pai me disse anos atrás que tinha um testamento e que eu ficaria com tudo! Sou seu único filho, porra!

Jane interveio, apoiando Diego:

— Bilionários não têm testamentos. Eles têm fundos, fundações, empresas de fluxo contínuo e outras ferramentas de proteção de riqueza geracional. Seu pai estava sempre ajustando o planejamento patrimonial. As mudanças mais recentes foram feitas no dia em que ele faleceu.

— Peraí. Quer dizer que ele mudou o fundo *no dia em que morreu*? Isso não é ilegal? Ele já estava completamente fritado nessa época!

— Ele estava perfeitamente lúcido, posso garantir. Eu estive com ele naquele dia — insistiu Jane.

— Já saquei qual é a dessa merda toda. Vocês são um bando de ladrões! Estão tentando me passar a perna e roubar o que é meu por direito.

Luis Felipe puxou a coleira da gata com força, e o animal começou a mijar em cima da mesa de vidro da sala de conferência.

— Mandou bem, Special K!

Todos se afastaram da mesa enquanto Luis Felipe se levantava.

— Eu sou o único herdeiro da fortuna de Rene Tan! Esse negócio de fundo é uma farsa, e exijo controle total da empresa de meu pai! É meu direito de nascença!

Emile tentou apaziguar os ânimos.

— Seu papá está apenas zelando pelos seus melhores interesses. Ele passou a vida construindo todos esses negócios, e não queria ver tudo ir pelo ralo. Sentia que o senhor ainda não estava pronto para assumir a posição...

— Pare de chamar ele de "papá", seu nazista esquisito de merda! Sabe que posição você pode assumir? Pode ir se enforcar com suas próprias bolas, de cabeça pra baixo! — berrou Luis Felipe, as veias saltando no pescoço desproporcionalmente grosso. — Eu vou contratar os melhores advogados do planeta para processar cada um de vocês até não sobrar mais nenhum cu, e vocês terem que cagar por bolsas de colostomia mofadas! Vão todos se foder!

Luis Felipe pegou Special K nos braços e saiu da sala, furioso.

Jane soltou um suspiro audível e olhou ao redor da mesa.

— Bem... isso foi...

— Foi melhor do que eu esperava, na verdade — disse Thomas.

— Pelo menos aquele miniguepardo não tinha muita urina para liberar — comentou Emile.

Diego deu a última palavra:

— O que o pobre coitado ainda não se deu conta é que o pai já contratou os melhores advogados do planeta.

Thomas não disse nada, mas, por dentro, já temia o que estava por vir.

10

US Route 90

•

CONDADO DE JEFF DAVIS, TEXAS • *DOIS DIAS DEPOIS*

Eles haviam dirigido a manhã toda sem parar, desde que compraram tacos para o café da manhã em uma lanchonete, nos arredores de El Paso. Durante longos trechos, ouviam música ou trocavam algumas palavras. Já fazia dois dias que seguiam assim, Rufus contando sobre seu tempo no Marrocos, Eden preenchendo as lacunas sobre Los Angeles. Mas, na maior parte do tempo, apenas encaravam a estrada infinita, aproveitando o silêncio confortável da companhia um do outro.

Pouco depois de se reencontrarem na casa de Freddy, em Beverly Hills, e esclarecerem todos os boatos absurdos, Rufus se virou para Eden e sugeriu, meio brincando:

— Já que você não está grávida de Freddy e que a Interpol não está atrás de você por ter tacado um flat white no rosto de minha mãe no Caffè Nero, que tal alugarmos um conversível e dirigirmos até Nova York?

— Você não ia casar com Martha Dung na Abadia de Westminster?

— Hã... isso vai ser só na terça-feira que vem. Temos tempo.

— Então vamos.

— Sério? — Rufus a encarou, surpreso; não contava que ela fosse aceitar.

— Por que não? Sempre quis atravessar os Estados Unidos de carro.

— Gente! Sabem o que vocês deviam fazer? — disse Freddy, empolgado. — Levem uma das Ferraris. Sério, escolham a cor que quiserem, passem em Vegas e fiquem numa suíte no Wynn. Eu reservo uma mesa no Nobu Vegas para vocês!

— Não, não, vocês deviam jantar no é by José Andrés. É o melhor restaurante de Vegas, e posso ligar para José e resolver tudo — sugeriu Daniela. — E depois sigam para o resort Amangiri, em Utah. Aquilo sim é o paraíso na Terra. Só não olhem a conta na hora do check-out.

Eden e Rufus assentiram educadamente diante das sugestões.

Dois dias depois, após alugarem um Jeep Wrangler conversível e evitar Las Vegas com todo o cuidado, mas pararem no Parque Nacional Joshua Tree, em Cathedral Rock, Sedona, e no espaço artístico Through the Flower, em Belen, Novo México, os dois encontravam-se agora acelerando por uma estrada deserta no oeste do Texas. Rufus tinha feito esse longo desvio em busca de algo que, segundo ele, seria uma surpresa especial.

— O que é? — perguntou Eden, curiosa.

— Não seria surpresa se eu te contasse, não é? Só fique de olho.

— De olho no quê?

— Ah, você vai saber quando vir — respondeu Rufus, com um ar misterioso.

Era a estrada mais rústica e desolada que qualquer um deles já havia percorrido, apenas asfalto negro e arbustos cinzentos dos dois lados da rodovia até onde a vista alcançava. No horizonte distante, um pequeno ponto foi, aos poucos, se transformando em algo cada vez maior, e, à medida que se aproximavam, Eden de repente avistou uma boutique da Prada no meio do nada.

— Que porra...? — disparou Eden, enquanto Rufus freava e parava ao lado do pequeno prédio branco de estuque, na beira da rodovia deserta.

— Sempre quis ver isso — disse Rufus, animado, enquanto saíam do carro.

— Meu Deus do céu! — exclamou Eden. Ali, na US Route 90, 2,3 quilômetros a noroeste de Valentine, Texas (população: 109 habitantes), havia uma réplica de uma boutique da Prada que parecia ter sido teletransportada diretamente da Madison Avenue. A placa preta e branca na fachada do pequeno e elegante prédio de estuque dizia *Prada Marfa*, e, mais além das vitrines de vidro, o interior era pintado no icônico verde-pistache da marca. Três prateleiras elegantes exibiam fileiras de sapatos, e duas plataformas mostravam bolsas impecavelmente organizadas. Eden tentou abrir a porta, mas, para sua decepção, estava trancada.

— Não é uma loja de verdade. É uma instalação de arte site-specific dos artistas Elmgreen e Dragset. Para mim, é uma crítica à urbanização e ao materialismo. Sabe, de como hoje em dia tudo virou uma marca de luxo. Genial, não acha? — refletiu Rufus.

Eden recuou alguns passos até a margem da rodovia para observar melhor a loja.

— Incrível! Resume perfeitamente toda a minha experiência em L.A.

— Aquela cidade realmente mexeu com você — comentou Rufus.

— Mais do que eu imaginava.

Eles deram a volta na Prada Marfa e encararam a imensidão do deserto, enquanto uma brisa seca soprava em seus rostos.

— Veja só todo esse vazio. Quilômetros e quilômetros de nada — disse Rufus.

Ao longe, um enorme dirigível branco surgiu flutuando no céu.

— Isso é outro projeto artístico? — perguntou Eden.

— Não. Li sobre isso — respondeu Rufus. — É um dirigível de vigilância da patrulha de fronteira dos EUA. Estamos a poucos quilômetros da divisa com o México.

Eden olhou para o dirigível, que agora parecia girar de maneira ameaçadora na direção dos dois.

— Mas... como esses dirigíveis impedem as pessoas de cruzar a fronteira?

— São basicamente drones gigantes com câmeras. Só ficam nos observando, gravando tudo. Imagino que, se virem algo suspeito, mandem os agentes da patrulha.

Eden balançou a cabeça, com tristeza.

— Pense em todos os homens, mulheres e crianças que, neste exato momento, estão arriscando a vida tentando cruzar esse deserto só para ter uma chance de um futuro melhor aqui. E, se sobreviverem, ainda precisam lidar com essa recepção da patrulha de fronteira. Isso coloca tudo em perspectiva, não acha?

— Somos muito sortudos — disse Rufus.

— Sabe, quando penso no que vi em L.A., meu sangue ferve. Todas aquelas mansões gigantes vazias, os clubes e restaurantes privados sem propósito, o modo como Luis Felipe vive... Um homem-criança morando sozinho numa minicidade sem um pingo de alma, no alto de uma montanha, com cinquenta carros na garagem... Era tudo uma orgia de excessos. Mas todas aquelas casas são mantidas por exércitos de imigrantes. Você os vê em todas as ruas. São os jardineiros, as empregadas, os operários da construção civil. São eles que fazem o trabalho que ninguém mais quer fazer. Então por que dificultar tanto sua entrada e o acesso ao trabalho? É uma farsa trágica.

Eles voltaram para o carro e seguiram viagem por mais trinta minutos, até chegarem a Marfa. Enquanto passavam pela cidade, Eden ficou surpresa ao ver galerias de arte espalhadas pela avenida principal, curiosas lojinhas ao lado de antigos postos de gasolina e trailers Airstream transformados em food trucks. Jovens hipsters vagavam pelas ruas empoeiradas, parecendo ter acabado de desembarcar de aviões vindos de Estocolmo, Tóquio e Reykjavík.

— Parece que fomos parar em Camden — comentou Eden.

Rufus deu uma risada.

— Há anos eu queria vir até aqui. O artista Donald Judd chegou nos anos 1970, quando não acontecia quase nada por essas bandas. Ele conseguiu comprar prédios de escritórios abandonados, o antigo supermercado, grandes terrenos... tudo por uma pechincha. Usou esses espaços para criar e exibir sua arte, e convidou amigos para fazer instalações aqui também, criando obras que só poderiam ser erguidas neste lugar, com todo esse espaço. Artistas como John Chamberlain, Dan Flavin, Yun Hyong-keun. E agora, essa cidadezinha remota, a seis horas da cidade grande mais próxima, virou uma verdadeira meca para artistas e amantes da arte. Maravilhoso, não é?

Eles cruzaram os trilhos do trem e seguiram por uma estrada de terra que levava a uma antiga base militar que Donald Judd havia transformado em sua visão ideal de um museu — a Fundação Chinati. Depois de comprarem os ingressos com um jovem estagiário sueco, que parecia não saber usar o aplicativo Square, Rufus seguiu animado direto para um par de galpões de artilharia gigantescos. Ao entrar no primeiro galpão, eles se depararam com a obra-prima minimalista de Judd, *100 Untitled Works in Mill Aluminum*.

Dentro de dois enormes edifícios que lembravam hangares, com pisos de concreto polido e paredes de vidro de ponta a ponta, Judd havia esculpido cem grandes caixas retangulares de alumínio, dispostas em três fileiras equidistantes. Rufus ficou no meio daquele espaço monástico, completamente hipnotizado pela majestade daquela instalação. As fileiras de caixas brilhavam sob a luz do sol, projetando sombras geométricas que mudavam conforme a luz se deslocava. Ele não disse nada, mas Eden percebeu o quanto estava emocionado. Aquele era o *Fallingwater*, a *Notre Dame*, o *Santiago de Compostela* de Rufus. Eden o deixou ali e vagou pelo espaço, percebendo, ao observar as caixas mais de perto, que não havia duas iguais. Embora tivessem exatamente as mesmas dimensões, cada caixa tinha uma configuração diferente — algumas sem um dos lados, outras sem tampa, outras divididas, como quebra-cabeças à la Mondrian. Cada caixa parecia irradiar uma energia misteriosa, e Eden se viu completamente absorvida pela instalação e pela serenidade quase zen do ambiente.

Ela lançou um olhar para Rufus, que estava apoiado na janela, perfeitamente imóvel, contemplando a obra, enquanto o sol da tarde lançava um halo ao seu redor. Por um instante, Eden ficou sem fôlego. Ele parecia um arcanjo feroz recém-descido do céu. Mas ele não era um anjo — era de carne e osso, profundamente humano. E tão diferente de qualquer outro homem que ela conhecia... Tão à vontade com suas emoções, tão gentil e generoso. Como alguém que nasceu cercado de privilégios poderia ser tão desprovido de pretensão, de ego e de qualquer interesse em ostentação? Num piscar de olhos, ela percebeu o quanto ele se tornara incrivelmente atraente para ela, o quanto o amava, como nunca antes. Sentiu o rosto corar com a intensidade dos próprios pensamentos e forçou-se a desviar o olhar.

Depois de um tempo, eles deixaram a sala das caixas para explorar outras obras ao redor da propriedade. Encontraram barracões iluminados pelas instalações etéreas de Dan Flavin, uma recriação perturbadora de uma sala de aula soviética abandonada, de Ilya Kabakov, e esculturas monumentais de Claes Oldenburg e Richard Long. Rufus passeava por cada instalação com puro deleite, tirando uma foto atrás da outra. No extremo da base, encontraram um banco de madeira na varanda sombreada de um antigo forte. Sentaram-se lado a lado, olhando para a cidade cintilando ao longe, sem dizer nada por um longo tempo.

— Estou tão cheio de ideias que minha cabeça parece que vai explodir — disse Rufus.

— Imagino. Mal posso esperar para ver o que vai sair disso tudo — respondeu Eden, encorajando-o.

— Só quero voltar para meu estúdio e criar.

— Qual foi sua instalação favorita? As cem caixas de alumínio?

— Eu amei. Mas, sabe, a questão não é tanto sobre as peças individuais. O mais impressionante é o conjunto que Judd criou aqui. Ele veio para cá e enxergou Marfa como uma tela em branco que poderia reinventar, prédio por prédio, moldando uma cidade inteira à sua visão. Quero fazer algo assim em Greshamsbury.

— Que ideia incrível! Você nunca ambientou nenhum de seus projetos de arte em Greshamsbury! — elogiou Eden, empolgada.

— Na verdade, eu não estava pensando em mim, mas em outros artistas. Temos tanto espaço, tantos prédios abandonados na propriedade que poderiam ser revitalizados e ressignificados por artistas. Conheço tanta gente talentosa que está batalhando para ser reconhecida e não consegue furar a bolha, especialmente artistas não brancos, que são completamente marginalizados porque suas obras são experimentais demais, ou incômodas, ou simplesmente não estão na moda para a máfia da arte. Tipo minha amiga Kiana, que você conheceu no Havaí. As esculturas dela são incríveis, completamente originais, mas está na cara que ela não está dormindo com os marchands certos... ela não consegue emplacar uma exposição solo nem por milagre. Quero lhe dar um patrocínio que realmente permita que ela viva da arte, além de um espaço para criar e exibir seu trabalho com toda a grandiosidade que merece. E essa ideia não precisa ficar só em Greshamsbury. Poderíamos criar instalações de arte incríveis em todos os resorts Bella ao redor do mundo: Antuérpia, Hong Kong, Havaí... Os resorts poderiam se tornar destinos artísticos. Imagine as coisas extraordinárias que poderiam ser criadas nesses lugares e o impacto positivo para as comunidades locais. Acho que esse é o caminho para salvar todos os resorts, para salvar tudo.

Eden adorou ver o brilho nos olhos de Rufus enquanto ele falava.

— Acho que você teve uma grande sacada!

— Você não acha que enlouqueci de vez?

— De modo algum — respondeu Eden, voltando a pensar em Luis Felipe e em como as intenções dele eram tão diferentes das de Rufus. O amigo se importava fervorosamente em apoiar outros artistas, enquanto Luis Felipe apenas os usava para o próprio entretenimento e por lucro. — É o plano mais empolgante que ouvi para Greshamsbury em anos. Muito melhor do que instalar aquele Tesco gigante na rotatória.

Rufus sorriu, aliviado.

— Você é a única pessoa que sempre acreditou em mim, na minha arte e em todas as minhas ideias malucas. Por quê? Por que você me atura?

Porque eu te amo. As palavras vieram direto à mente de Eden, mas ela não conseguiu dizê-las. E se ele caísse em si e percebesse que os dois funcionavam melhor como amigos? Será que ela queria arriscar a relação mais importante de sua vida?

— Acho que por hábito — respondeu ela, por fim.

— Espero que seja um hábito que você jamais consiga largar — retrucou Rufus, antes de pensar imediatamente: *Puta merda, seu idiota, que coisa mais clichê e infantil de se dizer.* Ele afastou o constrangimento e se encostou à parede fria de concreto.

Eden o observou, e ele lhe deu aquele sorriso rápido e cúmplice — o mesmo sorriso conspiratório e encantador que ela via sempre que espiava seu quarto e ele levantava os olhos da mesa, ou quando a avistava nas corridas matinais, ou quando a mãe dele soltava algum absurdo à mesa de jantar, ou nas milhares de outras vezes em que aquele sorriso fizera seu coração disparar. Agora, ela podia sentir o coração martelando nos ouvidos, quase saindo do peito. *Carpe diem*, pensou.

Antes que Rufus pudesse processar o que estava acontecendo, sentiu lábios macios tocarem os seus. Os lábios de Eden. Aquilo era real? Ou ele estava alucinando com o calor? Eden o beijava, deslizando os dedos pela nuca, pressionando o corpo contra o dele. Rufus a abraçou, acariciando sua lombar, e a sentiu tremer.

De repente, as palavras de Martha ecoaram em sua mente. Você precisa conquistar uma mulher devagar. Ele recuou por um instante.

— Não quero cometer o mesmo erro que cometi na floresta. Não quero apressar as coisas...

Eden o interrompeu.

— Você não está apressando nada. Eu amo você, seu coelhinho bobo.

— Ama mesmo? — Rufus mal podia acreditar no que ouvia. Estava prestes a responder, mas Eden o beijou com ainda mais intensidade e, num instante, montou sobre ele. Quando ela enlaçou as pernas ao redor de sua cintura, Rufus sentiu o jeans ficar dolorosamente justo. Deslizou a mão por baixo da blusa dela e, quando começou a roçar a ponta do...

— Hã... com licença, por acaso um de vocês seria Rufus? — disse uma voz vinda do nada.

Rufus e Eden congelaram e, ao se virar, viram o sueco da recepção do museu parado no canto, visivelmente desconfortável.

— Ahm... sou eu — disse Rufus, mortificado, soltando o seio de Eden.

— Tem uma ligação para você na recepção. Acho que é uma emergência — informou o sueco.

Rufus se levantou do banco, tentando entender como alguém poderia tê-lo encontrado ali, quando de repente se deu conta: maldito Instagram. Ele havia feito transmissões ao vivo e postado fotos quando chegaram, enquanto ainda tinham um sinal decente de Wi-Fi.

Voltaram à recepção, e Rufus pegou o telefone sem fio, ansioso.

— Alô?

— Rufus? É você? — Era sua mãe.

— Sim — respondeu com rispidez.

— Ah, graças a Deus eu te encontrei! Aconteceu a pior coisa do mundo, a pior de todas. Sua pobre irmã! — Arabella soluçava, histérica.

— O que aconteceu com Bea? — perguntou Rufus em pânico.

— Não, é Augie. A pobrezinha da Augie! — choramingou a mãe.

11

Greshamsbury Hall

•

GRESHAMSBURY, INGLATERRA • *NO DIA SEGUINTE*

(NO GRANDE HALL...)

Rufus tinha acabado de chegar de Marfa e subia apressado as escadas quando Hemsworth o interceptou.

— Ei, Rufus! Bea pediu para avisar que está na casa de barcos.

— Na casa de barcos? Certo. Eu ia dar uma olhada em Augie.

Hemsworth lançou um olhar apreensivo para Rufus.

— Acho melhor você falar com Bea primeiro...

— Ah, entendido.

(NA CASA DE BARCOS...)

Bea estava encolhida no divã de sicômoro de Jean-Michel Frank, com rodelas de pepino sobre os olhos e um bule de chá de gengibre ao lado, quando Rufus entrou. Liam e Noel, os setters irlandeses, pularam animados para cumprimentá-lo.

— O que está rolando? — perguntou Rufus, sentando-se aos pés do divã e fazendo carinho nos cachorros.

— Uma enxaqueca terrível.

— Sinto muito. Por que você não está na cama?

— Aqui é bem mais tranquilo que lá em casa — respondeu Bea. — Graças a Deus você voltou! Está um caos por aqui, e eu acabei levando a culpa.

— Augie?

— Mamãe e Augie.

— Por quê?

— Porque, aparentemente, tudo isso é culpa minha, já que eu não contei a eles o que aconteceu no Big Kahuna.

— Big Kahuna? Não estou entendendo...

— No dia da sessão de fotos para a *Town & Country*, naquela praia de nudismo...

— Você quer dizer em *Kehena* Beach?

— Sim, Kahuna Beach. Tinha uns hipsters japoneses, um casal jovem praticando *shibari*, sabe, aquela coisa de bondage artístico, bem no meio da praia, na frente de todo mundo. Eles pegaram o melhor lugar, e o fotógrafo queria que eles saíssem, mas Gopal Das disse que a praia era pública e que eles tinham todo o direito de estar ali.

— Certo...

— Enfim, o cara estava amarrando a namorada nua, bem devagar e de um jeito supermetódico, contra um enorme pedaço de tronco, a enlaçando como se fosse um faisão. E a garota, que era meio rechonchuda, tinha a tatuagem mais horrorosa que já vi na barriga. Era um bicho meio peixe, um horror de tão cafona...

— Ainda não entendi o que isso tem a ver com Augie...

— Calma. Enquanto Augie fazia o cabelo no trailer de maquiagem, Maxxie começou a conversar com o casal japonês. Ele ficou supercurioso com o lance do bondage, numa atitude muito amistosa. Você sabe como ele é. Quando me dei conta, lá estava ele, experimentando uns nós na garota.

— E daí? — perguntou Rufus.

— Bem, eu vi tudo porque estavam me fotografando bem perto do casal, e como eu estava de costas para o mar, dava para ver tudo o que estava rolando. Mas só me ocorreu contar a Augie ontem. Agora, está todo mundo me culpando por Maxxie ter fugido com uma chinesa, em Machu Picchu.

Rufus arfou.

—Maxxie fugiu com outra mulher?

— Sim!

— No meio da lua de mel com Augie?

— Sim! Parece que, quando chegaram a Cusco, Augie teve mal de altitude e, quando eles finalmente chegaram a Machu Picchu, ela já estava derrubada. Enquanto isso, Maxxie estava ocupadíssimo botando outra qualquer na cama.

— Meu Deus... coitada de Augie — suspirou Rufus, de coração partido pela irmã.

— Coitada de Augie, sim, mas não é culpa minha que ela passou mal e não conseguiu tomar conta do próprio território.

— Quem está dizendo que a culpa é sua?

— Mamãe, claro! — gemeu Bea, tão agitada que as rodelas de pepino escorregaram de seus olhos. Ela tateou até encontrá-las e ajeitá-las de volta, antes de continuar: — Mamãe disse que o comportamento de Maxxie na praia de nudismo já era um alerta de sua índole de mulherengo, e que eu deveria ter contado o que aconteceu. Pelo amor de Deus, era a véspera do casamento! A gente estava correndo de uma sessão de fotos para outra, eu tentando posar toda glamourosa no vestido Molly Goddard enquanto tinha pinto balançando por todo lado! Eu estava distraída, porra! Como eu ia saber que Maxxie brincando de bondage com os hipsters japoneses ia acabar com ele fugindo com uma chinesa, depois de uma cerimônia de ayahuasca? Quero dizer, Maxxie sempre teve uma queda por asiáticas. Ele já até deu em cima de mim várias vezes. Ele é meio viking, e os vikings não tentam comer todo mundo?

Rufus suspirou.

— Beleza, vou falar com Augie agora.

— Acho que Gopal Das está com ela, tentando organizar uma intervenção. Ela não come há dias, e está em um estado bem delicado.

— Entendido.

— Não diga onde estou escondida.

— Pode deixar.

(NA SUÍTE DE LADY AUGUSTA...)

— Respire pelos pés — instruiu Gopal Das.

Augie estava deitada sobre seu tapete de ioga, com um sachê de lavanda cobrindo os olhos, respirando fundo e ofegante.

— Isso mesmo, deixe o oxigênio te conectar à terra. Sinta a energia de Gaia. Agora repita comigo... *Minha alma está segura.*

— Minha alma está segura... — repetiu Augie entre uma respiração e outra.

— *Minha alma é bela e forte...* — Gopal Das acendeu um ramo de sálvia seca e começou a espalhar a fumaça sobre o corpo da jovem.

— Minha alma é bela e... — ela soluçou — forte.

— Eu não serei definida por quem me ama...

— Eu não serei... — *soluço* — definida... — *soluço* — por quem... buááá. — Augie desabou em lágrimas.

Ele entrou no quarto e ela abriu os olhos, encarando o irmão como uma tartaruga desamparada virada de costas.

— Rufus! — lamentou ela.

Rufus se ajoelhou no chão e abraçou a irmã.

— Sinto muito, Augie — disse baixinho, enquanto ela chorava nos braços dele.

— Você é muito bem-vindo para se deitar e respirar com ela, se quiser — disse Gopal Das.

— Ah, certo. O que eu faço?

— É uma respiração em três estágios. Primeiro, você enche a parte inferior do abdômen; depois, a parte superior do peito; e então solta todo o ar.

Rufus assentiu.

— Igual ao pranayama da ioga.

— Exatamente! — disse Gopal Das, impressionado que Rufus soubesse.

Os irmãos começaram a respirar juntos no chão, de mãos dadas. De repente, Augie gritou:

— É tudo culpa minha, é tudo culpa minha, é tudo culpa minha!

— Vamos examinar esse pensamento? Por que você acha que é culpa sua? — perguntou Gopal Das, num tom tranquilo.

— Eu permiti que acontecesse. Fui generosa, fui aberta, não fui possessiva. Quando ela começou a vomitar no balde depois da primeira dose de ayahuasca, eu disse a Maxxie para ajudar. Quero dizer, era muito vômito, alguém tinha que segurar o cabelo dela. Maxxie adora mulheres em apuros, isso é o que mais o excita.

— O que estou ouvindo é que você é generosa e aberta. O que estou ouvindo é que você é confiante, segura de si, e Maxxie sentia que não te merecia. Repita depois de mim: *Eu mereço ser amada por alguém que me mereça.* Você também, Rufus.

— Eu mereço ser amado por alguém que me mereça! — Rufus e Augie repetiram juntos, enquanto ele pensava: *Eu não mereço ser amado pela Eden, mas ela me ama mesmo assim.*

— Gopal Das, tem outra coisa surgindo para mim nessa respiração. Não sei se é um pensamento positivo ou negativo — disse Augie.

— Apenas libere o pensamento. Deixe que ele exista no universo — respondeu Gopal Das.

— Você acha que mamãe tem razão? Que Maxxie tem uma obsessão por asiáticas e que, no fundo, eu não era asiática o suficiente para ele porque sou só meio asiática?

— Acredito que Maxxie esteja em conflito com o próprio corpo. O que o coração dele deseja está em guerra com o que a virilha quer — refletiu Gopal Das.

— Eu posso te garantir que a virilha de Maxxie quer todo mundo. Asiático, meio asiático, tanto faz. Ele deu em cima até de mim — disse Rufus.

— DEU?! — Gopal Das e Augie exclamaram em uníssono.

— Várias vezes. Acho que Maxxie é só um tarado sem critério.

Houve uma batida na porta, e a cabeça de Anya, a empregada, surgiu no vão.

— Desculpe, visconde St. Ives, a senhora sua mãe quer vê-lo no *boudoir* dela imediatamente.

— Diga que vou daqui a pouco — respondeu Rufus, mas o olhar de pavor no rosto de Anya o fez mudar de ideia. — Pensando bem, melhor eu ir com você agora.

(NO *BOUDOIR* DA CONDESSA...)

Rufus entrou no *boudoir* da mãe e a encontrou deitada em sua *chaise longue* Carlo Bugatti, com uma máscara de beleza coreana sobre o rosto, fazendo-a parecer uma múmia egípcia. Qual era o problema de todas as mulheres Gresham e aquela mania de colocar coisas na cara?, Rufus se perguntou.

— Rufus, é você?

— Sim, mamãe.

— Por que não veio me ver imediatamente?

— Fui ver como Augie estava primeiro.

— Não minta para mim. Você foi falar com Bea primeiro e depois foi ver Augie. Sei de tudo o que acontece nesta casa.

— Não estou mentindo, mãe. Só não percebi que você precisava de mim com tanta urgência — respondeu Rufus, paciente.

— É óbvio que preciso de você com urgência! Olhe só o que você fez!

— O que foi que eu fiz?

— A coitada de sua irmã e o desastre dessa lua de mel! Tudo isso é culpa sua!

Rufus respirou fundo e se acomodou em uma poltrona.

— Então agora chegou minha vez. Primeiro foi culpa de Bea, agora a culpa é minha. Adoraria saber como fui o responsável por isso...

— Se você tivesse ficado noivo de Solène de Courcy como um bom menino, nada disso teria acontecido! Teríamos unido nossos hotéis aos dos De Courcy, e todos os nossos problemas financeiros estariam resolvidos!

— Primeiro, eu nunca estive apaixonado por Solène de Courcy, então isso jamais teria acontecido. Segundo, fundir os Bella Resorts com o Grupo De Courcy, isso se os De Courcy sequer permitissem algo do gênero, não resolveria nada. Mas não estou entendendo o que isso tem a ver com os problemas de Augie.

Arabella soltou um suspiro que soou quase como um gorgolejo por baixo da pegajosa máscara facial.

— Meu filho tonto, como você é ingênuo! Maxxie descobriu que estamos falidos, e é por isso que ele largou Augie.

— Não foi o que eu ouvi. Parece que Maxxie se apaixonou por uma garota que teve uma crise de vômito.

— Isso é no que Augie prefere acreditar, que ele a amava. Mas Maxxie se casou com sua irmã por causa do dinheiro!

— Espere um minuto, achei que Augie é que tivesse se casado com Maxxie por causa do dinheiro.

— *Hiyah*, os dois tentaram dar o golpe do baú um no outro. O problema é que o baú está vazio! O pai de Maxxie só tem mais um Francis Bacon, e a mãe, uma fazenda lotada de lhamas inúteis.* Você sabe quem é essa garota vomitadora com quem Maxxie fugiu? Ela não é só uma chinesa qualquer, sabia? Rosina me disse que ela já foi casada com vários dos homens mais ricos da Ásia e acabou de abocanhar um acordo de divórcio milionário de um sheik árabe! É uma bilionária que pode bancar o estilo de vida principesco de Maxxie e financiar seus sonhos de ecotecnologia.

— Já vai tarde. Augie está muito melhor sem ele — disse Rufus.

— A imprensa ainda não descobriu essa história, então precisamos operar no modo controle de danos...

* Arabella errou duas vezes: primeiro, a princesa Hanne Marit possui alpacas. Segundo, lhamas são tremendamente úteis. Na cultura andina, há séculos elas são usadas como animais de carga e fonte de carne. Ultimamente, além de servirem de guardas, seu pelo áspero pode ser utilizado para confeccionar belos tapetes e panôs, fazendo delas o pet hipster ideal.

— Acho que você está exagerando, mãe. Por que a imprensa se importaria com isso?

— *Hiyah!* A imprensa vai cair matando! Príncipe Maximillian de Liechtenburg foge com bilionária coroa, Kitty sei lá das quantas, em plena lua de mel com Lady Augusta Gresham? Já estou até vendo as manchetes. Precisamos desviar a atenção com uma notícia ainda maior. Você precisa anunciar seu noivado com Martha Dung agora mesmo!

Rufus soltou uma gargalhada.

— Pode tirar seu cavalinho da chuva, mamãe.

— Por quê? Ela adorou isso aqui. Eu a levei para cavalgar pela propriedade. Ela ficou encantada com a nossa fazenda de queijos.

— Martha ama queijo, mas isso não significa que ela queira se casar comigo.

— Ela alugou Boxall Park aqui ao lado, e vai dar um baile em minha homenagem! Quantos sinais ainda precisa para perceber que essa garota está implorando para você se ajoelhar e lhe pedir a mão? Precisa ir atrás dela agora mesmo! Ande, ande logo, abra a gaveta do meio da minha cômoda e você vai encontrar um anel. Um magnífico anel de noivado com esmeralda cabochão da Faraone Mennella.

Erguendo as mãos em frustração e reunindo coragem, Rufus continuou:

— Está na hora de você entender uma coisa de uma vez por todas, mãe. A única mulher com quem vou me casar é Eden Tong.

Arabella bufou com desprezo.

— Não vai, não!

— Me diga, o que você tanto reprova na Eden?

— Ela é uma ratazana mentirosa.

— Eden é a pessoa mais honesta que eu conheço, e você deve a ela um pedido de desculpas por todas as acusações delirantes que fez.

Mesmo com a máscara endurecendo em seu rosto, Arabella revirou os olhos.

— Além do mais, ela é chinesa.

— Ah, e por acaso Martha não é?

— *Hiyah*, existe o tipo certo e o tipo errado de chinesa!

— Então, por favor, me explique. Qual é o *tipo certo de chinesa*?

— Martha Dung é o tipo certo. Tem porte aristocrático, não é muito escura, não é muito baixa e é bem-educada.

— Eden Tong é linda, mais clara *e* mais alta que Martha, e se formou em Cambridge com honrarias. Não que nada disso importe para mim.

— Martha Dung pode salvar nossas vidas...

— Essa é boa! Se você tivesse um ataque cardíaco agora, quem você preferiria que tentasse salvar sua vida: a Dra. Eden Tong, médica do NHS, ou Martha Dung, amante de queijo?

— Não venha bancar o engraçadinho comigo! Você sabe muito bem o que eu quero dizer. Eden pode até saber fazer RCP, mas Martha pode salvar nossos resorts, nossa casa e seu futuro com os bilhões que possui!

— Aí está! Era isso que eu queria ouvir. Martha é o "tipo certo" de chinesa só por causa do dinheiro que ela tem!

— E o que há de errado nisso? Você não precisa de dinheiro para viver e respirar?

— Preciso, mas fico mais que contente vivendo do que eu mesmo ganho. Você sabe que eu viveria feliz para sempre na minha cabana de surfe sem problema algum!

— Aquela cabana de surfe me custou cinco milhões de dólares! Você tem ideia do quanto custa sustentar essa sua vidinha de artista hippie? Sabe quanto gastamos de imposto sobre a propriedade em Puako Beach Road? E para instalar aquele novo sistema de fossa séptica? E você nem sequer me deixa alugá-la no Airbnb quando não está lá! Quando foi a última vez que você vendeu uma de suas malditas pinturas? Todos vocês, homens Gresham, não servem para nada. Todo mundo acha que eu ganhei na loteria quando me casei com seu pai. *Ha!* Se ao menos soubessem a verdade. Passei décadas me matando de trabalhar para recuperar os cofres da família, só para meu próprio filho ficar zombando de mim e me acusando de ser gananciosa, quando tudo o que estou tentando fazer é garantir seu futuro!

Rufus suspirou e suavizou o tom.

— Alguma vez já passou pela sua cabeça que talvez esse não seja um futuro que eu queira? Você quer mesmo saber por que passo tanto tempo no Havaí? Sempre que estou aqui, sinto uma culpa absurda por tudo o que me foi dado. Vou herdar essa imensidão de terras que meus antepassados conseguiram derramando rios de sangue, sou parte de um patriarcado que conserva o poder nas mãos de pouquíssimos. E eu não fiz porra nenhuma para merecer nada disso!

— *Hiyah*, veja só quem fala! Você não valoriza seus privilégios porque nunca precisou lutar um único dia na vida. Você não faz ideia do que eu passei, das coisas que tive que fazer para sobreviver: dividir um buraco em Paris com outras doze modelos, ser assediada todos os dias por fotógrafos tarados, o quanto precisei lutar como mulher chinesa para conquistar um mínimo de respeito em um mundo onde você transita tão à vontade. Você não enxerga nada disso justamente porque eu já deixei tudo preparadinho para você! Se você não tivesse nascido meio britânico, Visconde St. Ives, com esse seu maxilar, entenderia minha dor. Viveria o preconceito que eu enfrento todos os dias quando saio de casa, e teria um pouco mais de gratidão pela vida que lutei tanto para te dar. Não me arrependo de nada do que fiz, e não vou pedir desculpas a ninguém.

— Mãe, eu sei o quanto você dá duro e sou grato por tudo o que fez. De verdade. Mas você não me criou para enganar ninguém, ainda mais quando existe outra mulher com quem eu quero me casar.

— Criatura teimosa! Eu achava que essa história de Eden já teria acabado a essa altura. Quero dizer, você teve tempo de sobra para dormir com ela e tirá-la da cabeça nessa sua viagem estilo *Thelma & Louise*.

Rufus encarou a mãe, sem acreditar no que ouvia.

— Não sei o que você acha que aconteceu na minha viagem, mas ninguém foi baleado nem caiu de um penhasco,* e Eden não é alguém que eu possa simplesmente "tirar da cabeça". Estou apaixonado por ela. Eu amo essa mulher desde o dia em que a conheci.

— Não seja ridículo, você tinha seis anos.

— Acho que eu já sabia, mesmo naquela época, que ela viria a ser a mulher mais importante de minha vida.

Arabella olhou para ele, horrorizada, e então começou a chorar.

— Como ousa dizer isso?! Sua mãe é quem deveria ser a mulher mais importante de sua vida! *Hiyah*, veja só o que você fez! Arruinou minha máscara facial!

Rufus balançou a cabeça, frustrado, e saiu do quarto.

---

* Nem dormiu com o Brad Pitt.

12

O Chalé

GRESHAMSBURY, INGLATERRA • *MAIS TARDE NO MESMO DIA*

Foi um dia longo na clínica, tentando dar conta da fila de pacientes. Thomas tinha acabado de chegar em casa e estava se acomodando na poltrona favorita, com um copo de uísque em mãos e Earth, Wind & Fire no toca-discos, quando Diego de San Antonio y Viscaya ligou das Filipinas.

— Houston, temos um problema — disse Diego.

— O que houve?

— Acabei de receber uma ligação dos novos advogados de nosso menino Luis. Ele contratou os maiores sacanas aproveitadores de Los Angeles.

— E daí? O fundo de Rene é à prova de balas.

— Sim, mas eles estão tentando botar o pau na mesa para justificar os honorários que cobram e convencer Luis Felipe de que valeu a pena contratá-los. Resolveram contestar o fundo. Parece que Luis Felipe se recusa a ir para uma clínica de reabilitação, então decidiram entrar com um processo e travar tudo pelo maior tempo possível, na tentativa de adiar o inevitável.

— Eu já imaginava que ele fosse fazer isso. O garoto faz qualquer coisa para não enfrentar os próprios demônios. Será que ele não percebe que só estamos tentando ajudá-lo? Antes que precise de um transplante de fígado?

— Tenho certeza de que o fígado agradeceria, mas o resto do corpo com certeza não. Esses urubus andaram fuçando tudo com os seus contadores forenses e querem saber sobre as notas promissórias do conde de Greshamsbury.

— E o que tem elas?

— Querem cobrar esses empréstimos.

— Eles não podem fazer isso sem nossa aprovação.

— Bem... na verdade, parece que podem. Esses empréstimos não estão declarados no fundo.

Thomas se levantou, alarmado.

— Como assim?

Diego suspirou.

— Parece que, dado que Francis precisava manter os empréstimos em sigilo, Rene os emitiu por meio de uma entidade nas Ilhas do Canal, que fica fora do fundo. Essa entidade detém os empréstimos e, até Francis conseguir liquidá-los, basicamente é dona de Greshamsbury.

— Não dá para colocar essa entidade dentro do fundo?

— Não retroativamente. E como essa entidade detém os únicos bens que não estão protegidos pelo fundo, aqueles desgraçados atacaram como um bando de coiotes famintos. Luis Felipe está desesperado por dinheiro. Parece que exagerou no último fim de semana em Vegas, e acumulou algumas dívidas pesadas.

— Imagino que sim. Ele tem um sério problema com jogos de azar.

— Ah, mas as dívidas não são nem de apostas. São só os honorários legais, depois que ele tentou importunar Katy Perry. Parece que invadiu o palco e insistiu em fazer um dueto de "Roar" durante o show.

— Bem, está na cara que ela não queria ouvi-lo rugir, não é?

Diego riu.

— Não mesmo. Além de terem que tirá-lo dessa encrenca, os adoráveis advogados agora estão ameaçando abrir um processo contra *você*.

— Contra mim? Por quê?

— Negligência grave, conduta imprópria, pode escolher. Eles alegam que você influenciou Rene indevidamente, que estava defendendo seus próprios interesses e o forçou a conceder esses empréstimos a seu amigo Lorde Francis.

Thomas suspirou, exausto.

— Rene emprestou o dinheiro porque quis, e você sabe muito bem disso.

— Eu sei, e você sabe, mas preciso te alertar que a coisa pode não parecer muito boa para um júri, considerando que você mora nas terras de Greshamsbury.

— Não, imagino que não.

— Precisamos acalmar Luis Felipe. Seria possível Francis pagar pelo menos uma parte do empréstimo? Cem milhões, talvez? Isso deve segurar as pontas por pelo menos um ano.

— Não no ritmo que ele gasta.

— Bem, precisamos atirar um osso para Luis, senão ele vai querer a carcaça inteira.

— Não faria bem algum para Luis Felipe ir atrás dos Gresham e levá-los à falência. Ele acabaria com muito menos dinheiro se o fizesse.

— Tente você convencer o garoto.

Thomas refletiu por um segundo.

— Ouça, Francis e eu estamos elaborando um plano para vender alguns resorts e levantar dinheiro onde for possível, mas vai levar um tempo.

— Infelizmente, não temos tempo. Acredito que Luis Felipe e seus vampiros de quinta categoria estejam ameaçando ir a Greshamsbury. Sabe como é, para dar uma sondada. Eles farejam dinheiro e estão sedentos por sangue.

— Que outras boas notícias você tem para mim hoje? — disse Thomas, soltando uma risada amarga.

— Desculpe ser o portador de más notícias. Só queria te dar um toque.

— Obrigado, Diego. Vou ver o que posso fazer.

Thomas encerrou a ligação, virou o restante do uísque e se levantou da poltrona com um leve gemido. Onde ele tinha deixado seu Barbour? Precisava ir até o Casarão para falar com Francis imediatamente. Entrou na cozinha e encontrou a jaqueta de algodão encerado jogada sobre uma cadeira. Vestiu-a enquanto saía pela porta dos fundos e pegava o atalho pelo labirinto de buxos que subia a colina, em direção a Greshamsbury Hall.

Já estava quase no topo da colina quando ouviu o ronco de um motor na estrada. O carro parecia estar rápido demais para uma estrada rural, e Thomas quase não teve tempo de sair do caminho, antes que um velho Land Rover coberto de lama passasse em alta velocidade. Era Francis ao volante.

— Ah, justamente o homem que eu estava procurando! — disse Francis, animado.

— Eu estava indo te procurar.

— Sobe aí, eu te levo de volta! — disse Francis, enquanto Thomas se acomodava no banco do passageiro. — Acabei de receber uma ligação de um tal de Louis Philippe. Um sujeito bem engraçado.

— Engraçado? Não é a palavra que eu usaria para descrevê-lo.

— Estava animado e tagarelando sem parar.

— Deve ser a cocaína.

— Haha, muito engraçado. Enfim, a cocaína queria saber tudo sobre Greshamsbury Hall.

Thomas sentiu um calafrio percorrer a espinha.

— Espero que você não tenha dito nada...

— Ah, ele só queria saber se tínhamos uma adega e quantas garrafas estavam armazenadas, esse tipo de coisa, então não vi problema em responder.

— Ele não devia ter te ligado diretamente.

— Ah, não vejo mal nisso, agora que o pai dele morreu. Foi muito simpático e, pelo que parece, tem uma grande paixão por vinho do Porto, então eu o convidei para jantar amanhã.

Thomas fechou os olhos por um momento, em completo desespero.

— Por favor, me diga que você não fez isso.

— Claro que fiz. Ele está em Londres, no apartamento de Knightsbridge, então falei para ele aparecer. Fiz algo errado? Você ficou pálido como um fantasma.

— Francis, ele está vindo para inspecionar o lugar. Avaliar quanto Greshamsbury Hall pode valer para ele, caso decida liquidar tudo amanhã.

— Ah, ele não vai fazer isso! Por que ele cobraria os empréstimos agora, quando tem bilhões ao seu alcance? O garoto acabou de herdar tudo, de cabo a rabo!

— Não, não herdou. Ele está sendo obrigado a seguir as regras de um fundo extremamente restritivo.

— Sei bem como é isso! Podemos trocar histórias.

— Francis, você não conhece esse garoto como eu.

— Pois eu gostaria de conhecer. Ouça, vamos atacar com charme. Vou abrir uma garrafa de Taylor Fladgate, Margaret vai preparar um banquete daqueles, e Arabella vai encantá-lo com seu...

— Merda! Arabella. Só de pensar em Luis Felipe sentado à mesa dela... isso não vai acabar bem, Francis — disse Thomas, com tom soturno.

— Claro que vai! Ela vai ficar encantada em recebê-lo e vai querer que o jovem e vigoroso herdeiro conheça Beatrice.

— Péssima ideia. Melhor Bea ficar bem longe dele, confie em mim. Para início de conversa, ele é um alcoólatra.

— Ah, me poupe. Você sabe que alcoólatras só existem nos Estados Unidos.

— Você não entende. Luis Felipe quase com certeza vai chegar bêbado ou chapado ou alucinado de sapos, ou tudo junto. Precisamos preparar Arabella; ela vai ter que empregar a máxima moderação. Acho que vou lhe receitar um Xanax antes do jantar...

— Ah, ela tem de sobra.

— Mesmo assim, vou até a casa principal com você para explicar a situação a ela.

— Não se preocupe tanto, Tom. Deixe conosco. Recebemos Fran Lebowitz para jantar, lembra? Se conseguimos encantá-la, conseguimos encantar qualquer um.

13

Greshamsbury Hall

•

GRESHAMSBURY, INGLATERRA • *NOITE SEGUINTE*

O conde, como de costume, estava errado. Arabella não ficou nem um pouco empolgada com a ideia de receber Luis Felipe Tan em Greshamsbury Hall, e ficou indignada com o fato de o marido ter feito o convite de maneira tão imprudente, sem consultá-la antes.

— Isso é um erro — disse ela.

— Erro ou não, precisamos fazer isso, Arabella. Precisamos cativar o rapaz, e você é ótima nesse tipo de coisa.

— Não estarei disponível amanhã à noite. Tem uma promoção "faça sua oferta" no Waitrose.

— Ele vale cem bilhões de dólares, Arabella. Talvez mais. Não acha que Bea gostaria de conhecê-lo?

— Meu Deus do céu! Você quer prostituir a própria filha só porque ele é bilionário? Que tipo de pai é você? Bea vai se casar com um lindo príncipe grego que eu já escolhi para ela.

No dia seguinte, Arabella havia se acalmado um pouco e aceitou a contragosto que precisava oferecer pelo menos um mínimo de civilidade ao homem que exercia um controle tão desproporcional sobre o seu destino. Espiou pela janela e viu o helicóptero preto fosco Sikorsky S-76D pousar no Grande Gramado, observando enquanto dois seguranças gastavam três minutos tentando convencer o jovem visivelmente embriagado a sair da aeronave. *Deixe ele ficar um pouco mais sóbrio*, pensou Arabella. Depois de deixá-lo à espera na sala de estar com Francis, Rufus, Thomas Tong e Gopal Das por trinta minutos, Arabella por fim se dignou a descer, fazendo sua entrada num conjunto de calça e blazer Catherine Walker estranhamente descontraído, acompanhada de Bea e Augie.

Francis sorriu aliviado ao vê-las.

— Ah, aqui estão elas! Luis Felipe, permita-me apresentar minha esposa, Arabella, e minhas filhas, Augie e Bea.

— *Condessa* Arabella, princesa Maximillian e Lady Beatrice. — Arabella corrigiu o marido em tom gélido, antes de lançar um olhar avaliador a Luis Felipe. *Que rosto grosseiro e comum. E veja o corte daquele paletó... com certeza foi feito por italianos.*

Vou foder a vida dessa vaca esnobe, pensou Luis Felipe, fazendo uma reverência cerimoniosa às damas.

— *Cudessa* Arabella, de que região da China você é?

Arabella lançou um olhar fulminante para Luis Felipe.

— Sou de Hong Kong.

— É mesmo? Meu pai nasceu em Hong Kong.

— Achei que ele fosse filipino.

— Não. Mudou-se para as Filipinas aos vinte e poucos anos, mas cresceu em Wan Chai. Você não é de lá? — *Como todas as prostitutas.*

— Não, cresci em Kowloon Tong. Sua mãe era de Wan Chai? — retrucou Arabella.

— Ela era de Shenyang, mas conheceu meu pai nas Filipinas. Eu nasci em Forbes Park. — *Numa casa muito maior do que essa espelunca, e com três vezes mais empregados.*

— Não conheço as Filipinas. Acho que algumas das empregadas que tivemos quando eu era criança eram de Cebu.

Thomas, sem querer que aquela conversa degringolasse ainda mais, logo interveio:

— Lady Arabella, Luis Felipe e eu estávamos falando sobre a magnífica obra de arte sobre a lareira. A Judy Chicago.

— Sim, esse negócio está girando? Juro por Deus que está girando — disse Luis Felipe.

Arabella revirou os olhos. *Está girando porque você está bêbado como um gambá.*

— Essa litografia não está girando.

— Que tal mostrar a coleção de arte para Luis Felipe? Ele é um grande colecionador — sugeriu Francis alegremente.

— Ah, ele não vai se impressionar com a nossa coleção — argumentou Arabella. *Não existe uma peça com a energia de um grande pau para você, tenho certeza.*

— Deixe-me mostrar algumas de minhas obras favoritas... — ofereceu Rufus, educadamente.

— Relaxe, Sad Keanu,* prefiro que seu papai me mostre sua famosa adega de vinhos — disse Luis Felipe.

— Sim, vá mostrar a ele a adega, Francis — disse Arabella. *E, se possível, afogue-o em um dos barris enquanto estiver por lá.*

Assim que ele saiu do alcance da voz, Thomas se virou para Arabella com um olhar suplicante.

— Sei que ele é difícil, mas, para seu próprio bem, pode *por favor* tentar ser cordial?

— Ah, não estou sendo cordial o suficiente? Quer que eu faça uma *lap dance*, igual àquelas moças simpáticas de Wan Chai? Ou um truque com bolas de pingue-pongue? — respondeu Arabella, com sarcasmo.

— Arabella...

— Não me venha com "Arabella". Ele foi um cretino ofensivo e sabia exatamente o que estava fazendo!

Rufus interveio:

— Pela primeira vez, tenho que concordar com a mamãe. Se ele não estivesse tão bêbado, eu teria dado um tapa na cara do sujeito.

Thomas suspirou, resignado.

Francis e Luis Felipe retornaram da adega, e todos seguiram para a sala de jantar, onde lacaios aguardavam atrás de cada cadeira ao

* Em tradução livre, "Keanu triste". Referência ao famoso meme Sad Keanu com o ator Keanu Reeves, em que ele aparece em uma fotografia cabisbaixo, segurando um sanduíche. Provavelmente Luis Felipe achou Rufus parecido com Reeves. (N. T.)

redor da mesa de banquete. Com um aceno sutil de Hemsworth, os lacaios começaram a encher simultaneamente as taças de vinho dos convidados.

— Enche até a borda — disse Luis Felipe a seu lacaio, enquanto olhava ao redor da mesa. — Peraí, está faltando alguém. Onde está sua filha?

— Minhas duas filhas estão bem aqui — respondeu Francis.

— Não, eu quis dizer a filha do Tong. Cadê a enjoada da Eden?

O silêncio tomou conta da mesa, até que Thomas se viu obrigado a responder.

— Eden não pôde vir hoje à noite.

— Tinha coisa melhor para fazer?

— Está trabalhando até tarde, pelo que sei — disse Rufus.

— Acabei de vê-la subindo a colina — comentou Gopal Das, alheio à *fatwa* contra Eden em Greshamsbury Hall.

— Então ela está em casa! — exclamou Luis Felipe.

— Imagino que sim — continuou Gopal Das, sem entender por que Augie continuava beliscando sua coxa.

— Vocês não moram aqui do lado? — perguntou Luis Felipe.

— Moramos — respondeu Thomas.

Um sorriso travesso tomou conta do semblante de Luis Felipe.

— Ela está me evitando, não está?

— De forma alguma.

— Então mande ela vir para cá agora.

Thomas lançou um olhar suplicante para Francis.

— Ah, sim, claro. Hemsworth, poderia pedir a alguém que vá até o chalé chamar Eden para se juntar a nós? — disse Francis, deliberadamente evitando o olhar furioso da esposa.

— Sim, milorde — respondeu Hemsworth.

Quinze minutos depois, enquanto o creme de aspargos era servido nas terrinas de Puiforcat, uma Eden visivelmente confusa entrou na sala de jantar, usando o mesmo vestido florido preto esvoaçante que havia usado na cerimônia de casamento de Augie. O cabelo, ainda úmido do banho, tinha sido rapidamente penteado para trás, e o batom vermelho vibrante fora aplicado às pressas.

Percebendo o clima estranho no ambiente, ela cumprimentou a todos como se nada tivesse acontecido.

Luis Felipe assobiou, examinando Eden de cima a baixo.

— Uau! Você fica um espetáculo arrumadinha! Onde estava essa versão sua em Los Angeles?

Eden esboçou um sorriso discreto e sentou-se no assento que havia sido improvisado na extremidade oposta da mesa.

— Espere um pouco, sente aqui do meu lado. *Cudessa* Arabella, por que não troca de lugar com ela?

Arabella respirou fundo, furiosa demais para responder.

— Esse é o lugar da condessa. Ela sempre se senta de frente para o conde, à direita do convidado masculino de honra — explicou Thomas.

— Cara do turbante, troque de lugar comigo. Agora você é o convidado masculino de honra — disse Luis Felipe, levantando-se e indo se sentar no lugar de Gopal Das, entre Augie e Eden. — Agora você não tem como escapar! — disse, cutucando o ombro nu de Eden. — Então, me conte, por que está me evitando?

— Eu tinha outros planos. Você chegou em cima da hora — disse Eden, de forma diplomática.

— Minha especialidade é chegar *bem em cima* — Luis Felipe fez um sinal pornográfico com a mão e soltou uma risadinha com a própria piada. — Então, era o quê... um encontro quente? Deu match com alguém no Hinge?

— Não, eu prefiro conhecer estranhos aleatórios nos bares.

— Aha! Então está *mesmo* me evitando! Prefere ficar num pub pegando desconhecidos do que comparecer a um jantar em minha homenagem — continuou Luis Felipe, provocando.

— Puta que pariu, Eden não está te evitando! Ela só não foi convidada para o jantar! — explodiu Augie, de repente.

— Ah. Por quê? Eden, você aprontou alguma? — provocou Luis Felipe.

— Ela é persona non grata porque mamãe tem uma implicância ridícula com ela — explicou Augie.

Francis pigarreou alto.

— Augusta, você está se sentindo indisposta?

— Estou ótima. Na verdade, estou me sentindo melhor do que me sinto há dias.

— Você andou doente? — perguntou Luis Felipe.

— Não, só triste. Sabe como é, meu marido me trocou por outra mulher, muito mais rica e muito mais gostosa.

Arabella e Bea soltaram um gritinho abafado, mas Augie as ignorou.

— Já estou de saco cheio dessa farsa ridícula. Cansei de nunca dizer o que penso. É exaustivo e acaba com a gente, não é, Gopal Das?

— Se te faz sentir dessa forma, então sim — respondeu Gopal Das.

— Cudessa Arabella, por que essa implicância ridícula com Eden? — perguntou Luis Felipe.

— Eu não tenho uma implicância ridícula — rebateu Arabella, displicente.

— Então explique a nosso ilustre convidado por que Eden foi banida desta casa e, basicamente, da vila inteira — pediu Augie.

— Só não sou fã de tramoias em minha casa ou em minha vila — respondeu Arabella, com um tom descontraído.

Eden estava prestes a responder quando Rufus falou em sua defesa.

— Que tramoia Eden fez contra você? Ela não fez nada!

— Eden tentou me enganar e falhou de forma patética, mas conseguiu enganar você. Você só é tonto demais para perceber — argumentou Arabella.

Thomas Tong se levantou e olhou para a filha do outro lado da mesa.

— Eden, vamos embora.

Rufus encarou a mãe com raiva.

— Está vendo, você ofendeu o Dr. Tong com seus delírios!

— Eu não tenho delírio algum. Você é quem se recusa a aceitar que Eden seduziu Freddy Farman-Farmihian só para te deixar com ciúmes.

Luis Felipe piscou para Eden, achando tudo aquilo muito divertido.

— Então você andou trepando com o persinha?

Eden balançou a cabeça, exausta.

Arabella redobrou as acusações.

— Não só trepou com o persinha, como cometeu o erro de engravidar! E, mesmo assim, meu filho ingênuo caiu nesse plano sórdido.

Luis Felipe arregalou os olhos.

— Pera, pera, pera: não estou conseguindo acompanhar. A Eden está grávida do persa e o bonitão mestiço também está apaixonado por ela?

— Exatamente — respondeu Arabella.

Eden jogou o guardanapo na mesa, furiosa.

— Pelo amor de Deus! Vou dizer isso pela última vez: eu nunca dormi com Freddy e nunca estive grávida, não que nada disso seja de sua conta!

— Tudo o que você faz é de minha conta quando envolve meu filho! Como então você explica o teste de gravidez que encontrei na sua suíte?

— Onde está esse teste? Onde você o achou? Nunca vi nenhum teste de gravidez quando estava no Havaí!

— O TESTE DE GRAVIDEZ ERA MEU! — gritou Bea do outro lado da mesa.

Todas as cabeças se viraram para Bea, em choque, enquanto ela continuava:

— É isso mesmo! Eu joguei fora no banheiro de Eden! Sou eu quem está grávida!

Francis e Arabella ficaram sem palavras, mas Rufus fez a pergunta que estava na cabeça de todos:

— Então... quem é o pai?

— Foi aquele havaiano bonitão do casamento, não foi? O Josh. Vocês dois estavam praticamente se agarrando — disse Augie.

— Eu sou o pai — declarou Gopal Das.

— Não tem graça — resmungou Augie, rindo com desdém.

— Estou falando sério — disse Gopal Das, indo até Beatrice e envolvendo os ombros dela com carinho. — Augusta, sua irmã e eu somos almas gêmeas. Descobrimos isso no momento em que nos conhecemos.

— Encontrei minha alma gêmea — declarou Bea, olhando para ele com adoração.

— Não. Não... Isso não pode ser. *Sei gwai! Sei gwai!** — murmurou Arabella, trêmula de choque.

Augie começou a chorar descontroladamente.

— Por que todos os homens que eu conheço estão me abandonando?!

— Eu não estou te abandonando, Augie. Não vê que agora, mais que nunca, somos uma família? — argumentou Gopal Das, tentando acalmá-la.

— Não, você não é da família. Jamais fará parte desta família. Quero que saia desta casa imediatamente! — ordenou Francis, segurando o braço da cadeira com força, o nó dos dedos brancos de raiva.

— Como desejar, Lorde Greshamsbury — respondeu Gopal Das, virando-se para sair do cômodo sem discutir.

— Não, papai, nãooooo! — gritou Bea. — Rufus, impeça-o!

Rufus lançou um olhar furioso para Bea.

— Por que você não defendeu Eden quando nossa mãe estava espalhando todas aquelas mentiras sobre ela?

Bea começou a chorar.

— Ah, Rufus, você não tem ideia do que eu passei! Estava tão assustada, em pânico. Tive que esconder a gravidez por tanto tempo para não chatear mamãe! Eden, me desculpe!

Eden encarou Bea, incapaz de disfarçar sua mágoa.

Luis Felipe começou a rir como um maníaco.

— Eden, você é boa demais para esses pilantras. Achei que esse jantar ia ser um tédio, mas está sendo a coisa mais divertida

* "Fantasma morto! Fantasma morto!", em cantonês — insulto dirigido a Gopal Das, equivalente a "monstro!".

que fiz a semana inteira! Vocês todos me tratam como se eu não fosse digno de pisar nesta casa, mas, no fundo, são só um bando de hipócritas mentirosos!

— Do que você está falando? Fizemos de tudo para recebê-lo como um rei! — rebateu Arabella.

— Ah, é? Vocês só têm sido uns condescendentes de merda, me insultando a cada oportunidade e achando que eu estou bêbado demais para perceber.

— Você *está* bêbado!

— Estou bêbado porque sou obrigado a olhar para essa sua cara pútrida! Você não passa de uma puta infeliz, casada com um fracassado patético que tem uma adega de vinhos medíocre. Quer saber? Seu xixi vai feder a aspargo igual ao meu, e suas filhas podem até se chamar de damas, mas, no fundo, não passam de piranhas.

Sem pensar, Rufus se levantou e deu um soco em Luis Felipe, acertando-o no rosto e fazendo-o cair para trás com a cadeira. Os seguranças do jovem, postados na porta da sala de jantar, não tiveram nem tempo de reagir.

— Filho da puta! Você quebrou meu nariz! — esbravejou Luis Felipe, levantando-se e pressionando a mão contra o nariz ensanguentado.

— Pode me insultar à vontade, mas não mexa com a minha família! — gritou Rufus em resposta.

— Ah, é? Então pode apodrecer no inferno com essa sua família de merda! Quero todos os meus empréstimos pagos em trinta dias. Cada centavo! Caso contrário, essa casa é minha, e a primeira coisa que vou fazer é jogar todas essas suas bundas ossudas da realeza no olho da rua!

14

A empreitada

•

WALTON STREET, LONDRES • *UMA SEMANA DEPOIS*

— Lá está ela! — disse Rufus a Eden ao avistar Martha entrando no restaurante. Ele acenou para ela do sofá de canto onde estavam sentados, nos fundos do salão. Enquanto Martha atravessava a multidão do horário de almoço, parecendo uma Georgia O'Keeffe chinesa com a blusa branca engomada, saia longa cor de camelo, chapéu preto e um colar vintage de prata com pingentes de flores, Eden se levantou e a cumprimentou com um abraço apertado.

— Que prazer finalmente te conhecer!

— Você é de verdade! Que alívio! Estava começando a suspeitar que Rufus tinha inventado você só para não ter que casar comigo! — disse Martha.

— Fique à vontade, ele é todo seu! — respondeu Eden, enquanto as duas caíam na risada.

— Que lugar encantador! A comida tem um cheiro ótimo! Desculpem o atraso, não resisti e fiz umas comprinhas — disse Martha, tentando encontrar espaço para acomodar suas inúmeras sacolas.

— Ooh, você foi na Egg! — disse Eden.

— Você conhece? Achei que fosse a única que sabia da Egg!

— É uma de minhas lojas favoritas! — respondeu Eden.

— Viu? Eu sabia que ia gostar de você! — disse Martha, com uma piscadela, enquanto o garçom se aproximava da mesa para anotar os pedidos de bebidas. — Vou querer um dirty martini. — Martha encarou seus acompanhantes de almoço com um olhar questionador. — Cedo demais?

— De modo algum. Pode trazer dois dirty martinis — disse Eden.

O garçom assentiu e se virou para Rufus.

— Mais uma cerveja?

— Vou trocar por um martini também — respondeu ele.

— Espere, Rufus, poderia me fazer um favor? — interrompeu Martha. — Você poderia dizer "Quero um martini de vodca... batido, não mexido".

Rufus revirou os olhos, constrangido.

— Ok, lá vai: Vou querer um martini de vodca... batido, não mexido.

O garçom riu enquanto Martha aplaudia.

— Perfeito, acho que até gozei nas calças. Você não ama esse sotaque, Eden?

— Rufus tem uma voz ótima, mas, você sabe como é, a grama do vizinho é sempre mais verde. Pessoalmente, o que me derruba é um homem sulista. Tipo Sam Shepard. Ou Matthew McConaughey.

— Ah, eu não. Acho que soa meio dopado. Aliás, posso ter a ousadia de perguntar... se a condessa ainda está trancada no quarto? — perguntou Martha.

— Dia sete — respondeu Rufus. — Ela subiu assim que Luis Felipe saiu da casa e, desde então, se recusa a falar com qualquer um de nós.

— Um clássico. Minha mãe faz o mesmo o tempo todo, só que ela se enfia no seu mosteiro budista favorito e joga o celular fora. É o jeito de me avisar que está puta comigo.

— Não é muito budista da parte dela — comentou Eden.

— Pois é! E eu falo isso para ela! — disse Martha, rindo. — E como o resto do pessoal está segurando a barra?

— Não muito bem. A casa virou uma zona de guerra — revelou Rufus. — Bea e Augie estão em alas opostas, sem se falar, e meu pai está trancado dia e noite com os banqueiros e advogados, na biblioteca. É um alívio estar em Londres! — relatou Rufus.

Martha sorriu, irônica.

— Bem, queria ter notícias melhores para você. Meus advogados me informaram que Luis Felipe nem se deu o trabalho de responder nossa oferta. Para ele, é tudo ou nada.

— Já imaginava — disse Rufus, tentando manter a leveza, embora fosse evidente para as duas que ele tinha ficado bastante decepcionado. No começo da semana, Rufus ligou para Martha, desesperado por um conselho, e ela o surpreendeu ao se oferecer para comprar toda a dívida de Luis Felipe, caso ele aceitasse receber o pagamento parcelado ao longo de um ano.

— Sinto muito, Rufus. Se eu não tivesse que prestar contas ao conselho e aos acionistas, talvez tivesse mais margem de manobra. Mas não há como levantar todo esse dinheiro até o fim do mês. Malditas regras de governança corporativa!

— Não precisa se desculpar. Foi muita gentileza sua oferecer ajuda. Eu sabia que levantar todo esse dinheiro seria praticamente impossível — disse Rufus.

— Para ser sincera, nem acho que o dinheiro iria resolver a situação. Luis Felipe está determinado a punir sua família. Ele não quer dinheiro, ele quer chutar todos vocês para fora da casa.

Rufus levou as mãos ao rosto, exasperado.

— Isso é tudo minha culpa. Eu não devia ter batido nele. Não sei o que me deu.

Eden colocou a mão nas costas de Rufus.

— Não se culpe por isso. Ele mereceu, o desgraçado. Estava sendo superofensivo com todo mundo.

— Mamãe também foi superofensiva, e nem por isso você levantou e lhe deu um tapa.

— É diferente.

— Humm, não sei não. Você é uma santa, só isso. Já aguentou os Gresham por tempo demais.

— O mundo inteiro já aguentou Luis Felipe por tempo demais! — disse Martha. — Ele tem fama, esse garoto. Eu lia sobre ele direto nos sites de fofoca. Vivia destruindo hotéis, boates, cassinos, o que aparecesse pela frente. Acho que ele foi banido da Suíça; parece que tentou importar plutônio da Rússia quando estava no internato. Tinha só 14 anos e queria construir sua própria bomba nuclear! Acho que a única forma que encontrou de chamar a atenção do pai foi aprontando.

— E com o pai fora de cena, imagino que não tenha para onde canalizar todo o luto e a raiva, a não ser em cima de nós — disse Rufus, com um suspiro.

— Sabe, acho que talvez eu devesse tentar falar com ele. Por mais ofensivo que tenha sido na outra noite, eu fui praticamente poupada de sua ira. Talvez eu consiga convencê-lo — sugeriu Eden.

— Nem perca seu tempo — rebateu Rufus, cético.

— Acho que vale a pena tentar. Tem uma fagulha de humanidade em algum lugar por trás daqueles olhos reptilianos, eu já vi.

— Agora entendo por que Rufus te adora. Você sempre procura o melhor nas pessoas. Eu sou o oposto, sou uma ratazana ciumenta e paranoica — disse Martha.

— Difícil de acreditar — respondeu Eden, rindo.

— Veja só, está fazendo de novo. Ai, Rufus, essa mulher é um achado! Vocês podem vir morar comigo se realmente não tiverem onde ficar. Onde preferem... Sydney, Veneza, Hong Kong ou São Francisco?

— Você tem casa em todos esses lugares? — perguntou Eden, de olhos arregalados.

— Essas são só as casas nas cidades. Talvez eu tenha algumas propriedades no campo também — sussurrou Martha, de repente parecendo tímida.

O garçom voltou com uma bandeja de dirty martinis.

— Bem na hora. Vamos pedir o almoço enquanto decidimos onde vamos morar. Estou morrendo de fome — disse Rufus.

15

Rutland Gate

•

KNIGHTSBRIDGE, LONDRES • *NAQUELA NOITE*

Depois de ter feito aquele grand tour por Cloudline, em Los Angeles, Eden não ficou nem um pouco impressionada ao descobrir que a residência de Luis Felipe em Londres consistia em quatro casas geminadas, transformadas em uma monstruosidade de 62 mil metros quadrados, com vista para o Hyde Park. Foi recebida no hall de entrada — do tamanho de uma embaixada — por um de seus onipresentes seguranças, escoltada escada acima por outro e conduzida por um terceiro até a imensa sala de estar, ladeada por enormes pinturas de Basquiat em cada extremidade.

Lá, encontrou o rapaz esparramado no espaçoso sofá curvo, encarando a tela de projeção pendurada no teto, na qual passava *A Noviça Rebelde* no mudo. Espalhados ao seu redor estavam os vestígios de seus vícios: copos vazios, garrafas de vinho, uma variedade de substâncias ilícitas e uma tigela com restos de lámen.

— Eu tinha uma babá que sempre colocava esse filme para mim. Toda vez que aquela freira tarada cantava "*Edelweiss*", ela chorava sem parar — disse Luis Felipe, ao notar Eden entrando na sala.

— Que meigo.

— Mandei demiti-la; disse para meu pai que ela tocava minhas partes íntimas, mesmo sem ser verdade. Ele mandou deportá-la.

Eden não reagiu à história. Apenas se sentou numa das poltronas de couro à sua frente.

— Ela foi a babá antes daquela do colégio, que eu paguei para transar comigo na posição *cowgirl* invertida.

Eden lhe lançou um olhar de censura.

— Essa babá nem existiu, certo?

Luis Felipe sorriu.

— Não, não existiu. Como adivinhou?

— Tive o desprazer de ouvir seu advogado contando aquela história de quando te levaram a Macau para perder a virgindade...

— Ah, é, a história do bordel. Não foi bem como ele contou. Meu pai de fato me mandou para um bordel, mas não se deu o trabalho de ir junto e assistir.

— Sabe, andei te observando nas últimas semanas, e me parece óbvio que você é bem mais inteligente e sensível do que deixa transparecer. Por que sente necessidade de inventar essas histórias? — perguntou Eden.

— Só estou tentando me divertir um pouco.

— Seu conceito de diversão é bem peculiar.

— Ah, é? E você? Já se divertiu de verdade? Já deixou todas as inibições de lado e ficou completamente louca?

— Não preciso me descontrolar para me divertir.

— Já tomou cogumelos?

Eden revirou os olhos.

— E MDMA? LSD? Dmitri? Georgia Home Boy? Tia Nora? Ou só heroína das boas, à moda antiga?

— Não, obrigada. Já tratei muitos dependentes de heroína e vi como acabou com a vida deles.

— Isso porque era heroína de baixa qualidade. Tenho uma festa neste fim de semana, em Nevada, que vai ser épica. Os caras sempre levam heroína da *melhor* qualidade, tipo nível Château Lafite. Você devia ir. Pela primeira vez na vida, saberia o que é diversão de verdade.

— Na verdade, acho que você não está se divertindo tanto assim, Luis Felipe. Acho que está tentando anestesiar sua dor...

— Ah, valeu, Dra. Freud. Ou seria Sra. Jung? Dá para perceber que estou de luto pelo meu papai morto? É tão óbvio assim que estou sofrendo? Pois vou te dizer uma coisa, Eden Tong. O dia em que meu pai morreu foi o primeiro dia em que me senti realmente livre. Foi o dia mais. Feliz. Da. Minha. Vida. De. Merda.

— Você não acredita nisso de verdade.

— Vá se foder. Você vem aqui me julgar, mas não sabe nada da minha vida. Não passou nem um segundo em minha pele. Sabe o que é ser filho de Rene Tan? Tem noção de quantas vidas ele destruiu? Quantas pessoas morreram nos seus projetos de construção ao redor do mundo? Alguma noção de quantos esquemas sujos foram abafados? Você só o conheceu na última semana de vida, quando ele era oitenta por cento purê de abóbora e vinte por cento tesão por você.

Eden suspirou, lembrando-se da promessa que fez a Rene. *Seja gentil com meu filho.*

— Desculpe, você tem razão. Eu realmente não conhecia seu pai e não faço a menor ideia de como era seu relacionamento com ele.

— Ah, então quer que eu conte tudo? Não preciso de sua piedade — disse Luis Felipe, amargo, virando-se para a janela.

— Isso é a última coisa que eu quero. Só estou aqui para te ouvir, só isso.

— Meu pai foi um desgraçado de marca maior. Não deixava minha mãe me ver, dizia que ela era uma má influência e tentou me mostrar uma *sex tape* que ele gravou dela em segredo. Dá para acreditar nessa merda? Transou com minha primeira namorada e depois me disse que ela só queria meu dinheiro, que ele estava tentando me ensinar uma lição. Com ele, tudo era uma lição. Tudo servia para me endurecer, me preparar para administrar sua grande e gloriosa fortuna, depois de sua morte. E, agora, veja só o que ele fez. Passei vinte e três anos aguentando a tortura, e agora ele quer me foder do além, com essa merda de fundo fiduciário!

Eden o encarava enquanto ele despejava toda a raiva. Tudo o que via era um garoto magoado e solitário por trás de toda aquela fúria.

— Se ele foi tão cruel assim, por que você quer perpetuar isso? Você não quer mesmo despejar os Gresham da casa deles, quer?

— Está de brincadeira? Não vejo a hora de botar aqueles babacas presunçosos na rua.

— Você sabe que, se fizer isso, eu também fico sem casa? O chalé faz parte da propriedade.

— Não vou te despejar nem a seu pai, relaxe. Aliás, acho que você devia se mudar para o Casarão. Seria uma ótima lição para aquela dondoca metida *tai tai* de Hong Kong!

— Não tenho o menor interesse em morar em Greshamsbury Hall.

— Conversa fiada. Aposto que, no fundo, sempre sonhou em ser a dona da mansão.

— Nunca mesmo.

— Então não está tentando fisgar o preciosíssimo filho da cudessa?

— Acho que você já sabe a resposta.

— Fräulein Eden não vai se casar com o conde Rufus von Trapp numa grande catedral?

— Ele é visconde, e não, não tenho planos de casar em nenhuma catedral.

— Ótimo. Então por que não se casa comigo?

— Você não quer se casar comigo. — Eden riu.

— Quero, sim.

— Ouça, eu não vou me casar com você. Está mais do que na cara que você está bêbado e não está falando sério.

Luis Felipe se levantou do sofá e se ajoelhou diante dela.

— Olha só, estou de joelhos. O que mais você quer? Um anel da merda da Tiffany? Casa comigo e vamos morar em Greshamsbury Hall. Já imaginou a cara da família quando a gente chegar lá de carruagem?

— Você só está fazendo isso para irritar Rufus.

— Estou pouco me lixando para o conde Chocula. Sabe o que meu pai me disse em nossa última conversa? Ele falou: "Aquela Eden Tong tem classe. Você devia conhecer ela melhor".

— Conhecer melhor não requer um pedido de casamento.

— Requer, sim, porque acho que estou pronto para sossegar, ter um monte de filhos. Encher essa casa. Sabia que tem vinte quartos aqui? A gente podia ter dezenove filhos e nem se dar conta de que estão aqui.

— Dispenso. Meu útero não sobreviveria.

— Estou brincando. Só quero um filho para aterrorizar e estragar. Ouça, se você casar comigo, prometo que *não* expulso os Gresham de casa.

— Não vou jogar esse joguinho com você de novo. Não quando tem gente de verdade sendo afetada. Você está prestes a arrancar uma família de uma casa onde eles vivem há onze gerações. E sei que você nem quer morar lá, porque seria um rebaixamento colossal.

— Nisso você tem razão, aquilo é uma espelunca no meio do mato.

— Então faça a coisa certa. Sei que você é uma pessoa decente, mesmo fingindo que não é. Deixe os Gresham ficarem com a casa e aceite a generosa oferta da Martha.

— Me responda uma coisa. Por que você é tão leal a essa família, se eles te tratam como lixo?

— Não é verdade! Ouça, Arabella pode parecer impossível no momento, mas ela está sob muita pressão. Está em choque por ter perdido o resort, lidando com uma avalanche de problemas familiares e empresariais, e eu sou a válvula de escape conveniente no momento. Sei que ela vai cair em si.

— É mais fácil o inferno congelar no meu rabo. Arabella nunca vai te aceitar como nora. Você acha que é só o saco de pancadas da semana? Você sempre vai ser o saco de pancadas. Eu vejo como ela te olha. Ela acha que você é um lixo, do mesmo jeito que acha que eu sou um lixo. Conheço esse tipo; ela é daquelas asiáticas que odeiam outros asiáticos. Por isso se casou com o conde do Maldito Sanduíche. Ela só queria filhos mestiços, e agora só quer netos ainda mais brancos. Mas quer saber? Você não enxerga nada disso porque está cega de amores pelo filho dela. Admita, você está apaixonada de forma patética e trágica por aquele mestiço.

Luis Felipe foi se arrastando de joelhos até a poltrona de Eden enquanto dizia isso.

— Eu amo Rufus, e isso não tem nada de patético.

— Você nunca beijou um homem asiático na vida, já beijou?

— Rufus é asiático.

— Ah, me poupe.

De repente, Luis Felipe se levantou e a beijou, desajeitado, nos lábios. Eden virou o rosto, enojada. O hálito do rapaz cheirava a uma semana inteira de álcool.

— O que foi, está se achando boa demais para me beijar? Se acha classuda demais?

Eden se levantou da poltrona e marchou até a porta.

— Classe não tem nada a ver com a história. Você precisa de ajuda, Luis Felipe. Antes que seja tarde demais.

— Blá-blá-blá! — resmungou Luis Felipe, afundando de novo no chão, encostado na poltrona. Da porta, Eden não pôde deixar de notar como o rosto triste e furioso de uma das pinturas de Basquiat era um reflexo perfeito do dele.

16

Greshamsbury Hall

•

GRESHAMSBURY, INGLATERRA • *TARDE DO DIA SEGUINTE*

Rufus acordou com uma mensagem do pai convocando-o para casa. Como era algo que o pai raramente fazia (Rufus nem achava que ele soubesse mandar mensagens de texto), decidiu ir direto de Londres.* Ao chegar a Greshamsbury Hall, logo seguiu para o salão de baile, conforme as instruções. O espaço amplo, raramente usado pela família, agora parecia uma verdadeira sala de guerra, com mesas dobráveis espalhadas e pilhas de documentos financeiros e jurídicos cobrindo todas as superfícies disponíveis. No chão de marchetaria neoclássica, cercado por pilhas de papéis que chegavam à altura dos joelhos, estava Thomas Tong.

— Dr. Tong! Não esperava encontrá-lo aqui — cumprimentou Rufus.

Thomas mal levantou os olhos.

---

* Assim como nos sites de companhias aéreas, "direto" não significa "sem escalas". Rufus fez um pequeno desvio para almoçar no Le Manoir aux Quat' Saisons a caminho de Greshamsbury, porque quem em sã consciência perderia a chance de passear pelos caminhos perfumados de lavanda e provar o Le Café Crème — a sobremesa assinatura de Raymond Blanc, feita com *parfait* de café e *sabayon* de kirsch, caramelo de café, ganache de chocolate e calda de chocolate, tudo servido em uma xícara de chocolate?

— Olá, Rufus.

— Acabei de deixar Eden no chalé.

— Ah, ela voltou com você? Achei que fosse ficar em Londres a semana inteira.

— Mudou de ideia — disse Rufus. — Está aqui há muito tempo?

— Desde o café da manhã. Estou ajudando seu pai a organizar as coisas.

— Você faz isso desde que me entendo por gente.

— É mesmo, não é? — comentou Thomas, distraído.

— Mas por quê? Por que você aguenta todos nós, mesmo sem precisar?

Thomas largou o arquivo que estava lendo e encarou Rufus, pensativo.

— Conheço seu pai desde que tínhamos 13 anos. Passamos por muita coisa antes de você nascer. Não consigo contar quantas vezes ele veio ao meu resgate no campo de críquete, sem falar nos *sociais*.* Radley no meu tempo era bem diferente do que foi no seu.

— Imagino que não tenha sido fácil para você naquela época...

— Eu tinha um metro e meio até os 15 anos, e meu cabelo ficava espetado como um porco-espinho. O que você acha? Todo mundo me chamava de "Chang", sabe, do *Tintim*. Mas ter seu pai do meu lado significava que eu nunca precisava me preocupar em ter a cabeça enfiada na privada. Sem contar que ele também era capitão do time de rúgbi.

— Ele nunca me deixa esquecer isso. Bem, de todo modo, obrigado por sempre estar ao lado de papai. Onde ele está, aliás?

— Lá em cima com a sua mãe, acho. Saiu faz um tempão.

— Então acho que isso significa que ela voltou a falar com ele.

— Pelo visto, sim. Ouvi dizer que teve uma nova reviravolta na situação de Beatrice, o que forçou uma trégua.

— Se eles estão resolvendo as coisas com Bea, melhor deixá-los em paz.

---

* "Sociais" é como os alunos de Radley se referem, no dialeto local, às pensões dentro do campus onde os estudantes moram.

— Ah, Bea já foi embora há muito tempo.

— Como assim? Para onde ela foi?

— Não tenho certeza, mas ela e Gopal Das sumiram faz dois dias, sem avisar a ninguém.

— Ah. Imagino que seja por isso que fui convocado. Melhor eu subir.

— Não fique tão empolgado.

Rufus sorriu.

— Tente convencer seu pai a descer, por favor? Não consigo entender nada dessa bagunça — resmungou Thomas.

— Vou ver o que posso fazer — disse Rufus, subindo as escadas rumo ao quarto da mãe, já antecipando o desastre que o aguardava.

Encontrou a mãe sentada à escrivaninha Montigny, enquanto o pai estava desabado no sofá Koloman Moser, de frente para ela, parecendo um cachorro que acabou de ser repreendido.

— Boa tarde! — cumprimentou Rufus, forçando um tom animado.

— Ah, ótimo, ótimo. Você voltou. Pode fazer as malas. Você vai para Veneza hoje — ordenou Arabella.

— Veneza? Acho que perdi alguma coisa... — disse Rufus.

— Bea fugiu para Veneza com Gopal Das — respondeu Francis, entregando um bilhete a Rufus.

No papel de carta de Bea, com sua caligrafia rebuscada, estava escrito o seguinte:

Queridos mamãe e papai,

Martha Dung teve a gentileza de convidar Gopal Das e a mim para seu palazzo em Veneza, onde organizará uma cerimônia íntima de casamento para nós. Depois, teremos à disposição uma maravilhosa casa à beira-mar, em Byron Bay, onde Gopal Das dará uma série de workshops sob o patrocínio de Martha. Ele também me contou que é beneficiário de um pequeno fundo fiduciário da família, nos Estados Unidos, então vejam que não seremos um fardo financeiro para vocês de forma alguma. Terei meu filho na Austrália e serei uma mulher casada respeitável se e quando voltar à Inglaterra com ele. Vocês não precisarão mais se preocupar nem se envergonhar por eu ter desonrado o nome Gresham. Espero que, com o tempo, encontrem a generosidade de me perdoar. Pela primeira vez na vida, estou seguindo meu coração.

Com amor,

Bea

— Bem, está resolvido. Vamos todos ao casamento? — perguntou Rufus.

— Ao casamento? Ficou maluco? Quero que você vá para Veneza *impedir* esse maldito casamento! — esbravejou Arabella.

— Bea está apaixonada por Gopal Das, e ele sempre foi um cara decente, pelo que me lembro. Por que atrapalhar os planos do casal?

— Foi exatamente o que eu disse a sua mãe — interveio Francis, enquanto Rufus tentava argumentar com Arabella.

— Não percebe? Está na cara que Bea está fazendo tudo isso para te agradar. Ela acha que você sente vergonha dela, por isso fugiu para se casar sem alarde. Em vez de fazê-la se sentir ainda mais culpada, devíamos apoiá-la, especialmente agora. Ela está grávida de seu primeiro neto!

— VOCÊ é quem deveria me dar meu primeiro neto! Não minha filha caçula, que ainda é uma criança. Está tudo errado! — exclamou Arabella.

— Bea tem a mesma idade que você tinha quando teve Augie. Talvez esse bebê seja a melhor coisa que poderia acontecer a ela. Vai lhe dar um propósito que vai além de frequentar festas e participar de lançamentos de perfumes — argumentou Rufus.

— Você sabe como é importante participar de lançamentos de perfumes? Passei anos construindo a marca de Bea com todo o cuidado. Estávamos tão perto de fechar um contrato de patrocínio!

— E ela ainda pode fazer tudo isso se quiser, não pode?

— Não se ela se casar com o hindu!

— Se Gopal Das fosse o marajá de Jaipur, você ainda se oporia ao fato de ele ser hindu?

Arabella hesitou por um momento, visivelmente pega de surpresa.

— Mas ele não é o marajá! Ele é um *haam sap lou** que se aproveitou de minha menininha! Qual é o seu problema? Por que você não está defendendo o sangue de sua própria família? Maxxie humilhou sua irmã mais velha! Você devia caçá-lo e chicoteá-lo até deixar cicatrizes permanentes! Sabe qual é o problema? Todo esse refinamento britânico e aquela sua escola moderninha idiota te emascularam! Eu devia ter te mandado para Gordonstoun.** Por que eu sempre tenho que fazer tudo por essa maldita família? Se nenhum de vocês dois for a Veneza impedir essa tragédia, eu mesma vou! Não vou deixar Bea jogar a vida fora! Anya! Tatiana! Malas, agora! — gritou Arabella no interfone de sua escrivaninha.

Francis lançou ao filho um olhar cansado.

— Não adianta argumentar quando ela está assim. Venha, vamos conversar em meu quarto.

Eles deixaram o *boudoir* de Arabella justamente quando as empregadas chegavam com as malas Globe-Trotter monogramadas, e seguiram pelo corredor até os aposentos de Francis. Fechando a porta atrás de si, Francis imediatamente encheu dois copos generosos de uísque Dalmore single malt e entregou um a Rufus, antes de se sentar.

— À sua saúde — disse Francis, afundando-se em sua poltrona preferida com um pequeno gemido e dando um longo gole. — Agradeço por ter voltado para casa tão rapidamente... Eu precisava discutir algo com você em particular. Tive uma conversa bem estranha com o advogado de Luis Felipe Tan hoje cedo. Talvez você já tenha ouvido algo?

Rufus o olhou, confuso.

---

* "Velho tarado" em cantonês (e o próprio som das palavras já parece pervertido quando pronunciado).

** Lendário internato escocês, adorado pelo príncipe Philip e detestado por seu filho, o Rei Charles III, que foi obrigado a correr sem camisa (independentemente do clima) e a tomar banhos gelados todas as manhãs, e onde seus colegas de classe se gabavam de chutá-lo nos testículos sempre que podiam durante os treinos de rúgbi.

— Como eu teria ouvido?

— Bem... hã... o advogado de Luis Felipe me informou que ele está disposto a aceitar o plano de pagamento do empréstimo proposto por Martha Dung e abrir mão de qualquer reivindicação sobre Greshamsbury Hall...

— Graças a Deus! Ele finalmente caiu em si! — comemorou Rufus, tomando um gole do uísque.

Francis lançou ao filho um olhar desconfortável.

— Hã... com uma condição: Eden precisa concordar em se casar com ele.

Rufus quase engasgou com a bebida.

— Suponho que Eden não discutiu o assunto com você.

Rufus suspirou.

— Eden tentou apelar por nós para Luis Felipe ontem à noite e, sim, ele propôs casamento, mas ela achou que era só delírio de um drogado. Ao que parece, ele estava completamente chapado. Aquele desgraçado é um sádico... está fazendo isso só para me torturar, para torturar todos nós!

Francis suspirou.

— Obviamente, não espero que Eden leve a sério uma proposta absurda dessas.

De repente, Arabella irrompeu no quarto, os olhos faiscando.

— Como assim? É claro que Eden tem que se casar com ele!

Rufus lançou um olhar furioso à mãe bisbilhoteira enquanto Arabella continuava na maior animação:

— Pela primeira vez na vida, aquela garota pode fazer algo de útil por nós, e eu sei que vai! Ela é uma boa menina!

— Ah, então agora ela é uma boa menina? — zombou Rufus, cheio de desdém.

— Menino tolo, não percebe? Deixe-a se casar com Luis Felipe e, daqui a alguns anos, quando retomarmos o controle de tudo, ela pode se divorciar, se quiser. Mas seria uma idiota se o fizesse, achando que pode conseguir coisa melhor.

Rufus respirou fundo, lutando para conter a raiva.

— Vou tentar esquecer que você disse isso.

— Não, você precisa convencê-la a se casar com aquele homem!

— Caso tenha esquecido, mãe, eu é que pretendo *me casar* com Eden, não a convencer a se casar com outra pessoa!

— Você só vai se casar com Eden Tong por cima de meu cadáver! Está na hora de largar essas fantasias infantis e cumprir seu dever para com esta família. Estamos a dias de ir parar na sarjeta, e a culpa é toda sua!

Rufus soltou uma risada mordaz.

— Ah, não, não vai jogar essa culpa nas minhas costas. Se você não tivesse expulsado Eden de Greshamsbury, ela nunca teria ido para Los Angeles e conhecido Luis Felipe, para início de conversa! Nada disso teria acontecido! Não percebe que tudo sempre volta para você?

Arabella gemeu de frustração.

— Francis! Não fique aí sentado feito um idiota! Faça esse garoto inútil entender!

Francis se levantou da poltrona e, em uma das raras vezes na vida, gritou com a esposa.

— Não chame nosso filho de inútil! Ele é o homem mais gentil, adorável e talentoso que já conheci! E só há uma pessoa para culpar por essa bagunça toda, e essa pessoa sou *eu*. Fui covarde demais para contar a verdade sobre nossas finanças! Deixei você gastar como se não houvesse amanhã! Sou responsável por cada centavo dessa dívida e agora só nos resta pagar a conta, simples assim. Rufus, meu querido, espero que possa perdoar este velho tolo por perder tudo o que deveria ser seu.

— Não há nada para perdoar — disse Rufus, baixinho. — Passei a vida vendo você carregar o fardo de ser o conde de Greshamsbury e, sinceramente, esse nunca foi um fardo para o qual eu tenha aptidão. Vi o quanto você lutou para restaurar a casa, manter a Caçada Boxall, melhorar a propriedade e cuidar de cada família do condado. Sei o quanto você ama esta terra, mas eu nunca senti a mesma conexão que você. Talvez porque eu seja parte chinês, ou talvez porque passei muito tempo na Ásia, mas eu me sinto muito mais em casa no Havaí. Eu poderia viver numa cabana em

Waimea pelo resto da vida e ser feliz com minha prancha de surfe e minha Leica.

— Filho, você vai ter muito mais que isso. Eden é uma médica brilhante, e se você tiver a sorte de se casar com ela, sei que sempre será bem cuidado — disse Francis.

Os dois se abraçaram apertado, enquanto Arabella permanecia ali parada, furiosa.

— Vamos, Rufus, vamos para Veneza. Quero estar no casamento de Bea. Ela precisa do pai para levá-la ao altar!

— Ótimo! Aposto que Eden também vai querer ir — disse Rufus, abrindo um sorriso.

— Óbvio que ela vai!

— Como vocês dois ousam... ah! Ahhh! Acho que estou tendo um derrame... — gemeu Arabella, começando a dar tapinhas no próprio rosto.

— Você sempre acha que está tendo um derrame, mas, infelizmente, nunca tem! — rugiu Francis, saindo do quarto como um furacão.

17

Mount Nicholson Road

•

THE PEAK, HONG KONG • *MAIS TARDE NAQUELE DIA*

A elegante varanda do bangalô em estilo art déco, situado naquela que era, sem dúvida, a rua residencial mais cara do planeta, oferecia uma vista de trezentos e sessenta graus, desde Victoria Peak até Deep Water Bay e as ilhas periféricas do Mar do Sul da China. Rosina estava desfrutando da vista magnífica enquanto saboreava seu *yu juk** matinal e lia a coluna de fofocas do *The Post*, quando se deparou com a seguinte nota:

Martha Dung irá inaugurar seu recém-restaurado palácio veneziano com o casamento de Lady Beatrice Gresham e Whitney Payne Cabot V, descendente do ilustre clã de Boston. Lady Beatrice é a filha eurasiana do conde Rufus Gresham** e da condessa Arabella Gresham, nascida em Hong Kong. A condessa é irmã de Peter Leung. A irmã de Lady Beatrice, Lady Augusta, casou-se recente-

* "*Congee* de peixe" em cantonês. O *congee* é uma espécie de mingau típico à base de arroz, que pode ter a consistência mais espessa ou rala. O chef de Rosina preparava seu *congee* de arroz com vieiras secas, peixe-pomfret fresco, fatias de abalone, delicadas tiras de gengibre e uma pitada de chalotas douradas fritas.

** Deveria ser Lorde Francis Gresham, é claro, e não Rufus. O *The Post* precisa urgentemente de revisores melhores.

mente com o príncipe Maximillian de Liechtenburg, e seu irmão, o Visconde St. Abs, está supostamente noivo de ninguém menos que a própria Martha. Sem dúvida, o evento reunirá diversas famílias nobres da Ásia, Europa e América do Norte.

Na mesma hora, Rosina pegou o telefone e discou o número de Arabella. A chamada caiu direto na caixa postal, então ela deixou uma mensagem:

— Arabella! Meu Deus, eu fico fora duas semanas num safári e veja só o que acontece!* Bea vai se casar! E Rufus está noivo de Martha! Você deve estar nas nuvens!

Vinte segundos depois, o telefone tocou. Era Arabella, com voz de nariz entupido.

— Estou filtrando minhas ligações.

— Imaginei. E onde está nosso convite para o casamento em Veneza? Peter vai ficar muito magoado se não receber um, mesmo que esteja ocupado demais para ir.

— Não existe convite, pelo menos, não de minha parte. Eu não vou a casamento algum.

— E por quê?

— Minha filha morreu para mim. Meu marido inútil, meu filho inútil, minha outra filha inútil... todos, para mim, não passam de cadáveres podres.

Rosina revirou os olhos.

— *Hiyah*! O que aconteceu? Rufus não está noivo de Martha? Foi o que o *Post* publicou.

— Pela primeira vez na vida, queria que as fofocas do *Post* fossem verdade. Mas não, o garoto que um dia foi meu filho é burro demais para ficar noivo de Martha. Ele foi enfeitiçado por aquela bruxa da Eden Tong.

— Eden Tong! Alguma coisa naquela garota sempre me incomodou. Jamais consegui identificar exatamente o quê...

---

* Rosina na verdade não esteve em um safári, e sim em Seul, para um lifting de sobrancelha muito sutil.

— Ela é uma pequena *ghat jat** maquiavélica. A arquiteta de nossa destruição. Doze gerações de Gresham viveram em Greshamsbury Hall, e agora está tudo perdido por causa dessa maldita garota. *Sum toong, ah!*

— Bom, pelo menos Bea vai se casar com a realeza americana...

— Do que você está falando? Bea vai se casar com um charlatão horroroso, dez vezes mais velho que ela, só porque engravidou!

— Meu Deus! — Rosina arfou.

— Pois é, meu Deus! Tentei convencer Rufus e Francis a defenderem a honra de Bea, mas eles me ignoraram e foram a Veneza para celebrar essa união trágica. Você não imagina as coisas horrorosas que Francis me disse... ele me tratou de uma maneira imperdoável! E sabe o que percebi? Sou vítima de racismo dentro de minha própria família! Não tenho uma gota de sangue britânico, mas todos eles têm, e é por isso que se uniram contra mim dessa forma! — choramingou Arabella.

— Pobrezinha — suspirou Rosina, solidária, enquanto pesquisava "Whitney Payne Cabot V" no Google. Algumas fotos de um casamento de família em Nantucket apareceram imediatamente.

— Ah, espere, ela vai se casar com aquele xamã falastrão do casamento de Augie? Aquele dos turbantes iridescentes e barba?

— Esse mesmo. Aposto que tem piolhos naquela barba.

— Ele pode até ter piolhos, mas pelo menos *é* um Cabot!

— O quê?

— *Hiyah*, você não sabe? Os Cabot são uma família tradicionalíssima de Boston! Nunca ouviu aquele ditado: "Onde os Lowell só falam com os Cabot, e os Cabot só falam com Deus"? Os Kennedy, os Vanderbilt, os Rockefeller... são todos uns pés-rapados perto dos Cabot.

— Tem certeza? Será que a família é tão antiga assim que perdeu todo o dinheiro? Ele age como um pobretão.

— Arabella, ele é um WASP. Eles todos fingem que são pobretões. São iguaizinhos a esses britânicos absurdamente aristocráticos que você conhece.

---

* Barata, em cantonês.

— Aristocráticos ou não, Bea está prestes a se desgraçar. Vai exibir aquele barrigão capaz de deformar qualquer vestido de noiva que escolher, e aquele guru ruivo vai estar fantasiado de palhaço de Bollywood. Não posso estar presente para testemunhar isso, simplesmente não posso, eu nunca vou parar de vomitar de vergonha. *Hiyah*, esses jovens de hoje em dia não têm mais pudor. No nosso tempo, quem teria coragem de aparecer visivelmente grávida no dia do casamento? Era impensável! Ainda é considerado uma vergonha na Ásia! Ou será que estou sendo antiquada?

— É claro que é vergonhoso. Meus meninos podem até ter engravidado algumas namoradas e amantes, mas amantes são amantes, *nunca* esposas. Lembro de quando minha querida amiga Mary Gao engravidou, que tragédia. Ela queria desesperadamente ter o bebê, e nós todas tivemos que nos unir para convencê-la de que isso acabaria com a sua vida! Imagine tentar ser mãe solteira em Hong Kong! Ela estaria acabada, ninguém decente se casaria com ela. E ela precisava se casar com alguém cheio da grana! A família era respeitável, mas sem muito dinheiro, e seu único trunfo era a beleza. Ela foi Miss Hong Kong, sabia?

— Uma Miss Hong Kong grávida fora do casamento? Que escândalo! O que aconteceu com ela?

Rosina suspirou, pesarosa.

— *Gam seui, ah!** Ela viajou em segredo até Perth para fazer um aborto, mas logo depois soubemos que morreu de septicemia. Era uma de minhas amigas mais próximas, e eu nunca tive a chance de me despedir. Aconteceu tão de repente, e sabe, o mais estranho de tudo é como... — Rosina de repente soltou um arquejo e então ficou muito quieta.

— Rosina? Você ainda está aí?

— *Hiyah*, como sou burra! Estava bem na minha cara o tempo todo... — murmurou Rosina consigo mesma.

— O que estava bem na sua cara? — perguntou Arabella, confusa.

---

* "Tão amaldiçoado!" em cantonês.

— Arabella... onde está Thomas Tong agora?

— Não faço ideia. Ele não é mais meu médico — respondeu Arabella, com frieza.

— Quero dizer, ele está na Inglaterra, na Ásia, nos Estados Unidos?

— Suponho que esteja logo ali na estrada, naquela casinha deprimente em que ele vive.

— Fique aí. Vou te ligar de novo. Acho que descobri algo... que pode te favorecer. Confie em mim, isso vai mudar tudo!

— O quê? Me conte! — exigiu Arabella.

Rosina desligou sem dizer mais nada.

VI
VENEZA

Connie observava Veneza ao longe, baixa e rosada sobre as águas. Construída com dinheiro, florescida com dinheiro e morta pelo dinheiro.

— D. H. Lawrence

Coron, 2013

•

ILHAS PALAWAN, FILIPINAS

Eles avançavam rapidamente entre pequenos atóis, em meio às águas mais cristalinas que Thomas já tinha visto na vida. Com o borrifo de água salgada no rosto e o sol aquecendo suas costas, ele se sentia revigorado, depois de mais de vinte horas de viagem da Inglaterra até aquele remoto arquipélago, no Mar de Sulu. A viagem estava sendo planejada havia seis meses e, após as mais delicadas negociações, conduzidas sob sigilo absoluto, ele finalmente estava prestes a conhecer Rene Tan, o misterioso financista que concordara em emprestar cem milhões de dólares a Francis Gresham — por baixo dos panos.

Thomas lançou um olhar para o homem silencioso sentado nos fundos da embarcação, com um rifle semiautomático apoiado entre os pés. A lancha atracou no cais de uma ilha e, ao desembarcar, Thomas avistou ao longe uma magnífica casa de vidro, esguia e elegante, despontando entre a densa vegetação tropical. Logo, ele estava acomodado dentro do complexo daquela propriedade particular, sentado em uma antiga cadeira de madeira com braços estranhamente longos, bebendo um suco gelado de kalamansi e contemplando uma bela lagoa.

Atrás dele, ouviu a risada rouca de um homem.

— Sabe para que serve essa cadeira?

Thomas se virou e viu um homem na casa dos cinquenta, corpulento, mas de presença robusta, vestido com um agasalho de náilon e boné.

— Não sei — respondeu Thomas, levantando-se para apertar sua mão.

O homem não retribuiu o gesto. Em vez disso, disse:

— É uma cadeira de parto do século XIX. A mulher coloca as pernas nesses braços largos, o que a ajuda a se posicionar quando entra em trabalho de parto.

— Claro — disse Thomas. — Você deve ser o Sr. Tan.

— Em pessoa.

— Que lugar incrível você tem aqui. É a ilha particular mais bonita que já visitei.

— Você frequenta muitas ilhas particulares?

— Esta é minha primeira, na verdade.

— A minha também. Ninguém me convida para lugar nenhum. Não sou adequado para a alta sociedade, sabe? Todos os grandes figurões filipinos fazem negócios comigo, mas nunca me convidam para suas propriedades no campo, em Calatagan, nem para suas villas *de luxo em Punta Fuego. Foi por isso que criei este paraíso para mim. Agora, é claro, todos imploram para ser convidados, mas eu não recebo muita gente. Para falar a verdade, odeio gente rica. A maioria é um bando de desgraçados chatos. Quanto mais antiga a fortuna, mais intoleráveis são para mim. Sabe, devo minha trajetória a duas pessoas no mundo todo. A primeira é Enrique Tan.*

— O industrial que construiu grande parte das Filipinas modernas — comentou Thomas.

— Exato, você já ouviu falar dele. Fui seu parceiro na maioria dos projetos. Fiz todo o trabalho sujo e, quando ele morreu sem filhos... bem, tinha uns bastardos por aí, mas nenhum herdeiro oficial... ele me deixou os negócios. Então expandi para o ramo da construção na América do Sul, na Ásia Central e na África. Fui eu que transformei essa empresa em algo monumental.

— Entendi. E quem foi a outra pessoa que te ajudou?

— Seu pai. O Dr. George Tong.

Thomas o encarou, surpreso.

— Você não faz a menor ideia de quem eu sou, não é?

Thomas fez que não.

Rene soltou uma risada conspiratória.

— Vou te dar uma pista.

Ele levou Thomas para o cômodo adjacente, uma ampla e elegante sala de estar, mobiliada com peças contemporâneas de madeira tropical. Perto da lareira, grande o suficiente para assar uma vaca inteira, havia um piano de concerto Bösendorfer*. Com o toque de um botão, o piano começou a tocar sozinho.* “Clair de Lune”*, de Debussy.*

Um arrepio percorreu a espinha de Thomas ao se aproximar do piano. Sobre a borda do instrumento, havia uma única fotografia, em uma moldura de prata. A foto de sua esposa.

A mãe de Eden.

O CONDE DE GRESHAMSBURY
SOLICITA O PRAZER DE VOSSA COMPANHIA
NA UNIÃO ESPIRITUAL DA FILHA

BEATRICE com GOPAL DAS

NO PALAZZO GATTOPARDO
VENEZA, ITÁLIA
SÁBADO, ÀS 18H.

TRAJE FORMAL
OU CULTURALMENTE SENSÍVEL

1

Hotel Bauer

•

VENEZA, ITÁLIA • *DOIS DIAS DEPOIS*

Usando óculos escuros Jacques Marie Mage, um lenço da Pucci na cabeça e um casaco vintage verde-musgo da Ungaro, Arabella saiu do elevador e se dirigiu ao reluzente balcão de recepção de mármore preto.

— Creio haver um pacote à minha espera — disse ela ao recepcionista de terno azul-marinho, com um rosto que parecia saído de uma pintura de Bronzino.

— Buongiorno, signora. Qual o nome?

— Tina Chow — respondeu Arabella.

— Ah, sim, *Signora* Chow — disse o jovem, remexendo em uma pilha e entregando-lhe um grande envelope da DHL.

Arabella apanhou o envelope e foi até uma das poltronas art déco em um canto discreto do saguão. Com as mãos trêmulas, rasgou-o e retirou uma pasta fina de couro borgonha. Enquanto folheava os documentos enviados por Rosina, de Hong Kong, sentiu o coração acelerar de empolgação. Rosina tinha razão: o que ela e sua equipe de investigadores particulares haviam descoberto nas últimas 48 horas não só era vantajoso para Arabella, como mudava completamente o jogo.

Discretamente, Arabella guardou a preciosa pasta em sua *tote bag* Camille Fournet e saiu pela porta em direção ao Campo San Moisè. Caminhou pela Calle Larga XXII Marzo, passando pelas boutiques reluzentes, refletindo sobre como era triste que Veneza tivesse sucumbido à maldição de todas as grandes cidades e agora estivesse cheia das mesmas marcas, vendendo suas versões pasteurizadas de luxo para as massas. No meio do quarteirão, virou em uma viela estreita que levava ao Hotel Flora. Passando pelo charmoso bar revestido de madeira, chegou a um jardim secreto no pátio, encantadoramente coberto de hera, e avistou a pessoa que tinha ido encontrar ali, sentada a uma mesa no canto dos fundos, pontual como sempre.

— Você veio — disse Arabella, acomodando-se na cadeira de ferro branco do outro lado da mesa.

— Sim, Lady Arabella — respondeu Eden com educação, embora ainda estivesse furiosa com ela.

— Está hospedada no Aman?

— Não. Por que todo mundo que eu encontro insiste em me perguntar isso?

— Você não entenderia. Tem certeza de que não foi seguida? — perguntou Arabella, lançando um olhar ao redor do jardim. Os únicos outros hóspedes eram um casal de idosos, aproveitando o chá ao lado da borbulhante fonte de pedra.

— Acho que não.

— Aonde disse a Rufus que ia depois de receber minha mensagem?

— Ninguém me perguntou nada. Todos estão ocupados com os preparativos do casamento. Por que tanto mistério?

— Não quero que ninguém saiba que estou aqui.

Eden revirou os olhos.

— Ainda não decidiu se vai ao casamento, não é?

— Não, ainda não.

— Você sabe que o casamento foi adiado para o próximo fim de semana para dar tempo de a família de Gopal Das chegar, certo? Tenho certeza de que Bea ficaria feliz se a senhora comparecesse.

— Então você perdoou minha filha?

— Não havia muito o que perdoar. Fiquei bastante chateada a princípio, mas entendi por que ela fez o que fez. Ela não tentou me magoar de propósito... estava com medo de magoar você.

Arabella tirou os óculos escuros e lançou a Eden um olhar avaliador. Depois de alguns instantes, continuou:

— Sabe, quando Francis pediu minha permissão para que seu pai e você fossem nossos vizinhos em Greshamsbury, vou ser sincera... eu hesitei. Me perguntei se seria uma boa ideia para meus filhos crescerem tão perto de uma garotinha do Texas que tinha acabado de perder a mãe. Mas, ao longo dos anos, passei a ver o quanto você é genuinamente devotada a meus filhos.

— Eu os amo — disse Eden, simplesmente.

— Então como pode ficar aí sentada, vendo nossas vidas serem destruídas? Dentro de quinze dias, seremos todos expulsos de Greshamsbury Hall para sempre!

— Lady Arabella, você sabe que meu pai e eu também perderemos nossa casa. Eu não tenho lembrança de outro lar além do chalé.

Arabella hesitou por um momento. Era evidente que isso nunca lhe ocorrera, mas agora via uma oportunidade de usar a informação a seu favor.

— Mais um motivo para te perguntar: por que está fazendo isso consigo mesma? Por que está tão determinada a destruir sua própria vida, além da nossa? Você é tão insensível assim?

— A senhora sabe muito bem que não sou. Estou absolutamente arrasada com tudo o que aconteceu com a sua família, desde a primeira fissura vulcânica no resort. Imagino o quanto deve ser devastador ver todo o seu belo trabalho ser destruído, ver o casamento de Augie desmoronar tão rápido, ver...

Arabella descartou aquelas palavras com um gesto impaciente.

— Você diz tudo isso, mas poderia resolver todos os nossos problemas simplesmente se casando com Luis Felipe Tan.

— Lady Arabella, Luis Felipe não quer se casar comigo, não de verdade. Ele está apenas tentando fazer uma jogada absurda para testar nossos limites. O dinheiro não significa nada para ele.

Sabia que, quando eu estava em Los Angeles, ele me ofereceu três milhões de dólares só para ir a uma festa na casa dele?

— Você aceitou?

— Claro que não.

— Que burrice a sua.

— Isso é só mais uma escalada no jogo de Luis. Ele sabe que eu nunca me casaria com ele, que eu não tenho intenção de me casar.

Arabella bufou.

— Mas você sonha em se casar com Rufus!

Eden balançou a cabeça, com toda a calma.

— Não, isso sempre foi uma suposição sua.

— Então agora você está negando que ama Rufus?

— De modo algum. Eu o amo, sim. Só estou dizendo que nunca foi um sonho meu me casar com ele, ou com qualquer outra pessoa. Não fico por aí fantasiando contos de fadas, como você parece achar. Ouça, no meu dia a dia, trabalho setenta horas por semana e tenho seis minutos para cada paciente. A senhora faz ideia de como o NHS está sobrecarregado? Normalmente, eu não tenho tempo para ir a bailes em palácios de gelo.

— Você diz que ama meu Rufus, então como pode suportar vê-lo perder o que é dele por direito? Perder Greshamsbury Hall e tudo para o que o preparamos durante toda a vida?

Você não conhece seu próprio filho! Eden teve vontade de gritar na cara de Arabella, mas se conteve.

— Desde que essa oferta absurda foi feita, Rufus me disse umas mil vezes que ele preferiria perder tudo a me ver casada com um psicopata com problemas de dependência química.

— Mande-o para um psiquiatra! Para uma clínica de reabilitação! As pessoas podem mudar. Você e Rufus têm a cabeça nas nuvens! Ele não tem ideia do que está prestes a perder. É igualzinho a Luis Felipe: não faz a menor ideia do que é não ter dinheiro, não ser dono de suas terras. E me diga, quando você vai ter outra oportunidade como essa? Você vive reclamando da carga de trabalho, mas, casada com Luis Felipe, nunca mais precisaria trabalhar um minuto sequer de sua vida. Não ia faltar nada para você. Todas as casas de alta-costura iam disputar para tê-la na primeira fila dos desfiles. Eu mesma a apresentaria a minha *vendeuse* na Chanel. Você poderia se sentar ao meu lado nos desfiles.

— Lady Arabella, eu amo o que faço e não tenho absolutamente nenhum desejo de me sentar na primeira fila de um desfile da Chanel. Se um dia eu tiver dinheiro suficiente para comprar alta-costura, preferiria gastar esse dinheiro em causas beneficentes.

Arabella soltou uma risada desdenhosa.

— Sabe qual é o seu problema? Esse seu moralismo. Você acha que é melhor do que todos nós só porque se acha a Florence Nightingale.

— Florence Nightingale era enfermeira. Eu sou médica.

— Está vendo o que eu quis dizer? Basta um simples diplominha de Cambridge e você já se acha a dona da verdade.

— Só estou constatando um fato.

— Sim, mas você fala com muita arrogância. Você não sabe seu lugar. Nunca soube. Pois bem, deixe eu te explicar uma coisa, mocinha. Você não é quem pensa que é. Sua existência inteira não passa de uma grande mentira.

— Como assim?

— Seu pai mentiu para você a vida toda. Você não é filha dele de verdade.

Por um instante, Eden se perguntou se Arabella tinha enlouquecido.

— Do que a senhora está falando?

Arabella tirou a pasta cor de borgonha da bolsa e a empurrou lentamente pela mesa.

— Essa é sua certidão de nascimento verdadeira. Você nasceu em Vancouver, no Canadá, e não em Houston, no Texas. O nome verdadeiro de sua mãe era Mary Gao. Ela era uma beldade... foi Miss Hong Kong no início dos anos noventa. Rosina a conhecia. Quando Mary descobriu que estava grávida, fugiu para o Canadá e teve você em segredo. Em algum momento, seu pai entrou na história, te adotou e conseguiu uma nova certidão de nascimento. Todos esses documentos secretos descobertos pelos investigadores de Rosina comprovam isso.

— Rosina contratou investigadores particulares para isso? — Eden folheou a pasta, sem acreditar no que via.

— Os melhores do mundo. Os melhores que o dinheiro pode comprar. Seu pai mentiu para você a vida inteira. Ele é, na verdade, seu tio. Seu pai biológico era o irmão dele, Henry, um jogador, um depravado, um viciado. Então, veja bem, eu não julgaria Luis Felipe Tan tão duramente assim, se fosse você.

— Onde... onde está Henry agora? — gaguejou Eden.

— Foi morto pelo irmão de Mary durante uma briga de bar, no Peninsula Hotel, em Hong Kong. Aqui está a manchete que comprova isso.

Sentindo todo o corpo entorpecido, Eden olhou para o recorte de jornal do *South China Morning Post*, datado dos anos 1990.

— Então a senhora desenterrou tudo isso... para quê? Que diferença faz para a senhora quem meu pai biológico era ou deixava de ser? O que isso muda? Seja minha mãe uma beldade ou a rainha de Sabá, ainda assim nunca serei boa o bastante para casar com o seu filho.

— Estou apenas te fazendo um favor. Achei que gostaria de saber a verdade. Sei que sempre quis saber mais sobre sua mãe. Mas podemos manter essa informação só entre nós. Ninguém precisa saber. Nem mesmo meu filho... desde que você aceite se casar com Luis Felipe.

Eden encarou Arabella, sem acreditar no que estava ouvindo.

— Então, deixe ver se entendi... Rosina te passou essa informação e a senhora diz que está me fazendo um favor, mas, na verdade, está tentando é me chantagear. A senhora colocou as mãos nesses segredos e decidiu transformá-los numa arma. Quer que eu me sacrifique no altar de Luis Felipe para que a senhora possa continuar vivendo em sua mansão impecável.

— Não acho que seja pedir muito, não é? — argumentou Arabella, impassível.

Eden sentiu o corpo inteiro pegar fogo.

— A vida toda tentei enxergá-la como uma figura materna, mas, de algum modo, sempre soube que isso nunca seria possível. A senhora tem a idade de minha mãe, é cantonesa, mas, desde muito pequena, eu já sentia que se fechava para mim. Nunca fui indelicada com a senhora, sempre me esforcei para me comportar da melhor forma possível na sua presença, mas, não importa o que eu faça, sempre sinto sua desaprovação. A senhora jamais aprovou minha proximidade com seus filhos, sempre tentou me colocar no meu lugar, como se eu fosse uma enjeitada a quem fez um enorme favor. Por anos, me perguntei: *Por que ela não gosta de mim? O que foi que eu fiz de errado?* Só agora entendi o motivo. Não tem nada a ver com o que eu fiz ou com a minha linhagem. Tem a ver com quem eu sou. Eu sou chinesa. E nunca poderei mudar isso. Nem gostaria. Mas a senhora odeia isso em mim porque, por alguma razão, odeia isso em si mesma. E pode inventar todas as desculpas do mundo para negar. Pode desenterrar documentos secretos do outro lado do planeta alegando que sou ilegítima, que estou tentando enganar Rufus... Mas, no fim das contas, a única pessoa que a senhora está enganando é a si mesma. A senhora conseguiu destruir a própria vida, e agora está tentando destruir a de seus filhos. Mas uma coisa eu prometo: jamais vai conseguir destruir a minha!

Eden se levantou da mesa, tremendo com a força das próprias palavras, e atirou a pasta diretamente no rosto de Arabella. A condessa arfou de dor quando a borda da pasta cortou sua pele, mas, pela primeira vez, Eden resistiu ao impulso natural de socorrer.

Virou-se, atravessou o jardim, cortou o salão à meia-luz do hotel e emergiu na rua surpreendentemente lotada. Um guia turístico segurava uma vara com um patinho de borracha amarelo na ponta, conduzindo um grande grupo de turistas pela rua.

— Die Straße hat ihren Namen von dem historischen Tag des 22 März 1848, als die Venezianer die Habsburg vertrieben und erneut die Republik ausriefen. Hier finden sie die exklu- sivsten Geschäfte der Stadt wie Giorgio Armani, Gucci, und Dolce and Gabbana. J.Lo und Ben Affleck waren gestern hier einkaufen.

Eden sentiu o corpo amolecer ao ser carregada pela multidão. De repente, não conseguia respirar. Olhou para baixo, para o intricado padrão de pedras do calçamento, que começavam a girar e rodopiar diante de seus olhos. E então desabou no chão.

2

Palazzo Gattopardo

•

SAN MARCO, VENEZA, ITÁLIA • *MESMO DIA*

Ela estava se deixando levar, afundando cada vez mais na lagoa. A água era escura e turva, com reflexos de verde profundo e dourado. Sentia-se sendo puxada para o fundo, envolta pelas águas mornas e antigas, enquanto folhas de palmeira e algas roçavam sua pele e pequenos peixes translúcidos passavam velozes ao seu redor. Olhou para baixo e viu uma luz brilhante à distância. Nadou naquela direção e, então, avistou uma mulher suspensa na água, o corpo completamente imóvel, vestida com um traje diáfano de deusa branca, cujo tecido fino ondulava ao seu redor como tentáculos de uma água-viva. Ao se aproximar, reconheceu o rosto de porcelana da mãe. Seus olhos estavam fechados, os longos cílios adornados por pequenas bolhas d'água. Seu rosto emanava serenidade e calma. De repente, os olhos dela se abriram, encontrando os de Eden e preenchendo-a de amor. Sua mãe abriu a boca, e enormes bolhas emergiram quando ela falou. Mesmo através do véu d'água, Eden conseguiu entender cada palavra: *Ele está cuidando de você.*

Eden se aproximou e sua mãe a abraçou. Então, de repente, atrás dela, a água se agitou e se turvou furiosamente, enquanto asas brancas gigantescas se desenrolavam das costas da mãe, abrindo-se majestosamente, movendo-se devagar com a corrente.

Então, num instante, com um único e poderoso bater de asas, as duas começaram a subir. Os corpos ascenderam pelas águas e emergiram nos ares. Eden arfou, sugando sua primeira golfada de ar ao acordar, sobressaltada, na cama. No quarto escuro, viu uma silhueta à sua frente.

— Mamãe?

— Sou eu, Rufus — disse ele, aproximando-se da cama.

Eden o encarou por um instante e, então, desabou em um choro incontrolável. Rufus a puxou para seus braços, lhe acariciando as costas enquanto ela soluçava.

— Shhhh... está tudo bem... você está bem — sussurrou ele, tentando acalmá-la. — Foi só um pesadelo. Você está em segurança. Está aqui no *palazzo* da Martha.

— Como cheguei aqui?

— Gopal Das estava passando na rua quando você desmaiou. Ele te pegou e trouxe para cá. Não se lembra?

— Agora lembro — murmurou Eden, a voz rouca de tanto chorar.

Os dois ficaram deitados juntos por um tempo. Depois, se levantaram e foram até a *loggia*, onde havia uma pequena mesa bistrô com duas cadeiras voltadas para o Grande Canal abaixo.

— Vou buscar uma bebida para você — ofereceu Rufus.

Ele saiu e voltou um minuto depois com um copo alto de chá gelado.

Eden tomou alguns goles da bebida refrescante, sentindo a mente voltar ao lugar.

— Eu não tive um pesadelo. Foi um sonho lindo. Vi minha mãe... ela estava bem na minha frente. Me abraçou e falou comigo.

— Você conseguiu entendê-la dessa vez?

— Sim. De forma muito nítida. Ela disse: "Ele está cuidando de você". O que será que ela quis dizer?

Rufus sorriu.

— Não percebe? Você desmaiou, e Gopal Das estava bem ali para te ajudar. Ele cuidou de você.

— Não acho que fosse sobre ele — murmurou Eden. — Talvez ela estivesse falando de você... Ou talvez não signifique nada. — Eden gemeu, levando as mãos à cabeça. — Meu cérebro está um caos depois de meu encontro com a sua mãe.

— Minha mãe está em Veneza? — Rufus arqueou as sobrancelhas, surpreso.

Eden assentiu e começou a contar tudo o que acontecera naquela manhã. Contou sobre o encontro secreto no Hotel Flora, os documentos chocantes que Rosina supostamente havia descoberto, e como tudo terminou.

— Acho que traumatizei sua mãe para o resto da vida — disse Eden, sem rodeios.

— Puta merda, ela mereceu! — exclamou Rufus, parado junto ao balaústre de pedra, balançando a cabeça. — Não consigo acreditar. Não consigo acreditar — repetia ele.

— Isso tudo não parece uma loucura? Fiquei olhando para aqueles documentos, pensando que só podiam ser falsos...

— Na verdade, não estou falando do que os investigadores de Rosina descobriram. Estou falando de minha mãe. Por que diabos ela faria isso com você? Vai além da crueldade... é imperdoável!

— Então você acha que é tudo verdade?

Rufus ponderou por um momento.

— Não faço ideia. Não vi nada do que você viu. Só lamento que tenha vindo de mamãe. O que passou pela cabeça dela para achar que poderia te chantagear desse jeito?

— Ela achou que eu iria querer esconder isso de você.

— E por que eu daria a mínima para quem são seus pais? Eles podiam ser assassinos em série e eu continuaria te amando! — zombou Rufus. — Na verdade, eu já conheço seus pais: conheço sua mãe através das memórias que você compartilhou comigo, e dos sonhos e visões que você teve ao longo dos anos. E conheço seu pai, o médico bondoso que te criou. Amo esse homem por ter te moldado na mulher incrível e maravilhosa que você é hoje.

Eden olhou naqueles olhos, cheia de ternura.

— Ah, Rufus, eu queria tanto que você estivesse lá comigo! Você teria examinado tudo naquela pasta. Entenderia tudo aquilo melhor que eu. Fiquei tão chocada que nem sabia o que pensar. Será que meu pai mentiu para mim a vida inteira, ou será que a sua mãe mandou falsificar aqueles documentos?

— Não me surpreenderia. Ela está tão desesperada agora que seria capaz de qualquer coisa. Aposto que Rosina ajudou a montar essa história toda. Sua mãe verdadeira era Miss Hong Kong, seu pai verdadeiro era o irmão de Thomas... que foi assassinado por seu tio? Parece coisa de novela!

— E mesmo assim... é como se eu tivesse encontrado algumas peças de um quebra-cabeça imenso, que venho tentando montar a vida toda, e algumas delas realmente se encaixassem. Minha mãe... em todos os sonhos que tive, ela aparecia com um vestido de baile fantástico. Sempre achei que fosse coisa de minha imaginação, mas de repente me veio um flash de memória... imagens de concursos de beleza. Acho que minha mãe assistia a vídeos dos próprios concursos quando eu era bem pequena. Será que ela foi mesmo Miss Hong Kong? Por que meu pai esconderia isso de mim por todos esses anos?

— Por que você não pergunta a ele? — sugeriu Rufus.

Eden o encarou, hesitante.

— Acho que poderíamos...

— Liga para ele agora mesmo. Você e seu pai sempre tiveram uma relação maravilhosa e aberta, nada vai mudar isso. Então pergunte sem rodeios e pronto. Arranque o band-aid de uma vez.

— Arrancar o band-aid — repetiu Eden, respirando fundo e apanhando o telefone. O celular do pai tocou por alguns instantes, depois caiu na caixa postal.

— Acho que ele deve estar com algum paciente — disse Eden, ligeiramente aliviada pelo pai não ter atendido.

— Mande uma mensagem para ele — sugeriu Rufus.

— Não faço ideia de como começar... o que eu pergunto? — Eden mordeu o lábio, aflita.

— Só pergunte sobre o que está te atormentando.

Eden abriu o aplicativo de mensagens e percebeu que já havia uma aguardando por ela. Ao correr os olhos pelo texto, deixou escapar um suspiro de espanto.

— O que foi? — perguntou Rufus, preocupado.

Eden lhe entregou o telefone. Na tela, estava a mensagem de seu pai:

Thomas Tong: A caminho de L.A. de novo. Luis Felipe sofreu uma overdose em um festival de música. Está em coma. Por favor, mantenha isso em segredo.

3

Centro Médico Cedars-Sinai

•

LOS ANGELES, CALIFÓRNIA • *DIA SEGUINTE*

"Depois que parei de alucinar, levantei do tapete de pele de urso e percebi que o rosto dele estava azul. Sacudi, mas não consegui acordá-lo, então chamei o segurança, que estava bem do lado de fora da nossa tenda."

— RAE ANNE [SOBRENOME OMITIDO], INFLUENCIADORA DE BELEZA

"Dei Narcan a ele e fizemos diversas rodadas de reanimação enquanto aguardávamos o resgate aéreo. Depois de nove ou dez minutos de RCP, conseguimos recuperar o pulso."

— ZVI, CHEFE DE SEGURANÇA DA RENE TAN ENTERPRISES, EX-AGENTE DO MOSSAD

"Estávamos em pleno voo quando a saturação de oxigênio começou a cair, então tivemos que entubá-lo. Ele entrou em taquicardia ventricular sem pulso (V-tach), por isso aplicamos choques para restaurar os batimentos cardíacos."

— WALTER, PARAMÉDICO DOS SERVIÇOS DE EMERGÊNCIA ULTRA CONCIERGE HELI-EVAC

"Quando o paciente chegou, sua tomografia não apresentou sinais de hemorragia, mas ficou evidente para nós que ele havia sofrido uma catastrófica lesão cerebral anóxica devido à privação de oxigênio."

— KEVIN, MÉDICO NO ATENDIMENTO DO CENTRO MÉDICO CEDARS-SINAI, LOS ANGELES

"É sempre a mesma história triste. Encontramos fentanil no sistema, sem dúvida misturado à cocaína. A cada poucas semanas, recebemos um desses filhinhos de papai que tem uma overdose de cocaína batizada com fentanil. Eles acham que, só porque estão pagando uma fortuna, a droga é pura, mas, com toda essa porcaria vindo do México e da China hoje em dia, é como jogar roleta-russa."

— GINA, UNIDADE DE TOXICOLOGIA, DEPARTAMENTO DE POLÍCIA DE LOS ANGELES

"Estávamos nos divertindo tanto... Machine Gun Kelly tinha acabado de se apresentar. Depois, fomos todos para a tenda incrível do Luis Felipe, que estava decorada como um chalé de St. Moritz, e havia bandejas gigantes de ônix branco com, tipo, um bufê de drogas liberado. Montes de cocaína, gomas caríssimas, pílulas, inalantes e injetáveis que eu nem sabia que existiam. Eu só comi umas gomas. Fiquei fascinada com as embalagens."

— PETRA, DESIGNER GRÁFICA

Thomas não conseguiu pregar os olhos durante o voo de doze horas até Los Angeles. Passou o tempo todo ruminando o que mais poderia ter feito para ajudar Luis Felipe e quais os melhores especialistas que poderia chamar agora, para tentar salvar a vida do rapaz. Mas todas as suas esperanças evaporaram assim que entrou na Unidade de Terapia Intensiva e se deparou com o paciente na cama, com um tubo de respiração na boca e um emaranhado de fios e sondas saindo de cada membro, conectando-o às máquinas que o mantinham artificialmente vivo. Naquele instante, soube que não havia muito mais a ser feito por Luis Felipe Tan.

Os advogados Diego San Antonio y Viscaya e Jane Carlisle já estavam ali, sentados com ar sombrio em cadeiras de metal, observando em silêncio o jovem estranhamente murcho, quase perdido sob as máquinas.

O médico responsável rapidamente atualizou Thomas.

— Dr. Tong, dois médicos realizaram o teste de reflexos do tronco cerebral. Ele não apresentou nenhuma resposta, e sua função cerebral está ausente há quase vinte e quatro horas. Mantivemos o ventilador ligado conforme solicitado, mas poderíamos tê-lo declarado morto ao chegar.

— Ele, de fato, já não está mais aqui. É estranho, não é? Dá para sentir quando a alma deixou o corpo — murmurou Diego, quase num sussurro.

Jane enxugou os olhos com um lenço de papel amassado.

— Vi esse menino crescer. Ele era uma criança doce, talvez um pouco hiperativa, mas sempre achei que só precisava da mãe e do pai. Essas babás que Rene mantinha em cada cidade nunca foram substitutas para pais de verdade. Claro, ele mantinha todas na equipe por anos, mas jamais havia consistência, com toda aquela vida de jato para lá e para cá. Luis Felipe era passado de Alice, em Los Angeles, para Mons, em Hong Kong, depois para Berna, em Manila. E Rene só exibia o menino como um troféu sempre que queria impressionar alguma namorada nova. Nenhuma dessas mulheres queria ser mãe para Luis Felipe. Talvez Nanette tenha sido a única que realmente se importava com ele. Fiquei triste quando ela se apaixonou por aquele cara da Intel e terminou com Rene. Depois disso, o menino nunca teve nenhuma chance.

Thomas afundou em uma cadeira, segurando a cabeça em desespero.

— Sinto que falhei com ele. Falhei com o pai dele.

— Thomas, você fez tudo o que podia. Vi você tentar ajudar esse menino por quase uma década. Lembra da primeira overdose, quando ele tinha 14 anos, em Amanpulo? Quando todos os médicos de Manila quiseram medicá-lo e entupi-lo de remédios, você disse: "Parem, parem com tudo e deixem o organismo dele se limpar sozinho!". Você salvou a vida dele naquele dia, como em tantas outras vezes depois. Lugano, meu Deus, lembra dessa? Mas chega um momento em que não há mais o que se fazer para salvar uma vida — disse Diego.

O médico fixou os olhos em Thomas.

— Dr. Tong, dadas as circunstâncias, estamos prontos para declarar morte cerebral. Como ele tem um histórico bem documentado de abuso de substâncias, não pode ser doador de órgãos. Como seu procurador médico, o senhor nos autoriza a desligar o ventilador?

— Podemos chamar o padre José primeiro? — pediu Thomas.

— Claro — respondeu o médico.

O bispo católico, que viera de Manila com Diego, entrou no quarto. Thomas e os dois advogados inclinaram a cabeça enquanto o bispo fazia o sinal da cruz e começava a oração:

— Encomendo-te, caríssimo irmão Luis Felipe, a Deus Todo-Poderoso, e confio-te ao Criador, para que voltes Àquele que te formou do pó da terra. Venham ao encontro de ti, que estás a partir desta vida, Santa Maria, os Anjos e todos os Santos. Liberte-te Cristo, que por ti foi crucificado; liberte-te Cristo, que morreu por ti.

Quando os últimos ritos foram concluídos, Thomas assentiu, e os médicos desligaram o ventilador e removeram todos os tubos e fios do corpo de Luis Felipe. Em seguida, todos deixaram o quarto e seguiram para um lounge privado, reservado aos acompanhantes da UTI.

— Preciso de um momento a sós — disse Thomas, antes de entrar no banheiro mais próximo e trancar a porta. Ligou a torneira ao máximo, apoiou-se na pia e começou a chorar em silêncio.

Depois de alguns minutos, assoou o nariz, jogou água no rosto e respirou fundo. Seu celular vibrou no bolso, indicando uma nova mensagem de voz. Ele pegou o aparelho e viu que era de Eden.

— Oi, pai. Como está o Luis Felipe? Espero que ele se recupere. Escute, sei que é o pior momento possível, mas preciso falar com você com urgência. Arabella veio a Veneza e me mostrou uns documentos chocantes. Quem é Henry Tong? Por favor, me ligue assim que puder.

Foi como se o chão tivesse desaparecido sob os pés de Thomas. Ele sentiu o estômago se contrair em um nó apertado. Sabia que esse momento poderia chegar algum dia, mas estava completamente despreparado para enfrentá-lo agora. Ao mesmo tempo, conhecia Eden tão bem que doía ouvir a aflição em sua voz. Ele voltou depressa ao lounge, onde encontrou os dois advogados respondendo e-mails nos celulares. Diego olhou para ele quando Thomas entrou.

— Tem um café chamado Lady M aqui perto. Que tal irmos até lá para resolver algumas formalidades legais?

— Na verdade, isso vai ter que esperar. Preciso partir imediatamente — disse Thomas com uma inconfundível urgência na voz. — Preciso entrar em um avião agora mesmo. Minha filha precisa de mim.

4

Palácio Gritti

•

CAMPO SANTA MARIA DEL GIGLIO, VENEZA • *DIA SEGUINTE*

A luz refletida no Grande Canal cintilava sobre o belo deque de teca do Riva Lounge, onde Rufus estava sentado, observando a mulher glamourosa que chegava ao cais do hotel Gritti Palace em uma lancha de madeira polida. Ela usava óculos de sol vermelhos, um vestido preto de bolinhas brancas que esvoaçava graciosamente ao vento e um chapéu combinando, do tamanho de um disco voador. Assim que desembarcou, todas as cabeças no restaurante do terraço se viraram para registrar aquela visão deslumbrante.

Desde que se entendia por gente, Rufus sabia que a mãe adorava fazer entradas triunfais. Sempre era a última a chegar a qualquer festa e fazia questão de aparecer atrasada até em casamentos, plenamente consciente de que estava ofuscando a noiva. Não à toa tinha sido modelo — ela vivia para ser o centro das atenções, enquanto ele não conseguia imaginar nada pior. Apesar da raiva que sentia, o decoro que lhe fora incutido desde a infância o obrigou a se levantar e cumprimentá-la com dois beijos no rosto, assim que ela se aproximou da mesa.

— Você está parecendo a Sophia Loren — disse ele.

— Obrigada — respondeu Arabella, cordial. — Mas você precisa aparar essas costeletas antes do casamento. Estão parecendo pelos pubianos.

Rufus revirou os olhos.

— Pelo seu figurino, imagino que já desistiu de passar despercebida em Veneza.

— Encontrei Peter Marino no Ca' Pesaro, então agora todo mundo já sabe que estou aqui. Você viu a mostra em exibição? Raqib Shaw. Simplesmente espetacular, aquelas pinturas esmaltadas em *cloisonné* são de partir o coração. Sabe, Rufus, se você insiste em seguir com essa coisa de arte, deveria começar a pintar. Faça quadros imensos, como os de Anselm Kiefer do Palácio Ducal. Quadros grandes vendem bem mais que essas fotografias minúsculas que você faz.

Rufus cerrou o maxilar.

— Por mais que eu adore discutir meu processo artístico com você, não foi para isso que vim aqui hoje.

— Não, você veio para me dar um sermão, eu sei. *Cameriere, vorrei un Bellini. Anche tu ne vuoi uno? Due Bellini, per favore.* Sabe que ainda não tomei um único Bellini aqui? Ontem tentei passar no Harry's, mas quando entrei estava lotado de turistas japoneses, então dei meia-volta e saí na hora. Todas aquelas mulheres de viseira e pochete! Você acredita que estão deixando gente com pochete entrar no Harry's? Não importa se é uma pochete da Chanel, ainda assim é o fim do mundo, se quer saber.

Rufus afundou na cadeira, exasperado.

— Não sei como você consegue, mãe. Fica aí sentada julgando Deus e o mundo, menos a si mesma.

— Isso não é verdade. Eu me julgo o tempo todo. Todas as manhãs, antes de sair de casa e encarar meu público.

— Você tem noção do mal que causa com as suas palavras? De algum modo, eu me tornei imune às suas alfinetadas há muito tempo, mas você conseguiu fazer com que suas duas filhas acabassem desenvolvendo transtornos alimentares.

— É impossível uma mulher ser bonita sem um transtorno alimentar.

— Está vendo? É disso que estou falando; esse tipo de discurso é pura loucura! Você se dá conta de que toda conversa que temos, seja por telefone ou pessoalmente, consiste nessa sua ladainha interminável de críticas?

— Mães chinesas demonstram amor através de críticas.

— É o que você sempre diz, mas isso não justifica seu comportamento. Aprendi ao longo dos anos a não internalizar tudo o que diz, mas você precisa saber o estrago que está causando. Você torturou a pobre Bea a ponto de ela achar que precisava esconder a gravidez, e Augie... nem sei por onde começar. Ela fica em pânico toda vez que você liga. Toda aquela meditação, os cogumelos... ela faz tudo isso para conseguir lidar com você. Mas tudo isso é fichinha comparado ao que você fez a Eden.

— Lá vamos nós! Eu sabia que essa conversa toda seria sobre aquela garota. O que foi, ela saiu correndo para ir chorar no seu ombro? Veja só o que ela fez comigo! — Arabella abaixou os óculos de sol por um instante, revelando um pequeno corte na bochecha esquerda.

— Sinto muito, mas hoje não tenho a menor empatia por você. Esse cortezinho vai sarar, mas você talvez tenha ferido Eden irremediavelmente.

Arabella bufou.

— Fiz um favor a ela! Eu ofereci a verdade!

— Alguma daquelas coisas é verdade? Ou são só mentiras que você e Rosina inventaram?

— A única pessoa que mentiu para Eden foi o pai dela — retrucou Arabella.

— Mas você não resistiu à chance de ser a primeira a revelar isso a ela, não é? E ainda teve a audácia de tentar chantageá-la! Não tem nem um pingo de compaixão no coração?

Arabella não respondeu de imediato. Olhou para a cúpula de Le Zitelle, a icônica igreja na ilha de Giudecca, que assomava ao longe.* Se apertasse os olhos e ignorasse os barcos a motor, concentrando-se apenas nas gôndolas que balançavam na água, era quase como se uma pintura de Canaletto tivesse ganhado vida. Havia apenas um Canaletto em Greshamsbury Hall, comprado pelo conde que gostava de se vestir de borboleta, no início do século XIX, e ela o tirara da sala de jantar e o levara para o quarto. Quanto mais pensava na possibilidade de aquela pintura preciosa algum dia se tornar propriedade de Luis Felipe Tan, mais furiosa ela ficava.

— O que você sabe sobre compaixão? Você não tem a menor compaixão pelo que estou passando. Você fica aí, curtindo umas férias despreocupadas em Veneza, enquanto eu tento desesperadamente impedir que sejamos despejados por aquele bastardo drogado!

— Luis Felipe morreu.

— Quem dera.

Rufus a olhou, surpreso.

— Você não ficou sabendo? O pobre coitado teve uma overdose há dois dias, no deserto da Califórnia. Acabaram de desligar os aparelhos.

Arabella ficou em silêncio por um momento, processando a enormidade da notícia com um temor renovado.

— E agora? Quem são os herdeiros de Luis Felipe? Quem será o próximo na fila para nos despejar?

— Não faço a menor ideia. Pelo que sei, Luis Felipe não tinha filhos. Só um monte de bichos. Talvez sejamos despejados por um chihuahua.

Arabella soltou um gemido alto.

— Você não se importa nem um pouco, não é? Se livrou do inconveniente de ter que honrar as responsabilidades de seu título de nascimento e agora pode simplesmente sair correndo pelado por uma praia do Havaí!

---

* Oficialmente chamada Igreja de Santa Maria della Presentazione, mas conhecida como Le Zitelle, a igreja foi criada para ajudar jovens pobres que estavam em idade de casar, mas não tinham dote.

— É claro que me importo! Você sabe muito bem que eu faria qualquer coisa no mundo pela nossa família. Mas não fui eu que causei essa bagunça. Tentei de tudo para ajudar, mas simplesmente não há nada que eu possa fazer para consertar as coisas. Gostaria que você parasse de tentar me fazer sentir culpado por isso. Greshamsbury já estava perdida para nós muito antes daquele vulcão entrar em erupção. Pare de transformar nossas vidas num inferno tentando mudar o que não pode. Pare de tentar me mudar. Eu nunca vou corresponder à fantasia do que você quer que eu seja, e Bea e Augie também não.

— Eu não tenho fantasias, só esperanças para meus filhos. Quando for pai, você vai entender o que eu passei, morta de preocupação com o futuro de meus bebês! Mas, obviamente, desperdicei minha vida inteira me preocupando com filhos ingratos!

— Nós não somos ingratos. Pelo menos, eu não sou. Mas uma coisa eu sei: se você não conseguir encontrar no seu coração um jeito de ser feliz por nós e nos amar pelo que somos agora, as próximas décadas vão ser muito solitárias para você!

Rufus se levantou da cadeira e fez uma pausa antes de sair.

— Estou indo para um almoço de família agora, para dar as boas-vindas aos pais de Gopal Das a Veneza. Se quiser nos acompanhar, estaremos na Osteria Enoteca Ai Artisti.

Arabella permaneceu à mesa enquanto Rufus se afastava, furioso. Um táxi aquático encostou no cais, e ela notou uma pequena fila de pessoas esperando ao lado do terraço por seus barcos. O funcionário do hotel ajudou um casal asiático de meia-idade a embarcar no táxi, que partiu veloz, enquanto uma família de americanos aguardava o próximo. De repente, a mente de Arabella voltou décadas no tempo, para a Hong Kong nos anos 1970, para a fila de táxis em frente ao antigo Mandarin Hotel, na Chater Road...

Chovia torrencialmente, e ela tinha dez anos, tremendo sob um guarda-chuva minúsculo ao lado da mãe e do irmão, esperando pacientemente na longa fila de táxis. Carro após carro chegava e avançava junto à multidão, até finalmente chegar a vez deles. Assim que o táxi vermelho parou na calçada, uma mulher britânica saiu correndo do prédio com duas crianças e cortou a frente de sua mãe, derrubando-a no chão sem nem notar. Sua mãe, vestida com um elegante vestido de seda da Joyce, ficou encharcada de cima a baixo em uma poça d'água, mas a britânica nem olhou para trás ao colocar os próprios filhos dentro do táxi. Enquanto seu irmão, Peter, corria para ajudar a mãe, Arabella ficou parada, fervendo de raiva, sem acreditar no que via. Olhou para as crianças loiras, desalinhadas em suas camisetas chamativas, que a encaravam de dentro do táxi. Depois, virou-se para os outros honcongueses que esperavam na fila, incrédula por ninguém ter tomado o partido deles. Era sua vez no táxi, mas ninguém disse nada. Todos sabiam da regra silenciosa da vida na Colônia da Coroa Britânica de Hong Kong. Britânicos primeiro. Naquele momento, Arabella percebeu que odiava mais os locais que ficaram calados do que a mulher britânica. E jurou a si mesma que um dia faria todos se curvarem diante dela.

Emergindo da lembrança, Arabella se perguntou o que aquela menina de dez anos pensaria de si mesma agora. O que teria acontecido com aquela mãe britânica e seus filhos na fila de táxis? Ela havia alcançado um sucesso que ia além dos seus sonhos mais ambiciosos. Ela se tornara a condessa de Greshamsbury. Olhe para ela agora, olhe bem para ela agora. Estava sentada sozinha no terraço do Gritti Palace, naquele glorioso dia de verão, chorando lágrimas genuínas pela primeira vez em muito tempo, por trás dos estilosos óculos de sol vermelhos.

5

Paolin Dal 1760

•

CAMPO SANTO STEFANO, VENEZA • *DIA SEGUINTE*

— É impressão minha ou os cachorros em Veneza são mesmo mais bonitos? — comentou Rufus, observando um senhor italiano de paletó *pied-de-poule* atravessar a praça com dois *dachshunds* de pelo longo.

— Tudo é mais bonito em Veneza — respondeu Eden. Os dois estavam sentados no Paolin, um café que logo se tornara seu refúgio matinal.

— Você acha que conseguiria morar aqui? — perguntou Rufus, tomando outro gole do excelente cappuccino.*

— Desculpe, o que você disse?

— Nada, não importa — respondeu ele, percebendo o quanto Eden estava distraída. Ela andava uma pilha de nervos desde que o pai lhe mandara uma mensagem avisando que estava a caminho de Veneza. Rufus estendeu a mão e apertou a dela com carinho. — Vai ficar tudo bem.

* Quando estiver na Itália, nunca, jamais peça um cappuccino depois das 11 da manhã. Cappuccinos são para o café da manhã; com qualquer outra refeição, é como pedir leite com cereal depois do jantar. (Claro que às vezes eu janto um prato de Frosted Flakes, mas não conte isso a um italiano.)

Eden ficou em silêncio por alguns instantes, observando um garotinho bem-vestido pular uma poça.

— Não sei. Minha imaginação está a mil. E se minha mãe ainda estiver viva? E se meu pai tiver cometido algum crime? Eu já não sei mais o que pensar!

— Então pare de pensar. Fique aqui comigo, no presente. Já experimentou este cornetto delicioso? É recheado com o chocolate mais maravilhoso. Tipo um *pain au chocolat* italiano — disse Rufus, segurando a massa e balançando-a na frente dela, brincalhão. — Vamos, renda-se ao chocolate...

— Ok. — Eden abriu um sorriso e deu uma mordida no cornetto crocante.

Quando voltaram do café da manhã, encontraram Thomas Tong relaxando no *piano nobile** do suntuoso *palazzo* de Martha, saboreando um café com leite e admirando a vista de cartão-postal dos telhados de Veneza.

— Você está adiantado! — exclamou Eden, correndo para abraçar o pai, hesitante.

— Meu voo pousou antes do previsto, e sua amiga Martha teve a gentileza de mandar seu maravilhoso barco a motor para me buscar — disse Thomas.

— Devia ter nos avisado! Eu teria trazido alguns cornettos fresquinhos.

— Tudo bem, ainda estou satisfeito do café da manhã no avião. Este lugar é mesmo impressionante.

— É do século XVI. Tem até um Tiepolo no teto do quarto de Martha! — disse Eden, animada.

— É mesmo? — respondeu Thomas, distraído, enquanto olhava para Rufus. O rapaz percebeu na hora que o médico queria falar a sós com a filha.

— Vou dar uma volta — anunciou Rufus.

---

* Não, não é um instrumento musical de sangue azul. Em italiano, significa "piso nobre". O *piano nobile* é o salão principal da recepção de um *palazzo* e, especialmente em Veneza, esses salões costumavam ficar no segundo andar, garantindo vistas melhores e proteção contra a *acqua alta*, ou maré alta.

— Aonde você vai? — perguntou Eden, de repente se sentindo nervosa por ficar à sós com o pai. Ainda não estava mentalmente preparada para aquela conversa.

— Pensei em conferir a exposição do Raqib Shaw que todo mundo está comentando — respondeu Rufus, dando-lhe um beijo antes de sair da sala.

Thomas se sentou em uma poltrona Gio Ponti em frente à filha, sem saber por onde começar.

Eden quebrou o silêncio.

— Como você está?

— Já estive melhor. Foram dias intensos.

— Nem consigo imaginar. Como foi o velório de Luis Felipe?

— Não apareceu muita gente. Alguns advogados, algumas atrizes, uns consultores de arte. O vendedor de Ferraris foi o único que chorou. Enviamos o corpo de volta para Manila, onde ele será enterrado no mausoléu privado do pai.

— Apesar de ele ter sido tão desagradável comigo da última vez em que nos vimos, não consigo deixar de sentir uma enorme tristeza. Ele era muito jovem...

— Eu sei — disse Thomas, olhando para a filha e percebendo como ela, de repente, parecia tão jovem e vulnerável. Dava para ver o sofrimento estampado naquele rosto e, por mais difícil que fosse para ele, sabia que precisava acabar com aquilo de uma vez. — Eden, desculpe por ter estado inacessível até agora e por ter sido tão enigmático em minhas mensagens. Achei importante conversarmos pessoalmente sobre esse assunto. Não sei que tipo de documentos Arabella te mostrou, mas imagino que tenha sido tudo bastante confuso.

Eden apenas assentiu. Estava cheia de perguntas, mas queria dar ao pai a chance de falar primeiro.

— Há muita coisa que eu gostaria de ter contado a você antes, mas fui obrigado a cumprir promessas que fiz a sua mãe e a outras pessoas. Curiosamente, agora fui libertado de meu fardo do silêncio. Então, sim: você me perguntou quem era Henry Tong. Henry era meu irmão; quatro anos mais novo, e nós não nos parecíamos em nada. Henry era uma criança linda, puxou o lado de sua avó. Eu sempre fui o mais estudioso, enquanto ele era o pestinha travesso. Eu adorava aquele menino, todos adoravam, e meus pais o mimavam demais. Ninguém conseguia dizer não a Henry, ele era uma dessas crianças que tinham o dom de encantar todo mundo. Ele cresceu e virou um verdadeiro mulherengo. Na verdade, isso é um eufemismo. As garotas o disputavam desde o começo da adolescência e, aos 16 anos, já se encontrava às escondidas com mulheres bem mais velhas, do tipo que frequentavam os bares de Lan Kwai Fong. Ele tinha uma namorada diferente em cada bairro; nos Mid-Levels, era Elaine; em North Point, Dora; dá para ter uma ideia. Como você sabe, meus pais me mandaram para um internato na Inglaterra, enquanto Henry ficou em Hong Kong. Então, eu só o via durante as férias e, ano após ano, percebia o quanto ele escapava impune de tudo.

— Tipo o que Augie sente em relação a Bea — comentou Eden, com um sorriso.

— Acho que não é bem a mesma coisa. Henry e eu nunca fomos muito próximos; eu sempre ficava bastante incomodado com a maneira como ele tratava meus pais. Ele vivia se metendo em encrencas e dava a volta neles com tudo o que aprontava. Meu pai, sendo cardiologista, tinha uma vida boa, mas sua fortuna era modesta comparada à dos verdadeiramente ricos de Hong Kong. Henry, que estudava na Diocesan, a melhor escola particular da cidade, andava com filhos de magnatas e precisava acompanhar o ritmo. Certo ano, quando voltei para casa, descobri que eles tinham lhe comprado um carro esportivo Fiat, mas isso não era bom o suficiente para Henry. Ele destruiu o Fiat de propósito e, de algum modo, conseguiu convencer minha mãe a comprar um Porsche. Enquanto isso, meus pais dirigiam um Honda, só para você ter uma ideia de como ele era mimado. É claro que, uma hora, as coisas desandaram... Henry desenvolveu um problema sério com jogos de azar. Ele e os amigos apostadores de alto nível organizavam um jogo de pôquer privado toda semana. Às vezes ele ganhava bem, outras vezes perdia milhares. Meu pai pagava as dívidas todas as vezes, então Henry nunca enfrentava as consequências reais dos próprios atos. Depois, ele começou a ir a Macau para jogar nos grandes cassinos, e foi aí que os problemas de verdade começaram. Em uma dessas farras, ele perdeu mais de um milhão de dólares jogando bacará e cometeu o erro de pegar dinheiro emprestado de um líder da Tríade.* Os juros acumulados chegaram a uma quantia absurda porque Henry ficava fugindo deles, até que, um dia, ele foi pego quando estava tentando voltar para Macau. Mantiveram ele cativo e ameaçaram cortar sua língua, então meu pai não teve escolha: teve que pagar a dívida. Mas isso foi um golpe pesado para as finanças da família. Eu estava prestes a começar em Cambridge, mas meu pai já não podia mais me ajudar. Adivinhe quem interveio? Lorde Peregrine Gresham.

— O pai de Lorde Francis? — exclamou Eden, surpresa.

— Sim. Francis, é claro, sabia de meus problemas e contou ao pai, que gentilmente se ofereceu para ajudar a pagar minha universidade.

— Que incrível. Como eu nunca soube disso?

— Jamais contei a ninguém. E o velho conde também não. Mas agora você entende o quanto eu devia aos Gresham e por que me senti na obrigação de abrir minha clínica em Greshamsbury e ajudar Francis quando ele, por sua vez, precisou de mim. De todo modo, Henry se sentiu péssimo com tudo aquilo e jurou que nunca mais iria jogar. Por um tempo, as coisas se acalmaram. Ele se formou na universidade, conseguiu um emprego na Goldman Sachs e subiu rápido na hierarquia. Mas, é claro, quando provou o gosto de ganhar dinheiro de verdade, recaiu no vício. Ainda circulava na elite festeira, mas agora queria comprar o próprio apartamento e impressionar todas as namoradas, então começou a fazer viagens secretas para Macau de novo. Pelo que sei, em um dia fatídico de 1995, a sorte soprou a seu favor e ele ganhou vários milhões de dólares em um único fim de semana. Chamou os amigos para comemorar no bar no topo do Peninsula. A bebida rolou solta, todos

* A Tríade é uma organização criminosa chinesa com atuação transnacional. (N. T.)

tinham bebido demais. Henry, do nada, decidiu pedir Gabriella Soong, uma linda herdeira, em casamento. O que ninguém sabia era que ele estava tendo um caso secreto havia meses com outra garota do grupo, Mary Gao, e que ela estava grávida.

Ao ouvir os nomes que se lembrava de ter visto nos recortes de jornal na pasta azul de Arabella, os olhos de Eden começaram a se encher de lágrimas. *Então era tudo verdade*. Thomas hesitou e a encarou, preocupado.

— Quer fazer uma pausa? Sei que é muita coisa de uma vez só...

— Não, por favor, continue — insistiu Eden.

— Roger Gao, o irmão mais velho de Mary, sabia que a irmã estava grávida. Ela havia dito a Roger que Henry se casaria com ela, então dá para imaginar o choque do rapaz quando Henry, de repente, se ajoelhou e pediu Gabby Soong em casamento. Mais tarde, descobrimos que Henry não fazia ideia de que Mary estava grávida. Ela planejava contar quando ele voltasse daquela viagem a Macau, mas nunca teve a chance. Foi tudo uma questão de péssimo *timing*. Roger achou que a irmã tinha sido desonrada e foi atrás de Henry, em um ataque de fúria alimentado pelo álcool. E então aconteceu o impensável, um acidente trágico. Roger avançou de um ângulo que fez com que Henry tombasse sobre a sacada. Ele caiu em uma mesa de jantar lá embaixo e foi empalado em um candelabro de vidro. Se aquele candelabro não estivesse ali, meu irmão certamente teria sobrevivido.

— Que horror... Então Henry... era meu pai biológico?

— Era. Sinto muito por nunca ter te contado sobre ele, mas sua mãe me fez jurar segredo.

— Você acha... — Eden hesitou antes de completar a frase. — Você acha que seu irmão teria se casado com ela, se soubesse que estava grávida?

Thomas ficou em silêncio por um instante, refletindo.

— Gosto de pensar que sim. Meu irmão, apesar dos defeitos, nunca foi uma pessoa cruel. E a sociedade de Hong Kong naquela época era bem mais conservadora; ele teria se sentido na obrigação de fazer a coisa certa. Mas, infelizmente, ele não sobreviveu, e depois veio a pressão tremenda da família para que ela não desgraçasse seu nome. Eles ordenaram que ela não tivesse o bebê. — A voz de Thomas falhou de repente, e ele começou a chorar. — Sinto muito... — disse ele, tentando continuar. — Só de pensar... se ela tivesse escutado.

Eden também começou a chorar. Levantou-se da cadeira e abraçou o pai com força.

— Papai! Sinto muito que você tenha carregado esse segredo sozinho por tanto tempo. Nem consigo imaginar o peso que deve ter sido para você...

— Está tudo bem. Eu simplesmente enterrei tudo bem fundo...

— Você é o único pai que eu conheço, e sempre será meu único e querido pai!

— Eu sei... eu sei — disse Thomas, sentindo um alívio indescritível. No fundo do coração, sempre soube que sua filha entenderia, que nunca o culparia por ter guardado aqueles segredos terríveis por tanto tempo.

Depois que ambos se recuperaram, Thomas retomou a história.

— Sua pobre mãe, agora rejeitada pela própria família e abandonada pelos amigos da alta sociedade, sentiu que não tinha mais opções em Hong Kong, então decidiu contar aos pais que iria para a Austrália fazer um aborto. Mas, na verdade, ela foi para Vancouver, onde uma amiga dos tempos de escola, Pia, a acolheu.

— Tia Pia! — exclamou Eden.

— Sim, sua madrinha.

— Então mamãe fingiu a própria morte?

— Não foi bem assim. Ela nunca teve a intenção de fingir nada, mas, depois que foi para Vancouver e você nasceu, percebeu o quanto amava a nova vida. Estava fazendo novos amigos, pessoas que apoiavam e acolhiam vocês duas, e percebeu que não queria voltar para a antiga vida em Hong Kong. Queria um recomeço, livre do peso da fama. Então pediu a um velho amigo, Nury Vittachi, que era colunista do *South China Morning Post* na época, para plantar uma notinha dizendo que ela havia sofrido complicações por causa do aborto e tinha desaparecido. A história se espalhou e tomou vida própria, sendo que a versão mais exagerada dizia que ela havia morrido. Ninguém da família confirmou ou negou, e a intenção de sua mãe sempre foi voltar para Hong Kong depois de alguns anos, quando sua vida estivesse mais estável e ela pudesse dizer: "Olhem só, tenho uma filha linda e uma vida maravilhosa, então me deixem em paz!".

— Mas então ela adoeceu... — disse Eden, juntando as peças, enquanto seu semblante voltava a anuviar.

— Sim. Ela adoeceu. Depois da morte de meu irmão, comecei minha especialização em oncologia em Houston. E um dia, quem apareceu na minha clínica? Sua mãe.

— Ela foi até lá para te encontrar?

— De modo algum. Lembre-se, não havíamos nos conhecido, e eu provavelmente era a última pessoa no mundo que ela queria encontrar, mas não teve escolha. Estava no melhor centro de tratamento de câncer do mundo, e eu fui designado para ela por acaso. Foi uma completa coincidência. Ou melhor, destino.

— Ela deve ter ficado com tanto medo...

— Nem um pouco. Sua mãe era muito corajosa. Fingi não saber quem ela era, senti que era isso que ela queria, mas, depois de algumas semanas, ela de repente anunciou que precisava voltar para Vancouver e não poderia terminar o tratamento de quimioterapia e radioterapia. Insisti para que ficasse, pois os tratamentos estavam funcionando, e foi então que ela desabou e confessou que precisava voltar, porque já tinha passado tempo demais longe da filha. Da filha de meu irmão. E foi aí que eu lhe disse que sabia quem ela era o tempo todo e que guardaria seu segredo. Convenci-a a permanecer em Houston e a mandar te buscar.

— Então você só me conheceu quando eu já tinha dois anos?

— Isso mesmo. Você era tão esperta e encantadora já naquela idade... Me apaixonei por você no instante em que a vi. E percebi o quanto sua mãe precisava de ajuda. Tinha um câncer de mama metastático, era mãe solteira e estava ficando sem recursos, então lhe pedi que se mudasse para minha casa. Foi assim que nos tornamos uma família. Casei com sua mãe para que ela pudesse permanecer no país e receber o tratamento de que precisava. Desde o início, fui completamente honesto com ela: o câncer tinha avançado a um ponto em que ambos sabíamos que não havia mais cura, mas prometi que faria tudo o que estivesse ao meu alcance para conseguir mais tempo. Ela queria aproveitar cada segundo possível com você, e conseguimos dar a ela mais três anos.

— Se ela tivesse morrido quando eu estava com dois anos, eu não teria nenhuma lembrança de minha mãe.

— Provavelmente não. Mas ela viveu três anos preciosos com você.

— E eu tenho lembranças dela. São fragmentos, flashes de momentos. Lembro de um parquinho com um enorme carvalho onde fazíamos piqueniques, e não sei se isso veio de um sonho meu, mas sempre a vejo sentada no meio de uma sala com enormes pinturas escuras, tão serena...

— Deve ser a Capela Rothko, em Houston. Ela adorava ir até lá com você. Meditava enquanto você cochilava no silêncio do lugar. — Thomas pegou o telefone e fez uma busca rápida no Google.

Eden sorriu assim que viu as imagens da capela, reconhecendo o lugar.

— Então eu adotei você como minha filha, mas sua mãe me fez prometer duas coisas: primeiro, ela queria que você nunca soubesse sobre Henry. Ela queria que você crescesse me conhecendo como seu pai, não como filha de um playboy que morreu de forma tão trágica. Depois, queria ter certeza de que os pais e o irmão dela, Roger, jamais soubessem de sua existência. Ela se sentiu abandonada pelos pais quando engravidou e nunca conseguiu perdoar Roger pelo que aconteceu. O temperamento explosivo do rapaz e a bebida arruinaram a vida de Mary em uma única noite.

— É triste pensar que ela sentia tanta raiva da família a ponto de não querer que eu os conhecesse — disse Eden.

— Sua mãe te amava mais do que qualquer coisa no mundo. Tudo o que ela queria era garantir que você crescesse protegida de toda essa história.

As palavras da mãe no sonho subaquático ecoaram na mente de Eden. *Ele está te protegendo.* Ela deixou aquela visão tomar conta de seus pensamentos por alguns instantes, finalmente entendendo as palavras da mãe, antes de estender a mão para segurar a do pai.

— Você me protegeu. Você sempre esteve do nosso lado, protegendo mamãe e me protegendo.

Thomas sorriu para a filha, com o coração cheio demais para falar.

6

Oriental bar

•

HOTEL METROPOLE, VENEZA • *DIA SEGUINTE*

Thomas Tong entrou no bar sombrio e envolvente do Hotel Metropole,* e seus olhos levaram um minuto para se ajustar depois da longa caminhada sob o sol escaldante. Logo avistou Diego San Antonio y Viscaya e Jane Carlisle entretidos em uma conversa animada, num dos sofás de veludo vermelho-escuro, no canto.

— Vocês acabaram de chegar de Los Angeles? Mal pude acreditar na mensagem quando recebi! — exclamou Thomas, ao se aproximar.

— Você saiu correndo feito um louco ontem — repreendeu Jane.

— A montanha teve que vir até Maomé — comentou Diego, tomando um gole de seu gim-tônica.

— Peço desculpas por ter saído às pressas. Recebi uma mensagem urgente de minha filha — explicou Thomas, enquanto se acomodava em uma poltrona macia de veludo.

Jane pareceu alarmada.

---

* O Harry's Bar pode ser mais famoso, mas o bar do Metropole é onde convidados ilustres como Sigmund Freud, Marcel Proust e Thomas Mann preferiam saborear seus Negronis, sendo que este último, segundo dizem, até escreveu partes de sua obra-prima *Morte em Veneza* ali.

— Ela está bem?

— Está. Muito melhor agora que pude vê-la.

— Que bom ouvir isso. Temos alguns assuntos pendentes para discutir sobre o espólio de Rene — disse Diego, em um tom grave.

Thomas suspirou.

— Imagino que deve haver um novo pesadelo para enfrentarmos agora, com os membros do conselho executivo lutando pelo controle da Rene Tan Enterprises. Suponho que Pablo Aguilar seja o favorito, não?

Diego não respondeu. Em vez disso, sua voz de repente assumiu um tom formal e jurídico.

— Como você já deve estar ciente, Rene nos fez trabalhar horas extras nos dias e horas antes de sua morte. Um novo fundo fiduciário contingente foi criado, um fundo que existiria principalmente no caso de Luis Felipe não sobreviver até os 35 anos, idade em que ele assumiria o controle total do Fundo R. S. Tan. Numerosas cláusulas foram incluídas nesse novo fundo para cobrir todas as eventualidades — explicou Diego.

— Fico aliviado em saber disso — comentou Thomas.

Jane se inclinou para a frente.

— Testemunhei pessoalmente a assinatura e execução desse novo fundo, na manhã antes de Rene falecer. Agora, seu papel como administrador do Fundo R. S. Tan foi encerrado devido ao falecimento do beneficiário, e, a partir de agora, você está dispensado de quaisquer responsabilidades ou obrigações relacionadas ao espólio ou ao fundo.

— Graças a Deus. Não quero me envolver em disputas de poder nas Filipinas; já tenho problemas demais por aqui — disse Thomas, com um ar cansado.

— Sim, imagino. Como cortesia, queríamos que você estivesse plenamente ciente dos beneficiários do novo fundo, nomeado como Fundo MET — disse Diego, tirando uma grossa pasta de couro da maleta e entregando-a a Thomas de forma cerimoniosa. Thomas abriu a pasta e passou os olhos pela primeira página. Ele só queria saber quem seria o próximo na linha sucessória dos bilhões da família Tan, e se este se mostraria mais misericordioso com os Gresham do que Luis Felipe havia sido. Seus olhos percorreram alguns parágrafos até se fixarem em um único nome. Ele olhou para Diego e Jane, boquiaberto.

— Nãooo. Isso não pode ser verdade...

Diego e Julie assentiram solenemente. Thomas ficou pálido como papel.

— Água, por favor, acho que ele vai desmaiar — disse Jane.

7

Palazzo Gattopardo

•

SAN MARCO, VENEZA • *MAIS TARDE NAQUELE DIA*

Eden estava sentada na varanda do palazzo, apreciando a vista dos barcos e gôndolas que deslizavam pelo Grande Canal abaixo. Ouviu passos atrás de si e viu o pai aparecer na varanda.

— Já voltou? O Guggenheim estava lotado demais para você? — perguntou Eden.

— Eu não fui ao Guggenheim — confessou Thomas. — Tive uma reunião de negócios.

— Uma reunião secreta em Veneza? — Eden ergueu as sobrancelhas. — Por favor, não venha me dizer que você é do MI6.

Thomas riu.

— Quem dera, mas não. Lembra que eu te disse que sua mãe nunca quis que o irmão, Roger, soubesse de sua existência?

Eden sentiu um ligeiro aperto no peito.

— Ah, não. Ele apareceu do nada?

— Não exatamente. Mas acho que você precisa saber o que aconteceu com ele.

— Eu não queria ser intrometida, mas estava curiosa para saber que fim ele tivera...

— Depois da prisão de Roger Gao, meu pai ajudou a contratar os melhores advogados para ele, e estes conseguiram reduzir bastante a sentença. Roger foi enviado para a Prisão Stanley por três anos, onde teve a imensa sorte de dividir cela com Enrique Tan, um magnata das Filipinas que cumpria uma pena leve por fraude no mercado financeiro. Os dois se tornaram grandes amigos e, quando Roger foi solto, foi direto para as Filipinas, onde se tornou o braço direito de Enrique e fez fortuna por conta própria.

Os olhos de Eden se arregalaram.

— Espere aí... Roger é...

— Roger Gao é Rene Tan. Ele mudou de nome quando se mudou para lá. Rene, do latim *renatus*, que significa "renascido", e Tan, em homenagem ao homem que deu a ele uma nova chance na vida.

— Rene Tan era meu tio! — exclamou Eden, balançando a cabeça, atônita. — Ele sabia quem eu era?

— Descobriu quando te conheceu. Você contou a ele que o nome de sua mãe era Faye Wang. E Rene sabia que a atriz favorita da irmã era Faye *Wong*, de *Amores Expressos*. Ela costumava cantar aquela música do filme para ele também.

— "California Dreamin" — murmurou Eden com um sorriso, lembrando a melodia que sua mãe costumava cantar para fazê-la dormir.

— Isso mesmo. Ele juntou as peças rapidinho, mas nunca deixou transparecer que sabia.

— Que bom que tive a chance de conhecê-lo antes que ele morresse.

— Sim, meu maior medo acabou se tornando uma grande bênção, por mais irônico que pareça. E isso nos leva ao desfecho mais inesperado de todos, que surgiu na reunião de hoje. Fui encarregado de te informar que você é a beneficiária de um fundo que Rene criou antes de morrer. O Fundo MET, que significa "Fundo Mary e Eden Tong".

— Então Rene me deixou um dinheirinho?

— Um pouquinho. Cem milhões de dólares.

Eden riu.

— Meu Deus, vamos às compras!

— Estou falando sério.

— Pare de me zoar.

— Nunca falei tão sério na vida. O fundo que Rene criou para você só seria entregue no seu trigésimo aniversário. Parece que, depois que seu tio descobriu quem você era, quis te deixar um pequeno legado. Bem, pequeno para os padrões dele, claro. Acho que ele nunca se perdoou pelo que aconteceu no Felix, e sentia que havia destruído, sem querer, três vidas naquela noite: não só a de Henry e de sua mãe, mas a sua também. Acho que essa foi a forma que ele encontrou de tentar reparar tudo.

— E que reparação. Ah, fala sério, não tem como ele ter me deixado cem milhões de dólares! Eu mal o conheci! — Eden balançou a cabeça, incrédula.

— Bem... para ser sincero, ele não te deixou só isso. Acontece que havia outra cláusula contingente no fundo original. A cláusula estipulava que, se o único filho dele, Luis Felipe, não sobrevivesse até os 35 anos, tudo o que estava no fundo original, o Fundo R. S. Tan, seria transferido para o Fundo MET.

— Não entendi. O que isso significa?

— Bem... minha querida, isso significa que, como parente vivo mais próximo, você agora detém o controle sobre todo o conglomerado de empresas, a Rene Tan Enterprises.

— O quê?! — Os olhos de Eden se arregalaram.

— Você é a única herdeira do império empresarial de Rene, das propriedades, dos bens... avaliados, até o fechamento do mercado ontem, em mais de noventa bilhões de dólares americanos — disse Thomas, com a voz trêmula.

Eden soltou um gritinho.

— E, talvez o mais significativo, você também herdou todas as dívidas devidas a Rene, inclusive as notas promissórias de Lorde Francis Gresham.

Thomas entregou o documento do fundo para Eden. Enquanto ela começava a ler, levou a mão à boca e começou a tremer incontrolavelmente. Thomas se viu emocionado ao testemunhar o assombro e a confusão da filha. Deixou as lágrimas escorrerem pelo rosto sem constrangimento, pigarreou e continuou:

— Agora, você tem uma grande decisão a tomar. Se decidir cobrar essas notas promissórias, se tornará a única proprietária de Greshamsbury Hall. Mas também pode optar por estender o empréstimo e permitir que os Gresham continuem morando na propriedade.

Eden desabou no chão, tomada por soluços. Thomas foi até ela e a abraçou enquanto os dois choravam de alívio e emoção. Depois que se acalmaram, pai e filha ficaram apoiados na balaustrada de pedra, em silêncio, olhando para o mosaico infinito de telhados de azulejos e para os turistas subindo e descendo a Ponte Rialto ao longe.

— Acho que estou em choque — declarou Eden por fim.

— É claro que está. Eu mesmo estou em estado de choque desde minha reunião com Diego e Jane. Acho que precisamos de uma bebida. Que tal um Aperol Spritz? — sugeriu Thomas.

— Eu mataria por um agora.

Thomas foi até o bar do apartamento e começou a preparar os drinques enquanto Rufus entrava no aposento. Ele atravessou o *piano nobile* e espiou a varanda.

— Oi.

— Como foi o ensaio do casamento? — perguntou Eden, tentando parecer calma.

— Meio estranho. Gopal Das decidiu fazer uma serenata para a noiva durante a cerimônia.

— Parece romântico — comentou Eden, com um sorriso fraco.

— Nem tanto. Ele escolheu "*Losing My Religion*", do REM, e, bem... ele não tem exatamente a voz do Michael Stipe. Está tudo bem com você? — perguntou Rufus, percebendo que havia algo errado. Muito errado.

— Venha comigo, preciso te contar uma coisa — convidou Eden, levantando-se e entrando no *piano nobile*. — Pai, você pode fazer um Spritz para Rufus também? Ele vai precisar.

— Por quê? O que aconteceu? — Rufus a encarou, desconfiado.

Eden pegou a mão de Rufus, levou-o até o quarto de hóspedes no final do corredor espelhado e fechou a porta. Alguns segundos depois, Thomas ouviu gritos vindos de lá.

Parecia o som de duas crianças pulando na cama.

8

Palazzo Gattopardo

•

SAN MARCO, VENEZA • *MANHÃ SEGUINTE*

— A primeira respiração preenche seu abdômen inferior, a segunda enche o tórax superior. Muito bem — disse Gopal Das, tocando de leve o esterno de Martha Dung.

O guru estava conduzindo uma sessão guiada de banhos sonoros e exercícios de respiração... Todos podemos nos beneficiar de um bom detox... e, deitados em tapetes de ioga com Martha sob o enorme lustre em forma de pagode do século XIX no *portego*, estavam Bea, Eden e Rufus.

Gopal Das bateu de leve em um dos vários gongos circulares dispostos ao redor do salão.

— Este gongo astrológico está sintonizado na frequência de Plutão. Plutão é o planeta da transformação e da renovação. Deixem sua vibração fluir por seus corpos, deixem que penetre cada célula. Ao inspirar, quero que pensem na mudança. A mudança faz parte da vida. Pequenas mudanças de estado, a mudança é um estado perpétuo do ser. Estamos sempre nos transformando, de várias maneiras, todos os dias, a cada batida do coração. Não tenham medo, não resistam. Deixem que essa mudança em vocês manifeste amor e alegria.

Bea, deitada em seu tapete, tremia enquanto respirava de forma curta e entrecortada.

— Alegria... alegria... alegria... alegria — repetia, chorando.

Sem que ela percebesse, Augie entrou no salão e ficou um pouco surpresa ao ver todos ali, deitados sobre o piso de *terrazzo* ornamentado. Gopal Das a abraçou e, ao olhar em seus olhos, soube que tudo entre eles estava perdoado.

Augie pegou um tapete e o colocou bem ao lado do de Bea. Enquanto se deitava e começava a respirar no mesmo ritmo da vibração da tigela de cristal que Gopal Das agora tocava, pousou a mão sobre o coração da irmã.

— Me perdoe. Sinto muito por ter ficado com ciúmes de você e Gopal Das — sussurrou no ouvido da irmã.

— Você teve ciúmes de mim?

— Tive ciúmes porque você esperava um filho dele, mas agora estou muito feliz por vocês dois — disse Augie, com um sorriso radiante. — Mal posso esperar para ser tia e mimar essa criança com um monte de brinquedos orgânicos.

— Ai, Augie, você vai ser a melhor tia do mundo! — Bea fungou, enquanto as duas irmãs sincronizavam a respiração.

Do outro lado do salão, Rufus e Eden estavam deitados de mãos dadas, respirando juntos. Eden sentia-se entrando em um estado meditativo, o oxigênio fluindo pelas veias. A cada expiração, sentia a tensão se dissipando, assim como todo o estresse dos últimos dias, repletos de tantas mudanças inesperadas. Enquanto respirava, foi afundando cada vez mais em um estado de serenidade profunda, até que, de repente, um estrondo ensurdecedor foi seguido por um CRASHHHH! explosivo.

— Ah, merda! Foi mal!

Todos se levantaram num pulo e viram Lorde Francis Gresham estatelado no meio de uma pilha de gongos. Ele tentara entrar de fininho, mas acabou causando uma confusão gigantesca.

— Continuem! Não se preocupem comigo — desculpou-se Francis outra vez, tentando se recompor enquanto Gopal Das o ajudava a se levantar.

— Pai! Eu estava a um passo do *samadhi*! — reclamou Augie.

— Mil desculpas. Recebi a mensagem de Rufus para vir quando fui checar meus e-mails no cybercafé. Era hoje, não é? — perguntou Francis.*

— Sim, sabendo que você provavelmente só veria a mensagem daqui a um mês — respondeu Rufus. — Bem, já que todos fomos despertados de maneira tão abrupta, que tal irmos direto à reunião de família que eu convoquei?

— Sim, vamos acabar logo com isso — resmungou Augie.

— Acho que vou buscar uma bebida para todos nós — sugeriu Martha diplomaticamente, saindo do salão para dar um pouco de privacidade aos Gresham e aos Tong.

— Rufus, por que diabos você chamou papai e estragou nosso banho sonoro? — provocou Bea.

— Achei melhor conversarmos todos antes de seu casamento neste fim de semana, já que ainda não conseguimos ter uma conversa decente sobre o futuro de Greshamsbury.

Augie interveio:

— Que bom que você tocou nesse assunto agora, porque encontrei uma solução brilhante para nós! Estava almoçando com a minha amiga, a condessa Vivi Chupi, e ela me contou que é possível alugar um *palazzo* aqui. Pelo visto, o segredinho dos *jet-setters* que vivem ostentando seus *palazzos* decorados é que eles nem sequer são os donos dos imóveis. As antigas famílias venezianas tendem a conservar seus *palazzos* para sempre, mas costumam alugá-los para aqueles que querem viver suas fantasias de *Retorno a Brideshead*. E é surpreendentemente acessível: um *palazzo* inteiro custa menos para alugar do que alguns apartamentos em SW3! Acho que deveríamos encontrar um bem estiloso para nós. Claro, será um retrocesso em relação ao Casarão, mas acho que viver em um *palazzo* chique permitiria que mamãe mantivesse a pose.

---

* Francis ainda não percebeu que não precisa mais acessar as mensagens de texto pelo Hotmail. Também não percebeu que existe uma coisa chamada Wi-Fi no hotel onde está hospedado — o Aman, é claro.

— É uma ideia maravilhosa, Augie, mas acho que você não entende muito bem o que significa estar insolvente — interveio Francis.

— Quão insolventes estamos? Não temos dinheiro nem para alugar um pequeno *palazzo*?

— Augie, estamos falidos. Semana que vem, não teremos nem um penico para fazer xixi.

— Ninguém vai precisar usar penico, porque não vamos perder Greshamsbury Hall — anunciou Rufus.

— Sério? Os novos herdeiros de Rene Tan decidiram nos poupar? — perguntou Francis.

— Por que você mesmo não pergunta à nova herdeira? Ela está bem aqui — disse Rufus, virando-se orgulhoso para Eden.

Todos, exceto Rufus e Thomas, encararam Eden em atônita descrença.

— É verdade. Eden é, na verdade, sobrinha de Rene Tan. Sua mãe, Mary, era irmã dele, e isso faz dela a única parente viva. Ela herdou tudo — confirmou Thomas.

— Meu Deus! Não posso acreditar. Simplesmente não posso acreditar — disse Francis. — No fim, Rene nos ajudou, não foi?

— Ajudou — respondeu Thomas.

— Minha querida Eden, você não vai me obrigar a deixar Greshamsbury tão cedo, não é? — perguntou Francis, com humildade.

— Lorde Francis, no que me diz respeito, Greshamsbury sempre foi e sempre será sua! — declarou Eden.

— Você é um anjo. Um verdadeiro anjo enviado dos céus! — disse Francis, os olhos marejados. Bea e Augie ainda estavam boquiabertas, encarando Eden, mas logo correram para a amiga, como adolescentes empolgadas.

— Você realmente não vai nos expulsar? — perguntou Bea.

Eden olhou para a amiga, chocada.

— Por que eu faria isso?

— Achei que você cobiçava meu quarto! — disse Augie.

— Que nada, sempre achei frio demais para mim. E amo meu quartinho no chalé.

— Imaginar você morando ali agora é até engraçado! Você poderia comprar sua própria ilha! — gritou Bea, gargalhando.

— Falando em ilhas, Martha, Eden e eu estávamos conversando e tivemos uma ideia incrível para os Bella Resorts, algo que pode revitalizar a marca — disse Rufus ao pai.

— A ideia incrível é sua, Rufus — corrigiu Eden.

— Sim, e eu quero ser a principal investidora — disse Martha, voltando com seu mordomo, que trazia uma bandeja cheia de taças de champanhe para todos. — Acho que isso merece uma celebração, não?

— Com certeza! — vibrou Francis.

De repente, o som inconfundível de *stillettos* Aquazzura ecoou pelo *terrazzo* veneziano quando Arabella entrou no *portego*.

— Mãe! Quando você chegou? — perguntou Bea, surpresa.

— Eu não estou realmente aqui. Só vim porque Rufus disse que tinha notícias urgentes para compartilhar — disse Arabella, lançando um olhar gélido para Bea e Gopal Das. Então, virou-se e viu Martha e Rufus lado a lado, segurando taças de champanhe, e seu coração disparou de animação. — Isso significa o que eu acho que significa? Rufus, você finalmente tomou juízo e pediu essa adorável dama em casamento? — perguntou Arabella, sorrindo para Martha.

O salão ficou em completo silêncio, e todos desviaram o olhar para Eden, constrangidos.

Francis foi até a esposa com um sorriso enorme no rosto.

— Você não precisa mais se preocupar com nada, meu amor. Nunca seremos despejados de Greshamsbury Hall, nunca.

— E como pode ter tanta certeza? — retrucou Arabella.

— Porque ouvi isso da nova proprietária, querida. Ela está bem aqui — disse Francis, erguendo a taça para Eden.

— Ficou louco? — debochou Arabella.

— Sim. Louco de felicidade! — respondeu Francis.

Augie foi com cuidado até a mãe e enfiou o celular na sua cara. Na tela, havia uma foto de Eden acompanhada de uma manchete do *Daily Mail*: "Médica de Greshamsbury herda a fortuna de Rene Tan".

Arabella encarou a tela, os olhos arregalados, até que, de repente, revirou as pupilas e desmaiou com um baque no chão.

— Mãe de Deus! — exclamou Francis.

— Ela rachou a cabeça! — gritou Bea.

Sem pensar, Eden correu até Arabella e examinou sua cabeça.

— Está tudo bem, ela não se machucou. Graças a Deus pelos tapetes de ioga!

Thomas se virou para Martha.

— Você teria uma bolsa de gelo? Ou algumas ervilhas congeladas?

Arabella começou a recobrar os sentidos enquanto Eden se inclinava sobre ela.

— Arabella, consegue me ouvir? Sabe onde está?

— Sim. Você... tem que... — gemeu Arabella, murmurando algo ininteligível.

— Desculpe, o quê? O que foi que disse? — perguntou Eden, inclinando-se mais perto.

— Eu disse... você tem que se casar com meu filho!

O conde e a condessa de Greshamsbury
Solicitam o Prazer de Vossa Presença
no Casamento de Sua Filha

LADY BEATRICE

com

GOPAL DAS
(WHITNEY PAYNE CABOT V)

Filho de Whitney Cabot IV e Penelope Phipps Cabot

no Palazzo Gattopardo
Veneza, Itália

Sábado às 18h
White tie & tiaras

RSVP: Giberto ou Bianca, no Aman de Veneza

9

PONTE VOTIVO

•

IL REDENTORE, VENEZA • *ALGUNS DIAS DEPOIS*

Uma vez por ano, Veneza comemora a Festa do Redentore, uma celebração em agradecimento pelo fim da peste de 1576. Para a ocasião, uma ponte de barcaças de madeira é erguida sobre a lagoa, ligando a Zattere à Chiesa del Santissimo Redentore, na ilha de Giudecca, permitindo que os fiéis façam a peregrinação a pé. Mas, naquela noite, graças a uma generosa doação de Martha, a ponte havia sido erguida temporariamente para a celebração do casamento que ela fazia questão de oferecer.

Enquanto o sol se punha sobre a cidade das águas, Lady Beatrice Gresham, com fios de pérolas entrelaçados nos cabelos e vestindo um deslumbrante vestido rosa-ostra de Iris van Herpen — cujas pregas botânicas a faziam parecer uma orquídea de estufa prestes a florescer —, deslizou pela ponte de braços dados com o pai, o conde de Greshamsbury, impecável em seu smoking de veludo azul-petróleo da Henry Poole. A Orquestra Filarmônica della Fenice, posicionada sobre uma barcaça próxima, começou a tocar o *adagietto* da Sinfonia nº 5 de Mahler, enquanto Gopal Das, igualmente elegante em *white tie* e um turbante branco-prateado adornado com um broche de rubi e diamantes herdado de uma tia-avó Cabot, vinha caminhando do outro lado da ponte para encontrar sua noiva, no centro da lagoa.

Enquanto os convidados assistiam da frota de barcos a motor e gôndolas que balançavam suavemente sobre a maré, os noivos trocaram seus votos em uma cerimônia simples, presidida pelo infatigável reverendo de Greshamsbury, Caleb Oriel.* Eden, de pé na proa do barco de Martha, ao lado de Rufus, pensou que era a cena mais magnífica que já havia testemunhado. Bea e Gopal Das pareciam divindades flutuando na linha do horizonte, tendo como cenário o Palácio Ducal e um céu que se desvanecia de azul-safira para o mais pálido tom de tangerina. Logo após a cerimônia, a frota de barcos rumou para o Palazzo Gattopardo, onde as imponentes portas de bronze voltadas para o canal se abriram para receber os convidados do baile de casamento. Altas tochas tremulavam ao redor do cais, assim como nos tempos de Marco Polo, e, talvez em homenagem ao grande explorador veneziano, Rosina Leung, vestida com um *cheongsam* justo de seda violeta imperial bordada, estava parada no limiar do salão de baile, no momento em que os convidados começaram a chegar.

— *Hiyah*, Rosina, você veio! Perdeu uma cerimônia lindíssima! — disse Arabella, deslizando até ela.

— Tudo bem, odeio gôndolas. Fazem me lembrar de caixões flutuantes, e eu fico enjoada. Mas olhe para você, que mãe da noiva mais sexy! Esse *sautoir* de diamantes e rubis da JAR combina perfeitamente com o seu Valentino vermelho clássico! — avaliou Rosina, analisando o dramático vestido de baile ombro a ombro de Arabella, que mostrava toda a sua bela *poitrine*.

— De sua última coleção de alta-costura. Literalmente tive que arrancá-lo das mãos de Nati Abascal. Agora, esse é um de seus *cheongsams* feitos com o tecido dos trajes de corte da Imperatriz Cixi?

Rosina assentiu.

---

* **Infatigável porque, verdade seja dita, Caleb sempre teve uma quedinha por Bea e, em outros tempos e em outro livro, talvez tivesse conseguido se casar com ela.**

— Incrível! Mas bem que você podia parar de usar essas pérolas falsas gigantes.

Rosina inclinou-se e sussurrou:

— Vou te contar um segredo, Arabella. Nunca uso joias falsas. *Jamais.*

Arabella ergueu uma sobrancelha, surpresa, antes de ser pega desprevenida por outra visão, no lado oposto do salão.

— Não acredito no que estou vendo. É meu irmão ali, conversando com Nicolai Chalamet-Chaude?

— Ele fez questão de vir com meus filhos. Todos querem conhecer Eden.

— E por quê? — perguntou Arabella, meio preocupada que um dos Leung tentasse fazer uma investida na nova mega-herdeira.

— E falando em anjos, aí está ela! — exclamou Rosina, correndo para abraçar uma Eden atônita, que acabava de entrar no salão com Rufus. — Eden, minha querida Eden! Como você está deslumbrante! Deixe eu adivinhar... Erdem? — Rosina analisou o elegante vestido lilás de Eden, que ela havia complementado com um xale vintage Fortuny que cintilava em tons de violeta e turquesa.

— Na verdade, comprei esse vestido na Mango hoje de manhã — riu Eden.

— Que praticidade! Desde a primeira vez que bati os olhos em você, soube que havia algo de especial! E agora sei o que é — exclamou Rosina.

— A capacidade de comer cinco cachorros-quentes em menos de um minuto? — sugeriu Rufus.

— *Sei gwai!* — Rosina deu um tapinha brincalhão no braço do sobrinho.

— Então você conhecia minha mãe? — perguntou Eden.

— Mary foi uma de minhas... minhas amigas mais queridas — respondeu Rosina, com a voz embargada. — Deve ser tão reconfortante para você finalmente saber a verdade sobre a vida dela.

— Ainda estou tentando processar tudo, mas tem sido uma experiência muito curativa para mim.

— Que bom, que bom. Sabe de uma coisa? Vamos tomar um chá da tarde, na próxima vez que eu estiver em Londres. Podemos ir aonde você quiser, por minha conta. Claridge's, Connaught, Goring, Savoy... Embora o Muffin Man, na High Street Ken, tenha *scones* tão gostosos quanto, e por uma fração do preço. Tenho tanta coisa para te contar sobre sua mãe...

— Eu adoraria, mais que qualquer outra coisa — disse Eden, radiante.

— Perfeito! Então combinamos no Muffin Man. Vou pedir para minha assistente, Kit, acertar os detalhes com a sua. Você está no WhatsApp? Deixe eu escanear seu QR code — disse Rosina, sacando o celular.

Justo quando Eden achou que nunca conseguiria se livrar de Rosina, um cavaleiro em armadura brilhante apareceu ao seu lado, na forma de um príncipe persa de Beverly Hills.

— Eden Tong, posso ter o privilégio desta dança? — perguntou Freddy Farman-Farmihian, fazendo uma reverência cortês. Sua irmã, deslumbrante em um vestido Elie Saab de lantejoulas douradas e penas negras, usava um par de brincos de diamante High Radiant de Fernando Jorge que roubaria a cena em qualquer lugar.

— Freddy! Daniela! Não sabia que vocês vinham! — exclamou com prazer Eden, correndo para abraçá-los.

— Claro que sim! Bea me convidou — explicou Freddy.

— E eu vim de penetra — brincou Daniela, com uma piscadela.

— Então, que tal irmos para a pista de dança? — disse Rufus, oferecendo galantemente a mão para Daniela.

Os quatro desceram os degraus até a pista de dança, admirando o esplendor do teto ornamentado com afrescos, os três imensos lustres de Murano e as arandelas reluzindo com milhares de velas tremeluzentes, fazendo o salão brilhar como ouro.

— Esse *palazzo* é um escândalo! Prefiro mil vezes isso a um palácio de gelo — maravilhou-se Freddy, enquanto deslizava pela pista de dança com Eden.

— Eu também. Falando em escândalo... quer comprar uma casa em Bel Air? Te vendo por um precinho camarada e ainda incluo todos os carros da Batcaverna.

— Fechado! — disse Freddy animado, antes de franzir a testa. — Mas isso quer dizer que você não vai mais morar em L.A.? Não vamos mais ser vizinhos nem vamos tomar café no Beverly Glen Deli todo domingo?

— Rufus e eu queremos passar um tempo na Grande Ilha. Ele ficou tão inspirado pela arte de Raqib Shaw que quer começar uma nova série de pinturas gigantes. E eu gostaria de fazer medicina voluntária pelas ilhas. Como estaremos no Havaí, com certeza vamos passar por L.A. de vez em quando.

— Aí sim! Agora me diga, por que Augie está com essa cara de velório?

Eden seguiu o olhar dele.

— Maxxie fugiu com uma coroa rica. Ela está de coração partido.

— Talvez eu possa ajudar a consertar isso.

— Vai ter que aprender ioga.

— Por ela, eu aprenderia a colocar minhas pernas atrás do pescoço.

— Então não vamos perder tempo — disse Eden, conduzindo Freddy direto até Augie. Mal os apresentou, sentiu um toque no ombro. Era Peter Leung, irmão de Lady Arabella.

— Eden Tong. Preciso te dar os parabéns pela sorte inesperada.

— Obrigada, senhor — respondeu Eden, se dando conta de que, em todos aqueles anos, o imponente magnata nunca havia sequer reconhecido sua existência. Até aquele momento.

— Pode me chamar de Peter. Então, diga-me, o que pretende fazer com sua fortuna? Se esta esplêndida cidade nos ensina alguma coisa, é que todas as fortunas, por maiores que sejam, exigem um enorme cuidado para durar gerações. Veneza já foi a cidade mais rica da humanidade; agora não passa de um parque temático decadente, governado por aristocratas falidos que vivem de seus títulos empoeirados.

— Não tenho interesse em perpetuar uma fortuna que dure gerações. Já vi de perto que ter dinheiro demais não faz bem a ninguém, e acredito que a desigualdade social seja um dos maiores problemas do planeta.

— Verdade. Você deveria criar uma fundação familiar, como eu fiz, para garantir que seus objetivos filantrópicos continuem para sempre.

— Ah, não acho que precise de nada tão grandioso. Prefiro arregaçar as mangas, investir em pesquisas médicas e financiar programas de assistência onde eu achar necessário. E doar até o último centavo em vida. Acho que é isso que minha mãe e meu tio gostariam que eu fizesse.

Peter fez uma leve careta.

— Ouça, deve ser assustador se ver subitamente sobrecarregada com um conglomerado tão complexo, já que você é... só uma médica. Se eu puder ser de alguma ajuda, basta dizer. Você vai ver que haverá muitas oportunidades de parceria entre nós, especialmente agora que seremos família.

— Ah. Mas seremos mesmo?

— Você não vai se casar com o meu sobrinho?

— Humm. Por que todo mundo continua supondo isso?

Peter pareceu atônito.

— Vocês não estão noivos em segredo? Rufus não a pediu em casamento?

— Uma vez, quando ele tinha 14 anos. E eu disse não.

— Pois bem, vou ter uma conversa com aquele idiota. Ouvi dizer que você e Martha Dung estão desenvolvendo um novo conceito para os Bella Resorts. Espero que saiba que pode contar comigo para a rodada de investimentos da Série A.

Eden não conseguiu conter o riso.

— Deixe ver se eu entendi... Sua própria irmã te procurou, desesperada, implorando ajuda quando estava prestes a perder tudo, e o senhor disse não. Mas agora decidiu que quer investir nos resorts dela?

Peter pareceu desconcertado.

— A situação mudou. Com você no comando, minha irmã não vai mais levar tudo à ruína.

— Rufus é quem estará no comando. Como foi que o senhor o chamou mesmo? Ah, sim. Aquele idiota. Pois fale com aquele idiota sobre isso. Eu sou só uma médica — disse Eden, dando-lhe as costas.

Enquanto isso, o outro médico da festa, Thomas Tong, dominava a pista de dança com Martha Dung, que usava um longo vestido de caxemira marfim e tênis dourados.

— Adoro que você seja a única aqui que não está usando um vestido de baile — disse Thomas, rodopiando Martha pela pista.

— Meu *palazzo*, minhas regras. Escolhi Brunello porque é confortável e, com esses tênis, posso dançar de verdade. Especialmente quando tenho que acompanhar alguém como você, Sr. Astaire!

— Posso te contar um segredo?

— Por favor.

— Se a vida tivesse tomado outro rumo, eu poderia ter sido dançarino profissional de salão.

— Jura? Então é verdade o que dizem... quem vê cara não vê coração.

— Ouvi dizer que você está prestes a embarcar em um novo empreendimento com Rufus e Eden?

— Espero que sim.

Thomas hesitou por um segundo, antes de perguntar:

— Espero que isso signifique que você vai aparecer mais em Greshamsbury.

— Só se você prometer me levar para dançar — disse Martha, com um sorriso cheio de graça.

Parado perto do bufê, no imenso salão de recepção ao lado do salão de baile, havia um casal de septuagenários de aparência formal. O marido, de cabelos brancos e jaqueta de veludo cotelê azul-marinho desgastada, tinha uma leve semelhança com Robert Redford, enquanto sua esposa, de cabelo impecavelmente arrumado, observava os pratos aquecidos com desânimo.

— Estou vendo para onde você está olhando. Nem pense em tocar naquele fettuccine, Putter. Ele vai entupir suas artérias num instante, e você vai cair morto num país que não aceita Medicare Parte B — disse a esposa, Penelope.

— Mas você não adora aquele filme, *Morte em Veneza*? — Putter enfiou na boca, depressa, uma bocconcini enrolada em presunto, quando ela não estava olhando.

— Isso não tem nada a ver com ficar viúva em Veneza. O filme é sobre um velho obcecado por um garoto bonito. Agora, você tem permissão para comer uma ponta de aspargo branco.

Putter rapidamente colocou três talos no prato, enquanto ficava olhando com desejo para o risoto de trufas. A esposa observou o salão lotado, balançando a cabeça.

— Quem *são* essas pessoas? Wid disse que ia se casar com uma inglesa de boa família, e todos aqui parecem tão... *internacionais*. Veja aquela senhora com as pérolas terrivelmente vulgares, do tamanho de bolas de naftalina. Não é possível que sejam verdadeiras.

— Pen, acho que são todos da China. Wid disse que a noiva era meio chinesa.

— Ah, olhe, lá vem uma delas. *Ni hao* — disse Pen, com um sorriso forçado.

Arabella sorriu de volta para a senhora magérrima.

— Sinto muito, mas não falo uma palavra de mandarim — disse ela, com um tom tão sofisticado que faria a princesa Anne corar. — Vocês devem ser os pais de Gopal Das. Sou Arabella Gresham, mãe de Beatrice.

— Ah, você é a condessa! Eu sou Penelope Phipps Cabot, e este é meu marido, Putter. Chamamos nosso filho de Wid.

— Wid! É assim que vou chamá-lo de agora em diante. Achei que Wid estava absolutamente deslumbrante hoje à noite — disse Arabella, notando que a mãe do noivo não ficava nada mal no vestido de seda preta de bolinhas da Carolina Herrera e na gargantilha de pérolas duplas.

Penelope revirou os olhos.

— Se ao menos ele tivesse jogado aquele maldito turbante na lagoa. Sabe que o criamos como metodista?

— Seria bom ver o cabelo dele, para variar — disse Arabella, de forma diplomática.

— O cabelo ruivo vem do lado da Pen — disse Putter, com a boca cheia de fettuccine. — Achamos que alguém teve um caso com uma das empregadas irlandesas, gerações atrás.

Penelope fechou os olhos por um instante, morta de vergonha.

Arabella inclinou-se para ela, em um tom conspiratório.

— Sabe, meu marido é igual ao seu. Fala tudo o que vem à cabeça e adora um doce.

Pen se virou, horrorizada, ao ver o marido enchendo a boca com bolo de chocolate embebido em rum.

— Putter! Você vai entrar em coma diabético!

Putter imediatamente cuspiu o bolo no prato, e Pen continuou, sem perder o ritmo.

— Agora, sua Beatrice é uma graça. Nunca na vida sonhei que Wid se casaria com alguém tão bonita e bem-educada. Sempre tive medo que ele desonrasse dez gerações de Cabots e Phippses e acabasse com alguma vegana que não depila as axilas!

Arabella riu com gosto pela primeira vez em muito tempo.

— Sra. Cabot, posso apresentá-la à minha querida amiga, a condessa de Carnarvon?

— Ficarei encantada. Tive o prazer de visitar Highclere muitos anos atrás, quando a condessa viúva ainda estava viva — disse Penelope, enquanto as duas mulheres saíam juntas.

Após o frenesi dos reencontros, Rufus e Eden finalmente tiveram um momento a sós na pista de dança.

— Que gostoso, não é? — disse Eden, fechando os olhos enquanto Rufus a embalava lentamente em seus braços.

— É um dos únicos casamentos que curti de verdade, principalmente por causa deste momento — disse Rufus, puxando-a ainda mais para perto.

— A maioria dos casamentos não tem graça. As pessoas fazem o maior alvoroço, gastam rios de dinheiro e quase se matam por causa de um único dia.

— Não vamos nunca nos casar — propôs Rufus.

— Não diga bobagens! — interrompeu Arabella, dançando ao lado deles com Francis. — Rufus, você já fez o pedido?

— Mãe, estamos tentando dançar. Deixe a gente em paz.

— Eu os deixo em paz quando você se ajoelhar e pedir Eden em casamento. Vamos, não há momento melhor que o agora. Faça isso enquanto a condessa de Ribes ainda está aqui; ela está prestes a voltar para o Aman.

— Talvez eu peça Eden em casamento... desde que você peça desculpas direito a ela.

— Desculpas? — Arabella olhou para o filho, horrorizada.

— Sim, um pedido de desculpas completo, mãe, com muitas reverências e lamentações. Vamos, não há momento melhor que o agora.

— *Hiyah*, por que tenho que me desculpar? Eden já sabe o quanto gosto dela e que só estava cuidando de você. Sou uma mãe chinesa, não posso evitar, sempre me sacrifico para que meus filhos tenham o melhor de tudo. Ela entende, ela é chinesa como eu.

— Sim, sim — concordou Eden depressa, temendo mais confusão.

— Acho que isso vai ter que servir — suspirou Rufus. — Bem, mãe, vou pedir a mulher que amo em casamento quando sentir que é o momento perfeito, e não é este.

Arabella gemeu.

— Menino inútil! Você só quer me torturar, não é? Espero que saiba que meus olhos só vão fechar quando você fizer de Eden uma mulher honesta. Pense no que ela passou! Imagine que noiva linda ela será. Acabei de pensar no estilista perfeito para o vestido de casamento: Dries Van Noten. Se eu pedir pessoalmente, ele aceita. Algo que insinue o Oriente, mas sem exageros, já que Eden nasceu no Canadá. E, claro, minha amiga Michelle, da Carnet, vai desenhar todas as joias da cerimônia. E você sabe que sempre sonhei em fazer um casamento na Temple Church, em Londres, onde todos os Cavaleiros Templários estão enterrados. Adoro como o coral de meninos fica em círculo sob a nave, cantando, e o som preenche todo o espaço. Em vez de flores, poderíamos contratar aquela cenógrafa... como é mesmo o nome? Aquela italiana que fez aquela instalação espetacular no meio do deserto marroquino para a Saint Laurent, e...

Rufus encarou Eden, frustrado.

— Ela nunca vai nos deixar em paz, não é?

— Nunca — disse Eden, rindo.

De repente, Rufus pegou Eden nos braços e a carregou pelo salão enquanto os convidados suspiravam de aprovação ante aquele gesto romântico. Ele a levou pela escadaria de mármore até o terraço, onde a brisa fresca da noite veneziana os recebeu. Uma frota de barcos a motor estava alinhada lá fora, iluminada por tochas bruxuleantes. Ainda com Eden nos braços, Rufus chamou os barqueiros:

— Será que algum de vocês pode nos levar ao aeroporto?

— *Si, signore!* — Veio a resposta.

Rufus embarcou com sua amada e, quinze minutos depois, eles cruzavam a lagoa e corriam pelo aeroporto internacional de Veneza, ainda rindo. Chegando ao balcão da companhia aérea mais próxima, Rufus disse, sem fôlego:

— Duas passagens, por favor.

O agente aeroviário lançou-lhe um olhar desaprovador.

— Para onde?

— Para qualquer lugar. Desde que seja com ela, e desde que minha mãe jamais nos encontre.

Agradecimentos

Essas pessoas maravilhosas ajudaram a tornar este livro possível, cada uma à sua maneira especial. Sou especialmente grato a:

Alexandra Machinist
Allison Bennett
Bill Thomas
Christina Nielsen
Clare Lockhart
Daniella Penhaskashi
David Elliott
David Sangalli
Dr. Kevin Kwan, M.D.
Jacqueline Zirkman
Jenny Jackson
Jenny Jackson
Jimmy O. Yang
John Fontana
Joshua Maricich
Kirsten Haspe
Laurel Braitman
Martha Leonard
Ryan Chan
Samin Nosrat
Simone Gers
Su Ann Ward
Todd Doughty
Vivian Chu

Este livro foi composto na tipografia Sabon LT Std, em corpo 11,5/15, e impresso em papel off-white no Sistema Cameron da Divisão Gráfica da Distribuidora Record.